EL BESO DEL CABALLERO DE LAS CRUZADAS

CLAIRE DELACROIX

Traducido por
LAUREN IZQUIERDO

DEBORAH A. COOKE

El beso del caballero de las Cruzadas
Por Claire Delacroix

Edición en español 2021
Traducido por Lauren Izquierdo
Copyright © 2021 por Deborah A. Cooke

Título original: **The Crusader's Kiss**
Copyright 2016 Deborah A. Cooke.

Portada por Dar Albert.

Todos los derechos reservados.

Sin limitar los derechos de autor conservados anteriormente, ninguna parte de este libro puede reproducirse, almacenarse o introducirse en un sistema de recuperación, o transmitirse, en cualquier forma o por cualquier medio (electrónico, mecánico, fotocopiado, grabación o de otro tipo), sin el permiso previo por escrito tanto del propietario de los derechos de autor como del editor de este libro.

Esta es una obra de ficción. Los nombres, personajes, lugares e incidentes son producto de la imaginación del autor o se usan de manera ficticia, y cualquier parecido con personas reales, vivas o muertas, establecimientos comerciales, eventos o lugares es pura coincidencia.

El escaneo, la carga y la distribución de este libro a través de Internet o por cualquier otro medio sin el permiso del editor es ilegal y está sancionado por la ley. Adquiera únicamente ediciones electrónicas autorizadas y no participe ni fomente la piratería electrónica de materiales con derechos de autor. Se agradece su apoyo a los derechos de autor.

❦ Creado con Vellum

LOS CAMPEONES DE SANTA EUFEMIA

Los Campeones de Santa Eufemia sigue a un grupo de caballeros a quienes se les ha confiado un tesoro en Jerusalén que ellos deben entregar de manera segura a París. En el camino encuentran aventuras y peligros, además de romance. Dado que las historias se superponen y se construyen unas sobre otras, deben leerse en orden.

1. La novia del caballero de las Cruzadas

2. El corazón del caballero de las Cruzadas

3. El beso del caballero de las Cruzadas

4. El juramento del caballero de las Cruzadas

5. El compromiso del caballero de las Cruzadas

DOMINGO 6 DE DICIEMBRE DE 1187

DÍA DE SAN NICOLÁS

PRÓLOGO

Châmont-sur-Maine

Bartolomé se debatía entre sus lealtades. Estuvo arrodillado en la capilla toda la noche antes de su investidura como caballero y luchaba con su decisión.

Cuando Gastón se ofreció a nombrarlo caballero, Bartolomé pensó de inmediato que podría regresar a Inglaterra. Como caballero, podría desafiar al ladrón que había robado la propiedad que era su derecho de nacimiento. Como caballero, podría defender la justicia y asegurarse de que sus padres fueran vengados. Como caballero, podría reclamar la propiedad de familia en Haynesdale si hubiera sido abandonada y apelar al rey para que regresara a su mano. Sus primeros pensamientos habían sido todos de oportunidades y triunfos.

Aun así, había existido una semilla de duda. Gastón había sido más que bueno con él. Ese caballero había encontrado a Bartolomé, huérfano en las calles de París, cuando era solo un niño. Gastón no solo se aseguró de su bienestar, sino que lo entrenó como escudero cuando era demasiado joven y pequeño para serlo. Aunque solo había un poco más de diez años de diferencia entre ellos, Gastón podría haber sido el padre de Bartolomé, dado el papel que el caballero mayor había desempeñado en su vida. Ahora, Gastón no solo haría caballero a Bartolomé —a un costo considerable— sino que le había ofrecido una oportunidad como Capitán de la Guardia, defendiendo las fronteras de Châmont-sur-Maine.

¿No le debía él a Gastón asumir ese papel?

Las dudas de Bartolomé aumentaron cuando el grupo llegó a la propiedad recién ganada de Gastón y descubrió que el esposo de la sobrina de Gastón estaba disgustado al ver que Gastón llegaba a casa sano y salvo. Para todos estaba claro que Millard tenía aspiraciones de reclamar Châmont-sur-Maine para sí mismo, y bien podría haberlo hecho ya si Gastón se hubiera retrasado más. Aunque el asunto se había resuelto a favor de Gastón, Bartolomé era consciente de que su buen amigo podría enfrentar desafíos adicionales. Gastón bien podría necesitar cada espada que pudiera reunir a su lado.

¿Qué deber debe cumplir Bartolomé? ¿Era mejor corregir un viejo error o asegurarse de que otro asunto no saliera mal en el futuro?

Unos días antes, Wulfe había llegado para la investidura de Bartolomé como caballero, con una radiante Christina a su lado. La historia de ese ex templario regresando a la morada de su familia y siendo aceptado por su padre había sido una inspiración. Wulfe, para sorpresa de Bartolomé, no solo era un bastardo, sino también uno despreciado por su señor. Él había ganado un título y la mano de Christina por su cuenta.

Porque Wulfe se había atrevido a desearlo.

No, porque se había atrevido a buscarlo y reclamarlo.

De hecho, el hecho de que esta buena propiedad de Châmont-sur-Maine llegara a manos de Gastón era un argumento a favor de que Bartolomé se fuera a Inglaterra. Un hijo menor sin un legado, Gastón había creído que serviría como templario durante toda su vida. El hecho de que una recompensa tan rica hubiera llegado al caballero que Bartolomé más admiraba en toda la cristiandad era una señal bienvenida de que él podría prevalecer sobre el ladrón que había robado Haynesdale.

Habría sido más fácil estar seguro de su camino si hubiera sabido lo que le esperaba en Haynesdale. ¿Qué había pasado realmente todos esos años? Bartolomé era demasiado joven para que su memoria fuera confiable. Él sabía que lo habían enviado lejos. Soñaba con fuego y tenía una cicatriz, quemada en su propia carne. ¿Quién había atacado su morada? ¿Su madre aún vivía? ¿El ladrón todavía tenía la propiedad? ¿Oiría el rey la petición de Bartolomé? Él sabía que los reyes angevinos exigían que todas las posesiones en Inglaterra volvieran a estar bajo su control tras la muerte de un barón, para que el rey pudiera ver la responsabilidad otorgada nuevamente. Esta práctica tenía como objetivo garantizar que los hombres fieles del rey estuvieran siempre en el poder y siempre fueran recompensados. Enrique y sus parientes no reconocían la herencia en esas tierras que estaban bajo su control, salvo por el regalo de dinero. El derecho se podía comprar, pero Bartolomé no tenía monedas para asegurar su reclamo.

Si él partía de Francia, ¿traicionaría la confianza de Gastón y fracasaría también en su propia búsqueda? Podría argumentar el mérito de ambos caminos y ver los riesgos de ambos.

Bartolomé miró el relicario del altar y se preguntó si Santa Eufemia habría intercedido por Wulfe y Gastón. Su grupo había defendido los restos de la santa desde Jerusalén, con algún peligro. ¿Haría ella eso por él?

¿Cómo podía él elegir entre dos caminos, ambos honorables pero llenos de peligros?

Supuso que esa era la tarea de un caballero.

Quizás esa decisión era su verdadera prueba.

Esa noche, Bartolomé se había lavado, cortado el cabello y se había afeitado la barba. Se había puesto una camisola y unas calzas nuevas y entró en la capilla en reverendo silencio. El relicario había sido revelado y el sacerdote lo besó y luego lo colocó sobre el altar. Gastón había colocado la espada con la que se ceñiría Bartolomé ante ella, y lo habían dejado en silencio para prepararse para sus votos.

La puerta había sido cerrada y la capilla se había vuelto oscura y fría.

Habían pasado horas. A Bartolomé le dolían las rodillas. Su vientre estaba vacío. Tenía la boca seca y los dedos fríos. Aun así, oró, esperando que una opción se ofreciera como más importante que la otra.

La noche pasó lentamente. Él podría haber dormido, pero de rodillas, salvo que sus pensamientos estaban revueltos. El frío de la piedra se elevó a través de su cuerpo y pareció cerrarse alrededor de su corazón.

¿Gastón o Haynesdale?

Parecía que Bartolomé había estado arrodillado una eternidad cuando vio el cielo aclararse más allá de las ventanas de la capilla y escuchó el movimiento de los pájaros. Volvió a levantar la mirada hacia el altar, hacia la espada que pronto sería suya. Su puño brillaba en la oscuridad. Era una fina hoja de acero toledano, su empuñadura era simple y fuerte. Gastón había elegido un arma que le serviría bien a Bartolomé durante toda su vida. El puño tenía un cristal redondo, muy parecido al de Gastón, pero este orbe tenía un fragmento de la Cruz Verdadera atrapado dentro. La espada y las espuelas que Gastón encajaría en las botas de Bartolomé al día siguiente simbolizaban su nuevo papel y responsabilidad.

Detrás de la espada estaba el relicario de oro que habían llevado de Jerusalén a París para los templarios. La leyenda decía que permanecería en París, pero para garantizar su seguridad, Fergus lo llevaría en secreto a Escocia. El Gran Maestre de París había acordado que podría adornar la capilla ahí, a petición de Gastón, siempre que la puerta estuviera bloqueada y nadie fuera de su grupo lo viera, salvo el sacerdote.

Bartolomé no había visto la maravilla por sí mismo hasta que llegaron al Templo de París y todavía no podía creer su riqueza. El relicario era grande y estaba forjado en oro y las gemas adornaban su superficie. Estaba adornado con el nombre de la santa cuya sagrada reliquia se resguardaba en su interior.

Santa Eufemia.

Justo el día anterior, Christina había contado la historia de la vida de Eufemia, incluido el milagro que se le atribuyó en el Concilio de Calcedonia. Hubo una disputa sobre la doctrina correcta, por lo que dos pergaminos, cada uno describiendo una perspectiva, se colocaron en el sarcófago que contenía las reliquias de la santa y se sellaron allí. Por la mañana, un pergamino estaba en la mano de Eufemia y el otro debajo de sus pies.

Ella había elegido qué doctrina sería ortodoxa.

Ella podría ayudarlo a elegir. Sí, era su bendición otorgar.

Bartolomé reconoció este impulso como el correcto. Si el primer rayo de sol que tocara el altar cayera sobre la espada, la espada que le había dado Gastón, él permanecería para defender el legado de Gastón.

Si la luz del sol tocara el relicario primero, él elegiría un mayor riesgo y una recompensa incierta, el camino de la justicia para su padre perdido. Una mártir como Eufemia, después de todo, se había convertido en santa al seguir su fe y aferrarse a sus convicciones, sin importar cuán incierto fuera el resultado.

Sí, resolvió Bartolomé, así sería.

Su corazón latía un poco más rápido mientras el cielo se aclaraba aún más más allá de las ventanas. Finalmente, un rayo de sol atravesó las sombras, pintando la pared oeste de la capilla de un rosa dorado. El sol se elevó más alto y el rayo de luz se acercó más al altar. Bartolomé oró mientras observaba su progreso. Él no podía adivinar dónde aterrizaría.

La luz del sol se inclinaba sobre el altar cuando escuchó un paso fuera de la puerta. El sacerdote hablaba en voz baja con otro, probablemente Gastón, y la llave se giró en la cerradura. La luz del sol tocó la esquina del mantel del altar en ese momento, y todavía él no podía anticipar si el relicario o la espada se iluminarían primero.

El sacerdote murmuró una oración desde el fondo de la capilla. Sus suaves pasos se acercaron, seguidos por la pisada de las botas de un caballero. Bartolomé observó cómo la luz del sol se movía lentamente, casi conteniendo la respiración.

El destello de luz cuando el sol tocó el oro fue tan brillante que lo cegó. El relicario brillaba tan vívidamente que podría haber estado en llamas, y verdaderamente, Bartolomé sintió como si la voluntad de la santa prendiera fuego a su propia sangre.

Él cabalgaría hacia Haynesdale, determinaría la verdad de su situación y se esforzaría por ver a su padre vengado.

La justicia sería.

No importa qué obstáculo se interpusiera en su camino.

Esa sería su primera misión como caballero.

SÁBADO 16 DE ENERO DE 1188

DÍA DE LOS CINCO FRAILES MENORES

(Santos Berardus, Peter, Accursius, Adjutus y Otto)

CAPÍTULO 1

Haynesdale, en Northumberland, Inglaterra

Anna estaba boca abajo en la nieve, mirando el grupo que acampaba en el bosque que ella conocía tan bien como las líneas en su propia mano. Ella estaba completamente quieta, con la ballesta cargada y escondida bajo la prenda de piel de oveja que ocultaba su figura. Ella podría haber estado helada, si su corazón no hubiera estado latiendo tan fuerte con anticipación. El pequeño Percy estaba acurrucado junto a ella y en parte debajo de ella, con los ojos brillantes mientras esperaba sus instrucciones.

Ambos estaban vestidos con un sencillo atuendo oscuro que se mezclaría con las sombras. Anna se había atado el pelo largo debajo de un gorro y llevaba calzas y botas de hombre. Le gustaba que pudiera correr más rápido con ese atuendo, y que a menudo ganaba libertades cuando se la percibía como un muchacho, que se le podían negar como mujer.

Habían pasado meses desde que un grupo se había aventurado por ese camino, y más aún desde que uno había sido lo suficientemente tonto como para descansar en el bosque. Había sido un invierno duro y probablemente sería una primavera más dura. Había rumores de nuevos impuestos y diezmos, aunque la cosecha no había sido buena y Anna no sería la única hambrienta.

En verdad, ellos habían esperado que un grupo se dirigiera en la otra dirección, lejos del torreón de Haynesdale, porque el barón siempre pagaba sus impuestos al rey después de la Yule. Muy consciente de los ladrones en sus bosques, Royce siempre enviaba exploradores el día antes de que el carro cargado de monedas partiera hacia la corte del rey. Anna y Percy estaban atentos a esa señal.

En cambio, habían descubierto un grupo de caballeros cabalgando hacia Haynesdale. Era de lo más inusual. Royce no era un anfitrión frecuente. Anna debatió el mérito de convocar a algunos de los demás, pero decidió que ella y Percy podrían arreglárselas solos.

La riqueza de ese grupo era claramente considerable. Sus caballos eran bestias extraordinarias, tan finos que Anna sabía que serían fácilmente reconocidos en el mercado de cualquier ciudad donde los intentara vender, o incluso en el camino a esas ciudades. Tendría que renunciar a la tentación de los caballos. Afortunadamente, los caballos estaban cargados de alforjas y paquetes.

¿Qué llevaban esos hombres?

Los hombres iban armados con más fuerza y riqueza de lo que era típico en este rincón de la cristiandad. Todos y cada uno de ellos llevaban cota de malla, no simplemente chalecos de cuero curtido. Sus botas eran altas y pulidas, y tenían cascos de fino diseño.

¿Quiénes eran?

Había dos caballeros templarios en el grupo, sus tabardos blancos adornados con cruces rojas identificaban su orden. Ambos tenían un escudero y ambos dormían encima de las pertenencias de sus caballeros. Anna tenía poco interés en ellos. Tendrían buenas espadas y fuertes cota de malla, pero tendrían que ser asesinados para separarse de esos tesoros. Más allá de eso, la riqueza de un templario estaba en su corcel, y ella ya había decidido no llevarse los caballos.

Había otros dos caballeros, que parecían tener la misma edad entre ellos. Ambos eran lo suficientemente guapos, si ella hubiera sentido afecto por los de su especie. Uno tenía el pelo rojizo y tenía un par de escuderos. Anna había escuchado fragmentos de conversación y lo suficiente de sus palabras para concluir que era del norte y regresaba a

Escocia de un viaje lejano. La mayoría de los bultos le pertenecían, según todas las apariencias, y él había hablado de su prometida. Entonces, regalos para una dama. Anna adivinaba que traía telas para prendas lujosas, ya que los paquetes eran demasiado numerosos para contener joyas. Si hubiera joyas, probablemente estarían ocultas en su persona. Él parecía joven y viril, y ella no estaba segura de poder vencerlo en una pelea.

Sin duda, sería más difícil vender joyas que caballos. Lo que ella quería era dinero y comida.

El otro caballero tenía el pelo más oscuro y era más callado que sus compañeros. Solo él tenía una barba corta, lo que le daba un aire desenfadado. De hecho, Anna había temido más de una vez que él la hubiera visto en las sombras, aunque sabía que no podía ser así. Había algo más intenso y alerta en él, sin duda, y Anna confiaba en su instinto de dejarlo a él ya su escudero en paz.

Finalmente, había un guerrero más, un hombre mayor con un poco de plata en las sienes. Un escocés, porque vestía la lana a cuadros que tanto gustaba a los de su clase. Llevaba dos alforjas y Anna había notado que él mantenía una mano sobre una de ellas.

Había algo de mérito en esa bolsa, ella lo sabía bien.

Ella pensó que podría dejarlo atrás, si no ser más lista que él.

Anna había elegido un lugar cercano al escocés, pero a favor del viento. Ella señaló la bolsa en cuestión y Percy asintió, mordiéndose el labio.

La luna se estaba poniendo, el bosque estaba tan quieto como podía estarlo en la noche. Como el cielo estaba despejado, Anna esperó a que la luna se sumergiera debajo de las ramas más altas de los árboles, porque entonces, el pequeño campamento quedaría ensombrecido. Entonces, la vegetación salvaje del bosque más allá del camino sería su amiga, porque ella conocía un camino a través de él que ningún extraño podría distinguir en la noche. Ella y Percy se separarían y su hermano correría rápida y silenciosamente hacia la caverna, mientras ella desviaba la persecución.

Si hubiera una.

Funcionaría perfectamente.

El escocés había estado vigilando, pero se quedó dormido. Los caballos dormitaban. Los escuderos dormían. Un templario roncaba. El caballero escocés murmuraba en su sueño. La luna se deslizó cada vez más bajo y el campamento de los hombres cayó en las sombras.

Era hora.

Anna tocó el hombro de Percy y el niño se inclinó hacia adelante. Ella agarró su ballesta y apuntó al escocés, por si se despertaba y trataba de detener al niño. Percy mostraba un sigilo poco común para un niño de su edad y podía moverse con un silencio que impresionaba a Anna cada vez que lo miraba.

Su hermano podría haber nacido para ser un ladrón. Percy avanzaba poco a poco hacia el hombre dormido, silencioso y seguro. Finalmente, extendió la mano y tocó la alforja, descansando su mano allí por un momento para asegurarse de que el escocés no reaccionara. Anna vio su ballesta, su corazón tronó mientras miraba y esperaba.

Percy apartó la bolsa del costado del escocés, lentamente al principio. El hombre murmuró en sueños y negó con la cabeza, pero no pareció darse cuenta del niño. Percy tiró de la bolsa más rápidamente, deslizándose hacia atrás por la superficie de la nieve en silencio.

Estaba casi al lado de Anna y le lanzó una mirada triunfante, sus ojos brillando con su habitual picardía. Para él, no era más que un juego, y en el que ganaba a menudo. Ella podría haber asentido, pero el escocés resopló en ese momento. Él se dio la vuelta, buscó la alforja y sus ojos se abrieron al darse cuenta de que se había ido. "¡Hey!" gritó y su grupo se agitó.

Percy corrió.

Anna disparó su ballesta y la flecha habría atravesado la mano del escocés si no se hubiera puesto de pie en ese mismo momento.

"¡Ladrón!" Rugió de indignación, señalando a Percy, y toda la compañía fue alertada. El caballero silencioso saltó de su cama y se lanzó hacia el bosque. Anna pensó en esconderse y dejar que intentara perseguir a Percy, pero él se dirigió directamente hacia ella.

¡La habían visto! Anna agarró su ballesta y corrió, tomando una dirección diferente a la de Percy y abandonando la piel de oveja. El caballero se acercaba rápidamente detrás de ella, tan ruidoso que ella no tenía ninguna duda de su ubicación. Supuso que era un buen pie más alto que ella, y esa altura le daba una ventaja. Después de todo, ella estaba dando tres pasos para dos de él.

La huida de Percy era de suma importancia, se dijo. Este hombre era un caballero, comprometido a defender a las mujeres y los huérfanos, de los cuales ella era ambos.

Por otro lado, Anna había sido testigo de la facilidad con la que un caballero podía ignorar esos votos. Su corazón estaba acelerado y no solo por su carrera.

¡No otra vez!

"¡Detente!" gritó él. "¡Ladrón!"

Anna se agachó debajo de una rama, esperando que fuera demasiado baja para él. Ella no podía oír a Percy y esperaba que estuviera a salvo.

Anna corrió en dirección opuesta a la caverna, esquivando ramas, tomando un curso laberíntico, esquivando arbustos y zambulléndose entre los helechos. El caballero no se detuvo. También era malditamente rápido, a pesar de que llevaba su cota de malla. El sonido de sus botas sobre la maleza muerta era cada vez más fuerte y cercano. La oscuridad no parecía ayudarla.

Si podía apartarlo de su camino y llegar al refugio de la cueva, nunca la encontraría.

Anna se giró hacia atrás y cruzó un pequeño arroyo. Sus botas resbalaron sobre las rocas mojadas porque se movió demasiado rápido. Aunque el arroyo no era ancho, era frío y profundo. Ella agitó los brazos por un momento para recuperar el equilibrio y estaba segura de que el caballero emergería del bosque y la detectaría. Para su gran suerte, no lo hizo. De hecho, ella escuchó un golpe y un juramento murmurado. ¡Ja! Ella encontró su equilibrio y saltó a la maleza en la orilla opuesta, luego se detuvo.

No se oía ningún sonido de persecución.

¿Había él abandonado la persecución?

¿Se había caído y se había lastimado?

Ella se quedó inmóvil, medio segura de que el sonido de su corazón la revelaría, luego sonrió lentamente. Se oyeron pasos que se desvanecían, luego el bosque volvió a estar en silencio. Anna esperó un buen rato, escuchando, pero no se oyó ningún sonido del caballero.

¡Habían tenido éxito de nuevo! El caballero había sido engañado por su vuelta y había continuado en la misma dirección. Él podría llegar a la fortaleza al amanecer o pasar el resto de la noche vagando por el bosque, perdido.

Anna se giró, con la intención de encontrar a Percy, solo para descubrir al caballero de cabello oscuro detrás de ella, con los brazos cruzados sobre el pecho. Él se había movido tan silenciosamente como Percy. Él era paciente como ningún hombre solía serlo.

"¿Dónde está el niño?" demandó él.

Anna contuvo el aliento y echó a correr, pero el caballero la agarró por la cintura y le levantó los pies del suelo. Ella le apuntó una patada, pero él anticipó el movimiento. El miedo de que ella estuviera a su merced creció.

Para su sorpresa, él soltó la ballesta de su agarre y luego la arrojó a un lado. Él sacó una flecha de su propio cinturón y ladeó la ballesta, moviéndose con tanta seguridad que su mirada nunca se apartó de la de ella. Demasiado tarde vio ella que había un gancho en su cinturón y se dio cuenta de que él mismo era un arquero. Le apuntó a ella, su propia ballesta, y luego sonrió con miserable confianza en sus propias habilidades.

"¿Dónde?" murmuró él, la única palabra flotando en el aire entre ellos en un soplo de vapor.

"Nunca lo diré", gruñó ella y dio un paso atrás incluso mientras sus pensamientos volaban. Ella podría zambullirse en el río y nadar hasta la cueva. Si él le disparaba, podría fallar, y le tomaría tiempo cargar otra flecha.

Ella lo miró a los ojos y vio la resolución en sus ojos. Su pulgar estaba en el lanzamiento. "No quiero matarte, muchacho", dijo él en voz baja. "Pero quiero que me devuelvan lo que es propiedad de Duncan."

Muchacho. Él pensó que ella era un muchacho. Por supuesto. Si supiera su sexo, ¿la perdonaría?

¿O abusaría de ella? El miedo se estremeció en el vientre de Anna.

La sorpresa podría ralentizar su reacción. Tenía que apostar por eso.

"¿Muchacho?" Anna hizo eco en desafío y vio su confusión. Ella le sonrió mientras estiraba la mano y se quitaba la capucha, sacudiendo su cabello para que cayera sobre sus hombros. Ella vio que sus ojos se iluminaban con sorpresa, pero no le dio tiempo para recuperarse.

Después de todo, era una ventaja fugaz.
En cambio, se sumergió en la piscina del río más allá de las rocas y se dejó hundir bajo la superficie. Ella podía contener la respiración durante mucho tiempo, y aunque el agua estaba tremendamente fría, hizo precisamente eso. Anna nadó hacia el hueco de la orilla opuesta, donde se había escondido para sorprender a Percy el verano anterior y esperó. Cuando sintió que su pecho estaba a punto de estallar por falta de aire, lentamente salió a la superficie, sabiendo que estaría escondida detrás del hielo en las orillas.
No había ni rastro del caballero en el lado opuesto del arroyo.
Sin embargo, Anna había aprendido a desconfiar de él. Era sigiloso y poseía una rara astucia. Ella permaneció quieta y vigilante, segura de que él no había abandonado la persecución. Él se revelaría a sí mismo, estaba segura, y si era una cuestión de paciencia en cuanto a quién se revelaba primero, ella podía esperarlo.
Él era noble y un caballero, después de todo, y Anna sabía que tales hombres no tenían ningún mérito en sus venas.

ELLA SE HABÍA IDO, con tanta seguridad como si se hubiera desvanecido en el aire.
Bartolomé lo sabía bien. Se quedó en silencio y esperó. Nadie podía desaparecer. Nadie podía contener la respiración para siempre. Tarde o temprano, la superficie del arroyo se ondularía y él espiaría a su presa.
Mientras esperaba, se maravilló.
Estaba convencido de que perseguía a un muchacho.
Su presa había sido rápida, eso era seguro, y ágil también. Bartolomé era rápido con sus pies, pero había tenido dificultades para acortar la distancia entre ellos. El niño conocía claramente bien el bosque y todos sus caminos ocultos. Si no fuera por la nieve y el contraste de la ropa oscura del niño con ella, Bartolomé podría haberlo perdido por completo. Donde la nieve se había hecho a un lado o se había derretido en lodo, era un desafío mantenerlo a la vista. También había corrido silenciosamente, haciendo poco ruido incluso sobre las hojas secas bajo los pies.

No había ninguna duda al respecto: este muchacho y su compañero habían robado antes y tenían mucha práctica en su oficio. Bartolomé podría haber sentido lástima por ellos, si hubieran robado por hambre, o incluso les hubiera dado una moneda por compasión, pero no podían escapar con el precioso relicario confiado al grupo.

Él tenía que recuperar la alforja de Duncan.

Cuando el muchacho había comenzado a cruzar el río, Bartolomé había anticipado su destino, dio media vuelta y llegó a ese punto antes que su presa. No esperaba un triunfo fácil, pero tampoco esperaba estar tan sorprendido porque el muchacho se quitara la gorra.

Y el derramamiento de largos cabellos castaños. La vista de esa reluciente cortina de cabello había cambiado su percepción de inmediato. En ese momento, Bartolomé vio lo delgado que era el "muchacho", lo finamente huesudas que tenía las manos y el rostro. Él podía explicar la curva que había sentido al apoderarse de su presa, pues no era un bulto como había anticipado.

Había sido su pecho.

Claramente ella se había deleitado con su asombro, luego se aprovechó de eso o de su caballerosidad para escapar de nuevo. Zambullirse en el arroyo era una locura en esa temporada, sin duda, y Bartolomé sabía que tendría que asegurarse de que ella se calentara y se secara cuando finalmente saliera. Su reacción hacia ella se volvió protectora, cortesía de ese vistazo, y se dio cuenta de que estaba preparado para prestar más atención a la versión de ella de la historia.

Fue impactante darse cuenta de cómo una cara bonita, incluso una sucia, podía afectar su pensamiento.

Aun así, no había ni rastro de ella. Él se agachó y examinó la superficie de nuevo, maldiciendo que la luna estuviera demasiado baja para proporcionar mucha iluminación.

Ella podría haber planeado eso. ¿Por qué más esperar hasta esa hora para atacar? Ciertamente, ella y su cómplice no se habían encontrado con su grupo.

¿Los habían seguido durante mucho tiempo? Bartolomé no podía creerlo, aunque sabía que Duncan había estado convencido desde París de que algún alma los seguía. Ella parecía demasiado pobre y demasiado residente del bosque para haberlos seguido desde mucha distancia. Además, no tenía caballo. Al menos no uno que él pudiera ver. ¿Quién podía decir dónde había escondido ella sus diversos tesoros? ¿Y quién era el otro? ¿Era realmente un niño? ¿Adónde había ido con la alforja? Bartolomé frunció el ceño, convencido como estaba de que éste conocía el destino del otro. Él esperaría.

¿Era eso una onda en la superficie al otro lado del arroyo? La orilla eclipsaba el agua allí, pero a Bartolomé le pareció que el hielo estaba alterado. Estaba demasiado oscuro para estar seguro. Se acercó más, mirando.

Ella emergió de repente y respiró jadeante, su horror se reflejó en su expresión cuando lo vio. Ella intentó escalar la orilla opuesta, sus movimientos eran lentos dado el peso de su ropa mojada. Su agitación era tan evidente que Bartolomé sintió compasión por ella.

Pero no lo suficiente como para dejarla evadirlo. Él saltó al arroyo y la agarró, sacándola del agua. Se quitó la capa y la envolvió con fuerza, viendo que su tez ya estaba pálida. "¿A dónde ha ido?" demandó él.

Ella miró por encima del hombro, claramente considerando el mérito de hacer una confesión. Él se alegró de que ella no se detuviera demasiado en el asunto. "¿Dónde está mi ballesta?"

"Ahí. Y ahora es mía."

"¿Tuya?" Sus ojos brillaron con indignación. "No tienes derecho..."

"Del mismo modo que no tenías derecho a llevarte la alforja de Duncan".

Ella entrecerró los ojos mientras lo evaluaba, y Bartolomé la abrazó con fuerza. "Te haré un intercambio", ofreció ella con una audacia que él pensó inmerecida.

"¿Intercambio?" repitió Bartolomé. "Me has robado, pero me acabo de asegurar de que sobrevivirás esta noche. Me debes una y dos veces más. No veo ninguna razón para devolver tu ballesta, porque tienes poco que ofrecer a cambio."

"Yo no te robé..."

"Pero el niño lo hizo y ustedes están aliados."

Sus labios se tensaron y su mirada se volvió rebelde. "No me salvaste...", comenzó ella con desdén.

"Tuviste problemas para llegar a la orilla y estás helada hasta la médula. Sin esta capa, cogerías un resfriado y eso podría ser fatal." Él arqueó una ceja y no aflojó su agarre sobre sus brazos. "De hecho, aún podrías enfermarte."

"Mi disposición es muy fuerte", dijo ella con vehemencia. "No te debo nada a ti y a los de tu clase..."

"Entonces recuperaré mi capa y te dejaré sola."

Ella lo apretó con fuerza y lo miró. "Está caliente."

"¿Y?"

"¿Y qué?"

"Y deberías agradecerme por compartirla tan amablemente contigo."

"¿Amablemente?" Ella se rió, como si hubiera preferido no hacerlo. "Un caballero nunca es amable con una persona del bosque."

Ante eso, Bartolomé la sacó de su capa, la hizo tropezar y la dejó caer de nuevo al arroyo. Él sabía que el agua no era profunda y supuso que nadie saldría herido salvo su orgullo. Si ella quería estar sin él, el asunto podría arreglarse. Él volvió a saltar fuera del arroyo y recogió la ballesta, actuando como si tuviera la intención de dejarla. Ella se acercó balbuceando, pareciendo en condiciones de destrozarlo hasta los huesos.

"¡Es mía!" lloró ella.

"Está confiscada", respondió Bartolomé. La saludó con la mano. "Ya que tienes una disposición tan fuerte, te dejaré ahora."

"¿A dónde vas?"

"A recuperar lo robado, por supuesto." Él se dispuso a alejarse a grandes zancadas, oyendo cómo ella se esforzaba por subir de nuevo a la orilla.

"Maldito desgraciado", murmuró ella y él miró hacia atrás para verla temblar como un perro. Con su atuendo mojado, Bartolomé pudo ver que ella era una mujer en verdad, aunque de baja estatura. Ella escurrió el dobladillo de su tabardo y lo miró de nuevo. Luego estornudó y se estremeció convulsivamente. Eso no le impidió marchar tras él, con fuego en sus ojos. "Te cambiaré la ballesta por la ubicación de Percy", ofreció ella de nuevo, con un tono desafiante.

Bartolomé se rió. "Porque ya se ha deshecho del premio. Sería realmente un tonto si te diera la capacidad de despacharme cuando claramente me tienes tanto afecto."

Ella resopló, de una manera muy poco femenina. "No es tuya." La forma en que su mirada se detuvo en la ballesta le dijo a Bartolomé lo importante que era para ella.

¿Por qué? No era común que las mujeres dominaran el arma.

"Le disparaste a Duncan", recordó él, burlándose deliberadamente de ella porque parecía inclinada a revelar más cuando estaba molesta. ¿O quizás debería decir que le erraste a Duncan? Quizás tu habilidad no sea muy grande. Quizás robaste esta arma y no tienes habilidad con ella."

Sus ojos brillaron de nuevo y ella escupió al suelo, antes de temblar de nuevo. "La suerte lo favoreció. La falta no fue una señal de mi incompetencia." Ella estaba orgullosa de su habilidad, sin duda, y él se preguntó si su orgullo estaba justificado.

La provocó de nuevo. Quizás no me arriesgaría a devolvértela. Quizás nunca podrías acertarme."

Ella parpadeó, luchó con su reacción al insulto, luego sonrió y extendió una mano. "Tal vez no."

Su repentina sonrisa hizo parpadear a Bartolomé, porque era aún más bonita de lo que él se había imaginado. Él había visto la guerra de sus pensamientos en sus ojos y tenía el instinto de confiar en ella. No era tonta, pero era una ladrona sin astucia.

Qué mujer más intrigante.

"¿Pero qué necesidad tiene una mujer de semejante arma?" Él dejó que su voz se llenara de burla. "¿No deberías dejar tu defensa a un hombre? ¿Tu marido o tu padre?

"No tengo ninguno", declaró ella y agarró la ballesta.

Bartolomé la mantuvo fácilmente fuera de su alcance.

Ella estornudó de nuevo, luego lo miró con disgusto. "Podría morir de este frío, como dices", declaró ella. "Y entonces tu camino hacia Percy se perdería para siempre." Ella extendió la mano, siempre optimista.

"Si va a haber una tregua, debe ser en mis términos", dijo Bartolomé, encontrando un notable disfrute en esta discusión.

Ella se burló. "Sin duda, serán tentadores."

"¿Qué esperas tú?"

Ella respiró hondo con paciencia. Querrás acostarte conmigo, tan pronto como te devuelvan la alforja, y luego me quitarás la ballesta, porque declararás inadecuado que una simple mujer sostenga un arma así. Me dejarás deshonrada y despojada de todo lo que valoro." Su labio se curvó con desdén. "Sé cómo obran los de tu clase."

Bartolomé estaba asombrado de que ella pudiera pensar tan mal de un extraño y un caballero. Él miró más allá del fango y la ropa sucia a la forma de su rostro y labios, la estrecha hendidura de su cintura y el destello seductor en sus ojos. Ella tenía un atractivo, sin duda.

Pero primero probaría que sus suposiciones sobre su naturaleza estaban equivocadas.

"Aquí está el intercambio que haré contigo", dijo, manteniendo su tono razonable. Te devolveré la ballesta cuando me devuelvan la alforja de Duncan, con su contenido intacto.

Sus labios se tensaron. "Entonces, habríamos corrido el riesgo por nada. ¿No endulzarías la oferta con una moneda o seis?

Él miró la ballesta. "Incluso en la oscuridad, sé que esta es un arma excelente y que tendría un buen precio. Quizás debería llevarlo a York y venderla."

"No recuperarías tu alforja entonces."

"Parece que no lo recuperaré de ninguna manera. Has prolongado esta conversación para asegurarte de que Percy haya tenido suficiente tiempo para llegar a algún refugio."

Su sonrisa brilló. "No pensé que tuvieras el ingenio para darte cuenta."

"Creo que tienes suficiente ingenio para saber que no todos los hombres son iguales que el que te enseñó tanta desconfianza."

Por primera vez, ella parecía sorprendida y un poco insegura. Miró a Bartolomé con nuevo interés y abrió los labios. Él dio un paso más cerca, atrapado por su mirada pero desconfiando de su intención. Ella extendió una mano. — ¿Puede prestarme su capa, señor? Tuviste la amabilidad de prestármela antes, y estaba caliente."

Bartolomé sonrió. "¿Solo eres encantadora cuando deseas algo?"

Ella le devolvió la sonrisa a él. "Quizás he aprendido una cosa de los de tu especie." Ella estornudó de nuevo, con mucha violencia. Bartolomé no podía arriesgar su bienestar. Se quitó la capa de los hombros y la dejó caer sobre ella. Ella la agarró y se estremeció bajo su peso. Ella le echó un vistazo al forro de piel y luego lo miró de nuevo. "¿Eres rico?"

Bartolomé negó con la cabeza. "Tengo un amigo generoso."

Ella le lanzó una mirada tímida y podría haber hablado de nuevo. De hecho, Bartolomé se encontró inclinándose más cerca para escuchar mejor lo que ella pudiera decir.

Entonces, un niño gritó en la distancia.

Ambos se enderezaron y miraron hacia las sombras del bosque. Bartolomé notó que su compañero estaba herido. "¡Percy!" susurró ella, y luego corrió en persecución del grito.

Con su capa todavía sobre su espalda.

Una vez más huyó, y una vez más, Bartolomé la persiguió entre las sombras y los helechos del bosque. ¿Era un engaño verlo robado de nuevo? ¿O Percy estaba realmente en peligro?

¿Y qué le había pasado a la alforja de Duncan? Si alguien miraba dentro de ella, Bartolomé dudaba que pudiera recuperar la reliquia fácilmente.

Si la recuperaba.

Él no podía traicionar la confianza de Gastón y de la orden del Temple. Tenía que recuperar esa alforja, sin importar el precio.

Incluso si esa desafiante y desgraciada doncella tuviera la clave.

Percy estaba jadeando de terror.

No sabía qué le había pasado a Anna. Ella no estaba detrás de él y no podía oírla en absoluto. Él esperaba que ella hubiera tomado otro camino para desviar a sus perseguidores, como solía hacer.

Siguió corriendo, dirigiéndose a la caverna como era su plan habitual.

Saltó sobre un tronco y se lanzó a través del bosque, luego se detuvo. ¿Había escuchado sonidos de persecución? Percy se recostó contra una gran roca durante un largo momento, dejando que su corazón latiera más lento mientras escuchaba.

Nada. Estaba a salvo.

Anna lo seguiría pronto, pero podría tomarse su tiempo para llegar a la caverna.

Después de todo, él tenía el premio.

¿Qué era?

Percy se humedeció los labios y se agachó para desabrochar la alforja. Era pesada y se había imaginado su contenido mientras corría. Un montón de monedas de plata. Joyas dignas de un rey. Incluso una pila de centavos sería bienvenida. Sus dedos temblaron de frío y excitación mientras desataba las ataduras. Pidió un deseo, como siempre lo hacía, y abrió la solapa.

La boca de Percy se abrió de asombro al ver el objeto dorado dentro. ¿Qué era? Era tan grande como su cabeza, tal vez más grande, tachonado de gemas y cubierto de escrituras. Nunca había visto nada parecido.

Podría haberlo sacado de la alforja, pero escuchó una fuerte inspiración que reveló que no estaba solo.

"Me quedo con eso", declaró un hombre, su voz familiar. Gaultier, el capitán de la guardia del barón, salió de la maleza y su sonrisa hizo que Percy se sintiera helado. "Sabía que volverías cuando cometieras otro robo, pero este es un premio excepcional."

"¡No!" lloró Percy y agarró la bolsa mientras salía disparado.

Las siluetas de tres caballeros más bloquearon su vista y se dio cuenta de que estaba atrapado. Aun así, trató de abrirse paso a través de sus filas, luego pateó y gritó cuando lo agarraron. Gaultier reclamó la alforja, mientras que los demás lo amarraron y se lo llevaron.

"¡Ayuda!" rugió.

"Por favor, convoca a tus complices", dijo Gaultier con suavidad. "Me gustaría mucho volver a ver a tu hermana, si vive."

Percy cerró la boca de pronto. Él no sabía qué había sucedido cuando Anna fue encarcelada, pero Gaultier le había hecho algún daño antes de su fuga. Él no podía volver a arrojarla al poder de ese caballero.

Gaultier se rió entre dientes. "Entonces, ella vive. Me había preguntado eso. La buscaremos mañana. Déjala tener tiempo para darse cuenta de que te has ido."

Los caballos se habían escondido detrás de la colina, y Percy fue llevado fácilmente hacia ellos.

"¡Hey ahí!" gritó Gaultier. "Quien esté aliado con este mocoso puede encontrarlo en la mazmorra de Haynesdale, si quieres hacer un trato por su supervivencia."

Con esas palabras y la risa de satisfacción del caballero, Percy tuvo el ingenio para no decir más.

∼

¡No, Percy!

Anna sabía que su hermano no habría gritado sin una buena razón. Él era notoriamente silencioso. Eso aseguraba que fuera un buen socio, pero hizo que su grito fuera doblemente preocupante.

El grito procedía de la dirección de la caverna, lo que no era un buen presagio. Él debería haberse encontrado con ella allí y debería haber estado a salvo.

¿Se había descubierto su refugio?

¿O no había llegado Percy a su santuario?

Solo hubo silencio después de ese grito y Anna temió lo peor.

Mientras corría, no tenía ninguna duda de que el caballero la seguiría. No era más que persistente, sin duda. Ella se atrevió a esperar que él realmente pudiera ser útil, pero eso parecía demasiado optimista. Al menos lograba moverse con relativo silencio, aunque ella podía distinguirlo detrás de ella.

Ella hizo una pausa para calmar su respiración cuando se acercó a la caverna. El caballero se detuvo detrás de ella, su aliento se mezclaba con el aire de la noche. Ella le lanzó una mirada sofocante y se llevó la yema del dedo a los labios.

Fue una advertencia innecesaria, porque él ya estaba en silencio. Apretó los labios y extendió la mano, agarrándola por la muñeca para evitar que volviera a huir.

Demasiado tarde se preguntó si había caído en una trampa.

Entonces Gaultier gritó, muy cerca, y ofreció un desafío. "¡Hey ahí! Quien esté aliado con este mocoso puede encontrarlo en la mazmorra de Haynesdale, si quiere hacer un trato por su supervivencia."

Anna se congeló y temió por el destino de Percy.

El caballero de cabello oscuro la miró con interés. Ella escuchó a los caballos cabalgando por el bosque, regresando a Haynesdale. Había cuatro por el sonido.

Quizás podría salvar a Percy antes de que quedara atrapado en la fortaleza. Gaultier y sus caballeros cabalgaban de regreso al torreón por la ruta más fácil y tendrían un largo galope por el camino sinuoso. Aún mejor, la carretera estaba expuesta cerca del pueblo. No había nada que le hubiera gustado más que haber derribado a Gaultier con una flecha.

Anna miró fijamente su ballesta.

El caballero sonrió y lo mantuvo fuera de su alcance, sus ojos brillando con tal satisfacción que ella anhelaba hacerle daño.

Su agarre era firme en su muñeca, pero no la lastimaba. Ella se retorció un poco y se dio cuenta de que no podía liberarse.

Él era más grande y más fuerte que ella, lo cual era aterrador.

Ella respiró hondo y se inclinó hacia él, aunque el sonido de los caballos se había desvanecido. "Podemos atravesar el bosque hasta la aldea y tal vez evitar que entren en la fortaleza."

Él asintió una vez con la cabeza, esperando su elección de dirección. Cuando ella tiró de su agarre, él tocó la cuerda que colgaba de su cinturón con la otra mano, como invitándola a ser atada como una criatura salvaje. Anna le permitió ver su disgusto por esa idea y fue recompensada con una sonrisa fugaz, una que hizo que su corazón saltara a pesar de su brevedad.

Él era tremendamente guapo.

Ella señaló y él asintió con la cabeza, sujetándola mientras se apresuraban por el bosque. No había ningún camino visible, pero Anna conocía el camino, orientándose por la forma del terreno y la ubicación de los árboles viejos. El caballero no la soltó, pero tampoco impidió su avance.

Anna se detuvo donde el bosque se reducía cerca de la aldea, luego se arrastró hacia el borde de las sombras.

Todo estaba en silencio.

Todo lo que necesitaba era esa ballesta.

¿Cuánto deseaba su compañero recuperar esa alforja?

¿Podría hacer un trato con él?

Ella observó al caballero a través de sus pestañas mientras miraba hacia las sombras. Debió haber notado los delgados rastros de humo que se elevaba porque su mirada se dirigió hacia arriba. Al menos algunos de los aldeanos estaban lo suficientemente despiertos como para haber encendido un fuego matutino. Anna se fijó en las cabañas y supo que era Finan el boticario. Sin duda, él y su esposa sentían más el frío en sus últimos años. El humo se elevaba desde la morada del panadero Denley, así como la de Cedric el sastre. Ambos viudos con niños pequeños, hacían mucho para asegurar el bienestar de sus hijos pequeños. Ella tendría que ver si Esme podía prescindir de algunos huevos. Quizás Regan cambiaría un poco de queso por los huevos.

Anna observó al caballero a su lado inhalar, probar el aire, y respetó que reuniera información tanto como ella. Sus ojos se entrecerraron. Sí, él olería los cerdos y las letrinas, una señal tan segura como podría haber de la presencia humana.

Él la miró a los ojos y arqueó una ceja en silenciosa pregunta.

Anna se acercó a la carretera, que estaba al otro lado de los helechos, con el agarre del caballero en su muñeca. Se acurrucaron entre la maleza y ella sabía que no era la única que afinaba el oído.

¿Dónde estaba Gaultier? El bosque estaba demasiado silencioso para que todo estuviera bien.

Ella se inclinó hacia adelante para mirar hacia el camino. De repente, hubo una furia de sonidos de cascos. Anna se echó hacia atrás, acercándose al caballero. De no haber sido por él ella se hubiese caído de espaldas, pero él la atrapó contra su pecho con un brazo y no se movió. Los sonidos de cascos se hicieron más fuertes mientras Gaultier gritaba para que abrieran las puertas. Anna se agachó con instintiva rapidez. El caballero permaneció completamente quieto, su agarre firme en ella.

Los caballos pasaron corriendo junto a ellos, no a más de cuatro pasos de ellos. Incluso en la oscuridad, Anna sabía que era Gaultier. Ella escuchó el sonido de la provocación del caballero y escuchó su armadura, vio el destello de la piel de un caballo y escuchó el galope de un caballo.

Ella vio al niño de cabello dorado arrojado sobre el regazo del caballero y forcejeando.

¡Percy!

El caballero puso su mano sobre la boca de Anna antes de que ella pudiera hacer algún sonido, y se agachó, agarrándola firmemente bajo su fuerza. ¿Percy? Le susurró en su oído.

Anna asintió vigorosamente e intentó alcanzar la ballesta. Él la mantuvo fuera de su alcance incluso cuando ella le dio una patada.

¡Silencio! No hay un tiro limpio."

Anna miró a través de la maleza para darse cuenta de que él tenía razón. Gaultier cabalgaba hacia las puertas de la fortaleza, sus hombres reunidos detrás de él. Ella pudo haberle dado al último, pero su armadura podría haber repelido la flecha a esa distancia. Era mejor permanecer ocultos.

Incluso si a ella le disgustaba que su captor tuviera razón.

"¿Qué es este lugar?" susurró el caballero.

"La fortaleza Haynesdale."

Él frunció el ceño y miró de nuevo la fortaleza, como si fuera a discutir eso con ella. ¿Qué podía saber sobre su hogar un caballero francés? No puede ser, murmuró él. "No hay molino."

Anna frunció el ceño, asombrada por su comentario.

¿Por qué estaba él ahí?

¿Qué le importaba a él el molino?

¿Qué quería su grupo en esos lares? Ellos debían estar de paso, pero, ¿Por qué?

Anna pensaba afanosamente, recordando los detalles de lo que había visto incluso cuando el sonido de los cascos de los caballos se desvanecía. Algo se balanceaba detrás del último caballero del grupo, una alforja de tamaño y forma familiar, y ella supo que el tesoro de Percy había sido reclamado, también. ¿Por qué Gaultier había decidido llevarse a Percy, así como el tesoro? ¿Por qué él le llevaría el niño al barón?

Porque había algo de importancia en la alforja.

Ella se retorció en el agarre del caballero, queriendo ver sus ojos cuando él le contestara. ¿Qué hay en la alforja?, demandó ella, sus palabras tan sigilosas como su respiración.

"Un tesoro sin igual", murmuró el caballero, sus ojos entrecerrados para que ella no pudiera adivinar sus pensamientos. "Ya que tú eres responsable de su perdida, tú me ayudarás a recuperarlo."

Antes de que ella pudiera discutir eso, él la llevó hacia el bosque. Él todavía sostenía su cintura y ella todavía llevaba la capa de él. Él

marchó entre la maleza hasta que estuvieron bien lejos de la villa.
"Déjame ir."
Él rió. "Y nunca volverte a ver. Yo creo que no."
Ella liberó su mano, haciéndolo perder el equilibrio, después se inclinó para morderlo. Los labios de él se estrecharon y sus ojos centellaron, pero Anna estaba libre. Ella apenas dio cuatro pasos cuando él la agarró desde atrás. Él desató la cuerda y la ató con asombrosa rapidez, asegurándola dentro de su capa con sus brazos rectos a cada lado de su cuerpo. Ella pudo haber entrado en pánico ante su intento, pero él también ató la cuerda alrededor de sus tobillos, sujetándola para que no pudiera correr.

También significaba que él no podía abusar de ella.

"Bruto", resopló ella mientras luchaba y se sorprendía ante eso. "Soltaste la ballesta."

Él solo sonrió, "En una linda cama de hojas y nieve. No recibió daños" Él recogió la ballesta y la sostuvo frente a ella para probar sus palabras. Él la colgó sobre su espalda. Entonces la hizo girar a ella, con su mano en la parte de atrás de su cuello mientras se adentraban en el bosque.

"Guíame hacia el campamento de mis amigos, sin trucos", ordenó él. "La rapidez es esencial si debemos recuperar a Percy antes de que algo le suceda."

Por mucho que a Anna le hubiese gustado desafiar su orden, lo que él decía tenía sentido. ¿Realmente la ayudarían él y sus compañeros a recuperar a Percy? Ella supuso que él quería su tesoro de vuelta.

Pero ella quería ambas cosas, su hermano y su ballesta.

Anna adivinó que el tesoro de este caballero podía ser más grande de lo que a ella le hubiese gustado.

Aun así, ella no tenía opción, y él sería capaz de reconocer eso y usarlo en su contra.

¡Ella odiaba a los caballeros!

CAPÍTULO 2

"*E*xplícame claramente tus términos", exigió Anna cuando estuvieron fuera del alcance del oído de la villa. Ella pensó que era mejor actuar como si estuviera en una posición de poder que reconocer abiertamente que el caballero tenía mucha ventaja.

"¿Por qué?"

"Porque tú y los de tu clase son mentirosos", dijo ella, su tono enfadado. "Yo quisiera saber tu intención antes de ser de ayuda para ti, para asegurarme mejor de que no me engañen".

Piensas mal de los caballeros.

"lo hago."

"Sin embargo, harías un trato conmigo."

"Sí. Creo que tengo pocas opciones, porque necesitaré ayuda para recuperar a Percy."

"¿No tienes otros aliados?"

Ella negó con la cabeza, eligiendo no traicionar a los demás en el bosque, luego le lanzó una mirada hacia atrás. "Si quisieras hacer un trato con una mujer."

Él sonrió. "Solo con una que cumpla su palabra".

"¡Lo hago!"

"No tengo forma de saber eso. No me has prometido nada hasta ahora, así que no me debes nada. "Él caminó en silencio por un momento, como si reuniera su argumento. " Como yo lo veo, cada uno de nosotros tiene algo de interés para el otro, o hemos contribuido a la pérdida de algo que posee el otro. Juntos tenemos más posibilidades de recuperar ambos."

"De acuerdo", dijo Anna, aunque casi la mata estar de acuerdo con alguien de su calaña.

"Para decirlo claramente, para que nadie se crea engañado, tú robaste la alforja que ahora está en el torreón de Haynesdale. A mis compañeros y a mí nos gustaría recuperarla y a su contenido."

Los hombres del barón se llevaron a mi hermano. Me gustaría que volviera." Ella le dio otra mirada. "Sano y libre."

"Eres escéptica de mi intención", dijo él suavemente. "No puedo garantizar su estado hasta que esté en nuestra compañía, pero no le haré daño. ¿Eso es suficiente?

"¿Qué hay de tus compañeros?"

"Ellos tampoco harán eso. Es contra nuestra naturaleza y nuestros votos dañar a un niño."

"¿Incluso uno ladrón?"

"Incluso uno ladrón." El trato del caballero era tan fácil que Anna lo miró, sabiendo que su duda estaba clara. Él le sonrió, lo cual fue de lo más desconcertante. "¿Quién le habría enseñado a comportarse con honor?" preguntó él con humor. "¿Tú? Tener una mala instrucción y no saber la diferencia no puede ser culpa suya, no a esa edad."

"¡No le doy una mala instrucción!"

"Entonces piensas que una vida como ladrón tiene mérito. Un código moral interesante."

"Creo que la vida tiene mérito, cuando la alternativa es morir de hambre."

"¿No es esta una propiedad próspera? La tierra parece de lo más abundante."

Anna resopló de nuevo. "Depende de quién seas, eso es seguro. He escuchado que la mesa del barón desborda con abundancia y que sus arcas se desbordan con los impuestos que está decidido a cobrar."

"¿No amas a tu señor supremo y barón? ¿Seguramente sus poderes se han ganado legítimamente?

"¡Seguramente no! Estas tierras fueron robadas al legítimo barón, robadas por un caballero normando que codiciaba tanto la posesión como la esposa del barón de Haynesdale. El ladrón triunfó al reclamar Haynesdale y ahora gobierna con disgusto y desdén por todos los que están bajo su mano." Ella levantó la barbilla. "Un día, la descendencia de Nicolás volverá, así se dice. Un día, el hijo del verdadero linaje regresará a Haynesdale y reclamará su legado y traerá justicia a todos aquellos que han permanecido leales a su apellido. "

El caballero se quedó particularmente callado después de esta declaración, y Anna asumió que era escéptico ante tales presagios optimistas.

Ella continuó en un tono mordaz. "Pero entonces, tú mismo vienes de Francia. Lo veo en tu atuendo y lo escucho en tu voz. Sin duda, te aliarías con él y te sentarías contento en su mesa, ajeno al sufrimiento de los que viven en sus tierras."

"Quizás lo haga", musitó el caballero.

Anna jadeó de indignación, luego vio a los Templarios salir de las sombras más adelante. El caballero les habló rápidamente y en francés, lo que Anna no entendió. Asintieron y escudriñaron el bosque detrás de ella, luego los siguieron al caballero y a ella al campamento. Todo el grupo estaba despierto y sus expresiones no eran acogedoras.

"Uno de nuestros ladrones", dijo el caballero, dándole un empujón hacia el centro del claro. ¿Él hablaba inglés para beneficio de ella? "Ella trabaja con su hermano menor, quien huyó con la alforja de Duncan y fue capturado por caballeros al servicio del barón que tiene el título de estas tierras. Percy y la alforja han sido llevados a la fortaleza del barón."

El escocés hizo una mueca y se sentó pesadamente. El otro caballero le puso una mano en el hombro como para tranquilizarlo. "¿Y entonces? ¿Visitamos al barón juntos para recuperar nuestros respectivos tesoros?" preguntó, ese tono de las montañas en su voz.

—Lleva a la muchacha así y la enviarán a unirse al niño, sea cual sea su destino —dijo el escocés con tono severo.

"Precisamente", estuvo de acuerdo el caballero que la había capturado. Él le sonrió, en lo que Anna no confiaba en lo más mínimo. "Por eso yo propondría que visitemos a este barón, como un grupo en nuestro camino hacia el norte para asistir a la boda de Fergus, una vez templario y ahora un noble amigo."

El otro caballero, que debía ser Fergus, sonrió. "Llegamos como amigos, no enemigos."

"¿Y la chica? preguntó el hombre mayor. " Nadie podría mirarla y pensar que es un muchacho en verdad."

"No, no podrían." Los ojos del caballero brillaron. "Por eso viajará como mi esposa. ¿Podríamos molestarlo por el préstamo de algo de ese fino atuendo que compró para su prometida, Fergus? Tu generosidad es tal que Isobel no puede extrañar el sacrificio de un kirtle."

Fergus se echó a reír, sus modales eran tan alegres que Anna descubrió que le gustaba a pesar de que su diversión era a costa de ella. "Sobre todo si Duncan recupera su propiedad".

"¡No voy a fingir ser tu esposa!" protestó Anna acaloradamente.

El caballero sonrió con exasperante confianza. "Entonces estoy en posesión de una buena ballesta", respondió encogiéndose de hombros. Y Percy no puede confiar en que garanticemos su rescate. Ah, bueno."

"Yo misma me ocuparé de mi hermano."

Él se inclinó hacia más cerca, sus ojos brillaban con intención. "No si te dejo atada a un árbol".

"¡No podrías!"

Pero su expresión no cambió y Anna sabía que él lo haría. "¡Demonio! ¡Bribón y canalla! Me obligas a hacer tu voluntad, sin tener en cuenta mi propia elección... "

"Suena como una esposa", comentó un templario, y luego se dispuso a cuidar su caballo.

"Espero que valga la pena", respondió el otro y se rieron juntos.

"¡No te daré la bienvenida a mi cama!" lloró Anna, invadida por un nuevo miedo.

El caballero deslizó un dedo por su mejilla. "Nos veremos obligados a compartir la cama", murmuró. "Para asegurarnos de que no se descubra nuestro engaño." Había un brillo en sus ojos en el que Anna no confiaba. ¿Él tenía la intención de disfrutarla? "Pero juro que la cama será casta, a menos que insistas en lo contrario."

Las palabras solo podían ser una mentira.

"¡Desgraciado!" murmuró ella y trató de patearlo. Solo perdió el equilibrio por sus esfuerzos, pero el caballero no le permitió caer. La alcanzó y su mirada se clavó en la de ella, su actitud solemne. Su agarre era extraordinariamente fuerte.

"Y así hacemos nuestro trato. Alianza en el salón del barón, el objetivo es la recuperación tanto de la alforja como del niño, y en nuestro exitoso escape de ese lugar, nuestros caminos se separarán después. Nosotros tendremos paso seguro por el bosque, y tú tendrás de regreso tu ballesta en las fronteras norte. ¿Tenemos un trato?

"¿Tienes un nombre?" —preguntó ella, incapaz de ocultar completamente su resentimiento por verse obligada a aceptar sus términos.

Aunque no eran injustos.

"Bartolomé de Châmont-sur-Maine", dijo él. "¿Y tú?"

"Anna del pueblo de Haynesdale. La hija del herrero."

"¿Y tenemos un trato, Anna?"

"Sí, señor."

"Bartolomé", corrigió él, esa sonrisa curvó sus labios de la manera más atractiva. "Vamos a casarnos después de todo, Anna."

"Bartolomé", repitió ella, gustándole el sonido de su nombre. Ella se retorció deliberadamente. "Lamento no poder sellar nuestra apuesta con un apretón de manos."

"No importa", dijo él con facilidad. "He aprendido bien a improvisar."

Luego, sin esperar a que ella aceptara, el caballero se inclinó y la besó profundamente. Los otros hombres gritaron y aplaudieron con aprobación, y Anna se sintió invadida por un nuevo terror. Ella se quedó paralizada, convencida de que su intención era reclamarla por completo y ella temía una repetición de su pasado.

Para su asombro, Bartolomé pareció darse cuenta de su reacción.

Para su mayor asombro, él cambió su acción. Levantó la cabeza y rompió el beso casi de inmediato, pero no la soltó. Sus ojos brillaron cuando la miró, buscando una explicación. Anna intentó darle una patada como recompensa por su maldita confianza y su audacia.

Esta vez, él la dejó caer.

Y sus compañeros se rieron.

¡Lo maldigo de ida y vuelta hasta el infierno!

Bartolomé no era un hombre impulsivo, pero la audacia de Anna lo tentaba a serlo. Su actitud y sus suposiciones lo irritaban como pocas cosas lo habían hecho en mucho tiempo, y había un placer perverso que saborear al sorprenderla.

Él también se había sorprendido al oírla hablar de la descendencia de Nicolás y el regreso definitivo del hijo de ese barón. Se sorprendió de que la historia de su padre hubiera sobrevivido, y no menos de que pudiera anticiparse su propia llegada. Aún más extraño, sobrevivió en ese lugar que no le parecía en lo más mínimo familiar. ¿Había él olvidado todo lo que sabía? ¿Y el molino? Podía verlo claramente en su memoria, pero no había ninguno ahí. ¿Cómo es posible?

¿Y qué hay de este barón que ahora tenía a Haynesdale? Ella dijo que él era el ladrón y trataba injustamente a los que estaban bajo su mano. ¿Significaba eso que estaba en desgracia con el rey? Bartolomé sospechaba que no, lo que significaba que el barón actual tendría que morir antes de que se pudiera plantear una reclamación. ¿Tenía él un hijo?

Más importante aún, ¿podría esta doncella ayudarlo a reclamar lo que le corresponde a él? ¿Creería ella alguna afirmación que él hiciera de ser el hijo de Nicolás?

¿Lo haría alguien más?

¿Y por qué un beso la había aterrorizado tanto?

Anna cayó al suelo y rodó un poco, luchando furiosamente. Sus ojos se llenaron de odio cuando lo miró, pero Bartolomé se agachó a su lado.

"¿Reconsiderando?" preguntó él a la ligera.

Te complace molestarme.

"En verdad, me complace." Él admitió la verdad fácilmente, maravillándose de ella incluso mientras lo hacía.

"Bribón", repitió ella. "Perro, canalla y sabandija".

Él sonrió, tranquilo por sus palabras. "Los insultos no mejorarán tu situación."

"No hay ninguna razón para que pretendamos estar casados", argumentó ella, el calor de su reacción hizo que él se preguntara si había más mérito en la sugerencia impulsiva de lo que había anticipado.

"Hay muchas razones para tal engaño", respondió él con suavidad. "Lo que deseo está dentro de la fortaleza. Lo que deseas está dentro de la fortaleza. La única forma de liberar a ambos es entrar en la fortaleza."

"No soy una tonta."

"Entonces, ¿cómo propondrías que entremos en la fortaleza, sin despertar sospechas de nuestra intención?"

"Ve como eres, un caballero francés que visita a uno de los suyos, y yo iré como un muchacho, tal vez como un escudero."

Bartolomé negó con la cabeza. "Nadie que tenga un poco de ingenio al respecto dejaría de notar que eres una mujer. Tu disfraz, si eso es lo que es, solo funciona en la oscuridad."

No se trataba de tener a otra mujer disfrazada de escudero en el grupo. Anna sería revelada rápidamente, y eso podría hacer que su anfitrión y sus hombres miraran más de cerca a sus invitados. Bartolomé no pondría en peligro a Leila, quien vestía como uno de los escuderos de Fergus y había respondido al nombre de Laurent desde Jerusalén.

Él se puso de pie. "Creo que nuestro pretender ser una pareja casada podría satisfacer nuestras necesidades."

"¿Qué necesidades?" demandó Anna con evidente sospecha.

¿Qué le había pasado a ella? Bartolomé podría haber adivinado que un caballero la había utilizado para su placer, dada su hostilidad hacia los de su clase.

Él habló razonablemente. "tú no confías en mí. Yo no confío en ti. No veo otra forma de estar seguros de las acciones del otro en todo momento que haciéndonos pasar por una pareja casada."

"Tus argumentos darían crédito a la historia", comentó el templario Enguerrand y su compañero se rió.

"Y visitar como invitados nos dará la oportunidad de aprender más sobre la fortaleza y que bien armado está", señaló Fergus, con un acuerdo general.

"Hay otra opción, muchacha", dijo Duncan. "Puedes permanecer atada y ser tomada como nuestro prisionero. Sin duda, el barón tiene una mazmorra para los ladrones."

Bartolomé asintió con la cabeza, incluso mientras Anna miraba con odio a Duncan. "Una buena idea. Entonces debería saber la ubicación precisa de nuestro ladrón." Le sonrió a Anna, saboreando su irritación un poco más de lo que sabía que ella apreciaba. Sí, era divertido burlarse de ella, cuando sus ojos aclararon sus pensamientos. Quizá encuentres a tu hermano allí.

Duncan hizo una mueca. "Aunque es probable que la pareja se vea obligada a enfrentarse a la justicia del barón."

"Podría ser una solución adecuada", reflexionó Bartolomé. "Además, podría quedarme con esta ballesta", agregó, simplemente para molestar a Anna.

Funcionó perfectamente. Sus ojos brillaron y ella luchó con nuevo vigor.

"Eres un hombre fastidioso, incluso para un caballero francés", gruñó Anna, retorciéndose en sus ataduras. Sí, ella no podía ocultar las curvas maduras de sus pechos y caderas. ¿Era mayor que Leila?

Sin embargo, había besado como una doncella asustada. Bartolomé descubrió que su interés crecía.

"Lo tomaré como un cumplido", dijo él, como si no estuviera interesado en su destino. En verdad, estaba bastante seguro de que ella cedería a su sugerencia. "Al torreón del barón y sus mazmorras entonces con las primeras luces." Bartolomé se acercó al fuego con la intención de avivarlo, mientras sus compañeros comenzaban a prepararse para partir. "Aún mejor, Fergus no necesita ser generoso con los obsequios destinados a su dama".

"¡Yo accedo!" lloró Anna y Bartolomé la ignoró por un momento.

"¡Dije que accedo, señor!"

"¿Escuchaste algo?" Bartolomé le preguntó a Duncan, quien se rió entre dientes.

"Me dirigí a ti y lo sabes bien", dijo Anna con la misma furia.

Él miró hacia arriba. "El viento en los árboles, tal vez." Los otros caballeros se rieron entre dientes y Anna enfureció.

"¡Me escuchaste bien, hombre malditamente confiado!"

Bartolomé se volvió hacia ella, colocando sus manos en sus caderas.

—No temas, Anna. Me apresuraré lo más posible para verte reunida con Percy en la fortaleza del barón."

Él creyó oírla maldecir en voz baja y luchó contra el impulso de reír.

"Tenemos un trato, señor". Anna contuvo el aliento y se corrigió. "Bartolomé", dijo ella con los dientes apretados. "Y no seré yo quien lo rompa primero."

"Entonces, tenemos un trato."

"Lo tenemos." Ella lo fulminó con la mirada. "Sellado incluso con un beso."

Él se frotó la frente. "Pero ustedes son de estas tierras. ¿Y si te reconocen? Entonces, todos podríamos correr peligro."

"Me atrevo a decir que un lavado eliminará cualquier posibilidad de eso", dijo Duncan con gravedad. Los hombres del grupo se rieron y Anna se enfureció visiblemente.

"¿Seguro que tu amigo tiene un velo para su dama?" sugirió ella con esperanza.

"Seguro que lo tiene", estuvo de acuerdo él. Cogió el nudo de la cuerda. "Tenemos un trato y ahora debes estar presentable."

"Puedo vestirme yo misma."

"Pero el argumento de Duncan es justo. Estás sucio y probablemente infestada de alimañas." Él hizo una mueca elaborada, solo para ver sus ojos brillar.

"¡No lo estoy!"

"No te pareces a ninguna mujer a la que tomaría por esposa." Bartolomé meneó la cabeza sabiamente. Disfrutaba demasiado ese encuentro. "No, si esta artimaña es plausible, yo mismo veré que estés limpia."

"¡Oh! ¡No harás tal cosa! "

Él levantó las manos. "¿Pensé que no eras tú quien rompería nuestro trato?"

"Pero no mencionaste esto antes. No me mostraría desnuda ante todos ustedes."

"No ante todos." sonrió él. "Simplemente su señor esposo".

Anna parecía dispuesta a despellejarlo vivo.

"Una esposa debe ser dócil, Anna", le recordó él amablemente. Él sabía que la había oído rechinar los dientes.

Luego ella le sonrió, la sonrisa de una mujer que prefiere verlo golpeado. "Un caballero debe ser valiente, Bartolomé".

Bartolomé se rió porque no pudo evitarlo. "¿Y dónde está escrito que no lo seré? Tranquila, Anna. No participo de ningún festín a menos que sea ofrecido voluntariamente."

Ella levantó la barbilla, su actitud aún indignada. "Me bañé en Samhain", le informó. "Eso es suficiente hasta Beltane."

"¿Un baño dos veces al año?" Bartolomé hizo una mueca. "Eso

explica gran parte de tu olor, Anna." Duncan se rió entre dientes y ella miró a los hombres a su vez.

"¿Con qué frecuencia te bañas?" exigió ella.

"Con la mayor frecuencia posible", respondió Bartolomé y tomó nota de la sorpresa de Anna. Entonces la puso de pie y sintió la vibración de rebeldía en su cuerpo mientras desataba sus ataduras. Él la miró a los ojos con firmeza, su manera seria en su intención de asegurarse de que ella tomara en serio su advertencia. "Tienes que saber que si huyes, te atraparé y nuestras discusiones no serán tan amistosas como ahora."

"No encuentro nuestras discusiones tanto como amistosas."

"Destruiré la ballesta y abandonaré a tu hermano." Él la miró fijamente y ella apretó los labios. "¿Entendido?"

"Júramelo", exigió ella. "Jura que me tratarás con honor, y júralo por algo de importancia para ti. No he conocido mucho bien estando a merced de los caballeros."

Bartolomé se preguntó qué habría soportado ella, porque vio un destello de vulnerabilidad en sus ojos. Esa expresión fugaz cambió todo para él. Él desenvainó su espada y ella se estremeció visiblemente, pero él apoyó el peso de la hoja en una palma. Le mostró el pomo, que estaba formado por un orbe de cristal. La esfera había sido partida a la mitad una vez y había un trozo de madera atrapado entre las dos mitades. Estaba atrapado en un entorno con forma de garra de dragón, que mantenía el orbe firmemente unido.

"Esta es una astilla de la Cruz Verdadera", le informó a Anna, cuyos ojos se abrieron como platos. "Y esta espada es un regalo de mi patrón y amigo, quien me bendijo con un arma tal que siempre podría acertar." Él besó el orbe, luego levantó la espada para que los primeros rayos de sol la iluminaran. Escuchó a Anna recuperar el aliento. Una sombra fue proyectada sobre la nieve por la hoja levantada, una cruz con fuego en su cima. Ella miró de la sombra a la espada y luego a Bartolomé con evidente asombro.

Sobre este talismán, me comprometo a defenderte como si fueras mi esposa de verdad y a tratarte con honor. Prometo hacer todo lo que esté a mi alcance para ver a Percy en libertad, las pertenencias de Duncan devueltas y que tú te vayas a salvo donde quieras."

Anna tragó visiblemente. "Juro mostrarte el mismo honor", susurró ella. Bartolomé le ofreció el orbe y ella lo miró durante un largo momento, luego tocó el cristal con sus labios. Sus ojos se cerraron y sus pestañas revolotearon contra sus mejillas, la expresión la hacía lucir angelical y dulce.

Su actitud cambió en ese momento, porque su desafío pareció derretirse después de que sus labios tocaron la pieza. Ella tomó una respiración firme antes de que su mirada se encontrara con la de él y su animosidad desapareciera. "Gracias, Bartolomé", dijo en voz baja y él le sonrió.

De hecho, su corazón dio un vuelco extraño y se preguntó si habría más ganancias en esta aventura que el regreso de la alforja de Duncan.

Él envainó su espada y la desató, sintiendo que la lucha se había ido de ella. No confiaba en ella, eso era seguro, pero se alegraba de haberla tranquilizado.

Y a decir verdad, estaba deseando verla limpia y vestida adecuadamente. ¿Anna era una hermosa doncella? Bartolomé estaba realmente curioso.

~

UN FRAGMENTO de la Verdadera Cruz.

Anna nunca había pensado en ver semejante maravilla. Dada esa seguridad de cualquier otro, habría dudado de que la reliquia fuera genuina, pero la reverencia en la mirada de Bartolomé no podía haber sido fingida. Él no pudo haber visto que los Templarios cayeron sobre una rodilla cuando sostuvo la espada. Tanto Duncan como Fergus inclinaron la cabeza y se persignaron, mientras los escuderos miraban con asombro. Estaba claro que todos creían que ese tesoro era lo que decía Bartolomé.

Parecía que un dedo divino había tocado el orbe de cristal, enviando un rayo de luz a través de él como para aprobar la maravilla o respaldarla. De cualquier manera, Anna se había convencido del mérito de la reliquia.

Y estaba mucho más cerca de reconocer que el caballero también podría tener algún mérito. ¿Qué clase de amigos tenía si uno le concedía un tesoro como este como regalo?

Él la llevó de regreso al río, el peso de su mano puesto en la parte posterior de su cuello, dejando atrás su armadura. Él también dejó atrás a sus compañeros y ella se alegró de no estar expuesta a todos ellos.

¿Podía ella confiar en él?

Bartolomé se quitó el tabardo y las botas mientras lo último de la cuerda todavía estaba anudado alrededor de sus rodillas y muñecas. Anna no pudo resistir el impulso de mirarlo, pero no se atrevió a mirarlo completamente. Él se quitó la camisola por la cabeza y ella vio que aún estaba bronceado por el sol del verano. Un vistazo fugaz reveló que él también estaba finamente forjado y musculoso. Él regresó a ella en sus calzas y ella desvió la mirada, sonrojándose mientras él zafaba rápidamente los últimos nudos.

El corazón de Anna latía con fuerza y tenía la boca seca. Sin embargo, no había seducción en sus modales, simplemente propósito, como si verla limpia fuera simplemente una tarea por hacer. Su capa fue arrojada a un lado y él frunció el ceño ante su ropa húmeda y sucia. "Estás sucia", murmuró él.

"Es más fácil esconderse en el bosque cuando uno huele a bosque", respondió ella.

Él arqueó una ceja. "Supongo que esa es una excusa para ello. Todo, fuera. Tendrá que ser quemado."

Anna dudó en desvestirse ante él. Aunque no le daba vergüenza la desnudez, la sentía en presencia de un hombre así. No deseaba que él viera la pieza que mantenía escondida entre sus pechos. "¿No darás la espalda?"

Bartolomé sonrió. "¿lo harías en mi lugar?"

"Quieres mirarme."

"Deseo asegurarme de que no te aproveches de mí." Él la miró fijamente con una mirada atenta. "¿Me darías la espalda si nuestros papeles se hubieran invertido?"

Ella no pudo evitar sonreír, porque no lo habría hecho. "Aun así, mantendría algo de modestia", dijo ella, tratando de sonar altiva. El peso del anillo en el cordón alrededor de su cuello fue un recordatorio suficiente de la verdad. Anna le dio la espalda a Bartolomé y se quitó los zapatos, luego se desató el cinturón y tiró del tabardo por la cabeza. Ella vaciló antes de desatar sus calzas y él se aclaró la garganta detrás de ella.

"¿Necesitas ayuda?" preguntó él con impaciencia. "Porque me alegraría poder ayudarte, si tienes problemas con el nudo."

"no lo necesito", dijo ella y se deshizo de las calzas con rapidez. La camisola era lo suficientemente larga para cubrir sus caderas, y ella lo miró por encima del hombro.

"Todo", ordenó él e hizo una mueca. "Ni siquiera puedo ver de qué color era tu camisa. ¡Las heridas de Dios, pero esta agua está fría! "

Anna desató el cordón del cuello mientras entraba al agua. Hacía un frío helado. Ella tiró rápidamente de la prenda por encima de su cabeza, arrojándola hacia él, luego se sumergió en el arroyo para que su desnudez quedara oculta a la vista.

Ella no huyó, aunque deseaba hacerlo. En cambio, se giró en el agua para mirarlo. "Me quedaré aquí", insistió ella. Y tú te quedarás allí.

"Serás rápida", respondió él. Ella se estremeció, no teniendo ninguna duda de eso. "¡Timothy!" gritó él por encima del hombro y Anna se hundió más en el agua. Un niño, claramente su escudero y al que había convocado, bajó corriendo la pendiente. Le presentó a Bartolomé varios paños gruesos y un pequeño trozo de algo pálido. El niño miró a Anna, pero ella cruzó los brazos sobre los pechos, permaneciendo agachada. Bartolomé se aclaró la garganta y el chico corrió cuesta arriba.

"Jabón", dijo Bartolomé, agachándose en la orilla para ofrecerle el bulto. "Y un paño grueso para limpiar ese fango. Se rápida o lo haré yo mismo."

Anna se acercó más, sin confiar realmente en él, pero él le concedió ambas cosas. Sus dedos se rozaron y él frunció el ceño. "Ya estás helada. Muestra algo de prisa, Anna, y cuida tu propio bienestar. Luego se enderezó y la miró fijamente, con los brazos cruzados sobre el pecho, tan imponente como ella podría imaginar que podría ser cualquier hombre.

Bajo su atenta mirada, Anna se quitó la suciedad de la carne. El jabón olía de maravilla, más fino que cualquier otro que hubiera tenido la suerte de usar, y la tela era gruesa y tejida como si fuera para este mismo propósito. Ella nunca había sentido algo así. Era de lo más lujoso. Ella se frotó con tanta fuerza que su piel se calentó. Si no hubiera tenido tanto frío, podría haberse vuelto rosada. Tal como estaban las cosas, encontraba muy bienvenido sentirse limpia de nuevo.

—Tu cara —le ordenó Bartolomé y ella se lavó como se le había ordenado. Su rostro estaba enterrado en la tela cuando volvió a hablar. "¿Necesitas ayuda con tu cabello?"

Anna saltó ante el sonido del agua salpicando muy cerca. Evidentemente, no él había esperado su respuesta, porque sintió sus manos en su cabello. Ella se puso rígida, pensando que él tenía la intención de sumergirla, pero no lo hizo. Frotó un poco de poción en su cuero cabelludo y por su cabello, luego la sumergió en el río por un momento para enjuagarla. Ella se acercó farfullando y escuchó su risa mientras se limpiaba el agua de los ojos. Ella se mantuvo en el agua para esconder su tesoro, sabiendo que él asumiría que tenía la intención de esconder sus pechos.

"¿Eres una doncella o un caballero?" preguntó ella, y Bartolomé volvió a sumergirla.

"No eres el primer rufián que he limpiado", dijo él con humor en su tono cuando ella tomó aire. Anna negó con la cabeza y se secó el agua de la cara para encontrarlo cerca de ella, un brillo en sus ojos mientras la estudiaba. "Bueno, bueno", murmuró él. "Después de todo, había una perla en el fango."

Anna sintió que se le calentaban las mejillas y podría haberse retirado del calor de sus ojos, pero Bartolomé alcanzó el cordón alrededor de su cuello. "¿Qué es esto?" preguntó, su curiosidad clara.

Anna cerró una mano alrededor del anillo. "Una muestra de un ser querido", dijo ella. "Y no importa que lo veas."

Sus ojos se entrecerraron. "El encaje también está sucio."

"El encaje permanecerá."

Sus miradas se mantuvieron durante un largo momento y ella temió que él la desafiara de nuevo. En cambio, su expresión se volvió severa y dio un paso atrás. "Recuerda tu promesa", dijo él, luego se frotó la cara y el cabello. No estaba a dos pasos de ella y sabía que no llegaría muy lejos si optaba por correr. En realidad, ella no deseaba romper su promesa.

Ella aprovechó la oportunidad para examinarlo y quedó aún más impresionada por su vigor. De hecho, Bartolomé estaba mejor hecho que cualquier hombre que ella hubiera visto. Ella se atrevió a mirar mejor mientras él no podía observar su atrevimiento. Había una cicatriz en su pecho, una oscurecida por la oscura maraña de cabello que crecía allí, pero ella pudo ver que la carne estaba arrugada y enrojecida allí.

Por supuesto, habría sido extraño que un caballero no tuviera cicatrices. Haber tenido una herida tan cerca de su corazón, incluso una pequeña, no podía haber sido una herida menor. Ella pensó en preguntarle después de eso, pero apostó que él querría ver lo que colgaba del cordón alrededor de su cuello a cambio.

Él era uno de los que regateaban, sin duda.

Y no un hombre desagradable. Anna se encontró recordando ese beso y sintiendo una calidez desconocida fluir a través de su cuerpo. Si él lo hacía de nuevo, ella podría permitirse disfrutar un poco de su toque. Se escurrió el cabello, preguntándose cómo lo trenzaría como debería estar el cabello de una dama. Ella no tenía idea de cómo se lograba la hazaña.

—Ponte la capa —le aconsejó Bartolomé mientras se dirigía a la orilla. "Timothy me traerá ropa limpia y deberías estar cubierta cuando él regrese."

Anna hizo lo que le ordenaron, consciente de que él la miraba con atención. Una vez que estuvo envuelta en la plenitud de su capa, se sentó en una piedra y metió los pies debajo de sus pliegues para mantenerse caliente.

Bartolomé sonrió para que ella no huyera y sintió un curioso placer en su satisfacción. Salió del arroyo, moviendo la cabeza como un gran perro, y ella tuvo la oportunidad de ver su desnudez. El agua goteó sobre su piel bronceada y ella notó su evidente fuerza. Sería un enemigo formidable en la batalla, y ella se alegraba de entrar en la fortaleza del barón bajo su protección. Su confianza era merecida, porque se movía con una facilidad que ella encontraba muy atractiva.

Timothy regresó, una vez más moviéndose con prisa, y le ofreció un paño grueso a su caballero. Recogió el jabón y los trapos mientras Bartolomé se secaba, luego presentó ropa interior limpia. Bartolomé se puso la camisola, que era más blanca y fina que cualquier otra que Anna hubiera visto antes, y luego unos braies[1] de lino limpios. Sus zapatillas oscuras pasaron por encima de los braies, luego se puso las botas. Indicó que Timothy debería recoger la ropa que había tirado, luego caminó hacia ella y la tomó en brazos antes de regresar al campamento.

"¡Puedo caminar!"

"¿Descalza, en invierno?" Él sacudió la cabeza. "Difícilmente apropiado para mi esposa." Entonces le guiñó un ojo y Anna consideró que ese trato podría tener beneficios inesperados. De hecho, había pasado mucho tiempo desde que un alma la había defendido. Por lo general, ella cuidaba a los demás.

Su ropa sucia fue quemada, a pesar de sus protestas, en el fuego que ahora ardía. Un humo espeso se elevó hacia el cielo de la mañana y el escocés negó con la cabeza. "Nuestra presencia ya no es un secreto", murmuró, y era cierto.

Fergus y Bartolomé consultaron sobre la colección de regalos de ese caballero escocés para su prometida, luego Bartolomé le trajo a Anna una camisola de lino tan fina y blanca como la suya. También le ofrecieron un par de medias con ligas rojas, zapatos de cuero fino y una espléndida kirtle carmesí con bordados dorados en el dobladillo.

"¡No podría usar un vestido así!" Anna no pudo ocultar su asombro, lo que hizo reír a Fergus en voz alta.

"Considéralo un regalo de bodas", bromeó él.

"Una concesión necesaria para que se haga justicia", coincidió Duncan. "El tono no favorecería a Isobel, en mi opinión."

Fergus volvió a reír. "Me temo que hablas bien, aunque me gusta mucho."

Bartolomé consideró a Anna. "Favorecerá a Anna, creo."

Por su parte, Anna estaba nerviosa por la generosidad del préstamo. "Me aseguraré de que todo te sea devuelto tan nuevo como en este momento", juró ella.

"No prometas lo que quizás no puedas ver que se haga", dijo Bartolomé, y ella se preguntó qué esperaban encontrar. Todos estaban tan repentinamente sombríos que un escalofrío golpeó su corazón.

"¿Qué había dentro de esa alforja?" preguntó ella y todos menos Bartolomé se dieron la vuelta.

"No es para que lo sepas", dijo él lacónicamente. "Pero quien lo mire no lo entregará fácilmente."

¿Qué carga llevaban estos caballeros?
¿Percy lo pagaría con su vida?
La idea era aterradora. Ella tenía que ayudar a Bartolomé a hacer que ese engaño funcionara.

~

ANNA ERA HERMOSA.
Asombrosamente.
No cabía duda de que era una mujer y, una vez más, Bartolomé se preguntó por su edad. Más joven que él, suponía, pero no tan joven como Leila. Quizás de la misma edad que la criada de Ysmaine, Radegunde. Una vez vestida con las mejores galas destinadas a Isobel, ella de hecho parecería una mujer noble. Bartolomé se vistió, se puso el aketon y la cota de malla y miraba a Anna a intervalos. Él se puso las calzas y los zapatos, luego la camisola y él la vio maravillarse con su tejido.

"Está tan bien", murmuró ella, luego lo empaló con una mirada. Él se había puesto su tabardo y Timothy estaba abrochando su cinturón. Él notó otra vez la sombra entre sus senos, la que era causada por la pieza que colgaba del collar, y él se preguntó lo que ella atesoraba.

Anna se sentó, poniéndose otra vez la capa sobre los hombros. "pero una hay cosa que no puedo hacer," dijo ella. Él pensó que ella pretendía desafiarlo, pero ella levantó su cabello mojado. "No sé cómo trenzar el cabello como lo hacen las mujeres nobles."

Bartolomé estaba confundido. "yo tampoco sé", admitió él, viendo las faltas en su plan.

"Ella debería tener una doncella", añadió Fergus, sin embargo su tono era más de un hombre con una solución que con un problema.

Por supuesto. Bartolomé se giró hacia Leila, que lo estaba observando atentamente. La muchacha sarracena había sido su amiga en Jerusalén y había viajado tan lejos con su grupo disfrazada como un escudero.

Ella se aclaró la garganta y habló ásperamente. "Mi prima me pedía a menudo que le trenzara el cabello" dijo ella, manteniendo el disfraz de ser un muchacho. "Puedo ser de ayuda."

Bartolomé sabía que Leila había huido de un matrimonio arreglado

EL BESO DEL CABALLERO DE LAS CRUZADAS

por su tío, aunque ella nunca había confesado los detalles, él estaba seguro de que ella debió tener un buen motivo para abandonar todo lo que conocía. Fergus le había ofrecido a Leila el trabajo de escudero. Él no dijo nada más, ya que abandonar el disfraz tenía que ser elección de Leila. Él asumió que la historia de la prima era una mentira, con la intención de disfrazar que ella había trenzado alguna vez su propio cabello.

¿Qué pretendía hacer ella en Escocia? ¿Había ella considerado su futuro, ahora que Ultramar estaba bien lejos de ellos?

Leila rebuscó en su pequeña bolsa de posesiones y sacó un peine. Era tallado de fina madera dorada. Duncan se sorprendió al verlo y Leila le sonrió.

"Radegunde me lo dio", admitió ella y él asintió. Aparentemente, el hombre de armas lo había visto antes. Afortunadamente, ninguno de esos que no conocían la verdad de Leila, encontró extraño que una doncella le diera un peine a un escudero.

Todavía.

Leila fue al lado de Anna y tomó las puntas de su cabello. Anna arrugó su nariz y le dio a Bartolomé una mirada desconcertada. "¿Cuál es el punto de tomar un baño, si el escudero que me ayuda huele a establos?" Antes de que él pudiera responder, ella se giró y miró detenidamente a Leila, Ella entrecerró los ojos, su mirada iba de las manos a la cara de Leila.

Bartolomé lo supo en el momento en que Anna se dio cuenta de la verdad, porque sus labios se abrieron con sorpresa. Ella intentó ocultar su reacción, pero él ya había notado que ella tenía poco talento para el disimulo. De hecho, ella se giró hacia él, una pregunta en sus ojos.

Leila, mientras tanto, puso el peine en las manos de Anna. Ella se enderezó y se volvió hacia Fergus, entonces se inclinó. "Mi señor," dijo ella en su voz normal, hablando francés" "Creo que es el momento."

"La decisión siempre fue tuya", respondió él, inclinando su cabeza y sonriendo con aprobación.

Los Templarios se miraron entre ellos con evidente confusión, una reacción compartida por sus escuderos. Anna claramente no entendió la conversación, sin embargo ella había adivinado la verdad del sexo de Leila.

Leila cogió la pequeña bolsa que había cargado desde su partida de Châmont-sur-Maine, y Bartolomé se dio cuenta de que Radegunde debió darle más que un peine. Las dos mujeres parecían haberse hecho amigas desde su partida de París. ¿Había sido eso obra de Duncan? Él parecía indulgente en ese momento, como si todo ocurriera como él había anticipado.

Leila extendió una mano ante Timothy, exigiendo el jabón. El muchacho se lo entregó después de confirmar con Bartolomé que le permitía hacerlo. Él no parecía menos confundido que los templarios, pero Hamish y Duncan no estaban sorprendidos.

Leila se dirigió al río con resolución, incluso cuando el resto del grupo la miraba fijamente. Momentos después se le oyó chapoteando en el agua, fuera de la vista. Ante un gesto de Fergus los muchachos vieron lo último de su queso y panes para que pudieran desayunar. Había un pellejo con un poco de vino cortesía de Gastón, y algunas manzanas, pero era hora de que encontraran algunas provisiones. Bartolomé dudaba de que él fuera el único que hubiese agradecido una comida caliente.

Anna comió con prisa, mostrando un asombroso apetito, lo que le hizo preguntarse cuando había comido ella por última vez. Para cuando Leila regresó de la orilla del rió, ellos se preparaban para partir. Cada hombre y muchacho en el grupo se giró al escuchar sus pasos, y cada uno se lo quedó mirando.

Anna no fue la única que se transformó. Leila usaba un simple kirtle de tela verde y un cinturón de cuero. Ella usaba las mismas botas y su cabello oscuro rizado alrededor de su cara. Aunque ella se había cortado el cabello en Jerusalén no había duda de que ella era una doncella, y una hermosa.

Bartolomé sonrió, incluso cuando muchos de sus compañeros miraban perplejos.

CAPÍTULO 3

"*P*ero, pero, Laurent", susurró Timothy, su sorpresa era clara. —Leila —le corrigió Leila mientras le devolvía el jabón al asombrado escudero. Ella arrojó su sucio atuendo al fuego con evidente satisfacción. Arrancó el peine de los dedos de Anna y se puso a trabajar en su cabello, mientras los Templarios comenzaban a consultarse entre sí en murmullos agitados. Ambos estaban frunciendo el ceño cuando alzaron la voz para enfrentarse a los otros caballeros.

"Entonces, ¿hemos viajado sin saberlo con una mujer en nuestro grupo?" exigió uno.

"¡Va contra las Reglas!"

"No va en contra de las Reglas proteger a quienes necesitan nuestra defensa", respondió Fergus.

"¡Pero era una mentira!"

"Era un plan para proteger a esta doncella, y uno respaldado por el Gran Maestre en Jerusalén", agregó Bartolomé. Los Templarios parecían estar un poco más a gusto con esta información adicional, pero aún miraban al resto del grupo con recelo. Él se preguntó si esperaban que aparecieran más mujeres en sus filas.

"No todo fue mentira", dijo Leila en voz baja, sonriendo a Fergus. "Tengo una prima cuyo cabello trencé." Ella peinó el cabello de Anna con destreza, lo trenzó y lo enroscó a toda velocidad. "Tendrá que abrir sus alforjas de nuevo", le dijo a Fergus. "Una dama necesita una toca, un velo y una diadema."

"Me alegro de haber traído tantas baratijas para mi prometida", bromeó Fergus, incluso mientras desabrochaba las alforjas de nuevo.

"No es una coincidencia, muchacho, y tú lo sabes bien", murmuró Duncan. Fergus sonrió en reconocimiento.

"¿Qué quieres decir?" Bartolomé tuvo que preguntar porque no entendía.

"Este muchacho nació en el caul. Tiene la Vista, aunque rara vez dice lo que ha visto."

"Brujería", susurró un templario, y se persignó al igual que sus escuderos. El otro escudriñó el bosque, buscando aún más sorpresas desagradables.

Pero lo único para Bartolomé era la visión del ladrón transformado. No pudo apartar la mirada de Anna mientras Leila terminaba de trenzar y enrollar su cabello, porque se revelaba la elegante longitud de su cuello. Ella parecía frágil y femenina, como él no había imaginado. La toca y el velo le daban un misterio seductor, y a él le pareció que sus ojos brillaban con una nueva conciencia de sus encantos. Ella le lanzó una mirada tímida, luego sonrió y se sonrojó un poco, evidentemente notando su reacción y encontrándola desconcertante.

Entonces ella había sido abusada por un hombre. Él tendría que tratarla con amabilidad.

A decir verdad, Bartolomé encontraba la combinación de rasgos en su naturaleza muy seductora. Quizás él nunca se había enamorado de una mujer porque parecían preocupadas por su atuendo y sus bordados, o por su probabilidad de tener hijos. Él admiraba que Anna poseyera una ballesta y reconoció que le había dado una competencia justa en el bosque. Él dudaba que cualquiera que la hubiera conocido como un rufián la reconociera así.

Bartolomé estaba intrigado por esta doncella y sintió que el sentimiento no lo abandonaría pronto.

Anna se puso de pie mientras Leila ataba los lados de la falda carmesí, luego se giró en su lugar con obvio placer por su atuendo. "Señor, le agradezco su generosidad", le dijo a Fergus y se inclinó profundamente en su gratitud. Incluso su forma de hablar había

EL BESO DEL CABALLERO DE LAS CRUZADAS

cambiado, como si el atuendo produjera una transformación en su propia naturaleza.

"Te lo ganarás, si recuperamos la alforja con tu ayuda", respondió ese caballero. Le sonrió a Leila, que se apresuraba a desayunar.

"Lo que significa que debemos saber todo lo que puedas decirnos sobre este barón, su casa y sus defensas", dijo Bartolomé. "Su fortaleza no puede estar lejos del camino." Tenía muchas ganas de ver la fortaleza a la luz del día, porque no había nada familiar en él durante la noche.

Quizás lo reconocería mejor esa mañana, y desde el punto de vista del camino.

Seguramente no podría haber dos propiedades llamadas Haynesdale. No, no podía ser así, porque Anna había compartido la historia de su propio padre. Bartolomé era la descendencia de Nicolás, y su llegada era evidentemente anticipada por Anna.

Aun así, era desconcertante no tener ningún recuerdo de ese lugar.

Él observó mientras Anna consideraba la altura del sol. "Este camino conduce directamente a sus puertas. Con tales caballos y un paso majestuoso, lo alcanzaremos a mediodía."

"Un momento excelente para que lleguen los invitados", dijo Fergus con satisfacción.

"Una comida caliente sería bienvenida", dijo Duncan, haciéndose eco de los propios pensamientos de Bartolomé.

"¿Y una taza de cerveza?" bromeó Fergus y se rieron juntos.

Bartolomé asintió. "Entonces debemos ponernos en marcha, para estar a sus puertas antes de que nos descubran y crean que somos intrusos." Él le sonrió a Anna. "Como no tienes caballo, mi señora, parece que debes viajar conmigo."

"Podría viajar con mi doncella", respondió ella con un desafío familiar.

"Podrías, si confiara en ti." Bartolomé se acercó a Zephyr, quien pateó en anticipación de una carrera. O si no quisiera hablar contigo sobre nuestro anfitrión."

Anna cruzó los brazos sobre el pecho, sin mostrar ninguna inclinación a hacer lo que él sugería. "¿Pero qué hay de este grupo? ¿Quiénes son todos y de dónde partieron? ¿Cómo se formó un grupo así? ¿Y cuál es tu destino?

"Viajamos desde Jerusalén", dijo Fergus para alivio de Bartolomé. "Porque vuelvo a Escocia para mis nupcias, después de completar mi servicio con la orden."

"Trajimos noticias de los eventos de Ultramar al Templo de París", agregó Bartolomé.

"Y una vez allí, la gratitud del Gran Maestre fue tal que le concedió a Fergus una escolta hasta su casa", dijo Duncan, señalando a los dos Templarios. Ellos inclinaron la cabeza hacia Anna.

"Enguerrand", dijo uno.

"Yvan", agregó el otro.

"¿Jerusalén?" repitió Anna asombrada. "¿Cabalgaron desde la misma Ciudad Santa?"

Bartolomé asintió. "Lo hicimos."

"¿Y por qué vas a Escocia?" le preguntó ella.

"Para presenciar las nupcias de mi amigo, por supuesto."

"¿Pero no eres de la orden?"

Él sacudió la cabeza.

"¿Tienes una propiedad?"

"Alabo a Dios porque no eres demasiado curiosa", dijo Fergus arrastrando las palabras, y Duncan se rió entre dientes.

Anna se volvió hacia él, fuego en sus ojos. "Si voy a ser su esposa, entonces debería conocer algunos detalles de su vida."

Fergus se encogió de hombros. "A todos nos gustaría saber más sobre los secretos de Bartolomé", dijo arrastrando las palabras y ella se volvió hacia Bartolomé de nuevo.

"No tengo secretos", dijo él en voz baja.

"¿No?" Preguntó Fergus. "Entonces, ¿por qué la insistencia en este camino?"

"¿Y por qué la partida de la morada de Gastón?" Añadió Duncan.

Bartolomé se mantuvo firme. "Deseaba ver tu hogar y más del mundo, no más que eso", dijo, aunque imaginó que Fergus seguía siendo escéptico. Él hizo una reverencia al otro caballero. "Pero tal vez tú, cuando entres en tu herencia, veas la manera de ofrecerme un puesto en tu fortaleza."

Fergus arqueó una ceja. ¿Después de que rechazaras una oferta similar de Gastón? Bien podría ser una pérdida de aliento."

EL BESO DEL CABALLERO DE LAS CRUZADAS

"Y puede que no." Bartolomé no les había hablado de sus esperanzas para Haynesdale, pero había insistido en que viajaran por esa ruta. Él sabía que ambos hombres sentían más curiosidad y se sintió aliviado cuando abandonaron el tema. Él sentía que la extraña convicción de que expresar su sueño en voz alta revelaría su locura.

Anna se mordió el labio. "Así que es la promesa de buena voluntad lo que te mantiene a su lado."

Bartolomé eligió burlarse de ella. "Solo soy práctico. Debemos comer algo, esposa, especialmente si vamos a tener hijos." Duncan sonrió y se volvió hacia su caballo.

Anna le sostuvo la mirada durante un largo momento, su intensidad hizo que su corazón saltara. Era casi como si ella adivinara la verdad que él no deseaba decir en voz alta, como si discerniera el secreto que él ocultaba a todos.

Pero eso era imposible.

"Eres un hombre miserablemente seguro", dijo ella con un movimiento de cabeza. "Tomar una esposa sin medios para mantenerla es muy audaz."

Bartolomé sonrió a su pesar, porque nunca habría cometido un acto tan impetuoso.

"Quizás él confía en que el curso del amor será verdadero", bromeó Fergus.

Anna se sonrojó. "Tal vez sea una suerte de que nuestro matrimonio no sea más que un cuento", respondió ella. "Si yo fuera realmente una novia y aprendiera la mayor parte del plan de mi esposo, bien podría abandonar el matrimonio."

"No podrías si se hubiera consumado", observó Bartolomé.

"Entonces soy afortunada", replicó ella. "Porque todavía tengo una opción."

Bartolomé le sonrió. "¿Fue un desafío, mi señora? ¿Debo seducirte esta noche para asegurarme de que tu elección esté hecha?

Aunque su tono era burlón, de nuevo su reacción fue vehemente. "No podrías. ¡No podrías!" Ella incluso se apartó de él.

"Podría convencerte."

Anna se sonrojó furiosamente y caminó hacia los caballos. Ella demostró que sus modales elegantes eran fácilmente abandonados, ya que se movió con su anterior propósito. "Hombre irritante", murmuró ella.

"Es por eso que me amas", respondió Bartolomé. "Veo la verdad en tus ojos."

"Miserable", susurró ella, pero su sonrojo se profundizó.

"Su unión estaba destinado a ser", bromeó Fergus, pero Anna lo ignoró.

Bartolomé se subió a la silla y luego empujó a Zephyr hacia un tronco caído. Anna se subió a él, más ágil que cualquier dama que él hubiera conocido. Él le tomó la mano y ella usó el estribo para trepar y montar detrás de él. Ella se había puesto su capa de nuevo y la quitó del camino mientras se acomodaba, luego la colocó sobre la espalda de Zephyr con la ayuda de Leila. Luego, la mujer más joven se subió a la silla de su caballo.

"Tendrá que tocarme, mi señora", le aconsejó él en voz baja cuando Anna no se apoyó en él.

Ella dio un suspiro de paciencia. —Supongo que es inevitable, mi señor —le cedió ella con tal fingida deferencia que él no pudo reprimir la sonrisa.

"¿No es mi deseo tu orden?" bromeó él.

"No me moleste demasiado, señor", respondió Anna. "No si quieres dormir en mi compañía".

"Seguramente Leila me defenderá", replicó él.

"Seguramente lo hará", respondió esa doncella con vigor. Porque no hay caballeros más nobles en la cristiandad que los de este grupo, en particular el marido de mi señora. Ninguna mujer podría encontrar un hombre mejor."

Bartolomé sintió la sorpresa de Anna ante este respaldo a su persona y se dio cuenta de que podría haber un beneficio adicional en que Leila actuara como la doncella de Anna. Los brazos de Anna se enroscaron alrededor de su cintura y ella se apoyó con cautela en su espalda.

Bartolomé sintió una extraña satisfacción al tener su peso sobre él. Chasqueó la lengua y Zephyr sacudió la cabeza y se encaminó hacia el camino. El grupo se organizó en parejas, Bartolomé y Fergus al frente y los Templarios al final. Duncan cabalgaba en medio con Leila, Timothy y Hamish delante de él y los escuderos de los Templarios detrás.

Llegaron al camino, que era de tierra aplastada pero uniforme y recto, y los caballos empezaron a galopar.

Bartolomé tragó saliva, ansioso por tener una mejor visión de la fortaleza que podría ser su derecho de nacimiento y temeroso de lo que traería su llegada.

～

Qué grupo tan notable. Cuanto más sabía ella de Bartolomé y sus compañeros, más se inclinaba a creer Anna que podrían tener éxito en recuperar tanto su alforja como a Percy de la fortaleza del barón. Ellos tenían ventajas inesperadas y parecían muy intrépidos.

De hecho, su terror fue rápidamente reemplazado por la anticipación.

Su curiosidad por el contenido de esa alforja también crecía con cada momento que pasaba.

"Ahora háblenos de este barón", le invitó Fergus.

"No, primero mi esposa necesita un nombre", dijo Bartolomé. "No puedes ser simplemente Anna, la hija del herrero."

Anna se enfureció porque su nombre era insuficiente para él. "¿Porque un caballero de tu estatura, sin aferrarse a su nombre, no se dignaría casarse con algo tan bajo?" preguntó ella dulcemente.

Bartolomé se rió y la sorprendió con su respuesta. "No, porque serás traicionada por la familiaridad de tu nombre y reconocida a pesar del cambio en tu apariencia. Entonces Percy no escapará de la mazmorra y ese no es nuestro objetivo."

"No recomiendo el uso de otro nombre", contribuyó Leila. "Para que no se equivoque y no responda a una orden. Es el error más fácil de cometer y el más revelador."

Anna supuso que Leila había cometido tal error en su viaje. "Pero Anna es un nombre bastante común", dijo.

"¿Podemos crear un título?" Preguntó Fergus. "¿Nos atrevemos a ser tan osados?"

"El barón está bien conectado", dijo Anna. "Debe ser un nombre que él conozca, pero no una persona que haya conocido."

"Podrías haber viajado con nosotros desde Ultramar, o incluso desde Francia", sugirió Duncan.

Anna negó con la cabeza. "Pero nunca he visto ninguno de esos lugares. Creo que Royce ha ido a la corte del rey en Normandía. Y no hablo francés."

"Una pequeña pregunta podría revelar el engaño", dijo Leila.

"Entonces, necesitamos una mujer noble desconocida para el barón, tal vez porque no existe, con un título conocido por el barón. Fergus se pasó una mano por el pelo.

"Habrá un acertijo que resolver", coincidió Bartolomé. Él miró a Anna por encima del hombro, con los ojos brillantes. "A menos que ya conozca la solución, mi señora."

Anna le sonrió, contenta de haberlo hecho e igualmente contenta de que él lo hubiera anticipado. "Había una viuda, Elizabeth de Whitby, cuya riqueza fue muy codiciada después de la muerte de su esposo. Ella tenía una hija, llamada Anna, y temía que ambas se casaran a la fuerza una vez que no tuvieran un defensor. Ella huyó de su propiedad con su hija para buscar refugio en la abadía de Santa María."

"¿Cuándo fue eso?" Preguntó Fergus.

"Hace más de diez años. Mi madre solía contar la historia como una señal de tiempos horribles."

"¿Cómo es eso?" Preguntó Fergus.

"La dama Isabel murió, porque fueron traicionadas y asaltadas en el camino. Pero su doncella se llevó a la niña y llegó a la abadía. Una vez allí, la abadesa los defendió a ambas. Se dijo que la niña tomó sus votos cuando era joven y tenía la intención de vivir sus días sirviendo a Dios. Ella tendría mi edad, y nadie la ha visto desde que era niña."

"Y nadie la verá pronto, si permanece en la abadía", reflexionó Bartolomé. "Entonces, ¿sugerirías que ella ha cambiado su forma de pensar?"

"Ella podría haber sido robada por un malvado caballero", respondió Anna y sintió la risa de Bartolomé bajo sus manos.

"Sí, podría haber sido", estuvo de acuerdo, luego manipuló la historia. "Pero está claro que nuestro grupo la rescató de un peligro tan terrible."

"No, fue arrebatada de las garras de un villano por el caballero, Bartolomé de Châmont-sur-Maine, un valiente cruzado como el mejor, y un guerrero muy preocupado por la justicia", sugirió Fergus, incluso cuando Anna farfulló en protesta.

Bartolomé se llevó el puño al pecho. "¿No me digas que ella perdió su corazón por él?"

Fergus asintió sabiamente. "Enamorada de una mirada. Ella dejó a un lado sus votos y le rogó que se casara con ella. Yo fui testigo de todo."

"¡No!" protestó Anna, pero escuchó risas en su propio tono. "Ustedes dos deforman el cuento."

"Solo para crear uno más fino", dijo Bartolomé. "Yo no quisiera ser conocido como un villano rapaz."

"Ningún caballero de mérito podría soportar tal asalto a su naturaleza", asintió Fergus con tanta solemnidad que Anna quiso creerle.

"¿Sin embargo, tengo que haberle rogado que se casara conmigo? No es propio de mí hacer semejante súplica."

"Sí, puedo creerlo." Fergus la señaló con un dedo. "Pero tal es el poder del amor. Nos convierte a todos en tontos, desesperados por el favor de nuestro ser amado."

"Así habla un hombre que ha perdido el corazón", adivinó Anna, y Fergus le guiñó un ojo, sin vergüenza de su estado. Él había traído muchos regalos para su prometida y ella admiraba que él no tuviera miedo de que los demás conocieran su afecto.

"Aunque me gustaría ver a Anna suplicar mi piedad", dijo Bartolomé, una vez más burlándose de ella. "¿Me harías el favor, mi esposa?"

"¡No lo haré!"

"Pero entonces", Fergus bajó la voz. "Quizás la doncella sólo le suplicó así al caballero porque vio en sus ojos que él había perdido su corazón por ella."

Bartolomé soltó un bufido.

"Un caballero debe tener corazón para perderlo", respondió Anna. "Y soy escéptica de que sea así. Parece que un nombramiento sí destruye toda compasión en un hombre."

Ella sintió el asombro en el grupo y se dio cuenta tardíamente de que al expresar sus pensamientos en voz alta, los había insultado a todos.

"Debemos mostrarle a Anna que no ha visto el verdadero mérito de nuestra especie", dijo Fergus en voz baja.

"De hecho, debemos", dijo Bartolomé, y Anna no pudo oir ninguna alegría en su tono. Su mano se cerró sobre la de ella por un momento y le dio un apretón en los dedos.

Ella no sabía cómo explicar la influencia de ese toque fugaz en su pulso.

"Debo protestar por este plan", resopló uno de los Templarios. "No podemos mantener tal falsedad."

"¿Ni siquiera para asegurar que se defienda el bienestar de la dama?" preguntó Fergus.

"¿O que sea recuperada la propiedad que tenemos en resguardo?" Preguntó Duncan.

¿Qué había en su alforja?

"¿O que sea salvado el hermano de la dama de lo que no puede ser un buen destino?" añadió Bartolomé.

La pareja de caballeros parecía incómoda con la situación, pero cedió a regañadientes que había mérito en el plan. Anna asumió que no ayudarían en la mentira ni la revelarían, y supuso que era lo mejor que se podía esperar.

Después de unos momentos, Duncan se aclaró la garganta. "Entonces, ¿serás Anna de Whitby?" preguntó.

"Anna de Beaumonte", respondió Anna. "Ese era su nombre."

"¿Fingirías ser francesa?" Preguntó Bartolomé. "Pero no entiendes el idioma."

"Apenas sería la primera en una situación así."

"Sobre todo si hubiera alcanzado la mayoría de edad en una abadía", respondió Fergus. "Quizás las monjas solo hablaban inglés."

"Y latín en sus oraciones", agregó Bartolomé.

"Conozco mis oraciones", dijo Anna.

"Alabado sea", bromeó Bartolomé.

"No desearías ser vista como una pagana", dijo Leila, y Anna se maravilló del calor en sus palabras.

Fergus asintió con aprobación. "Ninguna solución es perfecta, pero creo que esta funcionará lo suficientemente bien".

"Me temo que será probada y revelada", dijo Bartolomé, y su preocupación tenía mérito.

"No nos demoraremos mucho en el salón del barón", respondió Fergus.

"El tiempo suficiente para recuperar lo que nos corresponde", coincidió Bartolomé.

"Y tú has dicho que siempre debemos estar juntos, esposo mío", le recordó Anna dulcemente. "¿Seguramente puedes asegurarte de que cualquier error de mi parte se corrija correctamente?"

"Tendré que intentarlo", dijo Bartolomé con gravedad y ella pudo sentir que su cuerpo estaba más tenso.

¿Tenía miedo por ella?

¿De verdad él quería defenderla?

La posibilidad envió una extraña calidez a través de Anna, aunque sabía que podía protegerse. Ella echó un vistazo a su propia ballesta que colgaba de la silla de Bartolomé y deseó volver a tener su peso en la mano.

Pero ella mantendría su palabra a este desconcertante caballero.

Aunque solo fuera porque sospechaba que Bartolomé anticipaba lo contrario.

"Ahora cuéntanos de este barón", volvió a invitar Fergus. "Debemos saber todo lo que podamos sobre el león antes de entrar en su guarida."

EL BOSQUE de Haynesdale era completamente desconocido.

Bartolomé había esperado que las tierras del camino de su propiedad evocaran algunos recuerdos de su pasado. Él había esperado que un vistazo o una vista o la ladera de una colina inspiraran un recuerdo que probara su conexión con esta propiedad. Él había memorizado el nombre y conocía su sello, pero anhelaba una sensación de regreso a casa.

Como la que Gastón había experimentado en Châmont-sur-Maine, o lo que Fergus anticipaba de Killairic. Bartolomé deseaba sobre todo saber a dónde pertenecía.

Estar en casa y conocerla bien.

Sin embargo, estos bosques no eran diferentes de los demás.

Era bastante cierto que se lo habían llevado de Haynesdale cuando era un niño, pero aun así razonó que debería recordar algún detalle. No había ninguno. Los bosques estaban claramente exuberantes por la caza, la tierra era suavemente ondulada, y ocasionalmente tenía atisbos de agua a través de los árboles estériles.

Pero por mucho que Bartolomé admirara la vista, podría haber estado en cualquier lugar entre Escocia y Constantinopla. Él podría estar recorriendo un camino que nunca antes había visitado. Él podría haberse equivocado, pero conocía el nombre de la propiedad además de su propio nombre. Su madre le había inculcado eso, al menos.

En más de un sentido.

Era extraño que se anticipara su regreso, incluso en un cuento, y reconoció que revelar su verdad demasiado pronto podría ser un error fatal.

¿Cómo sabía alguien que él había sobrevivido?

¿Era solo una esperanza de la gente a la que no le agradaba el nuevo barón?

¿O podría alguna persona traicionarlo? Él luchó contra la desagradable sensación de que podría ser la propia Anna la que pudiera hacer eso y decidió confiar lo menos posible en su inesperada compañera.

Ellos liberarían a Percy libre, recuperarían la bolsa de Duncan, luego su camino y el de Anna se separarían para siempre. De hecho, visitar el salón podría brindarle una visión interna de la mejor manera de recuperar su legado perdido. Sin conocer la situación, no podría idear un plan.

Siempre existía la posibilidad de que el barón se hiciera a un lado en nombre de la justicia.

Una mínima posibilidad, sin duda.

"Royce Montclair es conocido por su codicia por aquí", dijo Anna, incapaz de ocultar su desprecio. "Muestra un gran entusiasmo en la recaudación de impuestos, supuestamente para la corona, aunque ha habido quienes dudaban de que todo el dinero fuera a la corte del rey."

"¿Pero ya no hay duda?" Preguntó Fergus.

Anna soltó una breve carcajada. "Ya no hay quien exprese su duda. Él es... minucioso en eliminar la oposición en su propiedad."

Bartolomé la vio levantar un dedo y señalar hacia el bosque. Él frunció el ceño mientras seguía su mirada, viendo que había un área a un lado del camino que estaba ennegrecida y quemada. Era extraño ver los troncos ennegrecidos de los árboles en medio de la nieve recién caída, el cielo despejado en lo alto, en medio de un bosque tan vigoroso.

"Allí fue donde derrotó a los últimos que se levantaron contra él en rebelión. Huyeron hacia el bosque y le prendieron fuego a un gran círculo. Sus hombres estaban alrededor del perímetro, esperando a que el fuego los consumiera a todos." Ella se estremeció y Bartolomé volvió a sujetarle la mano por debajo de la suya. "Todavía escucho sus últimos gritos en mis sueños", concluyó ella con voz ronca.

"¿Cuándo fue esto?"

"Hace dos años." Él sintió que ella se enderezaba y apartó la mano de su agarre.

¿A quién había perdido ella en ese incendio?

"¿Dónde estabas?" preguntó él en voz baja, pero ella no respondió.

¿Royce tiene esposa? ¿O familia? Preguntó Duncan.

"Tiene esposa, porque su matrimonio fue arreglado por la corona. Regresó de Winchester con ella hace ocho años."

"¿Su nombre?"

"Marie de Naumiers. Sin embargo, ella todavía no le ha dado un hijo y rara vez se la ve fuera de los muros del torreón. No hay chismes, porque ella trajo a sus propias doncellas, y rara vez salen de la fortaleza. Ella hizo una pausa. "Se dice que estuvo casado antes, pero que su primera esposa murió después de la muerte de su único hijo. Estuvo soltero durante tanto tiempo que el rey arregló el matrimonio con Marie."

La villa apareció delante de ellos, su ubicación era evidente porque los árboles habían sido talados y las casas eran visibles. Mientras se acercaban, Bartolomé vio que había poca gente para una aldea de tal tamaño. Estaban sucios, como había estado Anna, más sucios que en otros pueblos donde se había detenido su grupo. Los aldeanos que veían su progreso se mostraron cautelosos. Él vio a una pareja mayor salir de una casa, luego a dos hombres de aproximadamente su misma edad, uno con un solo bebé y el otro con un par de niños muy pequeños. ¿Qué les había pasado a las madres? Él escuchó el balido de las cabras pero no pudo verlas.

Un hombre robusto miraba hacia arriba de su jardín, que solo podía haber tenido col en esta época del año y debajo de la nieve, y los miró ceñudo. Su esposa miraba hoscamente desde el portal a su cabaña. El grupo se acercaba cada vez más sin intercambiar palabras, porque había hostilidad en la actitud de quienes observaban su avance.

"¿Dónde están los niños?" le preguntó a Anna suavemente.

"¿Quién traería voluntariamente un niño a este reino?"

No fue más que una respuesta a medias, aunque Bartolomé supuso que no le confiaría más. ¿Fueron estos los supervivientes del incendio? ¿O los únicos que no habían huido?

¿Anna y Percy habían estado solos en el bosque? Él tendría que preguntarle más tarde.

"Sube la capucha para asegurarte de que no te reconozcan", murmuró él.

—Sí, esposo —dijo ella, su tono era tan dócil como él podría haber esperado. En otras circunstancias, él podría haber sonreído por sus modales.

Pero pasaron por lo último del bosque y vio el torreón de Haynesdale en toda su majestuosidad. La vista lo hizo detenerse asombrado. En contraste con la dura superficie y la suciedad del pueblo, el muro de madera alrededor del torreón era alto y recto. La torre de la guardia se encontraba en lo alto de un montículo, dominando toda el área, con un vívido banderín ondeando en su torre cuadrada. El torreón era grande, mucho más grande de lo que él podría haber imaginado, y no se parecía a ningún lugar que recordara. Parecía que las nociones de Anna sobre el dinero de los impuestos que permanecían en la baronía no eran infundadas, ya que una fortaleza así habría sido costosa de construir.

"Qué buen castillo", dijo Bartolomé, incapaz de ocultar el asombro de su voz. "¿Es tan probable que esta propiedad sea atacada como parece?"

"Un hombre con pocos aliados y menos amigos podría temer eso", susurró Anna. "La construcción comenzó antes de la boda y tomó años."

Peor que ser grande y de nueva construcción, la fortaleza estaría fuertemente armada. Bartolomé reconoció un momento de miedo, porque él haría su futuro dentro de esos muros o se aseguraría de que no tuviera ninguno. ¿Cómo encontrarían y liberarían a Percy? ¿Cómo reclamarían el tesoro en la alforja de Duncan? ¿Cómo escaparían?

¿Cómo vengaría él a su padre y haría valer su derecho de nacimiento? Las probabilidades contra el éxito de Bartolomé eran considerables, mayores de lo que cualquier hombre sensato hubiera esperado. Él había esperado una casa solariega, tal vez una pequeña mansión y un patio, pero no una fortaleza. Una apelación a la corte del rey estaría condenada al fracaso si este barón estaba tan aliado con la corona que su matrimonio había sido hecho por el rey.

No, él debe demostrar su valía demostrando que el barón es indigno.

De alguna manera.

Él era la descendencia de Nicholas.

Él tenía que asegurarse de que Anna y Percy estuvieran a salvo, incluso si todo salía mal.

Bartolomé tocó con sus espuelas el costado de Zephyr, enviando al caballo hacia adelante más rápidamente. Él condujo al grupo hasta las puertas y alzó la voz. "¡Hoy ahí! ¡Buscamos refugio en nombre de la caridad cristiana!"

A su grito, el portero se adelantó. Sus nombres fueron tomados y en unos momentos, el rastrillo de Haynesdale fue levantado en una bienvenida renuente.

"Hasta las mismas puertas del infierno", murmuró Anna, y Bartolomé sólo pudo cerrar su mano sobre la de ella y darle un pequeño apretón de ánimo.

MARIE, Dama de Haynesdale, había creído durante años que no podía haber peor destino que ser heredera. Desfilar ante hombres considerados maridos idóneos día tras día, obligada a ser encantadora en una comida tras otra, obligada a visitar una propiedad tras otra había sido un tipo de tormento particular. Sonreír siempre ante los arreglos hechos para su aprobación, independientemente de sus pensamientos al respecto, había dejado sus mejillas doloridas y su actitud pobre. Ella estaba convencida de que nada podía ser peor que ser conocida como una novia con una dote considerable, o haber tenido un tutor tan exigente.

Ahora lo sabía mejor. Haber sido heredera era mucho peor. Ella no era más que una esposa. Una estéril. Y esa vida era horrible.

Marie se paró en la ventana y miró por encima de los bosques sombríos de la propiedad de su marido y despreció en qué se había convertido su vida. No había cenas, ni visitas, ni excursiones, ni siquiera fiestas realizadas para la caza, ya que su marido había fastidiado a todos los seres vivos que tenía bajo su mano. O los había ejecutado. No había pretendientes aduladores, trovadores adoradores, ningún hombre mirándola con tanto anhelo que su corazón se acelerara. Incluso si un hombre con sangre en las venas se hubiera atrevido a ir a su salón, la mala reputación de su esposo aseguraría que el invitado nunca levantara la mirada hacia ella.

Hasta donde alcanzaba la vista, sólo había bárbaros y brutos.

Sin duda, el bárbaro y bruto más grande era el que venía a verla cada noche, aceptaba lo que le correspondía y luego la dejaba sola en esa cama ancha y fría.

La misericordia era que solo una vez se había visto obligada a mirarlo sin el parche en el ojo. Pensar que alguna vez había imaginado su apariencia elegante y misteriosa. Peligroso y atractivo. Ver lo que había debajo del parche en el ojo le había encogido el corazón.

Estaba estropeado.

Él era indigno de ella.

No le daba hijos. Ella comenzó a pensar que él hizo eso para mantenerla cautiva en esa morada.

Marie supuso que Royce había adivinado el resentimiento en su corazón, porque se había asegurado de que nunca hubiera un arma cerca de ella.

Cómo lo odiaba.

Cómo odiaba su desolado abrazo.

Ninguna cantidad de pieles podría mantenerla caliente mientras dormía. Ningún brasero podría perforar el frío de sus aposentos. Los suelos podrían haber estado forjados con hielo. El escalofrío que emanaba del suelo de piedra era tan vehemente que ella juraba que jamás se le escaparía de los huesos. Incluso los supuestos veranos en esa asquerosa morada solo ofrecían lluvia y calor tibio.

Ella estaba cansada de las comidas que llenaban el estómago pero no deleitaban los sentidos. Anhelaba volver a escuchar música. Anhelaba la cálida caricia del sol en su rostro, el sonido de la risa, el sabor del buen vino.

Ella anhelaba aún más la compañía de jóvenes apuestos. Caballeros. Trovadores. Príncipes y duques. Un rey en ocasiones.

Pero sólo estaba Royce, y tan finamente trabajado como lo había sido antes, conocer la verdad de su naturaleza disminuía enormemente su atractivo. Él parecía más atractivo en la corte del rey, donde se había animado a conversar y a encantar.

Marie había estado encantada, muy tonta ella.

Y ahora, no tenía poder, no tenía control sobre sus días, no tenía la capacidad de hacer demandas o ser escuchada. Ella era propiedad de su esposo y también lo era toda la hermosa riqueza que su padre había acumulado. Royce lo gastó con entusiasmo y usaba eso para pedir prestado más.

Ella estaba sentada en un torreón construido con el dinero de su padre, tan prisionera como ese pobre mocoso que había sido arrastrado a la mazmorra ese mismo día. Marie sintió simpatía por el niño solo porque su situación era muy similar a la de ella.

Por supuesto, él no tenía comida, luz ni cama, y probablemente compartía su habitación con alimañas, pero Marie se inclinaba a pasar por alto detalles tan insignificantes.

Ella había sido agraviada, en su opinión, y no había forma de cambiar sus circunstancias salvo entregarle a Royce un hijo y un heredero. Ella había tratado de concebir, realmente lo había hecho. Ella le permitió hacer lo que él deseara con ella, por más repugnante que fuera. Ella estaba segura de que una compañía un poco más masculina sería muy alentadora, pero después de ese lamentable incidente en Winchester en su noche de bodas, Royce no estaba dispuesto a confiar en ella.

Él había jurado que ella no dejaría Haynesdale hasta que le diera un hijo, porque entonces el niño sin duda sería de su sangre.

Ella dudaba que él hubiera imaginado que tomaría tanto tiempo.

Quizás ella debería volver a pelear con él esa noche. Los despertaba a ambos cuando discutían antes del apareamiento. Marie frunció los labios, considerándolo.

Y luego se enderezó. Había un grupo en el camino que se dirigía hacia las puertas del torreón.

Extraños.

Invitados.

¡Caballeros!

Dios del cielo, incluso había dos templarios en el grupo. ¡Qué fiesta!

Ella tenía que intervenir antes de que Royce los despachara desde las puertas.

"¡Inés! ¡Emma! "Marie se apartó de la ventana y volvió a llamar a sus doncellas. Abrió el baúl y empezó a esparcir prendas por el suelo. Royce no podría mantenerla cautiva si había invitados. No, ella debía saludarlos como Dama de Haynesdale y él no se atrevería a reprenderla ante extraños.

Y quizás uno de ellos plantaría la semilla que Royce aparentemente no podía sembrar. En ese momento, Marie estaba dispuesta a hacer cualquier acto para volver a los placeres de la corte del rey y abandonar este remanso irritado. Que Royce se quedara ahí, en el lugar que él valoraba más que cualquier otra cosa, que se pudriera ahí con su hijo, y ella volvería a bailar en palacios.

El kirtle de oro. Lo arrojó sobre la cama, mirando el brillo de la seda con aprobación. Sí, se vería como el premio que alguna vez fue con ese atuendo.

Marie sonrió. Si Royce estuviera tan abrumado por el deseo al verla con todas sus mejores galas que se sintiera obligado a visitar su cama esta noche, ese hecho bien podría disfrazar la contribución de un invitado a la búsqueda de un heredero de su señor esposo.

ANNA NUNCA HUBIERA ESPERADO ENTRAR en Haynesdale voluntariamente. Pero ahí estaba ella, cabalgando bajo su rastrillo mientras trataba de parecer acostumbrada a tanta opulencia y tal vez un poco aburrida. Era una mejor elección que revelar que estaba aterrorizada. Se alegró de tener la sólida fuerza de Bartolomé por delante y agradeció la sensación de su cota de malla bajo sus dedos.

Ella esperaba por todos los santos que el barón no adivinara la verdad.

Ella tenía que encontrar a Percy rápidamente. ¿Pero dónde? El torreón era enorme. Podría haber más de una mazmorra en ese lugar.

A pesar de su impaciencia por lograr su objetivo y partir, los nobles, al parecer, no hacían nada con rapidez. Bartolomé desmontó, luego la bajó al suelo y sus compañeros también lo hicieron. Ella se irritaba por adelantarse, pero los movimientos de Bartolomé eran pausados. Él le sonrió, como si fueran una pareja amorosa, y le dio un beso en la mano.

"Paciencia, mi señora", murmuró él y Anna exhaló en un intento de calmarse.

Ella dudó de su éxito, porque los ojos de Bartolomé bailaban con humor.

Tocó con las yemas de los dedos su ballesta, colgada de su silla, en un gesto aparentemente ausente. Ella vio por su leve sonrisa que él entendía.

"Timothy, si vamos a quedarnos aquí, quiero que te asegures de que Zephyr sea cepillado. Por favor, tráenos nuestras maletas y la ballesta cuando hayas terminado."

"Sí, mi señor."

Bartolomé pasó la punta de los dedos por la ballesta. "Sabes que no puedo soportar perder ningún botín de mi vista, ya sea un arma o una esposa."

"Sí, mi señor."

Anna lo fulminó con la mirada. Bartolomé sonrió.

Los escuderos mantuvieron la custodia de las riendas, después de que los caballeros desmontaron, y Anna notó que nadie se adelantó para escoltar a los caballos hasta los establos. Estaban juntos en medio del patio, los caballos detrás de ellos, los hombres del barón manteniéndose en el perímetro. Leila se quedó detrás de Anna con la cabeza gacha.

"Qué falta de hospitalidad", murmuró uno de los templarios. "¿Vamos a ser tratados como vagabundos en lugar de invitados?"

Anna se puso la capucha sobre la frente, por si acaso algún alma miraba demasiado de cerca. En el bosque, había sido fácil confiar en la protección que ofrecía un cambio de atuendo, pero ahora que estaba dentro del patio de Haynesdale, estaba aterrorizada de que la reconocieran.

Hubo una fanfarria repentina, luego el propio Royce apareció en la puerta del vestíbulo. Era mucho mayor que Bartolomé y no tan alto. Tenía el pelo blanco, aunque parecía viril y sano. Tenía el parche sobre un ojo, pero a pesar de eso, o tal vez debido a eso, era un hombre sorprendente. Iba vestido ricamente y estaba de pie con confianza, un hombre elegante que se había ganado su camino con su espada.

Y su salvajismo.

Anna tuvo que reprimir sus ganas de escupirle. Bartolomé apretó su agarre sobre sus dedos, evidentemente habiendo adivinado su reacción y le dio una rápida mirada de advertencia de reojo. Ella le sonrió, aunque sabía que su ira se reflejaba en sus ojos cuando él arqueó una ceja. Ella entonces se miró los dedos de los pies, aparentemente recatada, y enfurecida. Si hubieran lastimado a Percy...

Bartolomé le puso la mano en el codo y ella cerró los dedos sobre los suyos.

"Bienvenidos a Haynesdale", dijo Royce, su manera no particularmente acogedora. Los hombres se inclinaron entre sí y luego intercambiaron presentaciones. Anna mantuvo la mirada baja, incluso cuando su corazón tronó de miedo.

"¿A qué le debo este honor y este placer inesperados?" Preguntó Royce. Aunque su tono era exagerado, un filo de sospecha tocaba sus modales. Anna le echó un vistazo, solo para ver que su ojo se había entrecerrado y él examinaba al grupo evaluándolo. Sí, era fácil recordar su brutalidad cuando su expresión era tan imponente como en ese momento. Él observó a los dos Templarios, y Anna se preguntó si había sido su presencia lo que había hecho que abrieran las puertas.

"Solo las circunstancias", respondió Bartolomé con aparente alegría. Viajamos hacia el norte, pero mi esposa está cansada. Esperábamos una noche de descanso y le suplicaríamos su hospitalidad."

Anna hizo una mueca, no le gustaba que la parada fuera atribuida a su supuesta fragilidad femenina. Al menos con la cabeza inclinada, nadie pudo ver su expresión. Bartolomé apretó sus dedos con más fuerza como si lo hubiera adivinado.

Él estaba malditamente atento.

"¿Pero por qué están en este camino?" Preguntó Royce. "Pocos aprecian sus encantos."

"Y nosotros tuvimos la suerte de hacerlo", dijo Fergus, con su acento escocés más pronunciado de lo que había sido. "Pensé que recordaba el camino a Carlisle, pero descubrí que me había equivocado. Ésta es la marca de mis años en Ultramar. ¡Casi olvido el camino a casa! "

Los hombres se rieron juntos de esto, aunque Royce solo sonrió.

"Su propiedad tiene hermosos bosques", dijo Duncan con aprobación. "¿Están en custodia del rey de Inglaterra?"

"Por supuesto que lo están", espetó Royce. "Aun así, no me dicen por qué están aquí."

"Regreso a mi propia boda en Escocia", explicó Fergus con facilidad. Era como si los caballeros no hubieran notado la rudeza de su potencial anfitrión, pero Anna sabía que no podían haberlo pasado por alto. Él hizo un gesto a Bartolomé. "Y mi buen amigo de Francia me acompaña para desearnos lo mejor a mi señora y a mí."

Bartolomé hizo una reverencia. "Y he tenido la suerte de encontrar una esposa"

Anna hizo una reverencia baja, manteniendo la cabeza inclinada. Ella podía sentir a Royce mirándola y rezó en silencio para que él apartara la mirada sin darse cuenta de quién era ella.

Fergus señaló a Duncan. "Mi hombre, por supuesto, me escolta como siempre, y hemos sido bendecidos por la compañía y la defensa de estos dos nobles caballeros."

"Templarios", bufó Royce. "No quiero ser grosero, pero ¿por qué tienen compañeros como estos?"

"Estos dos caballeros han servido en la orden", respondió un Templario, su actitud era tan resuelta que nadie se atrevería a desafiarlo. "Tan grande es el respeto de nuestro Gran Maestre que insistió en que acompañáramos al caballero Fergus a su casa."

Royce no estaba convencido. "Nunca había oído nada parecido", protestó, y Anna temió que los despachara desde las puertas. "Lamento no tener espacio para invitados en esta noche...", comenzó, pero hubo un revoloteo de actividad en la puerta del salón. Royce se quedó en silencio y Anna se atrevió a esperar que hubieran obtenido un indulto.

CAPÍTULO 4

Todos los ojos fueron atraídos hacia la puerta cuando una mujer de considerable belleza emergió de las sombras. En verdad, ella no podría haber cronometrado mejor su aparición.

Era la esposa de Royce.

Anna no la había visto desde su llegada triunfal a Haynesdale, pero Marie era tan delgada y su cabello tan oscuro como lo había sido ocho años antes. Ella también parecía ser muy elegante y serena.

En verdad, no podía haber una mujer más diferente de Anna. Ella dirigió una mirada a Bartolomé, porque él debía de estar acostumbrado a mujeres como Marie. Ella se sintió consciente de sus propios defectos.

Al menos en hacerse pasar por una mujer noble.

Marie se detuvo en el umbral, como asegurándose de que todos apreciaran su belleza antes de continuar. Ella era encantadora. Estaba vestida con seda de un tono dorado, la tela relucía incluso a la pálida luz del sol. Ella podría haber sido un ángel que puso un pie sobre la tierra. Ella podría haber sido una visión desde lejos; Anna era consciente de que todos los hombres y niños de su pequeño grupo contenían el aliento con asombro.

Marie, Señora de Haynesdale, se dignó saludarlos. Se había especulado que Marie ya no respiraba, que había sido encarcelada por su marido o incluso que había huido. Todas esas situaciones habrían explicado la falta de un hijo.

La forma en que Marie flotó al lado de Royce, con una sonrisa de adoración en sus labios, no lo hacía.

Anna miró hacia arriba para encontrar a Bartolomé aparentemente paralizado por la dama y no le gustó nada.

"Invitados, mi señor marido", arrulló Marie. Anna no podría describir su voz de otra manera. "Qué maravilla, y tan atento de tu parte. Anhelo una noche de buena compañía." La dama se agitó y habló con un ligero acento, sus oscuras pestañas cayeron recatadamente mientras sus labios rosados se curvaban en una sonrisa. "Qué delicia será tener invitados en la mesa en esta triste noche de invierno."

Antes de que Royce pudiera protestar, la dama se adelantó para saludar a los recién llegados. Que ella tuviera como objetivo a Bartolomé hizo poco por mejorar el estado de ánimo de Anna. "¡Señor! Soy Marie de Haynesdale, y estoy encantada de darles la bienvenida a ti y a tu grupo a nuestra humilde morada."

¿Humilde? Anna recordó cómo los carpinteros y obreros se habían visto obligados a construir este torreón a toda velocidad, y las estimaciones de cuánto dinero se había gastado. En la aldea se había corrido la voz de que el propio rey no poseía un castillo tan fino.

Mientras tanto, Marie le ofreció la mano a Bartolomé y se dirigió a él en un fluido francés. Anna se enfureció en silencio, dudando que fuera una coincidencia que el tocado de la dama fuera tan transparente que su pálida garganta era completamente visible a través de él, así como la pálida hinchazón de sus pechos.

Y Bartolomé, maldito sea, no solo respondió con encanto y gracia, sino que miró.

Aunque respondió en inglés y se volvió casi de inmediato hacia ella. "Y esta es mi esposa, que recientemente puso su mano en la mía, para mi propia buena suerte", dijo, señalando a Anna. "Anna de Beaumonte".

Marie apenas le dedicó una mirada a Anna. "Encantada, estoy segura", dijo, luego animó a Bartolomé a presentarle a los demás. De alguna manera, la dama se las ingenió para que fuera él quien la escoltara al pasillo. A Anna no le gustó cómo se reía y coqueteaba con él en francés.

Ella no tenía que entender las palabras para reconocer la intención de la dama.

Tampoco parecía que Royce lo necesitara. Su frente estaba oscura cuando le ofreció a Anna su codo. El único beneficio de su mal humor era que no se dignó a conversar con ella o incluso concederle más que una mirada superficial. Ella podría haber mantenido la cabeza gacha si no hubiera estado asombrada por el espléndido interior del gran salón. Espléndidos tapices colgaban de cada pared, más grandes de lo que ella hubiera creído posible tejer. Había dos chimeneas y los sirvientes avivaban el fuego en ambas.

Royce le dijo algo. Tenía que ser francés, porque Anna no entendía.

Anna sonrió. "Qué salón tan acogedor tiene, señor."

Él frunció el ceño un poco y ella agachó la cabeza, dejando que su capucha ocultara sus rasgos de él. "¿No hablas en francés?"

—Me crié en una abadía, señor, la de Sana María en Whitby. Las monjas optaron por no hablar francés, así que nunca lo aprendí."

"ya veo. ¿Y tus parientes?

Mi madre murió cuando yo era joven, señor. ¿Quizás la conocía? Elizabeth de Beaumonte era conocida por muchos, eso me lo han dicho las hermanas."

"En efecto. Una belleza muy admirada y que murió demasiado joven."

"Gracias, señor." Anna se santiguó, en memoria de su propia madre y de Elizabeth, a quien nunca había conocido.

"Criada en el convento", reflexionó Royce. "Por supuesto, alguien escuchó que ese había sido tu destino, pero parece que has dejado esa vida atrás."

Él volvió una mirada penetrante hacia ella y el corazón de Anna se aceleró. Ese parche en el ojo lo hacía parecer amenazador, y lo que sabía de él no atenuaba la impresión. —Sí, señor, y no por elección. Fui secuestrada por un villano de malas intenciones, pero tuve la suerte de contar con la ayuda de un noble caballero." Para su alivio, se sonrojó fácilmente. "Me robó el corazón con su galantería, y decidí casarme con él en lugar de volver a la abadía."

"¿Y es esto un desafío al plan de tu madre para tu futuro?"

"No, ella simplemente quería que me criara con seguridad y que

aprendiera bien mis oraciones, para que algún día pudiera ser una buena esposa para un buen hombre." Anna sonrió. "Y entonces ese día ha llegado, y tengo la prueba de que Dios me ha sostenido en la palma de su mano, todos estos años",
"No tantos años ", reflexionó Royce. " Eres joven."
"Es mejor para que pueda darle a mi esposo más hijos, señor", se atrevió a decir ella.
"Y es un buen sentimiento", dijo el barón con aprobación. Se aclaró la garganta y ella sintió el peso de su mirada aterrizar sobre ella de nuevo. "Elizabeth de Beaumonte", repitió, considerando el nombre de nuevo. "¿Qué pasó con la riqueza de tu padre?"
Anna no lo sabía, así que ideó una historia plausible. "La corona lo reclamó, señor, y el rey tiene el sello."
"Su marido debería apelar para que se le conceda."
—No podría decirlo, señor. No le corresponde a una mujer preocuparse tanto por los asuntos mundanos de su señor esposo".
Él arqueó una ceja. "¿En verdad? ¿Y cuál es su lugar?
—Obedecer, señor. Por supuesto."
Royce resopló. "Yo debería haber encontrado una novia en el convento", murmuró, luego levantó la voz. Pidió vino y cerveza, luego la sentó a su derecha en la mesa. Anna no podía creer que se vería obligada a conversar con ese hombre, por encima de todos los demás. Ella miró a Bartolomé, pero él estaba saliendo del pasillo con la esposa de Royce. Esa mujer se rió levemente de alguna broma que hizo y Anna se encontró furiosa porque él se había ido tan rápido.
¿Qué hay de su promesa de permanecer a su lado?
¿Qué hay de la defensa de ella? El barón le quitó la capa de los hombros y ella perdió la protección de la capucha. Leila aceptó la capa de él y luego se inclinó para ajustar el velo de Anna. Ella se sintió expuesta ante la aguda mirada del barón e inclinó la cabeza, desviando ligeramente el rostro.
Royce se rió. Seguramente su señor esposo ya ha desterrado su naturaleza tímida.
"No estoy acostumbrada a la compañía de hombres, señor", dijo ella, fingiendo ser muy modesta. "Me disculpo si mi modestia lo ofende."
"Al contrario, lo encuentro de lo más refrescante."

Anna apretó los dientes y se miró las manos, mientras Royce levantaba su cáliz y bebía por su salud.

Ella asesinaría a Bartolomé con sus propias manos cuando regresara.

Si él regresaba.

Si ella sobrevivía.

Para su alivio, Fergus se inclinó hacia adelante y le preguntó por el torreón y su construcción. Él profesaba la necesidad de mejorar las defensas de la fortaleza que heredaría y admiraba a Haynesdale con tal entusiasmo que Anna sintió que Royce se derretía. En cuestión de momentos, su anfitrión estaba explicando las elecciones tomadas en la construcción, probablemente para mostrar su propia inteligencia y el peso de su bolsa. Fergus y Duncan lo alentaban con su curiosidad y expresiones de envidia, para que Anna pudiera mirar sus manos en silencio.

Y viera que Bartolomé estaba evidentemente tan cautivado con los encantos de Marie. ¿No era ser un hombre, o un caballero, olvidar todo menos su propio placer? ¿Qué pasa con Percy? ¿Cuál es la razón por la que habían entrado en este maldito lugar? Anna mordió su decepción, diciéndose a sí misma que ella era la tonta, porque había comenzado a esperar que Bartolomé pudiera ser diferente.

Ella había tenido razón sobre él desde el principio y no fue una decepción lo que le dio placer.

~

BARTOLOMÉ NO SABÍA por qué Marie estaba tan decidida a estar a solas con él, pero él no era de los que dejaban de lado una oportunidad. Si iban a salvar a Percy y recuperar el relicario, necesitaba saber la ubicación de ambos. Cuando Marie revoloteó a su lado como una mariposa, se atrevió a pedirle ver las maravillas del torreón.

Él no tuvo que fingir que estaba impresionado por su tamaño y construcción.

Él hizo caso omiso de la presión de su pecho contra su costado, y el baile de las yemas de sus dedos sobre su brazo. Él profesaba una fascinación por las defensas de la fortaleza, y ella le concedió un recorrido más allá de lo que su señor esposo podría haber encontrado apropiado. Le mostró la capilla, las cocinas, la escalera a la torre. Le mostró el muro cortina, las defensas y las provisiones de armamento para los guardias.

Él contó al Capitán de la Guardia, cuatro caballeros y siete u ocho hombres de armas, todos empleados en la vigilancia del torreón. Parecía que Royce creía en una defensa sólida. Tenía que haber una docena de escuderos, pero se apresuraban de un lado a otro, y eran de un tamaño y una edad tan similares que él no estaba seguro de su número exacto.

Parecía muy difícil escapar de esa fortaleza sin ser detectado ni perseguido.

Sería más probable reclamarla por la fuerza.

El senescal era un hombre alto y delgado con un semblante sombrío, y fue más sombrío cuando advirtió a la dama que solo había suficiente harina para el pan durante un mes más. Para Bartolomé era evidente que el senescal hubiera preferido no tener que compartir ese pan con los invitados.

"Comeremos venado", declaró la dama, descartando la preocupación, y Bartolomé observó al senescal fruncir el ceño.

Sí, él nunca había conocido a un senescal al que le gustara que se desatendiera su consejo.

En las cocinas había una cocinera y una salsera, ninguna de las cuales era rolliza, y varias mujeres. Una mujer robusta parecía estar a cargo de la limpieza e intimidaba a las mujeres más jóvenes para que hicieran su voluntad. No tenía la impresión de una familia feliz.

Dos elegantes doncellas siguieron a Marie en silencio, hasta que ella las despidió para que la esperaran en la mesa.

A Bartolomé le dijeron la ubicación de la habitación de Marie, así como la de su señor marido, y ella bromeó sobre la facilidad con que él podría encontrar su habitación desde la suya.

De hecho, ella había ordenado que él y su esposa tuvieran la cámara directamente al lado de la suya en la torre, mientras que el solar de su señor esposo estaba en la cima. Bartolomé vio a Timothy llevar las bolsas y la ballesta de Anna a esa habitación y asintió con la cabeza al muchacho. Los demás iban a estar alojados en las cámaras sobre los establos. Las cocinas estaban en el espacio entre el establo y la torre, la capilla en el lado más alejado del patio, el pozo en el medio y el muro alto alrededor de todo.

Las mazmorras estaban debajo de la torre y Bartolomé tomó nota de la ubicación de las escaleras. Las llaves, tuvo que asumir, estaban cerca de la entrada de la mazmorra o en posesión de Royce.

No entraron en la capilla y no se le mostró el tesoro. ¿Estaba el tesoro en la cima de la torre? El relicario tenía que estar asegurado en uno u otro. Él no podía pensar en cómo preguntar sin despertar sospechas.

Era sábado. Quizás se quedarían a misa a la mañana siguiente.

Bartolomé estaba tan absorto en la elaboración de un plan que no prestó mucha atención a la conversación de la dama. Ella lo condujo a través de una puerta, y él se dio cuenta solo una vez que cruzó el umbral de que era una cámara de almacenamiento. Se volvió para irse, pensando que ella se había equivocado, pero la dama cerró la puerta detrás de ellos. Se vieron sumidos en la oscuridad y el clic de la llave en la cerradura pareció demasiado fuerte.

¿Había ella adivinado su intención?

Marie chocó con él de repente, empujándolo hacia los estantes. ¿Ella tropezó? Bartolomé dio un paso atrás y encontró una pared detrás de él, luego los labios de la dama en su oreja. "Señor, debo ponerme a su merced", susurró. "Te ruego que me ayudes en mi angustia."

¿Era eso un truco?

"Por supuesto, me alegraría estar al servicio de mi noble anfitriona", dijo él con cuidado.

Ella tenía las manos en su tabardo y él podía oler su perfume. Decidió creer que ella deseaba confiar en él en voz baja, pero sus manos empezaron a recorrer su pecho.

En una caricia.

"Usted está muy bien trabajado, señor", susurró ella. "Y necesito los servicios de un hombre así."

¿Debería él dejarla a un lado?

¿Había más que ganar si permanecía en el lugar hasta que ella tuviera la palabra? ¿Qué se perdería si él la despreciara y ella fuera insultada?

"La semilla de mi marido no echa raíces, a pesar de todos estos años de esfuerzos", continuó ella en un acalorado susurro. "Necesito un hijo. Ya ni siquiera me importa su género, pero un hijo sería lo mejor. "
Bartolomé parpadeó. ¿Ella deseaba que él se acostara con ella? Su voz bajó más, su frustración era clara. "Nunca hay hombres en nuestro salón, nunca nobles en nuestra mesa. ¡Sin caballeros, sin invitados, sin barones, sin hombres sanos dentro de los tres días de viaje! "Ella agarró su tabardo entre los puños y lo sacudió. " ¡Señor! ¡Debo tener un hijo! "
Bartolomé trató de recordar el ejemplo de la diplomacia de Gastón y eligió sus palabras con cuidado. "Mi señora, siento mucha simpatía por su difícil situación, pero soy un hombre casado. Seré fiel a mi esposa y mis votos."
"¡Ella se crió en un convento!" siseó Marie. "¿Qué placer puede darte?" Su mano estuvo debajo de su tabardo antes de que él se diera cuenta de lo que hacía. Sus dedos se cerraron sobre él, concediéndole una caricia íntima.
Bartolomé la agarró por los hombros y la apartó. "Ella es mi esposa. Debes saber que lo que sugieres está mal".
"¿Mal? ¡Está mal que me pudra en este asqueroso pueblo! ¡Está mal que me nieguen lo único que me libraría de este lugar! "Marie soltó un gruñido entre dientes y luego pareció calmarse. Ella continuó con fuego lento. "Señor, no imagine que mi relevo se ganará a la ligera. Hay quienes no sobreviven al peligro de tener un hijo, y ciertamente todas las mujeres soportan la maldición de Eva al hacerlo. Tu parte sería insignificante".
"Pero..."
"Pero no pido nada que no puedas prescindir". Su tono se volvió suplicante. "Pero una visita. Quizás dos. Mientras su esposa duerme". Su voz bajó más de lo que había estado hasta ahora. "Ella no necesita saberlo."
"Estaría mal."
"Nadie necesita saberlo nunca. De hecho, le daré la bienvenida a mi esposo a mi cama mañana. Nadie adivinará jamás que no es su hijo".
"Hay otros..."
Marie lo interrumpió secamente. "No tengo ningún gusto por los

escoceses, y el pelo rojo que aparecerá de repente en sus hijos podría revelar mi acción. Tu color es como el mía y el de mi marido. Te escojo a ti."

"Los Templarios seguramente comparten mi color..." Marie se rió. "Solo tengo una noche para ver esto hecho. Ni siquiera yo imagino que mis encantos sean suficientes para tentar a un caballero así a que abandone sus votos tan fácilmente. Debes ser tú."

Bartolomé no supo qué decir. No lo haría, pero contárselo a Marie podría poner en peligro a todo el grupo.

Ella deslizó su brazo en su codo, tan sinuosa como una serpiente y tan astuta como un zorro. "Debes pensar en ello, ya veo", dijo ella suavemente. "Me gustan los hombres de principios. Tu semilla tendrá integridad."

Ella lo condujo hacia adelante y él escuchó la llave girar de nuevo en la cerradura. Marie abrió la puerta un poco y escuchó, luego lo instó a salir al pasillo. Su actitud cambió de inmediato, aunque la invitación acechaba en sus ojos.

"¡Pero debes estar hambriento!" declaró Marie, hablando tan alto que cualquiera podría oírla. "Un caballero tan robusto como tú necesita cada bocado fino que podamos convocar".

"De hecho, ha sido un viaje largo este día", reconoció Bartolomé. "E incluso más desde que cenamos una buena comida".

—Entonces ven, ven al pasillo —insistió ella, tirando de él de la mano con una forma tan juguetona que podrían haber estado cortejándose. Ella se inclinó cerca de él antes de que entraran al pasillo una vez más y bajó la voz, su mirada llena de invitación. "Encuentro que el salón de mi esposo es bastante aburrido después de las juergas que conocí en Francia", susurró ella. Su mano se arrastró por su pecho. —Quizá usted, señor, ya que se dice que es tan valiente, podría divertirme más tarde esta víspera con algunos cuentos de la corte.

"Me alegraría poder agasajar el salón con cualquier noticia de lejos."

La risa de Marie era ronca y su mirada sabia. "Esa no era mi intención, señor, y usted lo sabe bien", murmuró ella. "Te llamaré una vez que tu esposa duerma."

¿Cómo lo sabría ella?

¿Había algún medio para que Marie pudiera espiar su habitación

EL BESO DEL CABALLERO DE LAS CRUZADAS

desde la suya? Debía haberlo. Bartolomé ya no se extrañaba de que se les concediera la habitación junto a la de la dama. ¿Cómo eludiría su plan? No tenía ningún deseo de ayudarla en su petición, aunque podía entender bien que su situación era preocupante. Tampoco deseaba ponerla en contra de su pequeño grupo.

Tampoco quería enfurecer a su anfitrión. ¡Necesitaría todos de los recuerdos de los talentos de Gastón para verse libre de ese lugar e ileso!

En lugar de un comentario, Bartolomé se limitó a sonreír. Entró por la puerta del gran salón, para estar a la vista de su marido, y se inclinó sobre su mano. —Le agradezco, Marie, su amabilidad al mostrarme los establos. He confiado durante mucho tiempo en la buena voluntad de mi caballo y garantizaré su comodidad dondequiera que descanse".

"Caballeros y sus caballos", se rió ella, cumpliendo con su excusa. "Conozco bien sus hábitos."

Bartolomé se inclinó más y le rozó los labios con las yemas de los dedos. "Es usted más indulgente, mi señora. Te lo agradezco".

"¿Cómo podría resistir?" murmuró ella solo para sus oídos. "Y ahora espero tu indulgencia."

Bartolomé fingió no haber oído. Se enderezó y se volvió, escoltándola hasta el lado de su marido, muy consciente de que Anna lo miraba con disgusto.

Ella no podía ocultar sus pensamientos para salvar su vida, sin duda, pero en este caso, sus modales solo podían ayudar en su engaño.

De hecho, Marie se rió entre dientes. "Veo que el viejo rumor es cierto, señor".

"¿Qué rumor es ese?"

"Que las sencillas son los que más fácilmente se dejan llevar por los celos, porque no confían en su dominio sobre los afectos de un hombre." Ella se encogió de hombros. "Supongo que es razonable."

Bartolomé no respondió. Él sentó a Marie junto a su esposo, consciente de la intensidad del interés de ese hombre, luego ocupó su lugar junto a Anna. Ella le lanzó una mirada que podría haber roto una piedra.

¿Estaba realmente molesta con él?

¿O fingía eso, porque lo consideraba apropiado?

Bartolomé se sorprendió de lo mucho que quería saber. Él bebió a la salud de su anfitrión y luego dejó que el peso de su mano cayera sobre la cintura de Anna. Él podía oírla pensar y supuso que ella deseaba apartar el peso de su mano. Su mirada se posó en la de él y, efectivamente, había fuego en sus ojos.

"¿Me extrañaste, mi señora?" murmuró él, como si intentara mejorar su estado de ánimo. Él le sonrió a modo de advertencia.

"Por supuesto, mi señor", respondió Anna, su tono dulce. "Sabes que tengo miedo cuando nos separamos." Ella le puso la mano en el muslo justo cuando él se llevaba el cáliz a los labios. Para su asombro, Anna deslizó su mano sobre sus calzas lentamente.

Seductora.

Hacia arriba.

Bartolomé casi derramó su vino cuando ella colocó su mano debajo de su tabardo y apretó su agarre en su muslo. Él enfrentó el desafío en su mirada y le devolvió la sonrisa, más que dispuesto a superarla en ese juego.

"Tiene vino en el labio, mi señora", murmuró él, luego pasó la yema del dedo por su labio inferior lentamente. Los ojos de Anna se agrandaron de la manera más satisfactoria y a Bartolomé le gustó cómo se ruborizaron sus mejillas.

Esa artimaña podría resultar en una noche muy interesante, de hecho.

—Parecías haber visto un fantasma, muchacho, allá en el bosque —le dijo Duncan a Fergus en gaélico cuando finalmente los dos tuvieron un momento a solas. Estaban en el salón del barón, pero a un lado y sin oídos que escucharan en su cercanía. Daban toda la apariencia de calentarse ante el fuego y admirar el diseño de la sala. Duncan se aseguró de que los numerosos escuderos y hombres de armas no estuvieran lo suficientemente cerca para escuchar a escondidas.

¡Por todo lo sagrado, la fortaleza estaba bien defendida!

El joven pareció evitar deliberadamente su mirada mientras contemplaba las llamas. "Esa es una explicación tan buena como cualquier otra", murmuró, respondiendo en gaélico.

El hecho de que Fergus no fingiera no estar seguro del momento en cuestión le dijo a Duncan que tenía razón.

"¿O fue una visión hecha realidad?" preguntó, presionando al muchacho un poco más.

Fergus miró entonces hacia arriba. Parecía estar agitado, como rara vez lo estaba. "Sabes que nunca hablo de eso."

"lo sé. Y es curioso, en mi opinión, "reconoció Duncan". La mayoría con tal habilidad compartirían mucho de lo que perciben que les espera, si no todos. Algunos lo harían por una moneda".

Fergus negó con la cabeza con rara vehemencia. Es una maldición, no un regalo, Duncan. Rara vez veo lo que es bueno, solo el peligro que se avecina. Y a veces, no llega a suceder. Es irritante lo misterioso que puede ser todo, aunque en retrospectiva, tiene perfecto sentido".

Duncan consideró su carga, el hijo del hombre con el que tenía la mayor deuda de todas. "¿Viste peligro para esta Anna? ¿Para Bartolomé?

Fergus hizo una mueca. "La he visto varias veces, pero no la reconocí como la doncella en mis visiones hasta que se cambió de atuendo. De hecho, compré el kirtle carmesí sabiendo muy bien que Isobel nunca se lo pondría". Suspiró él. "Su destino está ligado al de Bartolomé, eso lo juraría por mi propia vida."

"Por eso cediste a su solicitud de que tomáramos este camino", supuso Duncan.

Fergus asintió. "Sabía que deberíamos encontrarla allí. El destino de Bartolomé". Duncan vio la preocupación en los ojos del joven. "Sin embargo, no está claro si se refiere a él para bien o para mal."

"¿Y su destino está ligado al tuyo?"

Fergus negó con la cabeza. "Mi corazón está reclamado, Duncan. Eso lo sabes bien. Solo tenía una contribución que hacer a esta historia, aunque aún no se sabe si es buena o mala".

Duncan hizo una broma, tratando de aliviar el humor del otro hombre. "Entonces me aseguraré de no mencionar el kirtle carmesí a Isobel, no sea que ella crea que su afecto fue probado."

Fergus forzó una sonrisa. "Así habla el hombre sabio en el camino de las mujeres."

"¿Ves tu propio destino?" Duncan tuvo que preguntar, porque sentía un mal presagio para el futuro de Fergus y su prometida Isobel.

"No, ese es el misterio", dijo Fergus. "Mi propia vida podría terminar en un momento, y nunca la habría vislumbrado." Se encogió de hombros y examinó el pasillo. "Supongo que debería alegrarme de esa misericordia."

Duncan sonrió y agarró el hombro del caballero. "Significa que debes usar tus propios ojos para ver lo que está cerca, al igual que el resto de nosotros", dijo con falsa alegría. "No es una desventaja eso, muchacho".

∽

EL HOMBRE la atormentaba en la mesa del barón.

Anna estaba convencida de que no era un accidente. Bartolomé, al parecer, sabía mucho más de juegos amorosos que ella, aunque su toque la hizo desear aprender más. En el pasillo, en medio de la compañía, sabía que él no podía aceptar más de lo que ella le ofrecía. Tales hechos oscuros ocurrían en la intimidad, no a la luz brillante de un salón concurrido. Ella estaba a salvo, siempre que permanecieran con los demás, y eso significaba que podía saborear las sensaciones que él encendía en su interior.

Ella había sido audaz en su primer gesto, ella solo quería llamar su atención y no sabía de otra manera de hacerlo. Estaba claro que se había aventurado fuera de su zona de comodidad y que Bartolomé podía jugar a esos juegos mucho mejor que ella.

Ella se sentía como si no tuviera defensas contra su asalto.

Sin embargo, si él pensaba que ella sería una conquista fácil, él podría reconsiderar el asunto. Si él pensaba seducirla de verdad, después de abandonarla en compañía de Royce, ella se deleitaría en mostrarle la verdad. Si él pensaba en tomar lo que ella había prometido no compartir, ella se aseguraría de que se arrepintiera.

Bartolomé estaba más que atento. Él mantuvo su muslo presionado contra el de Anna, su mano descansando a menudo en la parte baja de su espalda. Ella estaba cerca de su abrazo, ¡justo en la mesa! Él se inclinó contra ella para hablar con su anfitrión en su otro lado, asegurándose de que no ella pudiera evadir el calor de su cuerpo o el olor de su piel. Su eliminación de esa gota de vino no fue más que la primera caricia. Le dio de comer estofado de venado con las yemas de sus dedos como un marido enamorado, otorgándole los bocados más selectos. Él se aseguró de que su taza estuviera llena y de que todas sus necesidades estuvieran satisfechas.

Excepto el fuego que había encendido dentro de su vientre.

Era curioso ser tan consciente de un hombre y estar tan deseosa de más. Anna se encontró pensando en el beso que él había tratado de darle antes y en su propia incapacidad para disfrutarlo. ¿Y si confiaba en él? ¿Y si tuviera otra oportunidad? Ella decidió que recibiría con agrado un beso, si eso era todo, y si se ofrecía en circunstancias como esa.

Sí, Anna quería un beso de Bartolomé.

Solo para saber cómo podría ser. Aunque su experiencia con la intimidad había sido de violencia y dolor, sabía que sus padres se habían regocijado cuando se encontraban en la cama. Este hombre y su atención la hicieron preguntarse si sería posible para ella disfrutar del mismo placer con un hombre.

La verdad era que ella quería más que un beso.

Era inquietante sentir su cuerpo en guerra contra sus reservas, incluso debilitándolas. ¿Era eso una especie de brujería? Anna podría haberse apartado de Bartolomé, pero supuso que ese era su medio de desarmar a su anfitrión y anfitriona. Además, alejarse de Bartolomé la acercaría más a Royce, lo que no era una perspectiva atractiva.

¿Bartolomé sabía cuánto él la distraía? Puede que no fuera amable, pero Anna no podía lamentar que la dama del salón estuviera tan disgustada porque Bartolomé mostrara fascinación por su esposa.

¿Él había ido con Marie solo para conocer la ubicación de los establos y comprobar cómo estaba su caballo? Ellos habían estado ausentes durante una buena cantidad de tiempo, en su opinión, demasiado tiempo para tal aventura. ¿O cualquier intervalo de tiempo se habría sentido como una eternidad en compañía de Royce?

Quizás Bartolomé había averiguado la ubicación de las posesiones Duncan y de Percy.

Quizás le había pagado a la dama por ese conocimiento con un beso. O más.

¿Por qué ella deseaba tanto saber?

Anna ardía por pedirle la verdad, pero no podía hacer eso mientras estuvieran en la mesa. Algún acontecimiento había hecho que sus modales fueran más atentos y más amorosos. Ella temía pensar en cómo Marie podría haber inspirado tal inclinación.

No es que a Anna le importara qué aventuras amorosas pueda perseguir Bartolomé, esa noche o cualquier otra.

Sus pensamientos y temores eran tan inquietantes como el toque de él, persistente. Ella encontró que su agitación crecía y su voz se hacía más alta. Ella estaba fuera de las circunstancias familiares y sintió que sus propias reacciones se salían de su control.

Cuando dejaron la mesa, Anna estaba tarareando con una nueva necesidad. Ella había consumido una cantidad desconocida de vino, lo que la hacía sentirse atrevida y cálida. El toque de Bartolomé la había dejado deseosa de más, y ella se alegró de tomar su mano y ser escoltada fuera del pasillo.

Caminaron en silencio hacia la habitación y ella notó lo atento que él parecía estar. Eso le quitó el calor del vino de las venas.

Sólo cuando la puerta de su habitación se cerró detrás de ellos, Anna se atrevió a respirar profundamente con alivio. "Alabado sea", susurró, pero Bartolomé le dirigió una mirada penetrante. Rápidamente se tocó la oreja, luego el ojo y miró hacia la pared que era común entre su habitación y la de la Señora de Haynesdale.

Anna sintió que sus ojos se ensanchaban incluso cuando había entendido.

Había muchos nudos en esa pared de madera, y fácilmente podía imaginar que algunos de ellos eran agujeros. El pelo le picaba en la nuca.

¿Estaban siendo observados?

Ella corrigió su comentario rápidamente bostezando con vigor. "Por muy amable que haya sido nuestro viaje, esposo, me alegra mucho ver un colchón mullido esperándome esta noche."

"¿Lo estás de verdad?" Bartolomé reflexionó, un brillo iluminó sus ojos.

Envalentonada por el conocimiento de que no estaba realmente sola con él, Anna se rió. "Usted, señor, nunca estará satisfecho."

"No pronto, esposa mía, no pronto." Él la cogió y la hizo girar, y

EL BESO DEL CABALLERO DE LAS CRUZADAS

Anna disfrutó de la farsa de ser una pareja feliz. "Quizás estarás lo suficientemente caliente esta noche como para no necesitarme en tu cama", bromeó él y ella se rió de nuevo.

"Oh, esposo, ¿cómo puedes sugerir esa posibilidad?" murmuró ella, echándose hacia atrás para ver los ojos de Bartolomé oscurecerse. Ella contuvo el aliento cuando su mirada se posó en sus labios y sintió que sus dedos se extendían por su espalda mientras la agarraba con más fuerza. La sostuvo por encima del suelo, pero ella no se atrevió a luchar, una esposa tan dispuesta como cualquier hombre podría desear.

Su corazón tronó con la posibilidad de otro beso.

Incluso cuando un estremecimiento comenzó en su vientre. Ella se humedeció los labios y él la miró con un hambre que la hizo temblar.

Él se inclinó y tocó su oído con los labios, provocando una sensación de lo más deliciosa. "No debemos crear sospechas", murmuró él. "Pero te he dado mi voto."

Él no la tocaría.

Anna asintió mientras le rodeaba el cuello con los brazos. Ella lo miró, dando todas las señales de quererlo. En verdad, no era tan difícil fingir. "¿Es cierto, esposo, que algunas parejas no comparten la cama cada noche?"

"Lo he oído decir", reconoció Bartolomé. Él la apretó contra su pecho lo que hizo que ella tomara el aliento. "Me parece mal, debo admitir." Su mano se deslizó por su espalda, presionándola contra él, incluso mientras besaba un lado de su cuello. Anna sintió escalofríos recorrer su piel y un cálido zumbido entre sus muslos.

"No puedo imaginarme estar sin tu calor toda la noche", estuvo de acuerdo ella, tratando de parecer coqueta. Su corazón latía aceleradamente con la perspectiva de que él estuviera acostado a su lado.

¿Dormiría ella?

¿Lo haría él?

¿Se atrevía ella a confiar en su palabra jurada? Anna pensó que podía.

"Creo que es más que mi calor lo que deseas por la noche, esposa", murmuró Bartolomé. La observó, sonrió un poco y luego la puso de puntillas. Él sostuvo su mirada, su propia mirada se posó en sus labios por un momento.

Anna comprendió. Estaba pidiendo permiso. Ella respiró hondo y asintió rápidamente, sabiendo que su artimaña debía mantenerse.

Bartolomé no le dio la oportunidad de cambiar su pensamiento. Su boca se selló sobre la de ella con tal propósito que Anna se sobresaltó momentáneamente. Sin embargo, no se atrevió a apartarse, se obligó a apoyarse en él como si realmente fuera una novia sumisa y le abrió la boca. Bartolomé hizo un pequeño gruñido en su garganta, uno que envió un escalofrío a través de Anna, y profundizó su beso.

El estado de ánimo cambió entre ellos en ese momento, su beso se volvió cálido como no lo había sido antes. No importó entonces quien los estuviera mirando, porque eso no era fingido. Bartolomé besó a Anna como si realmente la deseara, y ella no puedo menos que responderle de la misma manera. Los dedos de ella se enredaron en el espeso cabello de él, y él se dio un festín con sus labios. Ella nunca había sido besada con tal pasión, y descubrió que su cuerpo respondía espontáneamente. Ella cerró los ojos y se rindió, sumiéndose a la sensación.

Él la levantó en brazos y se dirigió a la cama, y Anna se agarró a él con inseguridad. Podría haberse visto como pasión para un observador, pero el corazón de ella estaba corriendo. Ella estaba acostada en la cama, el peso de él presionándola contra el colchón de la forma más aterradora, cuando de pronto hubo un llamado en la puerta.

Bartolomé rompió su beso con obvio pesar. Él tomó un suspiro, como si él, también hubiese sido afectado por el abrazo. Él dejó la cama, dirigiéndose a la ventana mientras se arreglaba. Anna se sentó con prisa, sintiéndose culpable y contrariada.

Pero se creía que ellos estaban casados.

Leila entró en la habitación, cargando un cubo de agua humeante. Anna creyó que Leila y Bartolomé intercambiaban una mirada rápida. ¿Sobre qué?

¿Ellos eran amantes?

Otra sirviente seguía a Leila con un bracero con carbón. Leila hizo un gesto como si aún no debiera ser encendido, entonces la mujer lo puso cerca de la cama, y se fue. El perro del patio estaba en la puerta, y la mujer pretendió azorarlo, pero Bartolomé se acercó.

"¿Cuál es el nombre del perro?" preguntó.

La mujer resopló. "Cenric, porque es un perro Sajón. Por supuesto, todos los sajones son perros." Ella se rió de su propia broma, después quiso patear a la bestia, incluso cuando Anna quiso golpearla a ella. La criatura era ágil y la evadió fácilmente, para alivio de Anna. "Ven aquí, bestia", le dijo la mujer al perro. "Vete a los establos."

"Déjalo." Le ordenó Bartolomé y la sirviente lo miró con sorpresa. "Me gusta tener un perro en la habitación. Si este no tiene lugar para dormir, puede quedarse aquí."

"Si así lo desea, mi señor", dijo una mujer con una mueca en su labio. "Yo no le daría la bienvenida a las pulgas, pero la elección es tuya." Entonces ella hizo una reverencia y se fue.

No lo suficientemente pronto para Anna.

Perro Sajón. Anna sintió sus labios apretarse con desaprobación. Bartolomé le dio una mirada, y ella supo que sus pensamientos eran desaprobados. Ella se alejó de la pared común y esponjó a las almohadas para que nadie más notara su reacción.

Cenric observó partir a la mujer, después los miró enfurecido. Bartolomé se agachó y estiró su mano. Claramente el perro había sido pateado por otros, porque él olfateó el aire antes de acercarse cautelosamente hacia Bartolomé. Era un perro grande, la clase de perro sabueso que los señores usaban para cazar, y su abrigo peludo era de varios matices de plateado y gris. Parecía tener grandes cejas, como un hombre viejo, lo que le daba una apariencia amigable. Cuando olfateó la mano de Bartolomé, su cola comenzó a moverse como una bandera al viento. Cuando Bartolomé rascó sus orejas, él se sentó al lado del caballero y se apoyó en su pierna. Su cola meneándose contra el piso.

"Una vez tuve un perro como tú" le dijo Bartolomé. "La criatura más leal de toda la cristiandad. Lo extraño mucho."

Leila se giró para mirarlo. "¿Cuándo tuviste tú un perro? Preguntó ella, aparentemente sorprendida. Ante el gesto de Bartolomé, ella se corrigió, "Mi señor" añadió ella, "No recuerdo haberte visto con uno".

"Ni yo", añadió Anna, queriendo disfrazar las palabras de la otra mujer para cualquiera que estuviera escuchando. "Sin embargo, solo nos conocemos desde hace unas cuantas semanas",

Leila asintió. "Eso es verdad, mi señora. Los días han sido tan alegres que he perdido la noción del tiempo."

"Fue cuando yo era un niño", admitió Bartolomé. "De hecho, yo mismo apenas lo recuerdo, pero cuando vi a este Cenric, recordé vívidamente a aquel sabueso." Su tono era reflexivo, incluso soñador, y Anna sintió curiosidad por él. "Él era tan amigable como este, aunque creo que aquel era más grande."

"¿Fue esto en Francia, mi señor?" Preguntó Anna.

"¿Normandía o Anjou?" añadió Leila. "Dijiste que habías estado en ambos."

"Antes de eso", dijo Bartolomé suavemente. "Mucho antes de eso." Él se estiró y miró la habitación, un nuevo brillo en sus ojos que Anna no podía explicar. "Pido su indulgencia en esto, mi señora. No podría ver a un perro tan parecido a mi perro, arrojado al frío."

"No tengo problemas con un perro en la habitación. Siempre teníamos muchos —"

"En el convento", intervino Leila.

Anna asintió. "Aunque eran más pequeños que este."

Bartolomé parecía tan complacido que ella se sorprendió.

Él podría haber sido un niño en la mañana de navidad al que le dieron un regalo inesperado. "Está muy delgado", musitó él, sus manos acariciando al perro. "Especialmente para uno tan joven."

"Quizás el varón no tiene uso para él", sugirió Anna. "Y pueda ser persuadido a separarse de la criatura mañana."

"Él podría vender el animal si hay demasiados sabuesos en el establo", añadió Leila.

"Sería bueno para ti tener un perro de caza, mi señor", estuvo de acuerdo Anna.

"O incluso uno para cuidar el patio", estuvo de acuerdo Bartolomé. Él se enderezó de acariciar al perro, y Anna no pudo explicar por qué él lucía más decidido que antes. Él incluso lucía más alto.

¿Por el perro?

No tenía sentido.

Él perro se dirigió al bracero, claramente consciente de su propósito, incluso cuando aún no estaba encendido. Anduvo en círculos media docena de veces antes de echarse en el suelo a dormir. Leila cogió un mecha y encendió el carbón, acarició ella misma la perro cuando él levantó su cabeza peluda para mirarla. Anna deseó haber

EL BESO DEL CABALLERO DE LAS CRUZADAS

guardado algo de carne de la mesa porque el sabueso lucía delgado y había mucha carne.

"¡Oh!" saltó y se paró frente a Anna, levanto sus manos a sus labios en asombro. ¿Genuino o fingido? Anna no podía decirlo. Verdaderamente, la otra mujer era mucho mejor en disfrazar su verdadera intención. Tal vez, Anna podía aprender algo de ella. "Mi señora, no has dicho tus oraciones esta noche."

Anna no estaba segura de por qué la otra mujer había hecho esa sugerencia, y estuvo momentáneamente dudosa de qué responder. Después de todo se suponía que ella era una mujer criada en un convento. Quizás Leila quería reforzar la historia

"Yo no quisiera causar problemas a nuestros anfitriones", dijo Anna con una sonrisa. "Puedo rezar aquí."

"No" dijo Bartolomé con un ardor inesperado. "Hay una capilla en esta propiedad. Yo te escoltaré a ella para que puedas rezar como es tu costumbre."

Antes de que ella pudiera asentir o negarse, el caballero reclamó su codo y la guió fuera de la habitación. Él tenía un paso seguro, y parecía conocer el camino. Anna solo podía caminar a su lado, preguntándose cuál era su intención. "Yo no necesito rezar", susurró ella.

"Por supuesto que tienes que hacerlo", le contestó él en un susurro. "Creo que he encontrado a Percy, pero todavía tenemos que encontrar el contenido de la alforja de Duncan."

El corazón de Anna se emocionó al saber que él había descubierto la ubicación de su hermano. ¡Él había estado usando a Marie para orientarse!

Ella consideró sus palabras, pero estaba confundida. "¿Y piensas encontrar ese contenido en la capilla?" ¿Qué había estado en la alforja? Cualquier cosa de valor hubiese sido llevada a la tesorería. Y cosas comestibles hubiesen sido llevadas a la cocina o la despensa. Anna frunció el ceño.

"Sin duda", murmuró Bartolomé con convicción. "La dificultad está en recuperarlo de ahí." Él le dio una larga mirada de reojo mientras salían al patio, "Puede que necesites intervención santa esta noche, mi señora"

Anna sintió sus labios abrirse con sorpresa. ¿Intervención santa? Eso solo podría venir de los huesos de un santo.

Lo que significaba que el grupo de Bartolomé llevaba una reliquia santa.

¿Quiénes eran estos caballeros?

CAPÍTULO 5

Cenric. El perro tenía el segundo nombre de su padre. No podía ser un accidente.

Y el perro en sí era la imagen del sabueso que Bartolomé había conocido cuando era niño. Horas antes, él no podría haber descrito a la bestia porque solo recordaba su lealtad, pero un vistazo a este perro, y supo que era el gemelo de Whitefoot.

Quizás su descendiente.

Él tenía que llevarse al perro al día siguiente.

Junto con Percy y el relicario. Habría motivo de celebración si su grupo lograba los tres, eso era seguro. Él sabía más sobre las defensas de la fortaleza, lo cual era bueno, aunque todavía necesitaba un plan.

La sugerencia de Leila había sido muy sensata. Él esperaba que llevar a Anna a sus oraciones esa noche le diera la oportunidad de descubrir la ubicación del relicario, lo que podría darle una mejor idea de cómo recuperarlo. Él le habló a un sirviente de su plan, y ese hombre corrió hacia el sacerdote. Él llevó a Anna a la capilla y encontraron la pesada puerta de madera cerrada con llave.

"Demasiadas llaves", dijo él en voz baja.

"Ella las debe tener", respondió Anna, lanzándole una mirada ardiente. "Podrías darle un buen uso a su interés."

"Ya he aprendido el diseño de la fortaleza de ella, dulce esposa", murmuró él, luego se inclinó para besar su frente. "Ella desea más, pero me temo que esta noche tú me agotarás con tu pasión."

Anna se puso rígida como si estuviera consternada por esta perspectiva, pero Bartolomé no tuvo oportunidad de tranquilizarla. Nuevamente, sintió que ella había conocido el abuso de un hombre y habría reafirmado su propia intención, pero escuchó el sonido de pasos que se acercaban. Él tuvo que contentarse con apretarle la mano y luego volverse para saludar al sacerdote.

ANNA ESTABA DESCONCERTADA por las palabras de Bartolomé y podría haber argumentado su afirmación, pero ya no estaban solos. Cuando Bartolomé la soltó de su abrazo, dirigió una sonrisa al sacerdote que se acercaba.

Anna contuvo el aliento. Era el padre Ignatius.

Del pueblo.

Por supuesto que lo era. No había otro sacerdote más cerca que desde York.

El corazón de Anna saltó hacia su garganta, luego se desplomó. El padre Ignatius había sido sacerdote en el pueblo toda su vida. Él había bautizado a Percy y enterrado a sus padres. Probablemente él los había casado y la había bautizado a ella. No había alma más propensa a reconocerla que el padre Ignatius.

Y ningún alma con menor capacidad de engaño.

Anna inclinó la cabeza, su corazón martilleaba. ¿Seguramente él no la revelaría? Anna apartó el rostro para que el velo pudiera ocultar sus rasgos, incluso cuando el pánico aumentaba. ¿Era demasiado esperar que el cambio en su atuendo evitara que el sacerdote mirara demasiado de cerca?

Anna temió que así fuera.

"Me disculpo por molestarlo tanto, padre", dijo Bartolomé suavemente mientras el sacerdote ordenaba sus llaves. El padre Ignatius llevaba un anillo con cinco llaves de varios tamaños. ¿Qué abrirían? Anna podría dar cuenta de dos. La capilla ahí en el torreón y la capilla del pueblo. ¿Y las demás? No había ninguna puerta en el cementerio y el padre Ignatius no cerraba con llave la puerta de su propia casa, por principio. Él podría tener la llave de alguna entrada al torreón.

¿Ella se atrevería a esperar que una llave pudiera ser para el calabozo?

Mientras sus pensamientos volaban, Bartolomé continuó encantando al sacerdote con la falsa historia de los antecedentes de Anna y su entusiasmo por la oración. "Mañana, mediodía y noche", confió al sacerdote. "Ella reza con mucha frecuencia."

"Yo no soy de los que critican eso", dijo el padre Ignatius con su habitual amabilidad.

"Nuevamente, lamento molestarlo tan tarde", dijo Bartolomé.

"No es ningún problema administrar a los fieles, hijo mío. Es mi vocación". El sacerdote abrió la puerta, revelando una capilla de sencilla elegancia. Tenía ventanas altas, aunque a esa hora no entraba luz. El sacerdote se adelantó para encender velas de cera de abejas. Había lino limpio sobre el altar, pero nada más.

No había una reliquia a la vista.

Debe haber habido alguna una vez, para bendecir la capilla. ¿Se había perdido? ¿Robado? ¿Vendido? ¿O estaba escondida ah? Quizás debajo del suelo.

No había ninguna otra puerta y las ventanas eran demasiado altas para poder alcanzarlas fácilmente desde el exterior. También eran pequeñas, sin duda por el coste del vidrio.

"Ven, ven, hija mía", animó el padre Ignatius. "La casa de Dios siempre está abierta."

Anna se arrodilló ante el altar y cruzó las manos. Ella dijo sus oraciones, pidiendo primero por su escape seguro de la fortaleza y la recuperación de Percy, por el futuro bienestar de todos ellos y la recuperación del tesoro de los caballeros. Ella estaba distraída por la posibilidad de que llevaran un artículo de tal valor. ¿Cómo se recuperaría de una capilla cerrada, incluso si pudieran encontrarlo?

¿No estaba mal robar en una capilla? Ella tenía que pensar que lo estaría.

Ella tenía que pensar que sería peor aún engañar al padre Ignatius, un hombre que sólo había sido amable con ella.

Bartolomé estaba de rodillas a su derecha, haciendo todos los signos de rezar él mismo. Quizás lo hacía. El padre Ignatius se arrodilló a la derecha de Bartolomé y recitó sus propias oraciones. Después de que eso duró el tiempo suficiente para que Anna repitiera sus oraciones tres veces, Bartolomé le dio un toque con el pie.

Ella pensó que era un accidente, pero él lo volvió a hacer. Más fuerte.

Se suponía que ella debía hacer algo.

Pedir una santa intercesión, supuso ella.

Bartolomé se puso de pie, hizo una reverencia y volvió a agradecer al padre Ignatius. "La dejo con sus oraciones, mi señora", dijo él con una reverencia, luego se retiró, dejándola a solas con el padre Ignatius. Anna escuchó las puertas cerrarse detrás de ella y supo que se suponía que debía preguntar por un relicario, si no encontrarlo.

Sin saber de qué se trataba.

Sin revelar que esperaba que estuviera en esa capilla.

Y ella iba a engañar a un hombre que solo había sido bueno con ella.

¡Un sacerdote!

¡Maldito Bartolomé, de nuevo!

ANNA RESPIRÓ HONDO. —Padre —dijo ella, hablando en voz alta que el padre Ignatius probablemente no reconocería. "Yo quisiera pedirle su ayuda."

¿De verdad, hija mía?".

"Temo decepcionar a mi marido."

"¿Por qué tienes miedo de una situación así, hija mía? Él parece muy amable".

"Pero crecí en compañía de monjas, padre, y sé poco de las necesidades y deseos de un hombre".

Estoy seguro de que su noble marido dejará claras sus expectativas. Solo tienes que ceder a sus peticiones."

Anna sintió el impulso de rechinar los dientes. El padre Ignatius también era una de las personas más tolerantes y comprensivas que había conocido. Ahora que ella consideraba el asunto, él siempre aconsejaba tener paciencia. Ella dejó que su voz se elevara un poco más.

Pero sé poco acerca de la administración de una casa secular, padre. ¿Y si me equivoco?

Pero estoy seguro de que las monjas te enseñaron esos deberes. ¿No tuviste tareas mientras estabas en su convento? Sé que las hermanas de Santa María se adhieren a la regla esperando que cada una contribuya al bienestar de todos."

"Yo ayudaba en el cuidado de los jardines, padre", mintió Anna, a medio camino esperando que alguna autoridad superior la castigara por mentirle a un sacerdote en una capilla.

No hubo ningún rayo.

"Y sin duda la propiedad de su marido también tendrá jardines", continuó el padre Ignatius en tono tranquilizador. "Allí encontrarás consuelo y familiaridad."

"Pero, padre, tengo mucho miedo. No tengo a nadie, ni parientes ni familia, aparte de mi señor esposo. Si él me aparta, ¿qué haré? ¿Adónde debo ir?" Ella trató de sonar aún más agitada. "¿Y si lo enfado, sin saber lo que he hecho? ¿Qué pasa si no puedo concebir a su hijo? ¿Y si solo le doy hijas? ¡Padre! ¡Tengo tanto miedo!"

El sacerdote puso su cálida mano sobre la de ella y Anna se aseguró de que le temblaran los dedos. "Has llevado una vida protegida hasta ahora, hija mía. Es razonable que sienta temor por este cambio en sus circunstancias." Él hizo una pausa por un momento antes de continuar. "¿Tu marido es cruel contigo?"

—No, padre. Ha sido muy amable." Anna no podía mentir sobre eso. Ella dejó que le temblara la voz. "Pero aun así, eso podría cambiar si me equivoco."

El padre Ignatius le apretó un poco los dedos. "Oremos juntos, hija mía", dijo él con su habitual tranquilidad.

"Ojalá pudiera pedir la ayuda de un santo", susurró Anna, esperando sonar desesperada. "Las hermanas me hubieran dejado besar el hueso del dedo de Santa María. Incluso la perspectiva de su intercesión siempre calmaba mis temores". Ella negó con la cabeza y se inclinó más profundamente sobre sus manos, fingiendo llorar. Ella podía sentir al sacerdote mirándola.

Anna había tenido tiempo de pensar que sus esfuerzos habían sido en vano cuando él se levantó abruptamente.

Una llave de su anillo resultó abrir una puerta empotrada en la pared a la derecha del altar. Anna ni siquiera la había discernido, porque estaba tan bien elaborada que era casi invisible. Ella no pudo ver su contenido cuando el padre Ignatius abrió la puerta, porque su figura le bloqueó la vista, pero cuando se volvió, vio algo dorado en sus manos.

No era pequeño.

Estaba tachonado de gemas y brillaba a la luz de las velas.

Ella agachó la cabeza para ocultar su asombro. ¿Era eso lo que había llevado el grupo de Bartolomé? ¿De dónde lo habían conseguido?

¿Era eso lo que Percy había robado? ¡No es de extrañar que se haya perdido!

"¿Conoces la leyenda de Santa Eufemia?" Le preguntó el padre Ignatius.

Anna negó con la cabeza porque no tenía que mentir. "No, padre".

Ella se asomó para ver que él miraba el relicario con cierta maravilla. "Ella era una virgen que juró pureza en su amor por Cristo. Por orden de su padre, fue probada y torturada, pero se negó a adorar a dioses falsos como él deseaba. Ella murió mártir, pero sus reliquias han hecho maravillas. Ella defiende la rectitud de las buenas decisiones".

Anna miró a través de su velo cuando el padre Ignatius se detuvo ante ella.

"Este tesoro nos ha llegado últimamente, por algún designio divino, pero quizás tú eres la razón."

Entonces ella temió que él hubiera adivinado la verdad. "No lo entiendo, padre", dijo con esa voz aguda.

"Que podrías pedir su ayuda, por supuesto. Que la santa te dé confianza en tu elección de marido. Pero hace un día, no podría haberte ofrecido este consuelo, hija mía". Él sostuvo el relicario ante Anna. "Quizás Santa Eufemia te dé fuerzas."

"Te doy las gracias, padre", susurró Anna. Ella se inclinó más cerca, sus ojos bajos, su mirada volando sobre la maravilla ante ella. Nunca había visto un artículo tan ricamente adornado o tan precioso. Eso debía contener la cabeza de la santa, ya que era del tamaño adecuado.

También tenía el tamaño adecuado para dar cuenta de la mayor parte de la alforja robada.

¿Cómo había llegado el grupo de Bartolomé a llevarse ese tesoro? ¿Seguramente no lo habían robado?

Anna vio cómo su aliento empañaba la superficie del oro, sabiendo que nunca había visto algo tan hermoso como eso. Ella se inclinó y tocó con los labios una gran amatista. Ella podía oler el aroma de las rosas, que se decía que emanaba de las reliquias sagradas, y sintió asombro al estar en presencia de Santa Eufemia. Anna rezó en verdad entonces, para que Bartolomé y sus compañeros no fueran ladrones, para que pudieran tener éxito en la liberación de Percy, para que todos pudieran escapar ilesos.

El padre Ignatius se acercó más.

"Anna, ¿está segura de haber confiado todas sus preocupaciones?" preguntó él suavemente. "Pareces muy preocupada y yo quisiera ayudarte."

"Estoy muy recuperada, padre. Gracias."

Y Anna cometió el error de mirar hacia arriba.

Se encontró con la mirada del padre Ignatius y vio que la había reconocido. Él frunció el ceño y su boca se secó.

"¿Anna?" preguntó él, claramente asombrado.

—Padre Ignatius —logró decir ella con un tono de súplica. Ella sintió que se le calentaban las mejillas mientras se sonrojaba de culpa.

Antes de que ella pudiera defenderse o solicitar su apoyo, la puerta crujió en el otro extremo de la capilla. El padre Ignatius se enderezó y la puerta se abrió de par en par justo antes de que la voz de Royce llenara la capilla.

"¿Qué es esto?" preguntó el barón. "¡Te dije que lo guardaras seguro!"

Anna escuchó sus pasos mientras caminaba hacia ella y cerró los ojos, rezando por la salvación en verdad.

Estaba aquí.

Bartolomé siguió a Royce al interior de la capilla, y el alivio lo inundó al ver el relicario. Su primera reacción fue de profundo alivio por la localización del relicario.

El segundo fue darse cuenta de que algo había salido mal. El sacerdote miraba a Anna, como si hubiera visto un fantasma. Anna estaba completamente inmóvil, aparentemente congelada en su lugar.

Solo había una explicación posible: el sacerdote la había reconocido.

El sacerdote dio un cauteloso paso hacia atrás, con la mirada todavía fija en Anna, y abrió la boca.

Bartolomé tuvo que hacer algo para evitar que dijera la verdad.

"¡Rayos!" gritó él de buena gana. "¡Qué tesoro has escondido en este lugar!" Royce se volvió para mirarlo. Bartolomé levantó las manos y siguió hablando. "¡Qué maravilla! Royce, tiene la suerte de tener la custodia de un tesoro así. ¡No es de extrañar que su patrimonio prospere como lo hace! "Él se rió de buena gana. " Todos deberíamos tener las bendiciones de los santos sobre nuestras obras mundanas". Él avanzó y se arrodilló ante el sacerdote, entrecerrando los ojos como si leyera la inscripción. "Santa Eu..."

"Eufemia", dijo el sacerdote. "Contiene una reliquia de Santa Eufemia." Él se aclaró la garganta y volvió a mirar a Anna. Sus ojos estaban muy abiertos y ella negó con la cabeza minuciosamente. El sacerdote frunció el ceño.

Cuanto antes dejaran a ese hombre solo, mejor.

Bartolomé besó el relicario, se puso de pie, luego hizo una reverencia y cerró la mano alrededor del codo de Anna. "Ven, mi querida esposa, has tenido un día largo y necesitas urgentemente dormir. Tus oraciones matutinas llegarán muy pronto. "

Él dirigió al sacerdote una mirada dura y, para su alivio, ese hombre parecía haberse calmado.

" Royce, ¿seguramente su esposa lo espera?" Bartolomé prosiguió de la misma forma jovial. Para evitar que Royce hablara con el sacerdote, agarró al barón por el codo y lo instó a salir de la capilla. Él marcó un paso rápido, obligando tanto a Anna como a su anfitrión a apresurarse a cruzar el patio.

Y lejos tanto del sacerdote como de la capilla.

"¡Qué día ha sido este!" se entusiasmó. "Dormiremos bien esta noche, mi señora, gracias a nuestro amable anfitrión. Royce, debo agradecerle su hospitalidad. Nunca he visto una maravilla como esta fortaleza o ese tesoro sagrado que guardas en tu confianza. Debes enviar un mensaje al rey para que venga a adorar en tu capilla, porque seguramente él estaría encantado de poner sus ojos en tal tesoro".

"Quizás..." comenzó Royce, pero Bartolomé lo interrumpió.

"Por supuesto, es posible que te preocupe que tal maravilla lo tiente y, por lo tanto, podría tentar a muchos hombres. Yo sería tan audaz como para sugerirle que invite al arzobispo, así como al rey, junto con todos sus séquitos, para que ambos puedan garantizar la buena conducta del otro. Tú podrías organizar una gran fiesta en Haynesdale". Él soltó una carcajada como si anticipara ese evento con alegría. De hecho, mi querida esposa, es posible que tengamos que volver a Haynesdale para eso. Todavía no me has visto en la justa y no dudo que el rey agradecería semejante entretenimiento".

"No lo creo", logró pronunciar Royce al pie de las escaleras.

—Oh, los ingresos —musitó Bartolomé, interrumpiendo al barón. "Uno piensa a menudo en el costo de abordar una empresa de este tipo, pero hay que gastar dinero para ganarla."

"¿Verdaderamente?" instó Anna.

Él le sonrió. "Nunca te he hablado, mi señora, del dinero que fluye a las arcas de esos barones que organizan torneos. Es cierto que los eventos vienen con gastos, porque debe haber fiesta y debe haber vino, y debe haber rescates pagados, pero la recompensa que se gana en impuestos y apuestas. Conocí a un señor que organizaba un torneo, invitaba a los mejores caballeros y luego ponía un alto precio en todos los caminos que conducían a sus puertas desde sus fronteras". Bartolomé se rió. "¡Me dijo que se había ganado diez veces el costo del evento antes de que comenzara! ¿Puedes imaginar? ¡Diez veces!" Él se detuvo ante la puerta de su habitación y señaló con un dedo al barón muy interesado. "¡Y su reputación!" Bartolomé dio un silbido bajo. "Los bardos cantaban sobre él. Las damas lo añoraban. Los caballeros lo honraban. El rey lo favorecía. En verdad, no había nada que pudiera hacer mal. Era más inteligente que todos". Él se inclinó más hacia Royce, sus modales eran confidenciales. "Cuando tenga una propiedad, puedes estar seguro de que organizaré un torneo de este tipo, porque sé que sería una buena empresa."

Royce frunció el ceño al considerar eso. "Mi esposa podría disfrutarlo", admitió él.

"De hecho, ella podría." Bartolomé le sonrió a Anna. "Y ahora, mi señora esposa, tus deberes con Dios están hechos, pero no con tu esposo." Él le guiñó un ojo lascivamente. "¡A la cama! Buenas noches, Royce. Él llevó a Anna a la cámara, solo para ser recibido por Cenric. Él se apoyó contra la puerta por un momento y se atrevió a encontrar la mirada de Anna.

Ella le sonrió, un brillo en sus ojos. "Nunca había visto que fuera tan complaciente, mi señor," susurró ella, luego se acercó para tocar sus labios en su mejilla. La presión de su suavidad contra su piel envió una oleada de calor a través de él e hizo que su corazón latiera con fuerza.

"Bien hecho", susurró ella, sus ojos brillando. "Gracias."

Antes de que Bartolomé pudiera saborear su rara aprobación, Anna giró y caminó hacia Leila. *¿Me atrevo a esperar que el agua esté todavía caliente? Siempre hacía frío cuando vivía con las hermanas, pero la verdad, esposo, me echan a perder en tu compañía".* Ella se sentó en un taburete y se desabrochó las medias, como si él no la estuviera mirando con tanto interés.

Pero entonces Anna levantó el dobladillo de su kirtle y le concedió un fino aunque fugaz vistazo de sus piernas. Debe haber sido involuntario, porque su mirada voló hacia la de él con repentina consternación. Sus miradas se encontraron y se sostuvieron, y un rubor hechizante se elevó sobre sus mejillas. Ella desató la liga y se quitó la media a toda prisa, luego se alisó la falda para ocultar las piernas de nuevo. Ella le dio la espalda tan bruscamente que él se preguntó si sus temores a los hombres, a los caballeros, se habían restablecido.

La cama tenía cortinas. Ellos podían correr las cortinas y hacer mucho ruido, como si estuvieran haciendo el amor vigorosamente. Bartolomé razonó que era la única forma de evitar ofender a Marie, porque entonces podría argumentar que su esposa lo había agotado.

El truco consistiría en convencer a Anna de que cooperara. Habría sido falso decir que él no deseaba acostarse con ella, porque sí quería, pero él sabía lo que estaba bien y lo que no. Él no podía tocar a Anna de esa manera. Él le había dado su palabra.

Pero eso no significaba que Marie tuviera que saber la verdad.

¿Estaban siendo vigilados incluso ahora?

¿Royce había ido con su esposa o se había retirado solo?

Alguien llamó a la puerta y encontró a Timothy en el umbral. El escudero hizo una reverencia y entró en la cámara, porque había venido a ayudar a Bartolomé a desvestirse. Todo listo para irse a la cama, aunque los pensamientos de Bartolomé daban vueltas.

Esa noche habría poco sueño y al día siguiente una dura carrera para escapar.

¿Y luego qué? Si tenían éxito, ¿volvería a ver a Anna alguna vez? ¿O sus caminos se separarían para siempre? Como mínimo, quería dejarla con un buen recuerdo de un caballero.

Y tenía esta noche juntos para otorgársela.

El padre Ignatius había aprendido hacía mucho tiempo a seguir sus reflexiones cuando no estaba seguro de su situación. La prudencia era un rasgo necesario para cualquiera que sobreviviera en esa propiedad cuando estaba bajo el mando de Royce.

De hecho, la naturaleza del padre Ignatius era tal que podía considerar el mérito de dos posibilidades en competencia durante meses, si no años. Él prefería tomar la menor cantidad de decisiones posible e ignoraba la convicción de que no hacer nada era una elección en sí misma.

En verdad, lo único que el padre Ignatius había sabido sin duda alguna era que debía tomar las órdenes sagradas.

Por ejemplo, había estado preocupado durante años por la partida de tantos del pueblo de Haynesdale. Que se vieran obligados a irse al bosque y vivir como forajidos, cuando pocos de ellos habían cometido delitos dignos de tal castigo, eso habría sido motivo de suficiente preocupación. Que él, al permanecer en la aldea, estaba perdiendo el rebaño que le habían encargado cuidar era aún más preocupante. Hubo días en los que pensó que debería seguir a los supervivientes al bosque, buscarlos y asegurarse de que contaran con los servicios de su oficio. Él sabía que tenía que haber algunos de ellos, incluso después del gran incendio.

El padre Ignatius sabía, sin embargo, que si hacía eso, estaría violando las órdenes expresas del barón de olvidar su existencia. No habría regreso a su querido hogar, incluso si lo hubo alguna vez. Eso podría haber sido una cosa, pero él, en su papel de sacerdote de la aldea, era responsable de que los diezmos se enviaran a tiempo desde Haynesdale. Él temía que Royce simplemente añadiera los diezmos a su propio tesoro, porque ese hombre se había ofrecido varias veces para hacerlo.

Atrapado entre el cuidado de su rebaño y la defensa de los diezmos debidos a la iglesia, el padre Ignatius no estaba seguro de qué hacer. Él creía que el administrador supremo valoraría las almas sobre los diezmos, pero estaba mucho menos seguro de la preferencia del obispo. Entonces, se demoraba, debatía y no elegía.

Y ahora, ahí estaba Anna, la hija del herrero, en la capilla privada de Royce, vestida de noble y aparentemente casada con un caballero francés. Él le habría dado a la joven el beneficio de la duda, porque era bonita y no había tenido noticias de ella durante dos años; de hecho, la había temido muerta, como muchos otros, pero los comentarios de Royce habían revelado que él creía que ella era Anna de Beaumonte.

Ella no era más Anna de Beaumonte que él el arzobispo de Canterbury.

El padre Ignatius no dijo nada, porque no sabía qué hacer. Se había preguntado si la llegada de estos caballeros tenía alguna conexión con la repentina aparición de esta notable reliquia en la colección de Royce. Tanto los caballeros como el relicario parecían exóticos, demasiado exóticos para Haynesdale. Él se lo mostró a la dama porque pensó que ella podría saber algo de él.

Ella parecía haber estado sorprendida.

Pero él se había sorprendido tanto al reconocer a Anna que no se dio cuenta de mucho más. En unos momentos, se había quedado solo con el relicario para encerrarlo, mientras el caballero y Royce se marchaban con Anna.

¿Cómo había conspirado Anna para llegar como esposa del caballero?

¿Y por qué?

"Mientras estás aquí, también podrías dar los últimos ritos al prisionero en el calabozo", le dijo el Capitán de la Guardia cuando habría regresado a su modesta casa.

EL BESO DEL CABALLERO DE LAS CRUZADAS

"No sabía que había un prisionero en el calabozo", dijo el padre Ignatius con una dulzura que no sentía.

"Bueno, lo hay, y mañana morirá", espetó Gaultier.

El padre Ignatius luchó contra el horror que se apoderó de él, incluso mientras inclinaba la cabeza.

Que se ejecute a otro prisionero es un grave error, ya que no ha habido un tribunal, pero también es una advertencia del precio de la oposición.

El padre Ignatius creía que él podía hacer más diferencias en Haynesdale con vida. "Entonces estaré encantado de visitarlo", dijo, hizo una reverencia y se dirigió al calabozo.

De modo que el padre Ignatius finalmente se encontró tomando una decisión. Para él, era notablemente impulsivo. Pero cuando abrió la mazmorra y encontró al joven Percy solo llorando en la oscuridad de esa celda húmeda, tomó su decisión.

¿Este era el temible villano que estaba condenado a muerte?

Percy no era más que un niño, y además un niño asustado. El padre Ignatius comprendió entonces la aparición de Anna en la fortaleza, si no su disfraz. Él sabía que ella era ferozmente protectora con su hermano menor. ¿El caballero al que acompañaba estaba aliado con ella? ¿Por qué la ayudaría?

"¡Padre Ignatius!" Percy lloró de asombro, su rostro lleno de lágrimas. "¿Me puedes ayudar?" Él debía haber estado aterrorizado de estar confinado ahí en la oscuridad, con solo ratas como compañía.

Una rara ira surgió dentro del sacerdote, una indignación que solo se despertaba cuando los fuertes abusaban de los más débiles que ellos mismos.

El sacerdote se agachó junto al niño, que lo agarró por la túnica. El padre Ignatius bajó la voz a un susurro. "Por supuesto, puedo ayudar, Percy", dijo con nueva resolución. "Pero primero, dime cómo llegaste a estar en este lugar."

~

AGOTARLO CON SU PASIÓN.

Anna no pudo apartar la sugerencia de Bartolomé de sus pensamientos. Él se había comprometido a mantener su cama casta esa noche. ¿Había cambiado de intención? Ese beso podría haber sido un indicio de lo que vendría. Leila había dicho que él era honorable. ¿Era verdad? Él la había acariciado en el pasillo. ¿Había sido una farsa o un indicio de lo que ella podía esperar esa noche? Era su naturaleza simplemente pedir las respuestas que ella deseaba, pero su conciencia de que podían ser observados y escuchados lo impedía.

Anna deseaba conocerlo mejor.

Ella deseaba tener alguna experiencia en esperar el bien de los caballeros, en lugar de pensar que perseguían sus propios intereses.

Le temblaban las manos cuando dobló las finas medias y ella sabía que tomaba demasiado tiempo para desvestirse y lavarse. Ella pensó que era probable que una dama se demorara en la tarea y no deseaba revelar su verdad. Ella también quería retrasar lo inevitable el mayor tiempo posible.

No se atrevió a mirar a Bartolomé mientras su escudero lo ayudaba a quitarse la cota de malla y la ropa, aunque había pocas razones para la timidez. Ella lo había visto desnudo en el río esa misma mañana, pero la habitación era más íntima. Ella se sentía en mayor peligro donde había menos testigos y menos aún para responder a un grito.

No es que hubiera obtenido mucha ayuda cuando gritó esa fatídica noche. Anna se estremeció al recordarlo y se dio cuenta de que Leila la estaba mirando de cerca. La otra mujer le apretó la mano brevemente, como para animarla. Anna respiró hondo y le sonrió. Ella deseó no ser tan fácil de leer, pero era su carga.

Mientras tanto, Bartolomé había sido despojado de su cota de malla. Ella era muy consciente de que él se estaba quitando las calzas y las botas. Era difícil creer que lo había conocido menos de un día antes, pero Anna se lo recordaba repetidamente.

Ella sabía tan poco de su naturaleza.

Él era amable con el niño y le dio las gracias, luego corrió las cortinas de la cama al lado de la pared común. ¿Quería él que tuvieran privacidad? ¿O que nadie pudiera ver lo que pasaba dentro? ¡Anna deseaba saberlo! Él colocó una linterna en el lado opuesto de la cama. El perro volvió a dormirse junto al brasero, que ahora ardía poco, y Leila arrastró un camastro junto a él. A Anna le habían peinado el pelo y solo llevaba la camisola. La cámara estaba fría, pero ella se quedó allí, dudando en unirse a Bartolomé en esa gran cama. Aunque ella anhelaba tomar su capa y acurrucarse en un camastro junto a Leila, sabía que cualquier observador encontraría curiosa la elección.

Ella sacó su propia ballesta del ordenado conjunto de pertenencias de Bartolomé y rodeó la cama en silencio. Tanto Leila como Cenric la miraron.

¿Bartolomé estaba desnudo en la cama? ¿Ya estaba dormido? Se le secó la boca.

"Esposo", dijo en voz baja. "¿No duermes siempre con tus armas cerca?"

"Tengo espada y cuchillo, mi señora", dijo él. Cuando Anna dio otro paso, ella pudo distinguirlo en las sombras de la cama. Él estaba sentado, su espalda apoyada contra la pared detrás de la cabeza, sus ojos brillaban mientras la miraba. La espada estaba en el suelo, en su vaina. El cuchillo, ella no pudo ver. Pero si prefieres que yo también tenga la ballesta, la tendré a mano. ¿Trajiste las flechas?

Ella las tenía y se las ofreció, guardándose una para ella. Él la estaba mirando y ella no podía adivinar por qué él sonrió cuando vio lo que hizo ella. El peso de la flecha era reconfortante en su mano, fría y sólida. Ella podría apuñalar con él, si fuera necesario.

Bartolomé tenía que saberlo, pero no parecía preocupado. Su camisola estaba abierta y se había quitado las botas. Su camisola lo cubría hasta los muslos, lo que ella encontró alentador, y pudo ver la piel bronceada de su pecho. Él tenía las mangas arremangadas y le sonrió, como si conociera su inquietud. La luz de la linterna lo pintaba en tonos dorados. Nunca había visto a un hombre más atractivo, noble o común.

"Debes tener frío, esposa", dijo él. "Ven y déjame calentarte."

Una parte de Anna anhelaba hacer precisamente eso.

La mayor parte de ella era más sensata. Ella no comenzaría lo que no podía detener. Ella no daría ánimos a ningún impulso. Ella se acomodó en la cama, asegurándose de estar a los pies de ella. Colocó la ballesta en el colchón entre ellos. No estaba cargada, pero aun así pensó que su presencia aclararía sus sentimientos.

De hecho, Bartolomé sonrió. Él levantó las sábanas y palmeó el colchón a su lado. "Ven y acuéstate", volvió a invitar él. Cuando se inclinó hacia adelante, Anna vio su sombra en las cortinas cerradas al otro lado de la cama.

¿La silueta sería visible para cualquiera que mirara desde la otra habitación?

Él le hizo una seña, el movimiento de su dedo se mostró claramente en las cortinas. Anna se arrastró hacia el lugar vacío junto a él y vio cómo parecía que ella se movía hacia su abrazo. Él se dio la vuelta, como si la inmovilizara debajo de él, aunque en realidad estaban uno al lado del otro y no se tocaban en absoluto. "Oh, mi señora", murmuró él, luego besó la almohada y gimió de placer. Él abrazó la almohada en aparente éxtasis.

Anna tuvo que reprimir una risita. ¡Él quería engañar a Marie!

Y no la tocó, tal como lo había prometido. El alivio la inundó.

Él le guiñó un ojo y volvió a gemir. "Mi señora, ¡cuánto la he deseado este día!"

"¡Mi señor!" respondió ella de la misma manera, su juego le devolvió la confianza. "¡Deja de hablar y bésame!"

Bartolomé dejó caer su rostro sobre la almohada para sofocar sus risas. Una vez más, la abrazó con ardor. Anna se tapó la boca con una mano y tuvo que apartar la mirada de sus ojos danzantes cuando él se apoyó en sus manos. La sombra hizo que pareciera que la estaba mirando.

"¿Ha perdido su pasión por mí, mi señora?" preguntó él como si estuviera perplejo. Me parece que esta noche eres extraordinariamente tímida. ¿Anhelas a otro?

—No, mi señor. ¡Nunca!"

"Entonces, ¿qué pasa, esposa mía?" gruñó él. "Dime qué puedo hacer para alimentar tu placer."

Anna se estremeció ante la intención de su tono. "Prefiero que tales acciones se hagan en la oscuridad, señor", se atrevió a decir ella.

"Las hermanas no pueden verte ahora."

"Pero yo, señor, temo ver la desnudez".

"Todos tus deseos son mis órdenes", respondió Bartolomé, luego se inclinó fuera de la cama. Se lamió los dedos y pellizcó la mecha del farol. La llama siseó cuando se extinguió, luego se hundieron en la oscuridad.

EL BESO DEL CABALLERO DE LAS CRUZADAS

Anna tuvo un momento para temer que se hubiera equivocado, luego Bartolomé gimió de nuevo. Ella no podía sentir ni siquiera su calor, y sabía que había distancia entre ellos.

"¡Oh!" gritó él. "¡Oh!" Él comenzó a moverse de modo que el colchón se balanceó y Anna se sonrojó en la oscuridad ante la familiaridad del ritmo que marcaba.

Ella había oído ese sonido muchas veces, sin duda.

Pero era una farsa y ella debería hacer su parte para ayudar.

"¡Oh!" jadeó Anna, asegurándose de que sus gritos llegaran a tiempo. Había escuchado a su madre gritar así y trató de imitar el recuerdo. "¡Oh, oh, oh!" La estratagema le parecía ridícula y temía haberla hecho mal.

Pero Bartolomé pareció comprender. Él tomó su mano, el calor de sus dedos se cerró sobre los de ella. "Más lento y luego más rápido de nuevo", susurró él, su voz cerca de su oído. "No sería mortal aguantar mucho a este ritmo." Luego elevó la voz a un rugido. "¡Mi señora, asegurarás mi fin esta noche! Oh, oh, OH!"

Anna se rió por lo bajo. Ella no pudo evitarlo. La noción de que ella podría matarlo con pasión era absurdo en su escenificación.

Entonces ella tuvo que hacer algo para cubrir el sonido que había hecho "¡Señor! ¡Ese es un comportamiento indigno!"

Bartolomé se rió. "Súbete sobre mí, mi señora", ordenó él, "Yo te enseñaré un comportamiento indigno".

Él empezó a mecerse otra vez, sus movimientos hacían que la cama sonara contra el piso. Él gemía y gruñía con aparente placer, entonces le dio a los dedos de ella un rápido apretón.

Ella tenía que decir o hacer un sonido similar.

¡Señor, eres tan vigoroso como un jabalí!" gimió ella, y sintió a Bartolomé temblar de la risa. El ritmo cesó, ella temió haberlo arruinado todo.

"Mi señora, eres insaciable", respondió él. "Me temo que no sobreviviré un mes en tu cama"

"Por eso es que no compartiremos la cama todo el mes, señor."

¿Quién hubiera imaginado que una inocente sería tan lujuriosa?"

¿Quién hubiera imaginado que un valiente caballero se quejaría tanto?"

"No me quejo, señora mía. Yo simplemente disfruto la maravilla que eres"

Anna estaba sorprendida por sus palabras, porque su tono había bajado. Ella deseó poder creerle, e incluso sin hacerlo una calidez inundó su corazón. Él se aferró rápidamente a su mano y mantuvo su promesa, lo que a ella le dio gran placer. Ella estaba lo suficientemente cerca como para oler su piel y sentir su calor.

Más que considerando la intimidad de su situación, ella pensó acerca de sus planes. ¿Qué pasaría en la mañana? ¿Cómo salvarían a Percy? ¿Cómo escaparían? Ella quiso preguntarle pero el dedo de Bartolomé aterrizó rápidamente sobre sus labios.

"Gime", le aconsejó él en voz baja.

"No sé cómo", confesó ella en voz baja.

"Todo el mundo sabe cómo hacerlo", le contestó él y gimió con gusto para probar su punto.

Anna escuchó, entonces intentó hacer lo mismo. Ella estaba segura de que había sonado más como una vaca adolorida que como una mujer en éxtasis.

O como una oveja con flato.

Que Bartolomé estuviera tratando de ocultar su risa hacía poco por ayudar. Ella pudo sentirlo retorciéndose y lo golpeó. "¡Oh mi señora, eres exigente!" gritó él, y ella lo golpeó otra vez.

"Me siento tonta", susurró ella "Prefiero cuando discutimos".

"No podemos discutir todo el tiempo mientras pretendemos hacer el amor"

"Estoy segura de que hay gente que lo hace."

¿Debería silenciarte con mis besos?"

Él estaba jugando con ella y Anna lo sabía. Su rostro ardía. ¡No lo creo!"

¿Entonces debería forzarte a gemir?

Anna contuvo el aliento. "No lo harías."

"No a menos que tú me lo pidas."

Ella podía imaginar como lucía él en ese momento, su pelo revuelto, sus ojos brillando con malicia. Su confidencia estaba clara, y ella quería retarlo en respuesta. "No puedes hacerlo", insistió ella. "Y no vas a hacerlo."

"Lo haré. Te lo prometo." Él paso sus labios por sus nudillos. "Solo tienes que pedirlo y tu deseo será mi orden."

Pero Anna no se atrevería. "Tú solo deseas que yo acceda para que tú busques tu propio placer."

"No, yo solo aseguraré el tuyo."

"No puede hacerse."

Bartolomé se rió. "Entonces rétame a hacerlo, Anna," él susurró, su sugerencia la hizo temblar de deseo. "O gime por ti misma. La decisión es tuya."

¿Se atrevería ella a confiar en él?

Ella se sorprendió por lo mucho que deseaba hacerlo.

Pero eso sería ingenuo. Ella caía en su hechizo, no más que eso.

"No", dijo ella, y escuchó el temblor en su propia voz. "Eso no, señor, No puedo"

Hubo un momento de silencio y ella temió haber revelado demasiado.

"Debes decirme quien te hizo tanto daño, Anna", murmuró Bartolomé resueltamente. "Y yo te vengaré."

Era un promesa que emocionaba su corazón, pero no la haría perder su juicio. Anna cerró sus ojos e intentó recordar todos los actos de amor que había escuchado, luego intentó una vez más gemir con supuesto placer.

Ellos tenían un trato después de todo, y ella haría su parte para ver a Percy salvado y recuperado el relicario.

Al menos en la oscuridad Bartolomé no la vería sonrojarse.

DOMINGO 17 DE ENERO DE 1188

DÍA DE SAN ANTONIO DE EGIPTO

CAPÍTULO 6

Bartolomé tenía claro que Anna se había visto obligada a darle la bienvenida a un hombre, y contra su voluntad. La idea lo enfureció, pero no cabía duda del significado de la reacción de ella a su toque. Ella no era tímida. De hecho, era una doncella valiente, más dispuesta que la mayoría de los hombres a aceptar un desafío o una provocación.

Pero cuando era acariciada, retrocedía aterrorizada. Él habría esperado que ella se encontrara con él toque por toque, que fuera tan intrépida en la cama como en cualquier otro lugar, pero ella se apartaba de él con terror.

Incluso cuando bromeaban.

Ella había sido violada. No podía haber otra explicación. Él habría apostado su propia vida en ello. La idea envió fuego a través de él, junto con la necesidad de verla vengada. Él se sintió un canalla por haberse burlado de ella con un beso, y un tonto por no haber adivinado antes ese secreto. Peor aún, imaginó que su aversión por los caballeros franceses tenía sus raíces en esa experiencia.

Sí, muchos nobles creían que las hermosas doncellas de los pueblos estaban allí para su placer. El hecho de que se hiciera comúnmente no disminuía la indignación de Bartolomé por haberle pasado a Anna.

Estaba mal que cualquier mujer soportara eso, y él estaba horrorizado de que Anna hubiera sido maltratada.

Al menos, su conocimiento del pasado de ella le aseguró que él le diera lo que ella deseaba. Él mantuvo su distancia en la gran cama y solo tomó su mano mientras fingían el logro de su satisfacción.

Él estaba muy contento de haberla hecho reír, aunque fuera un poco, en tales circunstancias.

Cuando aparentaron aparearse más allá de toda resistencia humana, él rugió con su aparente liberación, golpeando el colchón con el puño. Entonces el perro vino a mirarlos, despertada su curiosidad y Anna volvió a reír.

Bartolomé empezó a roncar con fuerza, como un patán borracho que había tenido su placer y no le hubiera importado nada más. Él sintió que Anna acariciaba el colchón y Cenric se apresuró a aceptar la invitación. El perro era grande y cálido, y Anna se acurrucó con la bestia entre ellos.

Eso no era un accidente, apostaría él.

De hecho, ella solo dormiría si no estuvieran solos.

—Llama también a Leila —aconsejó Bartolomé en voz baja, entre sus ronquidos estridentes. La cama era lo suficientemente grande para todos y él no veía ninguna razón para que Leila pasara frío. Nadie podía dudar de que la cama sería casta esa noche, compartiéndola cuatro de ellos.

Leila se metió en la cama ante la invitación y Bartolomé sintió que se acostaba al otro lado de Anna. Los cuatro estaban acurrucados uno contra el otro y bastante calientes. Para su alivio, él escuchó la respiración lenta de Anna. En unos momentos, supo que él era el único despierto.

Y eso le dio la oportunidad de considerar el rompecabezas de Anna.

Bartolomé siempre había pensado que las mujeres del pueblo sabían más de asuntos íntimos que las mujeres de la nobleza, porque su castidad no se defendía con el mismo vigor. A menudo se les entregaba jóvenes a una pareja, casadas o no, y podían tener media docena de hijos a la edad de Anna. Él supuso que eso también significaba que podrían abusar de ellas más fácilmente, como evidentemente le había pasado a Anna.

¿Quién había sido el caballero francés que se había aprovechado de ella? ¿Había estado el hombre como invitado en la morada de Royce? ¿Había sido el propio Royce?

Solo en la oscuridad de esa noche Bartolomé se preguntó si Percy era realmente el hermano de Anna o su hijo.

No había duda de que ella le devolvía los besos como si esperara que sólo el dolor viniera de ese abrazo, y él sabía que ella tenía poco talento para los engaños. Anna podía ser una buena ladrona, pero sería una mala espía.

Eso era parte de lo que le gustaba de ella. Ella era honesta y directa. Su ingenio era rápido y no dudaba en compartir sus puntos de vista. A él le gustaba saber dónde se encontraba con ella en cualquier momento. Le gustaba que ella fuera intrépida y que fuera leal a su hermano. Sí, sería el tipo de persona que cumplía su palabra, independientemente de lo que sucediera.

Eso le gustaba mucho.

¿Y si pudiera enseñarle que no todos los caballeros son malvados y bribones? Era un legado que Bartolomé deseaba mucho dejarle, pero sus caminos probablemente se dividirían al día siguiente.

¿Podría él vengarla? ¿Ella nombraría al villano? ¿O ese hombre ya no estaba en Haynesdale?

Bartolomé debería haber estado planeando su propio reclamo triunfal de la propiedad de su padre, pero en cambio, se encontraba pensando en Anna. ¿Qué prenda colgaba del cordón de su cuello? Pesaba, sin duda, y pensó que lo había visto brillar a través de su camisola.

¿Qué joya podría poseer que no vendería para ver a su hermano alimentado y caliente? Sería sentimental, sin duda, una muestra de sus padres, tal vez.

Pero su padre había sido herrero, no joyero.

Era otro acertijo más entre los muchos acertijos de su inesperada compañera. Bartolomé deseaba desentrañarlos todos, aunque sabía que no tendría la oportunidad.

Se quedó dormido horas más tarde, cuando la fortaleza estaba tranquila a su alrededor.

Él debería haber anticipado que la pesadilla volvería.

~

Corrían en la oscuridad, la mano de él sostenida con fuerza entre la de su madre. Estaba oscuro y frío, el suelo húmedo bajo sus pies. Solo había oscuridad por delante. Él miró hacia atrás para ver fuego ardiendo detrás de ellos, consumiendo todo lo que estaba a la vista. Lo habían despertado apresuradamente, su madre lo había agarrado y lo habían sacado apresuradamente de su casa.

¿Era eso lo que se quemaba?

¿Dónde estaba papá?

¿Dónde estaban los hombres que custodiaban el salón? Él oyó el choque de acero contra acero, pero no pudo ver nada más allá del fuego. Su madre lo arrastraba hacia adelante, con los pies descalzos y el cabello suelto. Su respiración era frenética y murmuraba el nombre de su padre como una oración. Él pudo saborear su miedo y corrió tan rápido como pudo, sin querer decepcionarla. Su mano era suave y cálida, su pecho más suave cuando finalmente lo tomó en sus brazos.

Aun así, ella corrió, sus brazos envueltos fuertemente alrededor de él. Ella estaba llorando, él podía decirlo por el sonido de su respiración, y extendió la mano para sentir la humedad en sus mejillas. Él podía ver el fuego por encima de su hombro, la forma en que se extendía, el hambre y el brillo.

"Papá", dijo él y ella negó con la cabeza.

"Ahora no", le susurró en francés. "Ahora no."

Ella tropezó con una cabaña, la oscuridad se cerró a su alrededor tan repentinamente que él parpadeó. "Ayúdame", apeló ella y lo pasó al abrazo de otro. Era un hombre, sus brazos gruesos y fuertemente musculosos, su piel olía a hierro y fuego.

¡El herrero! Él sonrió porque le gustaba mucho este hombre y con frecuencia iba a verlo trabajar. El herrero se lo entregó a su esposa, que siempre olía a pan recién hecho, y él encendió su fragua. Un fuego más pequeño se encendió allí, ardiendo más brillante y más blanco con cada fuerte empuje de los fuelles del herrero.

Él estaba paralizado por ese fuego, controlado y contenido, pero tan ardiente y poderoso como el que se había enfurecido detrás de ellos. Su madre le ofreció una pieza al herrero, quien la aceptó asintiendo.

Era un anillo.

Era el anillo de su padre.

"Debe poder demostrar su derecho de nacimiento", dijo ella en voz baja. "Márcalo, sobre su corazón."

El herrero vaciló por un momento, pero el sonido de la espada se acercó. Él intercambió una mirada con su esposa y luego movió los fuelles con mayor vigor. El fuego estaba caliente. Era blanco. Hacía que todos entrecerraran los ojos ante su poder.

El herrero tomó el anillo con sus grandes tenazas y lo hundió en el fuego de su fragua. El anillo parecía brillar. Se calentó como una chispa del sol atrapada dentro del fuego mayor. Él quería verlo, pero su madre le abrió la camisola mientras la esposa del herrero lo sujetaba en una mesa.

"Estarás en silencio", instó su madre. "Tan silencioso como una liebre que se esconde de un zorro".

Él asintió con la cabeza, sin comprender realmente. El herrero quitó el anillo del fuego y estaba brillando. Él estaba fascinado por la forma en que había cambiado, cómo se veía como una estrella, pero con la forma del anillo de su padre.

El herrero lo tomó con sus tenazas más pequeñas y luego lo presionó en la piel sobre su corazón.

Había dolor, un dolor que lo consumía y que irradiaba y el olor a carne quemada. Él abrió la boca, luego recordó la solicitud de su madre, ahogando el grito que quería hacer.

El dolor.

La quemadura.

El incendio de su propia alma.

El fuego que no se podía eludir, a cualquier precio.

Bartolomé se despertó con una sacudida, sus dedos se cerraron en un puño sobre la cicatriz en su pecho. Él respiraba rápido, como si hubiera corrido kilómetros, y tenía sudor en la nuca. Él pudo oler de nuevo la carne quemada y sentir el calor en su piel. Tocó la cicatriz, reconociendo que había pasado mucho tiempo desde que había soñado con el momento en que la hicieron. Él podía sentir la muesca, la forma del anillo del sello de su padre, la marca que se había grabado en su cuerpo esa noche.

Su garganta estaba apretada con el recuerdo. Esa había sido la última vez que había visto a su madre. Lo habían sacado de Haynesdale antes de que la herida se enfriara, confiado a un grupo leal de caballeros.

Lo había perdido todo esa noche.

Le tomó un tiempo calmar su respiración.

¿Por qué él solo reconocía al perro?

El sueño era un recordatorio de que tenía una misión que cumplir, que había llegado a Haynesdale, que tenía que terminar lo que había comenzado.

Entonces se dio cuenta de que el sueño le había dado un regalo. Anna dijo que era la hija del herrero. ¿Era el mismo herrero? ¿Podría ella llevarlo con sus padres para que lo reconocieran como el hijo de Haynesdale?

¿Era esa la ayuda que necesitaba para recuperar su legado?

LEILA SE DESPERTÓ con el sonido del perro roncando. Ella estaba acurrucada en la gran cama con cortinas junto con Anna, Bartolomé y el perro, y había una luz tenue que entraba por las contraventanas. Cuando se sentó, la cola del perro golpeó contra el colchón. Su expresión era tan suplicante que se imaginó que él esperaba que ella abusara de él.

En cambio, ella le frotó las orejas. Ella no sabía mucho sobre perros, pero evidentemente Bartolomé sí. Este tenía su favor y era lo suficientemente grande y lo suficientemente suave como para tranquilizarla. Después de todo, ella estaba acostumbrada a los caballos. Se preguntó qué habría soportado el perro en ese lugar, porque ella no pensaba bien de Royce y Marie, y se alegraba de que su pasado no lo hubiera vuelto cruel. Él parecía contento de acurrucarse entre ellos, aunque ella pudo ver que sus costillas eran demasiado prominentes.

Ella sentía con tanta fuerza como Bartolomé que deberían llevarse al

EL BESO DEL CABALLERO DE LAS CRUZADAS

perro con ellos. Ella se levantó y avivó las brasas y luego abrió las contraventanas. El cielo era de un tono pálido y parecía que iba a ser un buen día. El perro la siguió, poniendo sus patas en el alféizar para compartir la vista. Movió la cola hacia ella de nuevo y trató de lamerle la mejilla, lo que hizo sonreír a Leila.

Ella supuso que él tenía hambre. Ella también.

Solo se oía el sonido del sueño de la cama con cortinas, pero luego, después de su carrera por el bosque y su actuación la noche anterior, Leila podía creer que Bartolomé y Anna estaban cansados. Ella sabía que debía actuar como una sirvienta y tomó el balde que había usado para llevar agua para que Anna se bañara la noche anterior. El cubo con tapa con las aguas residuales había sido dejado fuera de la puerta de la cámara, y esperaba que alguien lo hubiera llevado a la alcantarilla.

Se enderezó para encontrar al perro mirándola con una expresión esperanzada. Ella supuso que él también tenía asuntos que atender por la mañana. ¿Volvería a ella cuando lo llamara? Ella no quería que Bartolomé se sintiera decepcionado por la desaparición del perro. A él le había parecido muy importante dejar que el perro se quedara con ellos.

Leila rebuscó en sus pertenencias y encontró un trozo de cuerda. Hizo un lazo en un extremo, asegurándose de que el nudo no pudiera deslizarse y lo deslizó sobre la cabeza del perro. Salieron juntos de la habitación y ella se alegró de que el perro caminara tranquilamente a su lado, porque terminó con dos cubos. Ella arrojó el contenido de uno a la alcantarilla en la parte trasera de los establos. El perro ladeó una pierna y se alivió, luego se lanzó hacia adelante y la miró expectante mientras volvía a entrar en el patio.

"Debe tener hambre", dijo un hombre en voz baja, expresando sus propios pensamientos en voz alta.

Leila se giró para encontrar al sacerdote mirándola desde las sombras. Llevaba un saco y sacó una barra de pan. Leila estaba segura de que no podría haber pan recién horneado esa mañana, porque la fortaleza estaba tranquila. El sacerdote arrancó un trozo de pan y se lo ofreció al perro. Él fue olfateando y luego lo devoró rápidamente. El perro se sentó frente al sacerdote, esperando más.

"Creo que tiene hambre", dijo Leila. "¿Qué debe comer?"

"Carne, pero no tanta grasa. A algunos les gusta otra comida, pero en verdad son lobos y la carne es lo que más les gusta a todos. Él no parece haber tenido mucha, pero los perros de Haynesdale tienden a tener hambre".

"Mi señor dijo que estaba demasiado delgado."

"Algo de esto no le hará más daño que un vientre hueco." El sacerdote le dio más pan al perro.

"¿Les molestará?" Preguntó Leila.

El sacerdote sonrió. "El pan es viejo, dado por el panadero Denley como limosna a los pobres. Pero quedan pocos en el pueblo de Haynesdale. Son lo suficientemente pobres, pero Denley ya ha compartido con ellos. Pensé que a los escuderos se les podría haber dado menos anoche, ya que el barón tenía invitados y son meros niños. El sacerdote levantó la vista de repente. Eres la doncella de Anna.

"Lo soy." Leila hizo una reverencia.

El sacerdote consideró sus palabras mientras alimentaba al perro con más pan. Se tomó su tiempo al respecto, asegurándose de que el perro masticara y tragara cada porción antes de conceder otra. "Tengo entendido que ella reza por la mañana, así que pensé en quedarme y abrir la capilla para ella."

"Eso es muy amable, señor. Me aseguraré de decírselo.

"Por favor, hazlo." Él le lanzó una mirada penetrante que Leila no pudo interpretar.

"¿Crees que mi señor podría comprar el perro?" preguntó ella. "Él está muy cautivado con él y si hay demasiados aquí..."

El sacerdote sonrió. "Creo que si te sigue, no se te perderá."

Leila se alegró de escuchar eso.

El sacerdote le entregó el resto del pan. Toma esto para el sabueso. Ten cuidado de romperlo en pedazos antes de dárselo. De lo contrario, podría comer demasiado rápido". Él levantó el saco de pan.

El sabueso siguió el pan hasta Leila, clavando la mirada en ella.

"Gracias, señor", dijo ella, incluso mientras miraba el pan. Era duro, al menos de un día o quizás dos. Pero lo extraño era su peso. ¿Qué habían puesto en su pan para hacerlo tan pesado? Ella miró hacia arriba para encontrar los ojos del sacerdote brillando.

Había un hueco en un lado. Los dedos de Leila se deslizaron por la hendidura hecha a un lado del pan y tocaron algo frío. La expresión del sacerdote la tentó a mirar, y se asomó para ver la punta de una gran llave de hierro escondida dentro del pan.

La llave de la mazmorra.

Regresaré directamente con mi señora y le contaré su consideración. Leila volvió a inclinarse. Y le agradezco de nuevo, señor, su amabilidad con el perro. Estaré muy seguro de alimentarlo lentamente."

Él asintió una vez y se volvió hacia la puerta del pasillo. Una voz de mujer se elevó desde las cocinas y un ruido de cacerolas anunció que la jornada de trabajo había comenzado. Leila dejó el balde sucio y se llevó el perro y el pan a la cámara, junto con un balde de agua fresca. El perro subió las escaleras y esperaba cada docena de pasos por ella, lamiendo sus bocados con anticipación.

Si alguien cuestionaba su prisa, ella diría que su dama era impaciente.

DUNCAN ESTABA DESPIERTO cuando oyó crujir la puerta de los establos. Se dio la vuelta en el desván para poder ver la rendija de luz en la puerta. Para su sorpresa, el sacerdote se deslizó por el hueco y cerró la puerta detrás de él. Duncan no se movió, pero miró con interés. ¿Qué buscaría el sacerdote en los establos? ¿Qué llevaba? ¿Y por qué había vuelto a cerrar la puerta?

Parecía poco probable que un sacerdote tuviera un plan nefasto, pero Duncan hacía pocas suposiciones sobre las decisiones de los demás sin pruebas.

En cambio, esperó y miró.

Una vez que sus ojos se acostumbraron a la oscuridad, Duncan vio al sacerdote moviéndose por la línea de puestos. Él parecía conocer el diseño de los establos y pudo encontrar su camino con solo el destello del amanecer que brillaba entre las tablas.

También se movía hacia los caballos de su pequeño grupo, no hacia los propios caballos del barón.

¿Quería hacer daño a las bestias?

Duncan bajó las escaleras del desván. El sacerdote no miró hacia arriba, pero parecía estar contando los caballos. Cuando llegó al caballo de Fergus, miró a su alrededor. Duncan sintió que sus ojos se estrechaban. El sacerdote miró alrededor del caballo, su agitación claramente crecía, y Duncan desenvainó su espada.

Duncan se aclaró la garganta mientras tocaba la espalda del sacerdote con la punta de la hoja. Ese hombre saltó y se giró para enfrentarlo, con los ojos muy abiertos. "¿Puedo ser útil?"

El sacerdote miró boquiabierto la espada, luego levantó el saco que llevaba. "Tengo pan, limosna para los pobres. Pensé que te alegraría mucho en tu viaje.

"Tenemos suficiente pan", dijo Duncan, sin disipar sus sospechas. "Aunque les agradezco la amabilidad."

El sacerdote se enderezó. "Creo que deberías llevarte este pan."

"¿Qué hay de tus pobres?"

"Hay pocos de ellos en estos días, no porque Haynesdale prospere, sino porque hay muy pocos en la aldea. No lo extrañarán".

"Creo que es una falta que un invitado engañe a los aldeanos de su anfitrión."

Los ojos del sacerdote brillaron y apretó los labios. Duncan estaba intrigado por este atisbo de su frustración. El otro hombre se inclinó más cerca, su mirada fija en la de Duncan. "Te aconsejo, hijo mío, qué te lleves el pan." Él mordió cada palabra y Duncan no pudo explicar sus modales.

Él cogió el saco con cautela. La masa era aproximadamente del tamaño de dos panes redondos, colocados de base a base. El peso, sin embargo, estaba mal. Esto no podía ser solo pan. Duncan frunció el ceño pero el sacerdote sonrió con una extraña confianza.

"Creo que lo encontrará como un souvenir muy bienvenido", dijo. Aunque te sugiero que no se lo menciones a nadie más. Como dices, es posible que el barón no apruebe mi generosidad en este asunto". El sacerdote miró la espada y luego le dio la espalda a Duncan. Caminó lentamente de regreso a la puerta, le dio a Duncan una mirada de despedida y luego miró hacia el patio antes de dejar los establos.

Duncan no pudo encontrar dentro de sí mismo para matar a un sacerdote desarmado.

Y se alegró de ello. Porque cuando abrió el saco, no encontró dos panes, sino el relicario, de oro brillante en la base del saco.

Duncan maldijo en voz baja en su asombro.

Luego se persignó y dijo una oración de agradecimiento antes de despertar a Fergus. ¡Tenían que partir antes de que se descubriera la pérdida!

ANNA ENCONTRÓ al padre Ignatius en la capilla, tal como Leila había dicho que haría. Intercambiaron un asentimiento y él le dio la espalda a la puerta, arrodillándose para rezar. Anna se santiguó y se arrodilló a su lado, preguntándose qué le diría.

Ella se sentía como si la hubieran convocado.

Después de unos momentos, presumiblemente tiempo concedido para que ella rezara, él le murmuró suavemente. "Viajas en una compañía poco común, Anna."

"Sí, padre".

"Y tu esposo..."

"No es mi marido de verdad" Anna echó un rápido vistazo por encima del hombro, pero la puerta de la capilla aún estaba cerrada. "Percy y yo le robamos a su grupo ayer por la mañana. Pensamos que tendrían monedas o comida, pero... "

"Llevaban el relicario."

"Aparentemente sí. No lo vi. Percy y yo dividimos nuestros caminos, como siempre lo hacemos, y el caballero que pretende ser mi cónyuge me persiguió y me atrapó. Estábamos discutiendo cuando escuchamos a Percy gritar pidiendo ayuda, luego lo seguimos para ver que lo habían traído aquí. El plan fue del caballero, para recuperar tanto a Percy como al relicario."

"Ya veo."

"Gracias por la llave, padre".

Percy me contó gran parte de la historia anoche en el calabozo. ¿Asumo que el caballero lo rescatará?

"Él lo hace ahora." Anna agarró al sacerdote del brazo. "¿Qué hay del tesoro? Tenemos un trato y yo vería que se recuperan ambos premios".

"Confías en este caballero", observó el padre Ignatius. "A pesar de..."

"Creo que es diferente, padre. Me ha tratado bien hasta ahora". Anna respiró hondo. "Pero no veo cómo se puede recuperar el relicario."

"Está hecho, Anna."

"¡Padre! Si ayudas en nuestra búsqueda, te atraparán". Ella agarró su brazo. "Si falta, sabrán que usted fue el culpable. Yo no quisiera verlo castigado... "

"No temas tanto, hija mía." El sacerdote le dio unas palmaditas en la mano. "No me demoraré para que me atrapen."

¡Pero tu parte será descubierta! Te cazarán".

"Y así podrían hacerlo." Su expresión se llenó de nueva resolución. "Es hora de que atienda a mi rebaño en el bosque. Tú saldrás por una puerta y yo saldré por la otra".

Anna miró al sacerdote, pero no había dudas de su convicción.

Y ella sabía que quienes se habían refugiado en el bosque lo recibirían con gusto.

"Hay un sendero cuatro pasos a la derecha de la carretera", advirtió Anna en un susurro. Espérenos en el gran olmo torcido. Crece en medio del sendero. No puedes perderlo."

Él la besó en la frente, justo cuando la puerta se abría detrás de ellos. "Dios te bendiga, hija mía. Que puedas dar muchos hijos a tu señor esposo y andar en el camino del Señor durante todos tus días y noches."

"Entonces está lista para romper su ayuno", dijo Royce. "Buen día a usted, padre." Él hizo una reverencia y Anna fue a su lado con no poca inquietud. "Me han informado que su grupo partirá temprano este día para llegar a Carlisle a toda velocidad. Lamento que no puedas quedarte para la misa, pero al menos has sido bendecida."

"Sí, señor, de hecho lo he sido", dijo Anna, luego puso su mano en su codo.

"Entonces ven a la mesa conmigo, te lo ruego. Tenemos pan fresco y miel fresca esta mañana."

Qué amable eres, señor. Te agradezco tu generosidad".

Royce charlaba con ella mientras caminaban, sus dedos acariciaban el dorso de su mano como si fuera una mascota. Anna apretó los dientes, mantuvo la cabeza gacha y luchó por ser educada.

Cuanto antes se alejaran de esa fortaleza mejor, en su opinión.

BARTOLOMÉ HABÍA ACOMPAÑADO a Anna a la capilla y cerró la puerta detrás de ella. No había nadie en el patio, aunque podía oír ruidos de actividad en los establos. Fergus se reía y Duncan se quejaba, Hamish protestaba y Timothy debía estar cepillando a Zephyr.

Gaultier, el Capitán de la Guardia, caminaba por el muro cortina, seguido de cerca por los otros caballeros de la casa mientras inspeccionaba las murallas. Estaban ocupados, pero solo por poco tiempo. Solo tenía unos instantes para usar la llave.

Bartolomé cruzó tranquilamente el patio como si no tuviera nada más que tiempo que perder y se deslizó hacia el pasillo. Entonces aceleró el paso. Las cocinas estaban ocupadas, porque él podía oír que se hacían los preparativos para la comida de la mañana, y había doncellas barriendo los juncos del pasillo. Todavía no se había encendido ningún fuego allí, y él dio un paso atrás cuando una doncella se apresuró a subir las escaleras con un cubo de agua humeante.

¿Para Marie? ¿O para Royce? Cualquiera de los dos puede aparecer en cualquier momento.

Bartolomé se apresuró a llegar a la puerta de la mazmorra, él miró a ambos lados del pasillo y abrió la puerta. Miró hacia la oscuridad.

"¿Percy?" él susurró.

"¡No voy a morir tranquilamente!" se lamentó el niño.

"Te quedarás callado si tienes la intención de vivir", replicó Bartolomé. Anna te pide que me escuches.

"¿Anna?" La esperanza se mezclaba con el escepticismo en la voz del muchacho.

Bartolomé pudo distinguir el pálido orbe del rostro del niño en la oscuridad de abajo.

"Anna. Bartolomé arrojó la escalera de cuerda por el agujero. "¡Sube rápido!"

El niño necesitaba poco estímulo para hacerlo y se apresuró a subir al lado de Bartolomé. Bartolomé lo envolvió rápidamente en su capa, apretándolo contra su pecho debajo de la lana. El niño tenía un olor terrible, pero había poco que hacer al respecto. Él cerró la trampilla y echó el cerrojo, luego se puso de pie y se cubrió con la capa.

"Cállate y quédate quieto", le aconsejó con severidad y sintió a Percy asentir.

De nuevo entró en el patio y se dirigió hacia los establos. Nadie le prestó atención hasta que entró en los establos.

Fergus se volvió con una mueca. "¿Dónde has estado durmiendo?" —preguntó, luego Bartolomé abrió su capa para revelar su carga. "¡El ladrón!"

Los ojos de Percy se agrandaron. "¡El grupo de los caballeros!" Golpeó a Bartolomé en el estómago y se dispuso a huir. "¡Anna nunca te dio un mensaje para mí!" Duncan cerró la puerta y se apoyó contra ella, bloqueando el paso del niño. Percy giró en su lugar, mirando a los tres caballeros como si fuera a luchar contra todos.

"Anna está con nosotros", dijo Bartolomé. "Queremos verte regresar al bosque, sano y salvo".

"¿Por qué?" Exigió Percy, su sospecha era clara.

"Necesitábamos la ayuda de Anna para recuperar lo que valoramos, y su precio fue tu rescate", explicó Bartolomé.

En lugar de tranquilizarse, el niño contuvo el aliento alarmado. "Ella no entró en la fortaleza, ¿verdad?"

Bartolomé se preguntó por su preocupación. "Lo hizo, disfrazada, y te agradeceré que no la reveles."

"¡Yo no lo haré!" declaró Percy. Su boca tomó una línea sombría. "No volvería a ponerla en peligro." Él se acercó a Bartolomé y le dio un puñetazo. "Y si le has hecho daño, la vengaré."

"La dama tiene un campeón", dijo Fergus divertido. El niño lo fulminó con la mirada.

"Creo que han soportado mucho", dijo Bartolomé. Él se agachó ante el niño. "Queremos vestirte de escudero y esconderte dentro de nuestro grupo. Es la mejor manera de liberarte de este lugar, pero el plan solo tendrá éxito si cooperas".

Percy volvió a mirar entre ellos con hostilidad. "Si veo que abusan de Anna, no te debo nada."

"Muy bien", dijo Bartolomé y se puso de pie. "Creo que deberíamos desayunar."

"No todos a la vez, muchacho", dijo Duncan. "Ve tú primero. Nosotros cuidaremos al niño.

Bartolomé pensó que podría recoger a Anna de la capilla, pero encontró la puerta cerrada. Cruzó el patio hasta la fortaleza y abrió la puerta allí, parpadeando ante la repentina oscuridad.

"Qué extraño que te envolviste con fuerza contra el frío hace unos momentos", dijo Marie en voz baja. "Sin embargo, ahora has abandonado tu capa por completo."

Bartolomé se quedó paralizado al darse cuenta demasiado tarde de que había dejado su capa en el establo. Él vio a Marie acercarse sigilosamente a él desde el pie de las escaleras, con una sonrisa de complicidad en los labios. Se detuvo ante él y olió.

"Y aún más curioso, tienes un aroma definido de mazmorra, aunque sé con certeza que dormiste en una hermosa cama con tu esposa." Su dedo aterrizó en su pecho. "Seguramente, ¿no engañas a tu anfitrión, señor?"

Seguro que no. Tenía frío, pero ya no lo tengo".

"Llevabas a un niño sucio, pero ya no lo haces", corrigió ella. Su mano se aplastó contra su pecho y se posó en su hombro. "Qué buen hombre". Ella respiró hondo y luego lo miró a los ojos. "Es posible que anoche hayas estado agotado por la pasión de tu dama, o puede que hayas estado evitando mi oferta", ronroneó ella, con la mirada inquebrantable. "Pero ahora creo que podemos negociar."

"No entiendo lo que quieres decir", mintió Bartolomé. "Tienes razón sobre el olor. Debo cambiar mi camisola antes de que mis pertenencias estén todas empacadas." Él intentó pasar junto a ella, pero Marie se interpuso en su camino de nuevo.

"No te irás de aquí con ese equipaje a menos que yo te ayude", susurró. "Y no me las arreglaré para que sea así a menos que te comprometas a reunirte conmigo dentro de cuatro días y me des lo que deseo."

La intención en sus ojos no se podía poner en duda. Ella los delataría a Royce, sin dudarlo un momento. Si encontraban a Percy, sin duda serían registrados por completo y se encontraría el relicario. Anna podría ser identificada y el sacerdote podría correr peligro.

Todos podrían terminar sus días en la mazmorra de Haynesdale.

Bartolomé inclinó la cabeza mientras se rindió. Él creía que la petición de ella estaba mal, pero tal vez a él se le ocurriera algún otro camino. Si no escapaban de Haynesdale con Percy y el relicario, no habría futuro para ninguno de ellos.

"¿Dónde?" preguntó él en voz baja y la dama sonrió en su triunfo.

"El molino", decretó ella, para gran confusión de Bartolomé. No había molino, no que él pudiera ver. Pero no tuvo oportunidad de preguntar, porque los demás se les unieron en ese momento.

Él supuso que debería sentirse aliviado de no poder cumplir tal promesa a la dama, no si no podía encontrar su asignación, pero en verdad, le preocupaba haber hecho su voto cuando no podía cumplirlo.

～

—TODO ESTARÁ BIEN, muchacho, siempre y cuando mantengas la cabeza gacha —le advirtió el escocés mayor a Percy en voz baja. Había tres caballeros, incluidos dos templarios, y cuatro escuderos cargando los caballos y comprobando su carga. Percy no sabía si el escocés era un caballero, un templario o un hombre de armas. Era brusco, sin duda. Era temprano en la mañana y el estómago de Percy gruñía porque no había comido mucho desde la mañana anterior.

Al padre Ignatius no se le había permitido llevarle comida la noche anterior.

Percy no sabía quiénes eran estos hombres y no podía entender por qué incluso harían una apuesta con Anna para ayudarlo a escapar de la mazmorra del barón. Él y Anna les habían robado el día anterior. Después de ser llevado a los establos, el caballero escocés le había ordenado que se vistiera rápidamente con el atuendo de uno de los escuderos, mientras el otro escocés observaba. Lo subieron a la silla de un caballo detrás del muchacho pelirrojo antes de que el escocés le diera tal consejo.

Percy asintió con la cabeza.

Él tenía pocas opciones y le había dado su palabra al caballero francés.

El escocés tiró hacia adelante la capucha prestada de Percy, para ocultar mejor su rostro. —Mejor si no hablas en absoluto, muchacho. Pronto estaremos fuera de las murallas".

"¿Lo recuperaron?" Percy tenía que preguntar. Debería haberse mordido la lengua, pero no pudo hacerlo. Ellos estaban siendo amables con él, por cualquier razón, y se sentía mal engañarlos.

El escocés lo miró. "¿Y qué asunto tuyo sería eso?" "Podrías pensar que yo puedo llevarte a donde está, pero ellos lo tomaron. Está aquí. Si lo quieres, no deben irse sin él".

La sonrisa del escocés se amplió. "Solo estará dentro de estas paredes por un poco más de tiempo, muchacho".

Entonces, lo encontraron y lo reclamaron. A Percy le gustó el sonido de eso. Él odiaba cuando Royce reclamaba algo de mérito. A él también le gustaría tener una mejor visión de lo que habían estado cargando. Él había visto que era grande y dorado, que estaba tachonado de gemas, pero no mucho más que eso. ¿Qué era exactamente? Podría ser una copa grande...

Percy quería preguntarle al escocés sobre Anna, pero temía que hacerlo la pusiera en peligro. ¿Y si estaba herida? ¿Por qué estaba ella con ellos? ¿Dónde estaba ella? Él había esperado que ella estuviera a salvo en la caverna o con los demás, pero saber que estaba en la fortaleza de Haynesdale, incluso con estos caballeros, lo inquietaba.

El grupo de caballos fue conducido al patio, donde el barón estaba con su esposa. El otro caballero estaba allí, sosteniendo las riendas de un caballo con una mujer en la silla. Ella tenía el rostro cubierto con un velo y una doncella montaba un caballo detrás de ella.

Percy frunció el ceño. No había mujeres en el grupo cuando él y Anna les habían robado. ¿Habían venido a Haynesdale para recuperar a las mujeres? Él había esperado que Anna estuviera con ellos, pero solo estaban la mujer noble y la doncella. La doncella no era Anna. Había pocas almas vivas en Haynesdale que Percy no conociera, pero él no reconocía a la doncella. Él observó a la dama, porque él nunca había visto otra mujer noble en la propiedad de Royce. ¿Quién era ella?

Era tan curioso que él quiso preguntar. El escocés pareció adivinarlo, ya que le dio a Percy una mirada severa.

Percy se mordió la lengua.

Muchos cumplidos fueron intercambiados entre el barón y los caballeros, y Percy deseó que simplemente se movieran hacia las puertas. Todo parecía demorarse mucho.

Un caballero vino desde el pasillo y se unió a ellos, haciendo una corta reverencia todos los caballeros en el grupo. Percy contuvo el aliento y lo miró fijamente. Era Gaultier, el capitán de la guardia, el más malvado de todos los hombres empleados por el barón. Percy lo odiaba más que a cualquier otra alma.

Incluso más que al barón.

Él deseó tener un cuchillo para matar a Gaultier y hacerlo pagar por todo el daño que le había causado a su familia. Él mataría al villano por Anna en un segundo.

Él escocés le dio otra mirada, esa más severa que la anterior.

Gaultier estudió el grupo. "¿No tienen un escudero extra esta mañana? Preguntó con sospecha.

"¿Lo tienen?" preguntó Royce, entonces contó visiblemente el número del grupo.

El caballo del escocés se movió entonces, moviéndose entre el grupo como si estuviera impaciente por irse. Percy supuso que él pretendía confundir el conteo del barón.

El caballero escocés se rio, "¿Un muchacho extra? Yo he cabalgado ida y vuelta a Ultramar con dos escuderos, mi querido señor, y escasamente tengo necesidad de otro."

"Pero yo estaba seguro..." comenzó Gaultier.

"¿Quién cuenta a los muchachos? Bufó el escocés. "¿Ahorras para cuando sea momento de alimentarlos?"

Los caballeros se rieron, pero no los templarios. Ellos lucían tan sombríos que el barón pareció encontrar apoyo en su mirada. Royce se acercó a un templario. "Le ruego que me diga, señor, cuantos escuderos tenía su camarada ayer."

El templario lucía tan desconfiado que Percy quiso sacarle los ojos. Todo lo que tenía que hacer era declarar que había dos escuderos. No era una mentira tan grande.

Sin embargo Percy supuso que ellos habían jurado decir la verdad.

El escocés hizo un sonido de disgusto y miró al templario.

"Dos, por supuesto, mi señor", dijo el templario, pero su demora había alimentado las dudas de Royce.

"¡Miren la altura del sol! Dijo el caballero con la dama. "Será mediodía antes de que nos vayamos, y la noche caerá antes de que encontremos cobijo. Mi señor, ¡debemos partir! Él subió a su silla y le ofreció la mano a su esposa para que pudiera subir a la silla detrás de él.

Ella tomó su mano y se disponía a subirse detrás de él

"Déjeme ayudarla", ofreció Gaultier. El capitán de la guardia unió sus manos enguantadas y creó un escalón para la dama.

Ella dudó, como si supiera que él era la escoria que era.

"le agradezco, señor", dijo ella, y puso su pie en sus manos.

¿Anna? Ella sonaba casi como su hermana.

¡Pero Anna no podría estar tan cerca de Gaultier! Percy hizo un sonido de consternación, lo que atrajo la mirada del escocés.

También atrajo la atención de Royce. "Ese muchacho", dijo él con resolución y señaló a Percy. "Ese muchacho no estaba con ustedes ayer. Ponte de pie, muchacho y muéstrame tu rostro."

"Se no hace tarde, señor," protestó el caballero escocés, pero no pudo decir más.

"Debemos llegar a Carlisle a toda prisa" insistió el escocés.

Anna había puesto su peso sobre las manos enlazadas de Gaultier, cuando su velo fue levantado. Gaultier la había estado mirando, indudablemente buscando levantar su kirtle. Él jadeó audiblemente.

Anna atrapó el aliento y lo miró con obvio terror.

"Es la hija del herrero", declaró Gaultier y la cogió por la cintura. ¡Yo sabía que no estabas muerta!"

"¿Qué es esto?" Preguntó Royce.

Gaultier quiso arrojarla al suelo, pero Anna lo pateó duro en la entrepierna. El caballero le dio vuelta a su caballo, y golpeó a Gaultier en la parte de atrás de la cabeza con su puño, después agarró a Anna. Ella se subió a la silla y se las arregló para agarrarse del cinturón de él. Los otros caballos sonaron sus cascos en el piso y el resto del grupo se dio vuelta para salir al galope, poniendo las espuelas sobre sus caballos.

¡Cabalguen!" gritó Anna, incluso cuando Gaultier intentó atraparla. La doncella le dio una patada a Gaultier mientras su caballo pasaba junto a él, pero Gaultier se las arregló para agarrar el kirtle de Anna. Él se aferró a ella y ella se resbaló de atrás de Bartolomé, entonces él agarró su tobillo.

¡Él la tiraría al suelo! Percy jadeó horrorizado.

¡Sucia mocosa!" gruñó Gaultier. "¡Tú no eres una dama y no te irás de esta propiedad sin mi permiso!" Anna se aferró al caballero, incluso mientras Gaultier se agarraba a su tobillo. El caballo era tan fuerte que el Capitán de la Guardia fue arrastrado detrás de ellos. ¡Gaultier haría que Anna se quedara detrás! El caballero intentó desprenderse del peso del capitán, pero Percy vio que la posición de Anna se lo impedía.

Percy tenía que ayudar. Él espoleó el caballo del escudero.

"¿Qué estás haciendo?" gritó el escudero delante de él, pero Percy no hizo caso de sus protestas. Cabalgaron directamente hacia el Capitán de la Guardia y él tomó la espada corta del escudero de su vaina. Cuando el caballo pasó al lado de Gaultier, Percy le clavó la espada.

¡Bribón!" gritó él.

Sin embargo la espada fue burlada por la armadura de Gaultier y solo arañó su cara. "¡Alimaña! Mi señor ¡ese es el otro bastardo del herrero!" rugió el Capitán de la Guardia y le lanzó un puño a Percy. Le dio al caballo del escudero, que se balanceó hacia los lados y después salió como un rayo hacia la puerta. Percy solo podía agarrarse y mirar hacia atrás, sin poder hacer más.

Sin duda él no había hecho suficiente.

"¡Alto! Ordenó Royce. "¡Cierren las puertas!"

Percy escuchó el quejido de las puerta siendo cerrada. Mientras el caballo del escudero cabalgaba debajo de ella, él miró hacia atrás, justo a tiempo para ver a Anna darle otra patada a Gaultier. El kirtle de ella se rompió antes de que el agarre del caballero se soltara, y ella se aferró más cerca al caballero.

¡Cabalga!" gritó ella, y ni el caballero que la acompañaba ni su caballo necesitaron más determinación. Los Templarios corrían detrás, con el escocés al final. La puerta de estaba bajando rápidamente, pero esos jinetes se agacharon en sus sillas y pasaron por debajo de ella.

¡Cabalguen!" gritó el escocés y palmeó la retaguardia del caballo que montaba el otro escudero, apurando a los otros detrás de él.

¡Ellos habían escapado!

¡No se irán tan fácilmente!" gritó Gaultier y agarró al escocés, quien era el último jinete del grupo. El hombre agarró su alforja, y Percy temió saber lo que había en ella. Ambos cayeron al suelo, la alforja apretada contra el pecho del escocés, y su caballo corrió arrastrando las riendas.

La puerta cayó al suelo justo después de que saliera el caballo del escocés. Uno de los escuderos agarró sus riendas y lo guió hacia adelante. El escocés y Gaultier estaban luchando en el suelo, la alforja entre ellos. Percy vio acercarse tres caballeros más y supo que el escocés tendría que rendirse.

"¡No!" gritó Percy, porque el escocés había sido amable con él. Él quiso que su golpe hubiera contado y hubiese matado a Gaultier, porque eso merecía. Él tampoco quería que Royce tuviera el tesoro.

"Por Dios del cielo", murmuró el caballero escocés, su caballo disminuyendo el paso mientras él miraba hacia atrás.

¡Cabalguen!" insistió el caballero con Anna. El caballo de la doncella cabalgaba detrás de ellos, y los escuderos los seguían en un conjunto compacto, Ellos sabían cabalgar velozmente, eso era seguro, y los caballos estaban acostumbrados a eso. Los escuderos eran seguidos por los Templarios.

"Debemos salvarnos nosotros para poder salvarlo a él" dijo uno de los Templarios.

"No ganaremos nada si todos somos capturados", estuvo de acuerdo el otro.

"Regresaremos por él" insistió el caballero junto a Anna, y el caballero escocés dio vuelta a su caballo para seguirlo resignadamente.

"Y al tesoro", murmuró él, y Percy notó que todos los hombres en el grupo estaban sombríos. Por alguna razón ellos llevaban ese tesoro, y el adivinó que no lo abandonarían tan fácilmente.

O a su camarada.

¿Pero dónde se esconderían?

Seguramente Anna no revelaría el refugio y comprometería la seguridad de los exiliados de Haynesdale. Percy observó la manera en que su hermana miraba al caballero francés y no pudo estar seguro.

¿Cómo ella abandonaría su desprecio por los similares de Gaultier con tanta facilidad?

CAPÍTULO 7

*A*nna estaba destrozada.

Ella sabía que ellos no podrían dejar atrás a los hombres del barón. Otro refugio estaría demasiado lejos.

Sin embargo, por mucho que ella quisiera garantizar la seguridad de Bartolomé y sus compañeros, ella no podía ayudarlos a esconderse.

Porque eso significaría revelar a sus amigos en el bosque. Un grupo tan grande de caballos no podría permanecer escondido en el bosque por mucho tiempo, incluso si fueran acogidos por los parias de la aldea de Haynesdale. Los caballeros del barón no descansarían hasta encontrar al grupo de Bartolomé. Tan pronto como ella escuchó los aullidos de los perros de caza, tembló porque aquellos que habían estado escondidos a salvo en el bosque hasta ese día pagarían el precio por sus acciones.

De nuevo.

¿Quién podría haber adivinado que un robo podría haber hecho que tantas cosas salieran mal?

Y ahora Duncan todavía estaba cautivo en Haynesdale. Ella quería ser de ayuda, pero no podía traicionar a quienes confiaban en ella. Parecía que no había una buena solución, solo opciones que ponían en peligro a todos.

Ella permaneció en silencio, esperando que Bartolomé y sus amigos tuvieran un plan.

De lo contrario, primero tendría que salvar a Percy y dejarlos a ellos en peligro.

Anna se sintió atrapada, como si no hubiera buenas soluciones. "¡El perro!" recordó tardíamente, pensando en otro asunto que había salido mal.

"No hubo oportunidad de preguntar por él", dijo Bartolomé, con pesar en su tono. "Y no hay posibilidad de ganarlo ahora."

"Royce nos cazará sin descanso cuando se dé cuenta de que casi recuperamos el tesoro", dijo Fergus, llevando su corcel al lado.

"O hará daño al sacerdote", asintió Bartolomé. Él se giró para mirar a Anna. "Adivinará que tuvimos la ayuda de ese hombre. ¿Estará a salvo?

"Royce no lo encontrará", le aseguró Anna con confianza. "El padre Ignatius dejó la fortaleza y el pueblo después de ayudarnos."

"¿Podemos encontrarlo?" Preguntó Fergus. "No quisiera dejarlo indefenso".

Su galantería solo se sumó a la consternación de ella. "Le irá bastante bien", dijo ella, sin querer admitir más.

"¿Tienen un refugio, entonces?" dijo Bartolomé con satisfacción. "Esas son buenas noticias."

Anna no hizo la oferta obvia y, para su alivio, él no siguió con la pregunta.

Por el momento, Bartolomé o uno de sus compañeros volvería al tema del refugio y ella debía decidir qué hacer. La ubicación del santuario oculto no era su secreto para contar, ya que hacerlo comprometería la seguridad de todos. Por otro lado, esos caballeros habían salvado a Percy y corrían un riesgo considerable para ellos mismos. Ellos habían perdido uno de los suyos y la reliquia sagrada. Ella les debía mucho y llegó a creer que podía confiar en la palabra de Bartolomé.

¿Qué debería hacer ella?

"Nos perseguirán en unos momentos", declaró Enguerrand, poniéndose junto a Fergus y Bartolomé. "Todo lo que deben hacer es ensillar sus caballos y abrir las puertas. Y deben conocer estas tierras mejor que nosotros. ¡Estamos perdidos!"

Incluso mientras el templario hablaba, un cuerno de caza sonó desde el torreón detrás de ellos.

Sin intercambiar palabra, todos urgieron a sus caballos a acelerar. El corazón de Anna se aceleró y se alegró de ver que se acercaban a la curva del camino. Ella sintió a Percy mirándola y supo que debía decidir.

"Es sólo cuestión de tiempo hasta que nos alcancen", dijo Fergus. "¡Solo hay una dirección para buscarnos hasta donde el camino se bifurca!"

"Y eso es en varias millas", coincidió Bartolomé.

"No puedo pensar que haya un refugio cerca", dijo Yvan, mirando a Bartolomé. "Fuiste tú quien aconsejó este camino. ¿Sabes dónde podríamos encontrar refugio? Anna notó cómo ese caballero observaba a Bartolomé.

¿Por qué Bartolomé habría traído a su grupo a través de Haynesdale? Ella sabía poco de él, pero en ese momento, se dio cuenta de que no sabía casi nada. ¿Por qué habría venido él a Haynesdale?

"¿Qué hay de Duncan?" Preguntó Fergus. "No podemos abandonarlo."

"Debemos dejarlo allí por el momento", dijo Bartolomé. ¿Anna? ¿Qué tan lejos debemos cabalgar este día para ponernos a salvo?

"Las tierras del norte son la antigua propiedad de Royce", dijo ella con cuidado. "Y debe ser un viaje de casi dos días hasta una ciudad." Ella se encogió de hombros. Deben haber pensado que estabas loco para haber creído que podrías llegar a Carlisle en un día. Se necesitan al menos tres para llegar allí".

Fergus maldijo. "¡Nunca pensé que maldeciría tanto el bosque! Necesitamos una ciudad".

"Una cueva", sugirió Yvan.

"¡Estamos condenados!" gimió Enguerrand.

"No, creo que no", dijo Bartolomé, mirando a Anna. "Tienes una sugerencia, apostaría yo. Quizás podríamos compartir el santuario que usaría el sacerdote.".

"Él aún no ha llegado. Justo más adelante, hay un viejo olmo torcido a la derecha del camino. Allí nos espera".

"¡No podemos escondernos todos en un olmo, no importa lo viejo o torcido que sea!" protestó Yvan.

"Anna sabe de un refugio", les recordó Bartolomé en voz baja.

"¿Los llevarás allí?" Preguntó Percy y todos los hombres lo miraron.

Anna se sentó más recta detrás de Bartolomé, sabiendo que los hombres protestarían por su única condición. "Hay un refugio, pero no tengo derecho a revelarlo, porque otros se refugian allí." Ella vio la decepción de Bartolomé. "No puedo llevarlos allí."

"¿Qué locura es esta?" Exigió Enguerrand. "¡Salvamos al ladrón de tu hermano!" Él estaba tan indignado como si hubiera hecho el plan y se hubiera arriesgado, aunque Anna sabía que había sido un participante reacio.

"Pusimos en peligro a nuestro compañero en esta búsqueda", le recordó Fergus gentilmente.

"Y perdimos la reliquia", dijo Leila, su tono muy mordaz. Estaba claro que pensaba mal de la elección de Anna.

"No puedo hacerlo", dijo Anna. "Y los caballos no se pueden esconder. Atraerán a los perros y todo se perderá".

"Pero..." comenzó Fergus.

Bartolomé levantó una mano pidiendo silencio. "Anna habla con sentido común. Si su refugio no ofrece ningún escondite para los caballos, nos encontrarán junto con aquellos a quienes ella debe defender. Recuerden el bosque quemado que vimos ayer y la historia".

"Pero aun así", protestó Enguerrand.

Bartolomé dobló la curva y redujo la velocidad de su caballo. "Por supuesto, te dejaremos regresar al bosque y seguir adelante para alejar a los hombres de Royce." Para su sorpresa, él saltó de la silla y luego la bajó.

"No tienes tiempo", argumentó ella, temerosa por su supervivencia.

Él le dirigió una mirada chispeante y agarró su ballesta de donde colgaba en la parte trasera de su silla. "Me darás refugio o nunca volverás a ver esto."

"¡Te maldigo!" Dijo Anna.

"Sigue adelante", le dijo Bartolomé a Fergus. "Encuéntrame donde el bosque se está quemando, en la próxima luna nueva". Él agarró a Percy de detrás de Hamish y lo puso en el suelo. "Encontraré una manera de que recuperemos el relicario para entonces, y también a Duncan."

"¿Puedes confiar en ella?" Exigió Enguerrand.

"Mientras tenga su tesoro, sí, puedo", dijo Bartolomé, luego le echó una mirada a Anna. "Y ella sabe más de estas tierras que nosotros. Una alianza puede ofrecer nuestra única oportunidad".

Era un compromiso que a Anna no le gustaba, aunque de verdad, se alegraba de que ese no fuera el último día en que ella viera a ese caballero.

Y ella admiraba que él terminara lo que había comenzado.

"Muy bien", asintió Fergus y tomó las riendas del caballo de Bartolomé.

"¡Pero mi señor!" protestó Timothy.

"Cabalga con ellos", instruyó Bartolomé. "Estarás más seguro."

"¡Pero tu armadura!"

"Encontraré una manera. ¡No temas y sigue adelante! "gritó Bartolomé y golpeó la retaguardia de su caballo. Esa bestia saltó hacia adelante con un relincho, y toda la compañía dio sus espuelas a sus caballos. Los caballos galoparon por el camino, Timothy y Leila miraban hacia atrás con preocupación. Bartolomé les hizo una alegre despedida, pero Anna lo agarró del brazo.

"¡Debemos escondernos!" siseó ella, y él la siguió de inmediato. Percy ya se había escondido entre la maleza y ella giró sus pasos hacia un gran olmo torcido.

El padre Ignatius estaba allí, con la mano sobre el hombro de Percy. Llevaba un gran saco y Anna supuso que había traído algunas provisiones y quizás una Biblia. Bartolomé levantó una mano mientras el sonido de los cascos se hacía más fuerte. Se agacharon entre la maleza y observaron las sombras de los caballos que pasaban. Los perros corrían con los caballos, aullando y ladrando tras el grupo que se marchaba.

Ella deseó que no hubieran dejado atrás a Cenric. Por supuesto, no había tenido la oportunidad de pedir el perro ni de ofrecerse a pagar por él, y ella ya conocía a ese caballero lo suficientemente bien como para comprender que no lo habría tomado simplemente.

"Cuatro", susurró Bartolomé cuando se fueron.

"Ellos darán marcha atrás", dijo Anna. "Nos encontrarán." Ella miró fijamente a Bartolomé. "Debes tener los ojos vendados para ir más lejos."

Sus labios se separaron. Él miró de nuevo a la carretera, luego a ella.

"Un buen momento para mencionar tal detalle".

"No puedo traicionarlos", dijo Anna con ferocidad.

"¿Ellos?" Bartolomé hizo eco, mirando entre ella y el sacerdote con obvia curiosidad. "¿Cuántos se esconden en estos bosques?"

"Al menos la mitad del pueblo de Haynesdale", dijo el padre Ignatius. "No pensé que tantos hubiesen muerto en ese incendio como sostenía Royce." Él saludó con la cabeza a Bartolomé. "Ellos han aprendido a desconfiar de los caballeros y nobles. Decide, hijo mío, porque debe ser así si vas a continuar".

¡Y date prisa! Dijo Percy. "O te abandonaremos aquí."

Bartolomé asintió una vez y luego se sentó en un tronco. Anna arrancó un trozo de tela del dobladillo de su camisola y lo envolvió varias veces alrededor de su cabeza antes de anudarlo con seguridad. "Tendrás que confiar en mi guía", dijo ella en voz baja.

"Si tropiezo, me aseguraré de romper el arma que tanto valoras", respondió él, y ella tuvo que admitir que no era una respuesta irrazonable.

"Una vez más, hacemos un trato para ver las metas de cada uno de nosotros logradas", dijo ella y fue recompensada con su rápida sonrisa.

"Rápido, ahora", instó entonces, y Percy recogió algunas ramas. Afortunadamente, había poca nieve en el suelo ahí donde los árboles eran densos incluso en invierno. Se movieron apresuradamente, Anna llevando a Bartolomé de la mano y el padre Ignatius sujetándole el otro codo. Percy seguía al grupo, barriendo las marcas de sus pasos y colocando helechos en el suelo para disfrazar el camino. Cuanto más se adentraban en el bosque, más tranquilo parecía ser el aire. No había olor a humo de leña ni signos notables de hombres.

Anna vio las ramitas dobladas que quedaban como señales y el rápido movimiento de las sombras a ambos lados de la ruta establecida. La noticia de su grupo llegaría al refugio antes que ellos, y ella anticipó un saludo completo.

Al padre Ignatius le sorprendería el tamaño de su rebaño que había sobrevivido en el bosque.

LA TRISTE VERDAD era que Duncan había visto cárceles peores. Ese calabozo no era un lugar tan hermoso, pero las alimañas, hasta ahora, no eran numerosas ni audaces, y la humedad se limitaba a un rincón. No olía bien, pero tampoco era un montón de estiércol. Estaba húmedo pero no tan frío como hubiera esperado.

Sí, había visto cosas peores.

Ese era un pequeño consuelo precioso ahora que se encontraba atrapado en ese lugar. De hecho, eso decía mucho sobre su vida y poco era bueno.

Comprender eso lo enfureció.

La entrada era desde arriba, una trampilla en el suelo, que tenía la altura de tres hombres por encima de él. Había una escalera de cuerda que se podía bajar al calabozo, pero simplemente lo habían lanzado a través del agujero. Fue una bendición que no se hubiera roto un hueso al impactar contra el piso de tierra compacta.

Duncan se había paseado por el espacio para confirmar lo que ya sospechaba. Era aproximadamente cuadrado y no ofrecía otra salida que la trampilla. No había ni un punto de apoyo ni un asidero en las paredes, que eran malditamente lisas, no es que importara, ya que escalar uno hasta la cima lo dejaría demasiado lejos de la trampilla para escapar. Él ni siquiera imaginaba que un trío de hombres podría trabajar juntos para escapar de ese lugar.

Era de diseño simple pero astuto.

Pensar que podría haber estado todavía con Radegunde.

Duncan caminó por el extremo seco de la mazmorra, luego se quedó debajo de la puerta por un rato. Él se negaba a sentarse mientras pudiera elegir y estaba decidido a permanecer alerta. ¡Maldito deber y obligación! ¡Maldita su propia integridad! Si no hubiera estado tan decidido a cumplir su palabra y escoltar a Fergus a casa, como había prometido, podría haber estado con Radegunde.

Radegunde.

Por supuesto, no habría sido el hombre que era, si hubiera podido descartar un voto tan fácilmente, y Radegunde podría no haber sentido afecto por él, como resultado.

Aun así, era más que aleccionador darse cuenta de que tal vez nunca la volvería a ver.

¿Sabría ella de su destino? Él no creía que Fergus lo abandonaría fácilmente, pero no estaba seguro de cuánto arriesgaría la misión. Ciertamente, intentarían recuperar el tesoro del relicario, ya que su misión era entregarlo de manera segura. Pero dada la opción entre la reliquia y él mismo, Duncan sabía que solo podrían tomar una decisión. Después de todo, habían jurado en defensa de la santa.

Él se preguntaba si volvería a ver la luz del día cuando oyó girar una llave en una cerradura. La trampilla se abrió de golpe, emitiendo una luz repentina en la mazmorra, por lo que entrecerró los ojos ante su brillo.

"Royce quiere hablar contigo", dijo un hombre con brusquedad, luego pateó la escalera de cuerda hacia el agujero. "Date prisa, porque si no puedes escalar por tu cuenta, perderás la oportunidad de suplicarle misericordia."

Duncan no tenía ninguna intención de suplicar la piedad de Royce. Él sospechaba que tendría pocas posibilidades de hablar. Él temía ser torturado o, peor aún, ejecutado. Aun así, no tenía sentido retroceder ante lo que fuera. Agarró la escalera de cuerda y empezó a subir.

A BARTOLOMÉ le pareció que habían caminado durante horas, aunque en verdad él sabía que no podía haber sido tanto tiempo. Privado de su vista, sus otros sentidos estaban más agudos. Él sentía que se adentraban más en el bosque y que la tierra cambiaba de forma. Durante mucho tiempo, su avance fue sobre terreno llano, luego cruzaron un arroyo y comenzó a subir. Él sentía que el aire se movía más, como si subieran una colina que se alzara en el viento.

Anna se detenía periódicamente para darle vueltas en su lugar, sin duda con la esperanza de confundir su sentido de la orientación, pero Bartolomé no se desorientaba tan fácilmente. Él también supuso que ella no tomaría un camino tortuoso, porque los hombres del barón los estaban persiguiendo. A intervalos, él escuchaba el trueno de los cascos que pasaban o los ladridos de los perros. Cuando se podía distinguir a los hombres del barón, Anna tiraba de él hacia abajo y se quedaba inmóvil hasta que los sonidos se desvanecían nuevamente. Él podía oír las pisadas del padre Ignatius al otro lado y los sonidos de Percy disfrazando su camino detrás de él a medida que avanzaban.

No podía haber ninguna duda de la tensión en Anna, ya que su agarre en su codo era fuerte y su respiración era rápida. Bartolomé sabía que ella tenía miedo de que la atraparan y supuso que su miedo se basaba en un incidente pasado que no había terminado bien.

¿Era Gaultier el caballero francés que había abusado de ella? Eso explicaría la decisión de Percy de atacar al Capitán de la Guardia, y quizás incluso el hecho de que Gaultier se apoderara de Anna.

Quizás Gaultier simplemente había ordenado el asalto.

Mientras caminaban en silencio, Bartolomé no pudo preguntarle a Anna. Él no le habría preguntado en presencia del sacerdote y su hermano, en cualquier caso, y razonó que ella no habría respondido sin importar cómo o cuándo él le preguntara.

Aun así, él quería saber.

Finalmente entraron en un claro y Bartolomé lo supo porque sintió la luz del sol en los hombros y la cabeza. A menos que se equivocara, era mediodía porque el calor venía de arriba, lo que significaba que el sol estaba en el cenit. Él sintió que Percy los dejaba y corría hacia adelante, luego escuchó al niño dar vueltas entre la maleza.

"Ahora debes escalar", dijo Anna, justo cuando los perros comenzaron a ladrar cada vez más cerca. Ella contuvo el aliento. "¡Ahí!" le dijo a alguien, probablemente el padre Ignatius porque ese hombre dejó el lado de Bartolomé.

El hombre mayor gruñó mientras trataba de hacer alguna hazaña, los perros ladraron más fuerte y Bartolomé tuvo suficiente del juego. Se quitó la venda de los ojos y se metió el trozo de tela en el cinturón.

"¡No!" protestó Anna, pero él la ignoró y agarró el extremo de la escalera de cuerda que el padre Ignatius estaba tratando de subir. Colgaba de un árbol cercano y se balanceaba tanto con el peso del anciano que tenía dificultades para subirla. Bartolomé apoyó su peso en la base, asegurándose de que fuera estable y vertical. El sacerdote le dirigió una sonrisa de gratitud y progresó mejor. Bartolomé pudo ver que había una plataforma construida en lo alto de las ramas del árbol.

"¿Esperabas que trepara esto con los ojos vendados?" le preguntó a Anna. "¿O tal vez pretendías abandonarme a los perros?"

"¡No es así!" replicó ella. "Pero no puedes ver nuestro refugio."

"No tengo ni idea de dónde estamos y no podría encontrar este lugar nuevamente. Es suficiente —le aseguró él, aunque no estaba tan perdido como ella podría creer. El padre Ignatius subió a la plataforma y Bartolomé le hizo una seña a Percy. "Vamos." El niño corrió por la escalera, luego Anna se acercó a él con cierta cautela.

"Deberías ir a continuación", dijo ella.

"Las mujeres primero."

"No eres el señor de los bosques", respondió ella. "Todos siguen mis dictados en estos bosques."

Eso era una maravilla en sí mismo, pero Bartolomé no se movió. — Quizá sigan el dictado de quien lleve la ballesta —sugirió él, sólo para ver sus labios finos de disgusto y sus ojos entrecerrados. La ballesta en cuestión estaba colgada a su espalda. "¿Lo discutimos por el resto del día, o piensas escalar?"

"Hombre irritante", refunfuñó ella, luego tomó la escalera. Ella hizo una pausa cuando estaban cara a cara. "No mires mis faldas", le advirtió ella.

"Sí, porque ese sería un destino terrible". Él se burló de ella, porque no podía hacer nada más. "No importan los hombres de Royce o los perros o la perspectiva de encarcelamiento o ejecución. Para mí, ver la dulce curva de tus piernas sería una situación desesperada. No te equivoques: ofreces tu parte de molestia, Anna". Él hizo una mueca y ella le dio un manotazo en el hombro. Él sostuvo su mirada con intención, sabiendo por qué ella insistía en eso, y él bajó la voz. Sube, Anna. No miraré".

Y aunque pudo haber saboreado la vista, Bartolomé cumplió su palabra.

Estaba a punto de subir él mismo por la escalera cuando escuchó a una bestia corriendo por el bosque. Hizo una pausa para mirar hacia atrás, porque venía de la misma dirección por la que ellos habían venido, justo cuando un gran perro gris irrumpió en el claro. Él tenía la nariz pegada al suelo, pero miró hacia arriba y se dirigió directamente hacia él.

¡Cenric!

Otros perros ladraban pero él no podía abandonar a ese perro de caza. Bien podría revelar su ubicación, pero más que eso, él quería su compañía. Saltó hacia él con alegría y él lo agarró, arrojándolo hasta la mitad de su hombro antes de subir de nuevo por la escalera de cuerda. En este momento, se alegró de que el perro fuera demasiado delgado, ya que tenía un peso y un tamaño formidables, incluso tal como era. Él jadeaba por el esfuerzo cuando llegó a la cima de la escalera y los demás ayudaron a tirar del perro a la plataforma.

Cenric no estaba muy satisfecho con la situación. Tenía los ojos muy abiertos y estaba sentado en medio de la plataforma, como si le aterrorizara caerse del borde. Percy y el padre Ignatius acariciaban al perro en un intento de tranquilizarlo y éste se acostó con cautela. Bartolomé estaba seguro de que las uñas del perro se clavaban en la madera.

"Arriesgas tu vida por un perro", reprendió Anna, aunque sabía que estaba contenta. "¡Caprichoso!"

"Defiendo lo que me tomo en serio", dijo Bartolomé mientras recuperaba el aliento.

"Y así es con un hombre de mérito", dijo el padre Ignatius con aprobación. "Bien hecho, hijo mío".

Anna miró a Bartolomé y luego les aconsejó a todos que se callaran. Percy subió rápidamente la escalera de cuerda hasta la plataforma y todos se agacharon, el perro en medio de ellos, para mirar el suelo a través de las ramas del árbol. Bartolomé imaginó que en verano, cuando el árbol estuviera lleno de hojas, estarían completamente escondidos. Como estaba, él se sentía expuesto.

Aun así, un cazador tendría que pensar en mirar hacia arriba. ¿Quién esperaría que se construyera una plataforma en un árbol en medio del bosque? ¿Quién había construido eso? Él miró hacia los otros árboles alrededor del claro y pensó que podía distinguir otra plataforma en un gran roble frente a ellos. ¿Había gente en él? Él no podía estar seguro. Si los había, iban vestidos de civil y muy quietos.

Él se quitó la ballesta de la espalda cuando los sonidos de la persecución se hicieron más fuertes y cargó una flecha bajo la atenta mirada de Anna.

Un trío de perros corrió hacia el claro, ladrando mientras seguían el rastro. Aunque Percy había pasado una rama sobre las huellas del grupo, la nieve se veía diferente por donde habían caminado. Pasaron dos perros, siguiendo el rastro falso, pero uno aminoró el paso para olfatear debajo del árbol. Todos en la plataforma contuvieron la respiración como si fueran uno.

El perro de abajo dio un paso atrás y miró hacia el árbol, sus ojos brillaban y gruñó.

Cenric gruñó a cambio, aunque no pudo haber visto al otro perro. Él debe haberlo olido. Bartolomé sintió la vibración del perro contra su costado.

Él podría haber matado al perro de abajo, pero su cadáver llamaría más la atención que su gruñido. Él apuntó con la ballesta y esperó.

Las orejas del perro se movieron al oír el gruñido de Cenric.

Dio otro paso atrás y movió las orejas, como si considerara el rompecabezas de un perro en un árbol.

Un hombre silbó y los otros dos perros corrieron hacia el claro. El que estaba debajo del árbol miró por última vez hacia arriba y luego también hizo caso de la llamada. Se podía escuchar a los perros saltando a través de los matorrales, y lentamente los sonidos de su paso disminuyeron a cero.

El sol pasó su cenit.

La nieve se derritió en el claro.

Un búho ululó tres veces.

¿Una lechuza? ¿A plena luz del día?

Anna se puso de pie y ululó en respuesta. Sus ojos bailaban mientras observaba la reacción de Bartolomé. "¿Cuántos se esconden aquí?" preguntó él, aun manteniendo la voz baja.

"Más de lo que creerás", respondió ella. "Ven, padre Ignatius, serás bienvenido."

Era bueno estar de regreso.

Anna siempre se sentía más como en casa en el bosque que en cualquier otro lugar. Ahí, ella podía confiar en sus compañeros. Ahí, ella estaba a salvo. Ahí, ella conocía a cada hombre, mujer y niño, lo que creían y lo que harían en cualquier circunstancia. Era un refugio en todos los sentidos de la palabra.

Las gallinas de Esme fueron las primeras en rodearlos, cloqueando y picoteando. Cenric se inclinó para olfatearlas y se alejaron revoloteando, corriendo con una confianza que era el resultado de la protección de Esme. El perro parecía desconcertado por sus modales, pero caminó al lado de Bartolomé y las dejó tranquilas.

Willa, la esposa del hijo de Esme, ahuyentó a las gallinas del camino de los recién llegados, con los ojos brillantes de curiosidad. Su esposo, Edgar, estaba rápido a su lado, con los ojos entrecerrados con sospecha. Anna entendió que los dos habían dado un paso adelante para descubrir la verdad de su compañero, mientras que los demás permanecían ocultos. "¡Mírate!" Willa le declaró a Anna. "Tan finamente ataviada como la propia Marie." Ella cayó sobre una rodilla. ¡Y el padre Ignacio! Qué maravilla".

"Tienes buen aspecto, Willa", dijo el sacerdote con verdadero placer.

"Y nos traes un extraño", dijo Edgar con desaprobación, hablando rápidamente como para interrumpir al sacerdote para que no dijera más. Era un hombre corpulento y cruzó los brazos sobre el pecho para mirarlos a todos. Su tono estaba lleno de desdén. "Un caballero. Un caballero francés por su aspecto".

"Supongo que has conocido poco bien de los caballeros", dijo Bartolomé suavemente. Él ofreció su mano. "Soy Bartolomé de Châmont-sur-Maine. Prometo que respetaré el vínculo entre el huésped y el anfitrión en este lugar, si me ofrecen hospitalidad por un tiempo".

Edgar parpadeó y miró fijamente su mano extendida. Anna sonrió, porque ninguno de ellos había conocido a un noble que les hablara mejor que los perros. "No debes revelarnos", decretó él.

"Nunca", dijo Bartolomé con convicción.

"Jura por el pomo de tu espada", le aconsejó Anna, y luego habló con Edgar. "Tiene un fragmento de la verdadera cruz dentro."

Los ojos del hijo del molinero se abrieron de par en par, pero aceptó su palabra. Bartolomé hizo la promesa, los hombres se dieron la mano y Edgar miró el pomo con asombro. El padre Ignatius sonrió y Anna se dio cuenta de que la posesión de tal tesoro sólo había aumentado su estima por Bartolomé.

"¿Qué ha pasado, Anna?" preguntó Edgar cuando todo estuvo acordado.

"Percy y yo robamos al grupo de este caballero, luego Percy fue capturado por Gaultier junto con el botín." Anna asintió con la cabeza a Bartolomé. "Él y su grupo me llevaron a Haynesdale, disfrazada, para que pudiéramos recuperarlos a ambos."

"¿Qué grupo?" preguntó Willa.

"Han cabalgado sin él. El padre Ignatius nos ayudó a escapar con Percy, pero el objeto robado aún está en la fortaleza".

"Como es uno de sus hombres", contribuyó Percy. "Debemos salvarlos a ambos, entonces el caballero nos dejará."

Edgar asintió. "Escuchamos a los caballeros salir de Haynesdale en persecución. Siguen el camino a Carlisle".

"Persiguen a mis compañeros", asintió Bartolomé.

"Norton y Piers lo siguieron para descubrir lo que hacen." Edgar se refirió a los dos hijos mayores del labrador, Wallace, que permanecía en el pueblo con su esposa. "Sospecho que cabalgarán hasta los límites de Haynesdale y luego regresarán. Debemos estar atentos para que no nos descubran".

"Eres bienvenido aquí", le dijo Anna a Bartolomé. "Pero esperaremos a que los muchachos nos digan que los caballeros están de vuelta en el torreón antes de que haya un incendio."

"Un incendio es la menor de mis preocupaciones." Bartolomé hizo una reverencia a Edgar y luego a Anna. "Les agradezco a los dos".

A Anna le divertía ver sus modales cortesanos en medio del bosque, pero le divertía más su reacción cuando los demás se revelaban. Los tres hijos de Willa y Edgar fueron los primeros en salir de sus escondites, su hijo mayor, que tenía la misma edad que Percy, exigió la historia completa a su amigo. La propia Esme se acercó, rodeada de sus gallinas, y le dio un abrazo a Anna. El padre Ignacio estaba distribuyendo bendiciones y saludando a quienes no había visto en dos años.

Lucan el tonelero y su esposa Bernia dieron un paso adelante, su hija rápidamente detrás de ellos porque era extraordinariamente tímida. Rowe, el carpintero, se mostró tan cordial como siempre, estrechó la mano del padre Ignatius, su cabello rojo brillando al sol. Su hermana, Ceara, con el pelo tan ardiente como él, toqueteó la tela de la falda de

Anna con abierta admiración. Aidan, el comerciante, pidió ver la espada de Bartolomé después de que los presentaran, y estaba claro que estaba impresionado por ella. Su esposa, Mayda, se unió a Ceara y explicó el mérito del atuendo de Anna a sus hijas, Edyth y Ravyn.

Bartolomé estaba claramente asombrado cuando más personas se revelaron. Norton y Piers se habían ido, como se dijo, pero su hermano menor Sloane entró en el claro con Stewart el cervecero y su esposa Moira, y su prole de cinco ruidosos hijos. Los recién llegados fueron rodeados y la bienvenida fue cálida.

Por mucho que disfrutara su regreso y que el padre Ignatius los acompañara, la mirada de Anna se dirigió repetidamente a Bartolomé. Él estaba claramente asombrado por la cantidad de aldeanos que se habían refugiado en el bosque de Haynesdale. Cualquier preocupación que ella pudiera haber sentido de que él los vería como marginados y criminales, que podría revelarlos o algo peor, se disipó rápidamente. Él no solo había dado su palabra, sino que era amable con todos los que hablaban con él. Él complacía la curiosidad de los niños y estrechaba la mano de los hombres. Continuaron como uno solo hasta el área protegida donde se reunían por las noches, y Anna vio que su mirada recorría las plataformas de los árboles. Sin duda, él notó el número de aldeanos que llevaban ballestas colgadas de la espalda y cargadas de flechas que hacían cuando todo estaba en silencio en el bosque.

"Supongo que les enseñaste a disparar", dijo él, su sonrisa revelaba su opinión al respecto.

"Debemos defendernos."

Él se puso serio. Contra tu señor feudal. No está bien que él te obligue a defenderte así, Anna.

Ella sonrió porque él no insistió en que Royce tenía derecho a hacer lo que quisiera. "No, no lo está."

"¿Cuánto tiempo han estado aquí? ¿Desde ese incendio hace dos años?"

Anna asintió. "Antes de eso, nos cobraban grandes impuestos y nos mostraban poca consideración, pero todo salió mal en ese momento."

"Y los aldeanos huyeron y el bosque fue quemado", reflexionó él. "¿Qué cambió?"

Anna bajó la mirada, no preparada para revelar su papel en eso. "Mucho."

Bartolomé la observó durante un buen rato, pero luego ayudó al padre Ignatius a distribuir el pan que había traído. Fue recibido con entusiasmo y el padre Ignacio declaró que le agradaría un huevo. Había habido pocos en el torreón o en la aldea desde que Esme había recuperado sus pollos.

¡Me gustaría negarle a Royce más que un huevo! declaró la mujer mayor con entusiasmo y los aldeanos murmuraron asentimiento.

Anna observó a Bartolomé y se sintió orgullosa de lo bien que habían sobrevivido en el bosque. Él volvió a su lado con un trozo de pan y lo compartió con ella, luego volvió una brillante mirada hacia ella.

"¿Por qué te siguen?"

"¿Qué importancia tiene para ti?" preguntó ella, tratando de desviar su curiosidad.

"Es una cuestión de curiosidad. ¿Qué reclamo tienes para liderar a los aldeanos de Haynesdale? Murmuró él, su mirada vagando sobre ella.

"Debes tener uno. Hay hombres en este grupo y, si eres igual a ellos, elegirían un líder de entre ellos".

"Soy la hija del herrero", dijo Anna con orgullo. Bartolomé negó con la cabeza, pero ella no se atrevió a demorarse para no sentirse obligada a contarle más.

Después de todo, había una misión que ella tenía que cumplir, y necesitaría la ayuda del padre Ignatius para lograrlo. Ella debería hablar con él al respecto. Dejó a Bartolomé sin más explicaciones, consciente de que su mirada la seguía.

Él era curioso, sin duda, y muy ingenioso. Ella no pudo evitar preguntarse cuánto tiempo le llevaría a él desvelar sus secretos.

ROYCE MIRÓ EL RELICARIO, un poco avergonzado por no haber hecho la conexión antes. Primero, se descubre un tesoro notable en posesión del hijo menor del herrero, un niño conocido por ser un alborotador y desterrado al bosque como un paria. No había una buena explicación para que el niño, que era un campesino, tuviera tal maravilla bajo su custodia. Mocoso insolente como era, Percy no había estado dispuesto a compartir ninguna noticia de cómo había llegado al relicario.

Sin duda lo había robado.

Pero a Royce nunca se le había ocurrido que el niño pudiera haberlo robado del grupo que había llegado a sus puertas el día anterior, no hasta que se vieron atrapados en lo que obviamente había sido un intento de recuperarlo. Solo habían llegado a las puertas de Haynesdale para buscar el relicario.

Él debería haber visto la verdad antes.

Pero, ¿de dónde vino en primer lugar? Royce nunca había visto nada parecido. Incluso cuando la misa se celebraba en la propia capilla del rey, nunca había piezas tan magníficas como esas mostradas a los fieles. Ni siquiera en las grandes catedrales se exhibían tales tesoros.

Peor aún, él nunca había oído hablar de ese relicario, ni siquiera de la santa cuyo nombre estaba grabado en él. Sin embargo, eso era menos importante que su presencia en su morada. Puede que Royce no fuera el barón más inteligente del reino de Henry, pero él tenía olfato para los problemas.

Esa misteriosa reliquia había traído problemas, y él tenía el presentimiento que traería muchos más.

Él deseaba mucho estar equivocado al respecto. Él quería conservar ese notable tesoro, así que demandó que el prisionero fuera llevado a su presencia. Él hizo que llevaran al escocés a la capilla. Ellos eran un puñado de bárbaros y supersticiosos, según su experiencia. Quizás el lugar haría que el escocés soltara la lengua.

Si no, había otros modos de convencimiento que podían usarse. De hecho, Gaultier estaría decepcionado si el prisionero confesaba demasiado y demasiado pronto.

La puerta se abrió y Gaultier apareció en la trampilla. Su expresión era sombría y la cortada en su mejilla estaba abierta. Él parecía estar de un mal temperamento peor que el habitual. Al escocés le estaba saliendo un moretón en la cara, de hecho lucía como si fuera a tener un espléndido ojo morado, y lucía escasamente más agradable que Gaultier. Royce no dudó que Gaultier ya hubiese tratado de hacer que el hombre confesara más.

El Capitán de la Guardia tenía un gusto irrefrenable por la violencia. Sin duda, el escocés tenía más moretones debajo de su ropa.

Gaultier soltó el brazo del prisionero, y el escocés le dio una mirada reprobatoria antes de dar un paso hacia adelante.

"Yo no te aconsejaría que corrieras", Dijo Royce suavemente.

"No pretendo escapar", dijo el escocés abruptamente. "Todavía tengo suficiente inteligencia para reconocer que las puertas cerradas contra mí". Su mirada voló hacia el relicario y Royce puso una mano sobre él.

"¿Familiar?" preguntó.

El escocés le dio una mirada gélida. "Es mi deber jurado entregarlo a salvo a su destino. Por supuesto que me es familiar."

"Intentabas robarlo."

"Intentaba recuperarlo."

"Yo diría que no es tuyo para recuperarlo."

El escocés sonrió. "Y yo diría que no es tuyo para reclamarlo."

"¿Con qué autoridad reclamas posesión de este tesoro?"

Su mirada era imperturbable y habló con convicción. "Con la mayor autoridad que hay."

Royce estaba más desconcertado de lo que admitía. Habló burlonamente como respuesta. "¿Estás diciendo que Dios te lo otorgó para que lo protegieras?"

"¿No le otorga Dios cada misión a cada hombre?"

Royce frunció el ceño. "Me refiero, ¿a quién juraste que ibas a entregarlo?"

"Esa verdad no es mía para decirla."

"¿Y a donde juraste que la entregarías?"

"De nuevo, esa información no es mía para contarla."

Royce levantó una mano. "¡Pero tú debes saber a dónde te diriges!"

"Y claramente yo juré no confiárselo a nadie. Él que me lo entregó lo sabe y el que lo recibirá lo sabe. Eso es suficiente."

Royce escuchó la amenaza implícita. "¿Y si no llega como se pretende?"

La sonrisa del escocés se amplió. "Entonces será perseguida, por supuesto, y a cualquiera que interfiera con la grandeza de su plan."

Había algo intimidante en los modales del escocés. Seguramente, el divino no le había otorgado ese tesoro.

Pero se lo puso haber encomendado algún hombre actuando en el nombre de Dios. Un obispo, un arzobispo. El Papa.

Royce se lamió los labios y observó la reliquia otra vez. Era un tesoro digno de la atención de un hombre así. Él podía creer que había sido entregada en secreto, lo mejor para protegerlo del robo.

Sin embargo, él había llegado a poseerlo, por casualidad. Él no podía ver ventaja para sí mismo en dejar que el escocés siguiera con su misión. ¡Por todo lo que Royce sabía, el escocés lo había robado de algún otro emisario!

"Santa Eufemia", dijo Royce, haciendo un espectáculo de la lectura de la inscripción. "Yo nunca había escuchado de esta santa. Quizás sus reliquias tienen poco valor."

"Así que sugieres que no crees en sus poderes."

"¿Cuáles son?"

El escocés movió su cabeza, como con misericordia. "La habilidad de distinguir entre el bien y el mal. Quizás no es de extrañar que sea desconocida en esta propiedad."

Gaultier lo miró enfurecido, pero Royce levantó su mano para detener al Capitán de la Guardia. Él cortó la distancia entre él y le prisionero. "Yo se la diferencia entre el bien y el mal" dijo él en una voz baja y sedosa. "Que es por lo que no te creo. Ningún hombre con el poder de dictar el destino de un tesoro así lo entregaría a alguien como tú." Lo ojos del escocés centellaron y Royce se regocijó en haberlo molestado. "Yo digo que mientes. Yo digo que robaste esto de su verdadero guardián. Y digo que un hombre como tú debería ser arrojado a la oscuridad y abandonado para morir."

Gaultier agarró con satisfacción al escocés y lo hizo girar bruscamente, empujándolo hacia la puerta.

"¿Pero qué hay del relicario? Demandó el escocés. "Seguramente no imaginas que puedes quedarte con él"

"Lo que yo puedo y no puedo imaginar no es de tu incumbencia", declaró Royce. Él hizo un gesto y Gaultier empujó al escocés fuera de la capilla, mientras Royce miraba el rico relicario de oro.

Era un tesoro incomparable.

Era un tesoro que despertaba cada urgencia de codicia dentro de él.

Pero el escocés tenía razón. Alguien lo buscaría. Alguien mataría por él. Y nadie lo encontraría en la tesorería de Royce.
No, la mejor de poner ese relicario a trabajar era entregarlo. Funcionaría como un fino regalo como estima al Rey Henry, por ejemplo, la perfecta indicación de obediencia de un barón leal.
Él lo enviaría a Winchester con los impuestos y sus mejores cumplidos.
Pero primero, Gaultier y sus hombres debían asegurar que el resto de los del grupo que había dejado las puertas fueran cazados y silenciados.
Para siempre.
Él escuchó las pisadas de Gaultier detrás de él y no giró para hablarle "¿Qué hay de tus hombres?"
"Tienen órdenes de perseguir a los vagabundos hasta las fronteras y después regresar para reportar su curso", contestó el Capitán de la Guardia. "Los espero antes del amanecer, con el grupo capturado."
Royce tamborileó sus dedos sobre la mesa. "Espero que tengan éxito" se contentó con responder. "Por tu bien y el de nuestro invitado"
"Ellos no lo abandonarán", dijo Gaultier con confianza. "Incluso si escapan de los caballeros, regresarán por él."
"Dobla los centinelas de guardia", ordenó Royce "Si nos sorprenden otra vez, tú pagarás el precio".

"ESTÁS SORPRENDIDO", dijo la vieja mujer cuando Bartolomé le pasó un pedazo del pan que había llevado el Padre Ignatius desde Haynesdale. Él se asombró con sus palabras, porque su mirada estaba lechosa y él había asumido que ella estaba ciega. Ella le sonrió cuando él no contestó de inmediato, y él se dio cuenta de que ella era más perceptiva que la mayoría.
"¿Y cómo adivinaste eso? Preguntó él con tono ligero.
Ella le hizo un gesto. "Lo olí."
"¿De verdad?" Él no pudo evitar sonreír y se alegró de que ella no pudiera ver su expresión. Él no deseaba ofenderla, sin importar cuan creativa ella pudiera ser. "Cuando una reacción es anticipada, su suti-

leza puede ser sentida o incluso olida." Ella sonrió. "Puedes confiar en mí sobre eso. Espero que nunca tengas la oportunidad de aprender que tengo razón." Ella pareció observarlo "Entonces, dime, señor, ¿qué te sorprende?"

"Que haya tantos escondidos en el bosque", reconoció Bartolomé, porque esa era la confesión más obvia. "Y que no los hayan descubierto en dos años." sonrió él. "Que tengan gallinas. ¿No hay zorros en el bosque?"

La vieja mujer cloqueó, sonando bastante como una de sus gallinas. "Mi hijo les hizo un gallinero, Ellas regresan a él cada noche y son escondidas entre los árboles más altos. Es un poco de trabajo, pero podemos tener unos huevos de esta manera, y en ocasiones un poco de asado."

"Ingenioso", reconoció él con una sonrisa.

Ella le tocó el brazo. "también te sorprende que sigamos a una mujer."

Él estaba sorprendido de que ella adivinara su pregunta. "Me preguntaba si solo me lo había imaginado, Anna es muy decidida."

"Y aun así piensas que yo estaría sorprendido porque tantos dejan que una mujer los comande, incluso si es la hija del herrero."

"¿Incluso?"

Ella sonrió. "¿Dónde has estado, señor, que no sabes el lugar que ocupa el herrero en el corazón de los habitantes de cada villa? Su don es una clase de hechicería, y debe trabajar mucho para dominarlo. Un herrero siempre es tenido en alta estima, y sus palabras tienen gran peso."

Bartolomé consideró eso y lo encontró fácil de creer. "Eso tiene sentido. Yo nunca he vivido en una villa, así que nunca había pensado en eso."

"¿Nunca vivió en una villa? ¿Solo en un castillo?"

"En unos cuantos."

Ella se inclinó más cerca. "¿Dónde más?"

"Un monasterio", dijo él, solo para ver su reacción.

Ella se rio con gusto. "Estás lleno de sorpresas. Me alegra que Anna decidiera traerte aquí. ¿Te dijo ella que era la hija del herrero?"

"Sí, lo hizo, y que Percy es su hermano."

La mujer asintió. "¿Y ella todavía lleva la ballesta?"
"No exactamente." Bartolomé puso el arma sobre sus rodillas. Yo la llevo como garantía hasta que nuestro acuerdo estés completado." La mujer se estiró y él guió sus dedos hasta la parte de arriba de la ballesta para que ella no se hiriera de repente. Ella tocó la madera con las puntas de sus dedos de manera reverente. ¿Y dónde obtendría un arma tan fina una mujer de los bosques?"
"Debes saber que era de su padre."
"Ella te lo dijo, ¿lo hizo?" La anciana levantó sus cejas. "Y aun así, aun así es curioso que un herrero posea una ballesta tan fina. Uno esperaría que les dejara a sus hijos un martillo y una forja, o algún buen trabajo de metal hecho por él. No una ballesta." Ella arqueó una ceja y Bartolomé se preguntaba sobre eso.

"Cualquier hombre puede aprender a usar una ballesta, contestó él fácilmente. Aunque es un arma de la nobleza, su uso no es exclusivo para los hombres.

Ella se rio ante eso, sacudiendo un dedo ante él en su entusiasmo. Bartolomé tenía una extraña sensación de que ella quería decirle algo.

¿No era Anna la hija del herrero?

¿Entonces porque ella le había dicho que lo era?

Él sabía que Anna que no tenía la capacidad de mentir. La verdad siempre era clara en sus ojos, No, esa anciana estaba equivocada. Quizás ella había mezclado dos viejas historias.

Ella podía estar estudiándolo, por la forma en que ella lo analizaba, pero fue su mano en el antebrazo de él lo que le dijo más, él podría apostarlo. "Cota de mallas" murmuró ella. "Y eres alto y joven. Un caballero" Ella pareció mirar su cara. "¿Eres tú el hijo perdido que regresas?"

"Cuentas el mismo cuento que Anna", dijo él como respuesta, y ella pareció tragarse una sonrisa.

"No nos visitan muchos caballeros", dijo ella, y él estuvo aliviado de que ella no insistiera en su pregunta. "Debes tener una buena razón para estar aquí."

"Mi grupo simplemente pasaba por el bosque", dijo Bartolomé, eligiendo compartir solo una parte de la verdad con esa extraña. "Como escuchaste, solo nos encontramos porque nos robaron"

La vieja mujer cloqueó. "Por Anna y Percy" adivinó ella.

Bartolomé asintió antes de corregirse. "Ellos mismos. Entonces Percy fue capturado por los hombres del barón, junto con eso que nos fue robado, y ambos tenían que ser recuperados."

"Escucho al muchacho", dijo ella. "Pero no debes tener aún tus pertenencias"

"¿Cómo es eso?"

"Te hubieses ido, si ese hubiese sido el caso. Anna no te hubiese traído aquí si ella no hubiese sentido una obligación hacia ti." Ella se inclinó más cerca. "¿Qué más has perdido?"

"Uno de mis camaradas fue capturado. Él llevaba nuestras pertenencias."

"Así que ambos están en las garras de Royce." Asintió ella como signo de comprensión.

"Eres perceptiva."

Ella sonrió de nuevo. "Uno no necesita ojos para saber la verdad, señor."

"Claramente esa es la verdad. Sin embargo, no puedo imaginar como supiste que yo estaba sorprendido."

"¡Ah! Tú hablas con autoridad y caminas con un paso confiado. Yo creo que eres un hombre de buen juicio." Ella recorrió con su dedo la palma de su mano, y Bartolomé no hubiese estado sorprendido si ella hubiese adivinado más de él por ese ligero toque. "Un hombre práctico, que resuelve todos los problemas con su propia mano, Hay un cayo aquí, de blandir una espada. Tus espuelas no son para las apariencias, señor.

"No, no lo son."

"Y ese acento. No es exactamente francés. No es normando. ¿Dónde has estado señor? ¿Dónde estaba ese monasterio?"

"Ultramar."

La mujer se acomodó hacia atrás con aparente curiosidad y gran satisfacción. "Eso explica mucho. Hay exótico en ti, señor."

"¿Exótico?" sonrió Bartolomé.

"Poco común, entonces. La clase de hombre que rara vez vemos."

Ella bajó su voz. "La clase de hombre que esperamos, tanto si lo admites, como si no. Antes, Bartolomé la hubiese animado a cambiar el rumbo de sus especulaciones, ella lo hizo, alzando su voz. "Un hombre de buen juicio, está claro, ¿y qué hombre de buen juicio no se hubiera sorprendido al encontrar toda una villa viviendo en el bosque como exiliados?"

"Es difícil creer que casi todos los residentes de una villa puedan ser criminales, incluso en el peor de los lugares."

"Así es", dijo la mujer con pesar. "¿Qué barón de buen juicio no necesita a sus pobladores? ¿Quién trabaja los campos y cuida los caballos? ¿Quién cosecha los granos y sala el pescado?" Ella sacudió su cabeza. "Su vida debe ser peor sin nosotros, pero él es demasiado tonto para ver la verdad."

"Él cree que todos estamos muertos, Esme," dijo Anna, parándose frente a la anciana.

"Solo porque le hace caso a las mentiras. Es un tonto y un mal juez del carácter, que se apoya en el consejo de Gaultier, Capitán de la Guardia."

Anna resopló ante la mención del nombre de ese hombre, dando crédito a las suposiciones de Bartolomé. ¿Estaba ella evadiendo su mirada?

La anciana se rió. "Pero Royce siempre ha mostrado indebido respeto a cualquier hombre que lidere sus fuerzas. Todos tenemos nuestras faltas. Quizás esa es la suya"

Bartolomé pensó que era su confianza en su esposa la que estaba fuera de lugar, pero eligió no compartir sus pensamientos.

Anna llevó sus manos a sus caderas mientras lo analizaba a él, un brillo retador en sus ojos. "Iré con el Padre Ignatius al bosque quemado, ¿Quieres venir?

"¿Por qué?" preguntó Bartolomé, de todas las preguntas que pudo haber elegido.

"Enterramos a nuestros muertos ahí, porque es fácil cavar en la ceniza y las alimañas no profanan los restos. El Padre Ignatius quiere bendecir a esos que han fallecido sin sus oraciones."

"¿Es ese el bosque quemado que pasamos?"

"No, otro, tuvimos la antigua quema y la nueva"

"Tanto fuego", musitó él y Anna casi sonrió.

"Sí. Ven y lo verás."

Y porque él quería ver, Bartolomé se levantó para acompañarla.

CAPÍTULO 8

¿Por qué había invitado ella a Bartolomé a unirse a ellos en esa diligencia?

Anna no podía explicar su impulso y, en retrospectiva, deseó no haber hecho la oferta. Ella supuso que quería asegurarse de saber dónde estaba Bartolomé, tal él como había prometido que permanecerían juntos dentro de Haynesdale hasta que se lograran sus respectivos fines. Esas metas no se habían logrado, por lo que sus caminos seguían unidos.

Pero ese era un momento que ella temía.

Su respiración se aceleraba en su pecho y su pulso era inestable. Sus lágrimas subían y amenazaban con derramarse, y esto mucho antes de que llegaran al sitio del viejo siniestro. Ella lo sintió mirándola y más de una vez, él le ofreció la mano mientras trepaban por los troncos o cruzaban un arroyo. ¿Cuánto entendía él?

Ella era lo suficientemente débil como para aceptar su ayuda, aunque no la necesitaba. Ella se había defendido por sí misma durante años y no necesitaba un hombre. Quizás era el atuendo lo que la traicionaba y la hacía comportarse más como una dama de lo que solía ser.

—Hace años que no estoy en el sitio del viejo incendio —dijo el padre Ignatius, con una actitud tan jovial que podría haber estado intentando aliviar el ánimo.

"¿Qué hay del lugar en el bosque que se quemó hace dos años?" Preguntó Bartolomé.
El padre Ignatius intercambió una mirada con Anna. "Ese es el sitio de la nueva quema", dijo él.
"Nadie va allí", contribuyó Anna rotundamente. ¿Quién podría ir allí? Ella estaba segura de que todavía podía oler la carne quemada, el residuo de esas vidas perdidas sin otra buena causa que la sed de venganza de un noble.
"¿Cuándo más se quemaron estos bosques?" Preguntó Bartolomé.
"Viste que la fortaleza de Haynesdale es de nueva construcción", explicó el padre Ignatius. "La vieja quema es la fortaleza perdida, el fuego que Royce prendió cuando invadió Haynesdale y lo reclamó para sí mismo."
Anna no pasó por alto la rápida mirada de Bartolomé al sacerdote. "¿Cuándo fue eso?"
"En el año 1169, hace casi veinte años", dijo el padre Ignatius. "Pocos de nosotros hemos estado en esa propiedad desde ese día."
"La anciana Esme", dijo Anna. "Con la que estabas hablando. En ese entonces era la esposa del molinero".
"Yo llegué unos años después", dijo el padre Ignatius. "Cuando Royce se casó por primera vez, Dios bendiga el alma de la dama." Le sonrió a Anna. "Recuerdo el nacimiento de Anna."
"Y el nacimiento de Percy", corrigió ella.
"Por supuesto, recuerdo muy bien su nacimiento." sonrió el padre Ignatius. "Nunca un niño ha venido al mundo con tanto alboroto. Fue bienvenido e inesperado".
"¿Cómo es eso?" Preguntó Bartolomé.
"Todos sabían que la esposa del herrero estaba encinta, naturalmente, porque maduraba con mucho vigor. Pero el herrero y su esposa tenían tal edad que no esperaban otro bebé". El padre Ignatius asintió con satisfacción. "Percy era un niño destinado a desafiar las expectativas desde el principio."
"Y todavía lo hace", dijo Anna, mientras se detenía.
Habían atravesado el último de los árboles y habían entrado en un área que se había quemado. Algunos árboles crecían en el suelo, que todavía estaba ennegrecido por la ceniza de ese fuego, y una hilera de

cruces adornaba el suelo. Más allá de ese campo, se podían ver las ruinas de la antigua fortaleza, sus cimientos limpiados en algunos puntos y manchados de hollín en otros. La aldea se podía distinguir en los surcos del suelo y, en el extremo izquierdo, los campos abiertos todavía estaban llenos de surcos que se habían dejado en yermo. Más allá de la fortaleza había una extensión de agua brillante donde el arroyo formaba un estanque de molino.

Bartolomé miraba como un hombre hecho de una piedra.

El padre Ignatius se santiguó mientras miraba con tristeza las nuevas tumbas. "Y todavía usan el terreno consagrado del antiguo cementerio. Eso es lo más sabio. Incluso sin mi bendición, están a salvo en las manos de Dios". Él le hizo señas. "Ven, Anna, y dime quién yace en cada tumba para que pueda orar por sus almas inmortales."

Anna se enjugó las lágrimas y señaló la primera tumba, apenas consciente de que Bartolomé se alejaba de ellos. Ella supuso que no se podía esperar que él llorara por extraños y, en cierto modo, se alegraba de que él no escuchara su propia confesión.

El padre Ignatius, lo sabía ella, no lo compartiría con otra alma viviente.

CONTRA TODAS LAS EXPECTATIVAS, Bartolomé estaba en casa.

Anna había puesto un paso rápido hacia esa "vieja quema" y no había seguido un camino claro. Ella se había agachado bajo las ramas bajas que colgaban y se había deslizado entre los helechos, su ruta tendía siempre hacia abajo. El sacerdote no la había seguido, sino que caminaba junto a ella. Era evidente que ambos sabían cómo encontrar su destino. El bosque parecía ser más denso y oscuro en ese lugar, y Bartolomé no podía oír a muchas criaturas del bosque.

Él se dio cuenta de por qué cuando salieron abruptamente de la maleza a un claro. La vegetación era notablemente escasa, especialmente teniendo en cuenta el exuberante crecimiento del bosque detrás de ellos. Había una masa de agua que brillaba en la distancia, su superficie tan suave como un espejo. Él vio una rueda en el edificio en un extremo y se dio cuenta de que era un estanque.

Esme. Se quedó mirando el molino y recordó al molinero y su esposa, una mujer regordeta con una sonrisa dispuesta, luego recordó a la mujer que le había hablado ese mismo día. Seguramente ella no lo había reconocido. Después de todo, no podía ver.

Pero ella podría reconocer algo sobre él.

Justo como él había reconocido ese lugar. Una vez más, no podría haberlo descrito una hora antes, pero ahora que estaba ante sus ojos, lo conocía bien.

La fortaleza había estado en ese lugar. El patio había estado allí. Los establos donde había nacido Whitefoot, uno de los ocho cachorros, estaban allí. El molinero había sido un hombre amable, de barriga redonda y risa alegre. Bartolomé podía verlo en su mente. Él volvió a sentir el grano corriendo por sus dedos y la vibración de las piedras del molino cuando su madre visitaba a la esposa del molinero después de que ella diera a luz a otro hijo.

Esme.

Sí, Esme.

Los recuerdos inundaron su mente, como si se hubiera abierto una presa. Bartolomé caminó como un hombre en un sueño hasta un lugar en la tierra estéril y contempló la escena ante sus ojos, su memoria llenando los vacíos. Él había jugado en el suelo de ese molino, con el hijo mayor del molinero, un niño de su misma edad. Oswald. A la izquierda había campos, muchos de los cuales estaban en barbecho. A su derecha estaba el pueblo.

La ventana del solar había tenido vista a ese lugar. Su madre lo había sostenido en esa ventana para ver salir el sol, para mirar por encima de la propiedad de su padre. Todos y cada uno de los días, él había acudido a ella y, a medida que él crecía y se hacía mayor, se había subido a un taburete para esos preciosos momentos juntos. Whitefoot había apoyado sus patas en el alféizar, para mirar y aparentemente para escuchar también.

Él cerró los ojos y pudo sentir su calor a su lado. Él podía oler el aroma floral de su piel y oír su murmullo en un suave francés normando. —Mira, el molinero está trabajando, Luc, porque la rueda está girando incluso tan temprano en la mañana. Es bueno para el molinero tener demasiado que hacer, porque entonces los del pueblo comerán bien. La cosecha ha sido buena este año. Mira cómo la luz del sol toca lo último del trigo. Está dorado y maduro, listo para que los aldeanos hagan la cosecha. Tendremos una buena fiesta en una semana, para celebrar las bondades del año. ¡Mira! Tu padre sale a cazar, así que habrá abundancia de venado en la mesa."

Podía ver al caballero de pelo blanco en su caballo abajo, vio ahora la sonrisa en los labios de su padre y el afecto en su expresión cuando saludó a su esposa e hijo. Él podía recordar esa fiesta, el calor del salón, el sonido de la risa y la música, la cordialidad de la fortaleza de su padre.

Él recordaba otro día, cuando la nieve tocaba la tierra ante ellos. "Mira el humo que sale de las chozas del pueblo", le había dicho su madre ese día. "Hay consuelo en los hogares de aquellos que están bajo la mano de tu padre, porque él es justo y su propiedad prospera debido a eso. Sus tierras se extienden hasta esa colina lejana, la que primero toca el sol de la mañana".

Él sintió que una lágrima se deslizaba por el rabillo del ojo, porque esos eran los recuerdos que había deseado por encima de todos los demás, pero habían sido esquivos. Él tenía la garganta apretada y encontró a Cenric acariciando su mano, a su lado, como Whitefoot siempre lo había estado.

Bartolomé rascó las orejas del perro, luego se volvió, maravillado, para ver a Anna llorando. Él estaba tan sorprendido de verla mostrar tal vulnerabilidad que dudó de sus propios ojos. Pero no cabía duda: sus mejillas estaban surcadas de lágrimas y se llevaba una mano a los labios mientras contemplaba una tumba. El padre Ignatius estaba bendiciendo a quienquiera que hubiera sido enterrado allí, y Bartolomé se preguntó quién habría sido.

Alguien a quien Anna había amado bien, estaba claro.

¿Uno de sus padres? ¿Un hermano? ¿Una buena amiga?

Realmente no importaba. Esa doncella guerrera lloraba y él quería consolarla.

BARTOLOMÉ SE PARÓ en silencio junto a Anna mientras el padre Ignatius terminaba su oración. Él no la tocó, pero ella sintió su calor cerca de su lado.

Era extraño lo reconfortante que ella encontraba su presencia. Ella había jurado nunca depender de un hombre, nunca desear una pareja, y sin embargo, ese hombre, con su seductora combinación de humor y fuerza, tocaba una fibra sensible dentro de ella. Ella había anhelado confiar en él desde el principio, y era su propia historia la que la había hecho desconfiar de su propio sentido de lo que era correcto. Sin embargo, mientras él continuaba haciendo lo que había jurado hacer, mientras cumplía su palabra y actuaba con honor, Anna sabía que su respuesta inicial había sido correcta.

Eso hizo que quisiera confiar más en él, compartir con él todos los secretos que la agobiaban y que un alma viviente supiera todas las verdades que ella sabía.

Siguiendo un impulso, ella deslizó su mano en la de él, recordando cómo él la había tomado de la mano en esa gran cama la noche anterior, cuando habían fingido pasión.

Sus dedos se cerraron resueltamente alrededor de los de ella, dándole esa tentadora sensación de seguridad. Sí, una mujer estaría a salvo con ese hombre a su lado, sin importar la mala suerte que les sobreviniera.

Anna se dio cuenta de que quería ser esa mujer con un fervor que la estremecía con su poder.

Sin embargo, era agradable de todos modos.

Ella tragó y miró fijamente la tumba, queriendo confiar en él pero sin saber por dónde empezar. Era reconfortante darse cuenta de que él esperaría hasta que ella decidiera hacerlo, si lo hacía.

El sacerdote les dedicó una mínima mirada mientras terminaba su oración. Él se trasladó a la siguiente tumba.

"Ese es Oswald, el hijo del molinero", dijo Anna en voz baja. Ella sintió que Bartolomé se sobresaltaba.

"¿El hijo de Esme?" preguntó él.

"Sí", reconoció Anna. Y a su lado, su esposa Rheda y su hijo, Nyle."

"Todos ellos", susurró el padre Ignatius y contuvo el aliento.

"Todos", asintió, sabiendo que la pérdida había partido el corazón de Esme por la mitad.

Bartolomé le apretó la mano cuando el sacerdote comenzó sus oraciones por Oswald.

"No puede haber sido tan viejo", dijo él.

Anna negó con la cabeza. "Todavía yo no tengo treinta veranos, pero es mayor que yo."

"Me refiero a su hijo."

Ella frunció el ceño y miró a su compañero. Él había conocido a Esme y sabía que era mayor. De hecho, Oswald había sido el mayor de sus hijos. ¿Cómo podía Bartolomé asumir la edad de un extraño? Pero la expresión del caballero era pensativa, por lo que ella solo respondió a su consulta. —Sí, Nyle tenía la misma edad que Percy. Eran grandes amigos".

"¿Y todos murieron en la nueva quema?"

Anna asintió y negó con la cabeza. —Fue mi culpa —susurró ella, con voz entrecortada, y se sintió aliviada cuando Bartolomé la abrazó. Él era cálido y fuerte, y simplemente la abrazó, ofreciéndole consuelo con su calor y su presencia.

"No puede haber sido tu culpa", la reprendió él en voz baja, sus palabras un aliento en su cabello.

"Lo fue", insistió ella. "Tenía un plan y salió muy mal. La nueva quema fue la represalia de Royce por mi audacia".

Él se echó hacia atrás, sosteniendo sus hombros en sus manos mientras la miraba. ¿Lo provocaste a quemar sus propios bosques? Y, sin embargo, ¿ella tuviste el valor de volver a entrar voluntariamente en su fortaleza ayer? ¿No temías que te reconociera?

"Por supuesto."

Bartolomé sacudió la cabeza con asombro y sus ojos comenzaron a danzar. Ella sabía que él se burlaría y su estado de ánimo mejoró con anticipación. "Debiste haber pensado en matarme cuando te dejé a solas con él en el pasillo."

"Te maldije completamente", admitió ella con una sonrisa.

Él sonrió. "Deberías haberme advertido."

"No soy tan rápida para confesar mis secretos."

Bartolomé se puso serio. "No, no lo eres." Él la giró para que se enfrentara a la tumba que el padre Ignatius ya había bendecido, volviendo a sujetarle los hombros entre las manos. Sin embargo, ella tenía la espalda contra su pecho y él se inclinó para murmurarle al oído.

Pero dime esto, Anna. ¿Quién yace aquí?

"Un niño", admitió ella.

"¿Tan joven como Nyle?"

"Más joven todavía. Un simple infante". Sus lágrimas volvieron a brotar y se sintió avergonzada de sentir una salpicadura en su mejilla. Sus palabras fueron gruesas cuando continuó. "No sobrevivió a su primer invierno, no aquí en estos bosques." Ella tomó una respiración temblorosa. No nos atrevemos a encender fuego cuando el barón nos persigue, porque el humo nos revelaría a todos. Ese invierno, él cazó sin cesar, porque quería derrotarnos a todos, y hacía frío. Maldito frío". Las palabras de Anna se desvanecieron al recordar sus esfuerzos por mantener caliente al bebé.

Esfuerzos inútiles, porque ella misma no se había mostrado cálida.

Ella tragó, el dolor de la pérdida lo suficiente como para desgarrar su corazón.

"¿Tenía un nombre?" Bartolomé murmuró.

"Kendra", admitió ella, sus palabras gruesas.

"Kendra", repitió él. "Supongo que también te culpas por esto."

Anna solo pudo asentir. Hacía demasiado frío para alguien tan joven.

De nuevo Bartolomé le dio un momento para recomponerse y, cuando continuó, su tono fue pensativo. "Me parece que ha prestado poca atención a los sermones del padre Ignatius. ¿No enseña él que nuestros días en esta tierra los elige el gran creador mismo, que solo Él elegirá cuándo viene un bebé al mundo y cuántas respiraciones cada uno de nosotros tomará?

Anna asintió de mala gana. "Yo debería haberlo cuidado mejor", admitió ella.

Bartolomé, para su sorpresa, le besó la sien. "Por lo que podría no haber importado. Sus días podrían haber sido planeados para ser cortos, por algún plan que no podemos discernir."

"Pero..."

"¿Hiciste todo lo posible para calentarla y defenderla?"

Anna asintió.

"Entonces ninguna divinidad puede pedir más." Sin esperar su consentimiento, él cayó de rodillas en la nieve al pie de esa pequeña tumba. Él inclinó la cabeza mientras ella lo miraba y rezó por el alma inmortal de Kendra.

Anna se vio profundamente afectada por ese gesto de respeto. Sus lágrimas volvieron a fluir, pero ella también se arrodilló en la nieve junto a él. Una vez más, sus dedos encontraron su mano, y tuvo la sensación de que sus oraciones juntas eran más fuertes que las pronunciadas de forma aislada.

Ella ayudó al padre Ignatius nombrando al resto de los caídos, muy consciente de que Bartolomé miraba y esperaba, Cenric sentado a su lado. Cada vez que ella miraba en su dirección, él le daba una pequeña sonrisa de aliento. Ella se sentía menos sola de lo que se había sentido. Ella sintió que comenzaba una curación tentativa. Ella se preguntaba si no sería completamente responsable de todo el dolor que había caído sobre los habitantes de Haynesdale dos años atrás.

Cuando el padre Ignatius terminó de bendecir las tumbas, ella se encontró una vez más poniendo su mano en el cálido agarre de Bartolomé. Ella sabía cómo quería devolverle el regalo que le había concedido. Ella no dudaba de que él pronto estaría en camino y de que no volvería a verlo una vez que se marchara, pero había un recuerdo que Anna deseaba especialmente tener de este caballero.

Que eso la ayudaría a sanar aún más, era solo una indicación de que era la elección correcta.

Ella le daría la bienvenida en la cama, le entregaría el placer que habían fingido la noche anterior y quizás ella abandonaría su miedo a todos los hombres. Era una elección audaz, pero una característica más de la doncella que había sido, no hace tanto tiempo.

Y Anna deseaba volver a ser esa mujer intrépida.

Bien podría concebir el hijo de Bartolomé, pero eso solo ofrecería más consuelo. A ella le gustaría tener un hijo con quien recordarlo, un niño con los ojos danzantes de su padre y cabello oscuro, un hijo con el sentido del honor de su padre.

Sí, eso le sentaría muy bien a Anna.

ALGO HABÍA CAMBIADO EN ANNA.

A Bartolomé le parecía más suave y menos cautelosa. Quizás que ella le hablara de Kendra había eliminado una barrera entre ellos. A él no le importa. Él agradecía la oportunidad de conocerla mejor. Los demás los esperaban y él podía oler la carne guisada. Su barriga gruñó mientras se acercaban al campamento. El fuego ya se había apagado, aunque Anna avanzaba preocupada.

"Había estado ardiendo antes de que llegaras", dijo un hombre mayor, anticipando obviamente la pregunta de Anna. "Estaba en brasas y lo empapamos, pero usamos las rocas del pozo de fuego para calentar el guiso de ayer."

"Huele a venado", señaló Bartolomé.

"Nada más que lo mejor del barón para nosotros", coincidió el hombre con una sonrisa.

"Te colgarán si te atrapan", señaló Bartolomé, porque no pudo evitarlo.

El hombre sacudió su cabeza. "Ya somos marginados. Hemos perdido nuestros hogares, nuestras casas, muchos de nuestros parientes y vecinos. Poco más se nos puede quitar".

"No dirías eso si estuvieras en las mazmorras del barón", señaló Anna.

"Podría ante eso", respondió el hombre. Se pasó una mano por la frente. —Estoy cansado de esta vida, Anna, aunque eso no es una acusación. La quisiera cambiar, de una forma u otra, en lugar de soportar más años de mera supervivencia". Él miró a Bartolomé. Entiéndame, señor. Si hubiera hecho algo más que protestar por la crueldad de un barón injusto, aceptaría mi castigo como merecido. Con razón sería un paria y un criminal. Pero lo único que hice fue levantar el puño contra el encarcelamiento de inocentes y, al hacerlo, también me encontré acusado". Él volvió a negar con la cabeza. Es una excusa lamentable para la justicia ofrecida por Royce, y si el rey no estuviera tan dispuesto a vivir todos sus días en Normandía, un hombre honesto podría pedirle ayuda. Tal como están las cosas, yo moriría o vería restaurada nuestra aldea".

"Ciertamente", coincidió otro hombre, porque había muchos atendiendo con interés las palabras del hombre.

Anna pareció desconcertarse por esto, pero Bartolomé no soltó su mano. "Lo han hecho bien por ustedes mismos aquí", reconoció, viendo que merecía elogios. "Porque hay más consuelo en este bosque del que hubiera esperado."

"Sí, eso es gracias a Anna." Los demás la saludaron, pero Bartolomé vio que ella todavía estaba preocupada.

"Pero el verdadero hijo encontraría un ejército dispuesto en sus bosques, si se dignara regresar", dijo el hombre y los otros vitorearon al unísono.

¿Podría Bartolomé poner en peligro a esos antiguos aldeanos con la misión de recuperar su legado? No era el lugar de esos hombres luchar, aunque él vio que tenían la voluntad de hacerlo. Él temía encontrar su deseo reflejado en la resolución de ellos, y que tomarles la palabra fuera injusto, porque muchos morirían.

Él notó que eran delgados, muy parecidos al perro, y sabía que el tiempo en el bosque había sido duro para ellos. Sus ropas estaban raídas y sus zapatos gastados. Parecían mayores de lo que eran, incluso los niños, e imaginó que la fuerza de su voluntad podría no ser suficiente para convertirlos en oponentes fuertes.

Mientras tanto, el hombre se volvió hacia los demás. "Bailemos entonces, esta noche, como si fuera la última. Anna y Percy han vuelto, y eso es motivo de celebración".

"Sería una locura", dijo Anna. Es posible que los hombres del barón nos escuchen.

El hombre se mostró despectivo. "Puedes estar segura de que están de vuelta en el salón del barón, dándose un festín, porque no son hombres que sacrifiquen la comodidad de una cama caliente."

¡O una moza cálida! gritó otro y los demás volvieron a reír.

"Una copa de vino caliente", suspiró una mujer y otros asintieron.

"Una fiesta de Navidad en el salón del barón", añadió otro.

"Es nuestro derecho, y uno lo ha retenido durante muchos años", refunfuñó otro.

"¡Pero aún podemos bailar!" gritó el primer hombre y una onda recorrió al grupo.

Había una locura en ellos, una imprudencia que Bartolomé vio nacía de la desesperación. Él sentía simpatía por ellos y se atrevía a tener la esperanza de poder cambiar sus circunstancias. Al día siguiente, él intentaría liberar a Duncan. En menos de quince días, sus compañeros regresarían.

Esa noche, sin embargo, no se podía hacer nada más que aceptar la sugerencia del hombre.

"Bailemos entonces", declaró él y giró a Anna. Alguien tenía una flauta y comenzó a tocar una melodía, los demás aplaudieron al ritmo. No tenían cerveza y solo un fino estofado de venado en el estómago. Dormirían en el bosque, en plataformas construidas en los árboles, y bien podría volver a nevar esa noche. Muchos tendrían frío. Pero se divertían donde podían encontrar con qué y Bartolomé admiraba su espíritu.

Él giró a Anna ante todos ellos, y muchos silbaron ante el cambio de atuendo. Ella se sonrojó un poco, pero a él le gustó el brillo que se encendió en sus ojos. Entonces la melodía se hizo más rápida y ella se recogió las faldas, dándole una mirada de pura picardía antes de empezar a bailar el jig.

Era un desafío, y uno que Bartolomé estaba dispuesto a aceptar. Él hizo un gesto hacia el músico, que tocó aún más rápido, colocó sus manos en sus caderas y bailó frente a Anna, desafiándola a superarlo en eso. La compañía ululó, indudablemente se hicieron apuestas, aplaudían y pisoteaban, pero solo había el brillo alegre de los ojos de Anna y el destello de sus pies hacia Bartolomé.

¿Había conocido él alguna vez a una mujer más seductora? Él estaba seguro de que no.

EL CIELO se llenó de estrellas, cuando Anna tomó a Bartolomé de la mano. El viento estaba subiendo y ella sabía que las nubes llegarían antes de la mañana. Ella podía oler la humedad de la nieve en el aire y sintió el cambio pendiente en el clima.

Sin embargo, ellos estarían a salvo y calientes en la cueva.

A ella le gustaba que él no le hiciera preguntas ni le exigiera nada.

Simplemente él dejó que ella lo alejara de todos. Era esa maldita confianza, sin duda, y comprenderlo la hizo sonreír.

Muchos se habían retirado y aún otros hacían preparativos para la noche. Habían bailado vigorosamente y dormirían bien. Las plataformas de madera crujían sobre sus cabezas mientras los aldeanos se envolvían en capas, mantas y pieles, lo que fuera que pudieran encontrar, y se acurrucaban juntos.

Pero Anna se llevó a Bartolomé. Ella estaba cálida por su baile, pero su corazón se aceleró debido a la admiración en los ojos de Bartolomé. El perro caminaba silenciosamente detrás de él, y a ella le gustó que él se hubiera ganado la lealtad de la bestia tan rápidamente. Su madre siempre había dicho que los perros eran los mejores jueces de los hombres.

El barón no había apreciado que ella les hubiera recordado todo eso después de que un perro de la aldea le gruñera a Royce.

La tierra se volvía rocosa cuando se acercaron a la caverna donde ella y Percy solían refugiarse. Ella se detuvo en el último grupo de árboles para escuchar y mirar. No había huellas fuera de la entrada de la caverna y la nieve brillaba a la luz de las estrellas. Ella y Bartolomé cruzaron el río sobre las piedras colocadas dentro de su curso, y ella quedó impresionada de que el perro lograra hacer lo mismo.

Se agacharon para refugiarse en la caverna y ella se alegró de que fuera lo suficientemente alto como para que Bartolomé no tuviera que doblarse. Ella continuó sola hasta el escondite en la parte de atrás, localizando la leña y la vela robada. Ella la encendió, luego se volvió hacia él, mirando la luz dorada jugar sobre sus rasgos.

"¿Tu propio refugio?" preguntó él, mirando a su alrededor con curiosidad.

"En cierto sentido. Cuando Percy y yo le hemos robado al barón antes, nos hemos escondido aquí."

Él arqueó una ceja. "¿Le robas a menudo al barón?"

Anna negó con la cabeza. "No desde la nueva quema. Hubo un tiempo en que había más tráfico en el camino a Haynesdale, y un comerciante que pasaba podía ser liberado de su dinero o de sus provisiones sin muchos problemas. Cuando éramos menos en el bosque, a veces uno iba a Carlisle en un caballo robado y compraba más provisiones con ese dinero". Ella sacudió su cabeza. "Pero hace dos años, muchos más vinieron a nosotros. Al mismo tiempo, muchos menos viajan a Haynesdale".

"Debes haber pensado que les ofrecíamos la salvación."

"yo pensé que esa alforja gruesa podría contener la mayor cantidad de comida."

La mirada de Bartolomé era cómplice. "Y Percy se detuvo para echar un vistazo, porque tenía hambre, por lo que su premio lo decepcionó y lo atraparon."

Anna asintió.

"¿Lo atraparon aquí?"

Anna negó con la cabeza. "No. Está oculto. Su curiosidad debe haberlo obligado a mirar antes". Ella sonrió. "Es un chico curioso."

"Él lo es." Bartolomé dio un paso más hacia ella. Ella agarró la vela, su valor se desvanecía ahora que la perspectiva de intimidad estaba sobre ella. "Y así todo salió mal con nuestra llegada." Él hizo una pausa directamente delante de ella, buscando con la mirada.

"Para tu grupo también", tuvo que señalar ella.

Él sonrió un poco. "Y, sin embargo, no puedo lamentar nuestra llegada a Haynesdale." Él extendió la yema de un dedo y tocó su mejilla, su suave caricia envió un escalofrío a través de ella. "¿Por qué me trajiste aquí, Anna?" preguntó él en voz baja.

"Porque quisiera desafiarte a hacerme gemir."

La sonrisa de Bartolomé brilló con sorpresa. "Eres una doncella valiente", dijo él, y esa admiración llenó su tono.

Ella no era una doncella, pero cuando ella abrió la boca para decírselo, el peso de su dedo cayó sobre sus labios. Su mirada era sobria y fija en la de ella. "Lo sé", continuó él con calor. "Que has conocido la crueldad de los hombres."

El corazón de Anna se aceleró.

"Y te prometo no solo que no te haré daño, sino que puedes detenerme con una sola palabra, en cualquier momento."

A ella se le secó la boca. Ella se sentía cálida y nerviosa, pero sabía que su elección era absolutamente correcta. Ella reclamó su mano y apartó su dedo de sus labios, deteniéndose para besarlo. "Lo sé", susurró ella. "Desafías todas mis expectativas de los caballeros franceses, y es por eso que te he traído aquí." Ella se humedeció los labios. "Bartolomé", agregó ella, escuchando una reverencia en su propio tono.

Él sonrió y se acercó, enmarcando su rostro entre sus manos. Se inclinó, estudiándola durante un largo momento, luego capturó sus labios debajo de los suyos. El suyo fue un beso dulce y caliente, lleno de pasión, pero solicitando su participación, no exigiéndola.

Que él preguntara, incluso después de su invitación, era toda la evidencia que Anna necesitaba de que había elegido bien. Ella se atrevió a poner sus brazos alrededor de su cuello para acercarlo más y se puso de puntillas, rindiéndose completamente a su toque.

BARTOLOMÉ SABÍA que tenía que tomar las cosas con calma. Aunque Anna parecía ser su yo intrépido habitual, él podía sentir el temblor dentro de ella. Eso traicionaba la incertidumbre que claramente preferiría ocultar. Él se movía lentamente, asegurándose de que su placer fuera servido primero.

Ella parecía saber que él estaba decidido a verla complacida, y eso pareció alimentar su confianza. Su beso se volvía más atrevido cuanto más se abrazaban. Él le abrió la boca y ella lo imitó, su lengua se atrevió a enredarse con la suya. Ella se apretó contra él en demanda silenciosa, queriendo más de lo que él le daba, y Bartolomé la atrapó con fuerza.

Ella era embriagadora, su pasión y fuego lo calentaban hasta la médula. La deseaba como nunca antes había deseado a una mujer. Sus dedos estaban desatando los cordones de su kirtle antes de darse cuenta de lo que estaba haciendo, luego él se detuvo y dio un paso atrás. Las mejillas de ella estaban enrojecidas y sus labios enrojecidos por su beso, pero sus ojos se abrieron con incertidumbre. "¿Qué está mal?"

Él los miró a ambos e hizo una mueca. "Demasiado atuendo".

Ella se rió sorprendida y luego se sonrojó. "Tú podrías arreglar eso."

"No, quiero tú que lo hagas." Él levantó las manos y le sonrió, con la esperanza de asegurarle que tenía el control de su unión.

Sus mejillas ardieron más brillantes, pero como él había anticipado, ella no tardó en aceptar su desafío. Ella le desabrochó el cinturón y lo dejó a un lado con cuidado, su respeto por sus armas era casi tan grande como el de él. "Aún no puedo creer que lleves un fragmento de la verdadera cruz", susurró ella, deslizando las yemas de los dedos sobre el pomo de su espada. "Tu amigo debe ser rico."

"Es generoso, sin duda."

"¿Lo conoces desde hace mucho tiempo?"

"La mayor parte de mi vida. Me tomó bajo su cuidado cuando yo era más joven que Percy y me enseñó todo lo que sé de la vida".

"Una extraña elección de compañero para un caballero", reflexionó ella.

Bartolomé se sorprendió a sí mismo sonriendo. "A menudo dijo que hubiera preferido dejarme atrás, pero yo no lo permitiría."

Ella le sonrió. "Sí, me imagino que eres tan terco como eso."

"Al menos tenemos un rasgo en común."

Su sonrisa se volvió consciente, luego tiró de su tabardo sobre su cabeza. Lo dobló con cuidado y lo dejó junto a su cinturón. Ella arrugó la nariz mientras examinaba su cota de malla.

"Sobre mi cabeza", dijo él. "Me inclinaré y tendrás que bajarla al suelo. No intentes atraparla. Solo sácala de mi espalda".

Anna asintió y él se inclinó como había dicho. Como solía ser el caso, la cota de malla se enganchó en su aketon acolchado. Anna tiró de ella para liberarlo y cayó al suelo con un ruido de acero. Bartolomé hizo rodar los hombros una vez que se liberó de su peso.

Anna, por supuesto, trató de levantarlo. Ella juró en voz baja pero con vigor. "¿Todo el día llevas esta carga?"

"Es mejor que una cuchilla entre las costillas." Bartolomé recogió la cota de malla y la puso junto a su cinturón.

Anna estaba frunciendo el ceño cuando él se volvió. "Dijiste que venías de Ultramar."

"Sí. Mi amigo juró a los Templarios y fue enviado a servir en Jerusalén. Fui con él como su escudero, hace casi quince años". Él le dio la espalda a Anna para que ella pudiera desatar su aketon. Él sintió sus dedos tirando del cordón.

"¿Pero él dejó la orden?"

"Su hermano mayor murió y él se convirtió en heredero de la propiedad de su familia en Francia. Fue una sorpresa para él, sin duda".

"¿Tomó esposa?"

—Sí, porque deseaba un heredero con toda prisa. Sin duda, sabía poco de mujeres después de sus años al servicio de la orden".

"Es posible que eso no lleve a lo otro para muchos hombres".

"Es cierto, pero lo hizo para Gastón. Es un caballero de mucho honor y mérito".

Lo admiras. Él escuchó la sonrisa en su voz.

"¿Cómo no iba a hacerlo? Él era todo lo que yo sabía que debería ser un caballero, y tan pronto como tuvo el derecho de hacerlo, me nombró caballero".

"Dándote ricos dones."

Él se volvió y ayudó a tirar del aketon hacia adelante.

Su mirada estaba evaluando. Debe haber pensado bien de ti.

"Yo espero que sí."

Anna arqueó una ceja.

"Tienes razón", reconoció Bartolomé con una sonrisa. "Lo sé."

"¿Sin embargo, no había lugar para ti en su nueva casa?"

"¿Por qué preguntas eso?"

"Porque tú estás aquí y él no. Además, esto no es Francia". Ella apoyó las manos en las caderas para mirarlo mientras él se quitaba el aketon y lo dejaba a un lado. "¿O perdiste su favor?" Ella sacudió su cabeza. "No puedo creerlo. Un hombre como tú y un hombre como él no encontrarían puntos de desacuerdo. Sería honor e integridad en todos lados".

Bartolomé sonrió ante esta evaluación de su naturaleza y la de Gastón, no solo su precisión, sino que Anna pensaba bien de él.

Ella chasqueó los dedos y se volvió hacia él. "Fergus dijo algo de esto", dijo ella, evidentemente recordándolo. "Que tenía poco sentido que él te ofreciera un puesto ya que tú rechazaste la oferta de Gastón."

Bartolomé sintió que se le calentaba la nuca, porque no deseaba confesar su secreto ni engañarla. "Rechacé el puesto que me ofreció Gastón", admitió él.

"¿Por qué?"

"Porque yo quisiera buscar mi propia fortuna. Es posible para un hombre volverse muy dependiente de otro." Él quitó los ornamentos del cabello de Anna, después le quitó el velo. Fue fácil encontrar los prendedores que sujetaban su cabello, y cuando los quitó todos, su cabello colgó sobre su espalda.

"Supongo", cedió ella mientras terminaba de soltar su cabello y pasaba sus dedos entre sus fibras. "¿Pero dónde esperas encontrar tu fortuna? Ella miró por encima de su hombro. ¿En Escocia, entre los hombres de Fergus? ¿O tal vez buscas una heredera?

"¿Por qué estás tan curiosa? Demandó él con un tono de burla, queriendo desviar su interés.

"Porque ellos dijeron que tú habías escogido esta ruta a través de Haynesdale. No puedo imaginar por qué. No hay una heredera para encontrar a menos de una semana a caballo desde aquí."

Bartolomé carraspeó, consciente de que ella lo estaba mirando, "Parecía mejor que la alternativa, nada más que eso", Él la miró fijamente, sus gestos juguetones. "Ahora eres tú la que está demasiado vestida."

Ella sonrió y levantó las manos, dándole acceso a su cinturón y a los lazos de su kirtle. Una vez que estuvieron zafados, él deslizó una mano debajo de la camisola de lana, sosteniendo su mirada y su mano se deslizó para sostener su pecho. Ella lo miró y luego se humedeció los labios.

Él se inclinó y la besó ligeramente, entonces acarició su pezón entre sus dedos índice y pulgar. Ella podía dar un paso atrás si lo deseaba, porque él tenía una mano en su pezón y la otra en la parte de atrás de su cintura, pero Anna se mantuvo en su lugar. Ella jadeó y él le sacó la ropa por la cabeza, inclinándose para besar su pezón a través de la tela de su camisola. Ella arqueó su espalda y tembló, entonces él se acercó y pasó su lengua por la rígida punta.

"Tus botas", susurró ella, y él se detuvo para mirarla con una sonrisa. "¿De verdad? ¿Estabas pensando en mis botas?"

Anna se rio, sus ojos brillando de la manera más provocadora. Él tomó las capas de ambos haciendo un nido en el suelo de la caverna, notando que Cenric había tomado posición como centinela en la entrada. Él se quitó sus botas y desató sus calzas, entonces se quitó su ropa interior. Él se giró hacia Anna vestido solamente con su camisa, y le señaló. "tus zapatos y tus medias"

Para su deleite, Anna se sentó sobre la pila de ropas y se inclinó en un codo. Ella levantó un pie hacia él. "Creo que tú deberías ayudarme, señor."

Bartolomé se arrodilló ante ella y desató su zapato. Él deslizó una mano bajo su camisola, moviéndola hacia arriba por su pierna. Los ojos de ella se agrandaron y ella inhaló agudamente, pero ella no se retiró. Él movió su camisola hacia un lado, dejando su pantorrilla a la vista, y él inclinó su cabeza para zafar sus ligueros con los dientes. Ella se rio y se retorció.

¡Tu respiración me hace cosquillas!" protestó ella.

Él puso su lengua sobre la tierna piel detrás de sus rodillas y ella se rio otra vez. Le tomó un tiempo desatar ambas ligas y quitarle ambas medias, para entonces, Anna estaba sonrojada

Él se acostó a su lado, su mano sobre el pecho de ella y la besó con soltura. Ella se excitó con su toque y su pezón se pudo duro entre sus dedos. Él beso su oreja, su cuellos, el hueco de su garganta, entonces cerró su boca sobre la suave punta de su pezón. Él lo besó, y lo acarició, haciéndolo una punta aún más dura, entonces tocó la suave piel con sus dientes. Cuando Anna estaba arqueándose a su lado, él suavemente pasó su atención al otro pecho. Él podía sentir el calor emanando de ella y pudo oler su excitación, pero él quería estar seguro de que ella estuviera completamente complacida.

La mano de él estaba debajo de su camisola, moviéndose de su rodilla a la suave piel de sus muslos. Ella se arqueó y abrió su boca, ofreciendo una invitación que él no podía rechazar. Él la besó, incluso mientras sus dedos de deslizaban en un su calor pegajoso. Él tragó su primer aliento de sorpresa, después su gemido de placer. Sus dedos se movían hacia ella, conjurando más deseo y él sonrió en su beso cuando ella se agarró a sus hombros.

"¡Bartolomé!" susurró ella y él le sonrió.

"Me diste un desafío", le recordó él.

"Pero seguramente esto es suficiente."

"Seguro que solo hemos comenzado." Él la acarició con su pulgar, amando como ella jadeaba de placer, y supo lo que tenía que hacer. "Antes de que yo te haga gemir", susurró él. "Creo que deberíamos explorar las intrigantes cosquillas que tanto te sorprendieron."

"Yo estaba fingiendo", discutió ella, claramente no entendiendo su intención.

"Y debes mostrar la verdad" dijo Bartolomé. Él le hizo un guiño, saboreó su confusión, entonces le levantó la camisola y le concedió un beso más íntimo.

La forma en que ella jadeó por la sorpresa fue muy satisfactoria, pero Bartolomé buscaba más éxito que ese.

La dama, después de todo, todavía tenía que gemir.

¿QUIÉN HUBIERA PODIDO IMAGINAR que una persona podía morir de placer?

Anna ciertamente nunca lo imaginó, pero los besos de Bartolomé, su lengua, sus dientes, sus caricias, la hacían encenderse. Ella estaba excitada y desesperada por una satisfacción que no podía nombrar.

Él la atormentaba sin descanso, no, él si cesaba, cada vez que ella pensaba que estaba cerca de alguna culminación. Él la provocaba y ella lo sabía, pero ella no podía quejarse. Era increíble tener a un hombre así conjurando su placer con tanta diligencia, poniéndose a sí mismo a su servicio, por así decirlo. Anna pensó que eso no podía estar bien, pero entonces, ella no podía encontrar ninguna queja con lo que él hacía.

Ella se encontró a sí misma acostada disfrutando las sensaciones que él despertaba.

Era un curioso equilibrio, porque mientras él le demostraba respeto con su toque, ella sentía que estaba en su poder. Ella no sabía cómo ser recíproca, y él no le dio oportunidad de serlo. Su amorosa atención era persistente.

Y más que bienvenida.

Aun así, Anna combatió la urgencia de satisfacerlo con un gemido. Ella temía que cuando ella gimiera él se detuviera, y ella no deseaba eso. Ella se llamó a sí misma egoísta, entonces razonó que todo era parte del plan de él. Ella no podría haber dicho cuántas veces él la llevó hasta una cúspide innombrable, y luego la había detenido.

Ella estaba si aliento y sonrojada de pies a cabeza cuando él alimentó su deseo en crescendo otra vez. Ella supo que no podría contenerse mucho tiempo, pero lo intentó. Anna se mordió él labio mientras su corazón retumbaba. Ella agarró sus hombros mientras la liberación comenzaba muy dentro de ella, y ella puso sus muslos alrededor de la cabeza de él. Bartolomé no le dio cuartel, su toque alimentando su necesidad constantemente, su malvada lengua la hacía querer rugir. Sus manos agarraron las nalgas de ella, asegurando que ella no pudiera escapar del dulce tormento que él le infligía.

Ella finalmente se rindió y gimió, sintiendo que el sonido venía desde el mismo centro de su ser. También duró mucho más de lo que ella pudo haber esperado. Bartolomé se rio entonces y la tocó con sus dientes, la sensación la hizo gritar mientras el placer sacudiéndola como una gran ola.

Anna se encontró a sí misma en el abrazo protector de Bartolomé cuando los temblores pasaron y ella abrió sus ojos para encontrar los ojos de él destellando muy cerca, "Así que es una cosquilla traidora la que hace gemir a esta dama" bromeó él. "Vale la pena saberlo"

"Yo no soy una dama."

Él atrapó su mejilla en una mano y la giró hacia su solmene mirada, "Esta noche, tú eres mi dama" murmuró él con intensidad y la besó con tanto ímpetu que la dejó sin aliento. Ella sintió su erección contra su cadera y supo que su placer también tenía que ser alcanzado.

Ella pudo haberse puesto sobre su espalda y haber abierto sus muslos, ofreciéndose para el acto, pero Bartolomé puso un brazo alrededor de su cintura y se puso él mismo sobre su espalda para que ella se pusiera sobre él. Él levantó el borde de su camisa y colocó sus manos en la cintura de ella. "soy tuyo para que mandes" susurró él, su voz gutural.

Hubo un alivio en la garganta de Anna de que él comprendiera sus miedos tan bien. Ella se apoyó en sus rodillas y se sentó a horcajadas sobre él, su preocupación creciendo otra vez. Las manos de él se movieron para rodear sus nalgas y él la levantó y la colocó para que ella pudiera sentir su calor.

"Tan lento como quieras", murmuró él y Anna se movió más abajo. Ella lo vio inhalar agudamente mientras él era llevado dentro de ella y disfrutó cuando él cerró sus ojos.

¿Le daba eso tanto placer a él? Hubo una satisfacción para ella también, particularmente mientras ella lo veía tan atormentado como ella lo había estado.

Ella se movía poco a poco y suavemente hasta que él estuvo completamente dentro de ella y sintió sus manos flexionarse. Él susurró su nombre y ella se sintió poderosa al tener un hombre así sumido a ella. Ella se movía, disfrutando sus reacciones. Él estaba temblando debajo de ella, luchando por mantener el control, y tan pronto como Anna se dio cuenta de eso, supo que tenía que presionarlo más.

"Quizás yo debería intentar hacerte gemir" susurró ella.

La sonrisa de él fue instantánea. "tentadora" acusó él y Anna estaba envalentonada.

Ella lo provocó entonces, moviéndose despacio y luego rápido, estableciendo un ritmo y luego rompiéndolo. Los ojo de él se abrieron y a ella le gustó como brillaban, como él la estudiaba como si ella fuera una maravilla, como si ella fuera su dama, como si ellos fueran las únicas personas en el mundo.

Él le sonrió y ella se quitó la camisola y sacudió su cabello. Ella se mostró completamente ante él, y le gustó que la admiración de él fuera tan clara, orgullosa de su femineidad como nunca lo había estado. Ella lo montó duró, llevándolo más profundo con cada movimiento y se sorprendió de descubrir que su propio deseo estaba aflorando otra vez.

Ella supo por su sonrisa repentina que él tenía más tormento guardado para ella. Ella jadeó cuando el deslizó la punta de su dedo entre ellos y la tocó en el lugar más tierno. Él sonrió ante su gemido de disfrute, tocándola con ese dedo incluso cuando ella lo montaba más duro y más rápido.

Anna puso sus manos sobre el pecho de Bartolomé, cabello girando alrededor de ellos y ella le sonrió. Ella vio el fuego en sus ojos, sintió la chispa dentro de ella misma y gimió de verdad cuando encontraron el placer juntos.

Ella se tumbó entre sus brazos entonces, y él tomó una de las capas y la puso sobre ellos, sus brazos rodeándola incluso cuando él besó su frente. Los dedos de él estaban en su pelo y ella estaba a salvo y caliente, envuelta en el abrazo del mejor hombre que ella había conocido.

Que regalo le había dado él esa noche, enseñándola no solo a gemir, sino también a encontrar el placer en tal intimidad.

Para su propio asombro, Anna se quedó dormida, desnuda y sobre Bartolomé.

De verdad, en toda la Cristiandad, no había mejor lugar para estar.

LUNES 18 DE ENERO DE 1188

DÍA DE SAN VOLUSIANO DE TOURS

CAPÍTULO 9

Fergus soñaba.
Estaba helado hasta la médula, acurrucado en su capa cuando Yves relevó la guardia, pero él soñaba con Jerusalén. Recordaba el calor del sol, el polvo, las moscas, el olor de buenos caballos y estiércol. En el ojo de su mente, entró en los establos de los Templarios.

Él encontró a Bartolomé discutiendo con un muchacho en el establo del caballo de Gastón. Él había visto antes al muchacho en los establos y él sabía que era un sarraceno además de amigo de Bartolomé.

Fergus escuchó a escondidas, porque ellos no se dieron cuenta de su presencia. Para su sorpresa, el joven era, de hecho, una muchacha y estaba decidida a salir de Jerusalén.

Leila.

Fergus se despertó de repente con una fuerte sensación de fatalidad. Sus pensamientos estaban tan llenos de recuerdos de los establos templarios que se sorprendió al encontrarse en la nieve del bosque. Él no podía oler la paja ni oír a los caballos, el crujir de sus colas y el sonido de sus cascos en el suelo de piedra. Se dio la vuelta de inmediato y vio que Leila dormía, envuelta en su capa. ¿Por qué había estado ella tan decidida a irse? Él se alegró de ver que ella estaba a salvo esa noche, porque esa había sido su primera preocupación después del sueño. Sus compañeros dormían, los caballos dormitaban donde estaban atados. El cielo estaba pálido, pero el sol aún no había salido. El bosque estaba tranquilo, salvo por el canto de los pájaros.

¿Por qué había soñado él con Jerusalén?

¿O había soñado con Bartolomé?

Un hombre recién nombrado caballero, con un fuerte código moral. Un hombre con el que iban a encontrarse en la próxima luna nueva, dentro de doce días.

Un hombre que debía estar en peligro, o pronto lo estaría, tal como lo había estado Leila.

Ellos habían cabalgado hacia el norte de Haynesdale para evadir a los hombres de Royce y tenían la intención de cabalgar más lejos para asegurarse de que no fueran detectados. Pero el sueño de Fergus fue una advertencia.

Ellos volverían a Haynesdale ese mismo día y él esperaba que llegaran a tiempo.

O que su sueño estuviera mal. Sin embargo, Fergus no podía evitar la sensación de que muchas cosas andaban mal y él sabía que no volvería a dormir esa noche.

Se levantó y comenzó a empacar sus pertenencias.

ANNA SE DESPERTÓ en la oscuridad y con el sonido de un perro roncando.

Por un momento, se sorprendió de poder ver tan poco, pero luego recordó dónde estaba. La caverna estaba oscura, y Bartolomé estaba acurrucado detrás de ella, con un brazo alrededor de su cintura. El perro estaba a sus pies.

La respiración de Bartolomé era constante y su cuerpo emitía un calor agradable. No fue desagradable verse atrapada en un abrazo así. Anna yacía en la oscuridad y pensó en todo lo que sabía de ese hombre, este caballero que había desafiado tanto sus expectativas. Ella no creyó ni por un momento que él hubiera rechazado la oferta de su amigo de un lugar en su casa sin un plan claro de dónde encontrar su fortuna. De hecho, ella sabía que él era alguien que pensaba en el futuro.

Entonces, ¿cuál era su plan? Él debía tener un destino.

Qué curioso que Bartolomé fuera quien guiara a su grupo a Haynesdale. ¿Por qué?

Anna recordó esa extraña marca en su piel, la que había vislumbrado en el dormitorio del vestíbulo de Royce. Que Bartolomé se hubiera dado la vuelta y la tapara tan rápidamente la convenció de que era importante.

No podía ser.

Seguramente, su sospecha debía estar equivocada.

Solo había una forma de estar seguro.

Anna se apartó de Bartolomé y escuchó con atención su respiración. Para su alivio, no cambió.

Ella se apartó del calor de la cama, buscó la camisola y se la puso una vez más. Bartolomé dejó caer una mano al espacio que ella había dejado libre. Para su consternación, él se movió. "¿Pasa algo?" preguntó él, su tono era tan somnoliento que ella pensó que no estaba realmente despierto.

"Debo hacer mis necesidades", susurró ella y él exhaló. Él rodó sobre su espalda y su respiración se hizo más profunda de nuevo.

Anna se quedó allí y lo miró durante largos momentos, su corazón latía a toda velocidad. Ella volvió a encontrar la vela y la yesca. Ella le dio la espalda para golpear la piedra, deseando que el sonido no fuera tan fuerte. Ella encendió la vela y se giró, complacida de ver que él todavía dormía.

Quizás ella lo había agotado con sus relaciones sexuales.

Eso podría haberla hecho sonreír si no hubiera estado tan decidida a demostrar que sus sospechas eran correctas o incorrectas.

Anna ahuecó la mano alrededor de la llama y se acercó más. Cenric levantó la cabeza para darle una mirada de fastidio, luego bostezó y hundió el hocico bajo las patas. Él gimió un poco, se estiró y empezó a roncar de nuevo.

La luz de las velas iluminaba a Bartolomé mientras Anna se acercaba. Él estaba de espaldas, con el pelo revuelto y una mano extendida hacia el espacio que ella había abandonado. Ella sonrió porque su confianza era evidente en su postura incluso cuando dormía. Incluso sus labios tenían una ligera curva, como si sus sueños fueran alegres.

Ella podría simplemente haberse parado y haberlo observado a la luz de la vela, porque era un hombre muy atractivo.

Pero ella deseaba saber.

Ella necesitaba saberlo.

La corbata de su camisola aún estaba desabrochada y una generosa extensión de carne dorada estaba a la vista. Anna pudo ver la cicatriz que había notado antes. Estaba justo sobre su corazón, y su memoria se agitó con un viejo cuento que le había sido confiado años atrás.

Seguramente era una coincidencia. Los caballeros deben tener muchas cicatrices, y seguramente cualquier oponente sensato golpearía el corazón. Debe ser un lugar común para una cicatriz.

Aun así, su boca estaba seca. Anna se inclinó más cerca, por lo que la luz jugaba sobre él. Bartolomé no se movió. La marca era aproximadamente del tamaño de la última falange de su pulgar y aproximadamente ovalada. Era una herida vieja, sin duda, porque no era roja y el vello de su pecho había crecido a su alrededor. Ella se inclinó y miró la herida.

Cuando percibió que el familiar wyvern[1] sobresaliente ardía en su carne, Anna estaba tan sorprendida que casi dejó caer la vela.

Ella jadeó y le dio la espalda. Ella tiró del cordón que le colgaba del cuello y, a la luz de las velas, estudió la pieza que llevaba allí. El mismo wyvern grabado adornaba el anillo de sello, salvo que era la imagen especular de lo que estaba impreso en la carne de Bartolomé.

Él no podía ser el hijo perdido devuelto.

Pero él era.

Ella lo miró por encima del hombro, el asombro la inundó cuando lo miró de nuevo. El heredero legítimo había sido regresado a Haynesdale.

Y ella se había atrevido a acostarse con él.

La propia audacia de Anna hizo que se le encendieran las mejillas.

¿Qué debería decirle ella? ¿Qué debería hacer ella?

Nada, se dio cuenta, sintiéndose nerviosa como no lo había estado momentos antes.

Por mucho que deseara salir corriendo de la caverna y gritar la verdad a cualquiera que quisiera escucharla, Anna sabía que el secreto no era suyo para compartirlo. Ella apagó la vela y regresó al espacio junto a Bartolomé, un curioso placer la atravesó cuando él la acercó a su costado.

Ella debía mantener su secreto tan fuerte como lo hacía con todos los demás, y esperar su decisión. El barón legítimo debía elegir el camino.

Pero ella haría todo lo que él pidiera para ver restaurado su legítimo legado. Ella cerró los ojos y sintió una lágrima en la mejilla, más aliviada de que la prueba que habían soportado pronto terminaría.

La descendencia de Nicolás había regresado y él era tan valiente y todo un hombre como todos habían esperado que fuera.

BARTOLOMÉ SE DESPERTÓ para encontrar a Anna acurrucada a un lado y Cenric al otro. En su opinión, era una mejora con respecto a sus arreglos para dormir en Haynesdale, porque le gustaba tener a Anna cerca.

Pero él sabía lo que tenía que hacer.

El perro movió la cola tan pronto como Bartolomé se sentó, y se levantó con cuidado del nido que él y Anna se habían hecho. Ella debía estar exhausta porque no se movió, incluso mientras él se vestía. Él se echó la cota de malla sobre un hombro, sabiendo que tendría que encontrar un alma que le ayudara a ponérsela.

Él la vio dormir, sin querer irse. Sin embargo, su impulso de llevarla con él era una locura. Sin duda, no podrían tener futuro juntos y ella solo estaría en peligro en su compañía ese día. Él todavía no tenía una propiedad y, por lo tanto, no tenía derecho a reclamar la mano de una mujer, y si lograba asegurar Haynesdale, su destino sería hacer una alianza estratégica. De hecho, el rey podría exigir hacer la unión, como parte de su acuerdo de otorgar la posesión a Bartolomé. Él pensó en la convicción de Ysmaine de que los matrimonios no se basaban en el amor, ni siquiera en la atracción, sino solo en el sentido común. Bartolomé se recordó a sí mismo todo eso y, sin embargo, él deseaba quedarse con Anna.

Él sabía que si la despertaba para decirle adiós, él podría perderse en sus encantos una vez más.

¿Y si ella concibiera a su hijo? La idea hizo que se le encogiera el pecho, aunque sabía que era poco probable después de una sola noche juntos. La posibilidad le dio más ímpetu para irse pronto, ya que no podría sentir la tentación de seducirla de nuevo. Él tendría que dejar dinero a alguien en quien se pudiera confiar para que se lo diera a Anna de una manera que ella no encontrara insultante.

Bartolomé sonrió, porque eso sería una hazaña.

Él se sintió desgarrado, pero había llegado el momento de salvar a Duncan y, desde allí, buscar la forma de ganarse el favor del rey. Bartolomé tampoco podría pasar un día en la cama con Anna. Él se volvió para irse, sabiendo lo que debía hacer.

Quizás él había cambiado la visión que ella tenía de los caballeros. Quizás él había logrado algo de mérito en ese breve intervalo en su compañía.

Quizás eso debería ser suficiente.

Él la dejó envuelta en su capa, envolviéndola para que estuviera abrigada. Él cogió la ballesta y la dejó sobre la capa junto a ella.

Él había prometido su regreso cuando sus caminos se separaran.

Él deseó que eso no hubiera sido tan pronto.

Bartolomé se detuvo en la entrada de la caverna para observar a Anna un momento más. Era probable que no la volviera a ver. Él se alegró de que ella durmiera, porque él dudaba que ella permitiera que la dejaran atrás voluntariamente y él no quería que sus últimas palabras fueran polémicas.

Él tenía que liberar a Duncan y tenía que hacerlo solo.

Bartolomé se besó las yemas de los dedos en un saludo silencioso y luego se adentró en el bosque con un nuevo propósito. Estaba nevando, gruesos copos caían en cascada desde un cielo de peltre, y el perro trotaba a su lado. Él olió un fuego antes de ver el humo y se dirigió hacia los aldeanos para pedir ayuda. Percy apareció y sonrió, luego hizo una seña a Bartolomé para que se uniera a ellos. Él condujo a Bartolomé hacia Esme, quien murmuró sobre una olla colocada sobre los troncos.

Anna te llevó a la caverna, ¿no es así? preguntó el niño.

"Sí, lo hizo. Duerme esta mañana".

Esme asintió sabiamente. "Fue la visita a la tumba de la niña lo que lo provocó." Ella intercambió una mirada de complicidad con Bartolomé y luego miró intencionadamente a Percy.

"Percy, ¿podrías ayudarme con mi cota de malla?" Preguntó Bartolomé. "Entonces me gustaría que garantizaras la seguridad de Anna mientras duerme."

El muchacho se puso de pie ante la combinación de esas peticiones. Ató la parte trasera del aketon de Bartolomé con rapidez y entusiasmo, prestando atención a las silenciosas instrucciones del caballero. Él vaciló visiblemente bajo el peso de la cota, pero sin duda recordó que Timothy no era mucho más alto que él. Valientemente la sostuvo para que Bartolomé pudiera tirársela por la cabeza, y cuando cayó sobre el caballero, el niño ató la espalda.

Después de que Bartolomé se puso su tabardo, Percy le abrochó el cinturón, sus dedos rozaron las empuñaduras de las espadas de Bartolomé con una especie de reverencia. "Yo quisiera ser un caballero", murmuró y Bartolomé pensó que sería cruel recordarle que ese papel no era su derecho de nacimiento.

"Entonces debes defender a las viudas y a los huérfanos y tratar a todo lo que conoces con honor".

"¿Incluso a los villanos?"

Especialmente los villanos. La marca de un hombre honorable es el respeto que muestra a todos, sean o no dignos de su estima".

Percy consideró eso. "Pero los villanos deben ser llevados ante la justicia."

"Lo que significa que deben acudir a un tribunal, donde se emite una sentencia después de su consideración"

"Eso no sucede en la corte de Haynesdale."

"Pero una vez que lo hizo", intervino Esme.

"Y puede que otra vez suceda", dijo Bartolomé. "No culpes al tribunal por el mérito del juez." Él le sonrió al muchacho, quien claramente estaba pensando en eso. Ahora, ve con Anna, por favor. Llévate a Cenric contigo, por favor.

Percy se volvió y corrió por el bosque. El perro vaciló, mirando entre el caballero y el niño, hasta que Bartolomé lo palmeó y señaló. Cenric corrió detrás de Percy entonces, y Bartolomé los vio irse con satisfacción.

Y una medida de arrepentimiento. ¿Volvería ahí después de que Duncan estuviera libre? Él no imaginaba que fuera así. Sus propias palabras lo perseguían, porque reclamar a Haynesdale con violencia no era la elección adecuada. Él debía apelar al rey para la restauración de la propiedad de su familia, y bien podría ser rechazado por falta de dinero para pagar una devolución. A él le hubiera gustado quedarse con el perro, pero no podía arriesgar la compañía de la criatura cuando se aventurara en Haynesdale por Duncan.

"Hay papilla, si quieres", dijo Esme. "No está buena, pero está caliente."

"Lo agradecería, gracias", dijo Bartolomé y se sentó en un tronco a su lado. Ella le sirvió una gran porción de la papilla y le dio una cuchara de madera. Fiel a su palabra, salió vapor del contenido del cuenco de madera. "Eres generosa", señaló él. "¿Esto le faltará a otro de tus compañeros?"

"Tú lo necesitas más hoy", respondió ella. "A menos que me equivoque en mi suposición."

Él sonrió. "De verdad ves mucho, Esme."

"Son los sueños", dijo suavemente ella. "Soñé anoche como no lo había hecho en años."

"¿Qué soñaste?" preguntó él, simplemente para ser educado. Él sopló una cucharada de avena.

Esme suspiró. "Con una buena dama. Casi había olvidado hermosa que era y lo amable que era".

"¿Tenía un nombre?"

"Dama Gabriella de Haynesdale".

A Bartolomé se le aceleró el corazón ante la mención del nombre de su madre.

"Ella vino a mí cuando nació mi hijo menor, Edgar. Oswald jugaba con su propio hijo, un chico guapo de cabello oscuro, justo en el suelo del molino. Ellos tenían la misma edad". Ella se rió entre dientes. "En medio de la molienda, si puedes imaginar. El propio hijo del barón".

"Puedo imaginar", admitió Bartolomé en voz baja, recordando el mismo día.

Esme arrojó grano a sus pollos, que picotearon la tierra a su alrededor con entusiasmo. "Yo todavía estaba en la cama después del parto y sentí que era una falta de respeto quedarme así cuando la señora misma venía a visitarme, pero ella insistía en que descansara. Fue a buscar al niño y lo admiraba mucho". Esme negó con la cabeza. "Fue el padre Ignatius bendiciendo ayer a Oswald, su esposa y su hijo, lo que sin duda me trajo recuerdos tan antiguos."

"Sin duda", asintió Bartolomé, preguntándose si había algo más que eso.

"Y ahora te vas, y quizás no volverás", dijo ella.

"De nuevo, me sorprendes, Esme."

—Despediste tanto al niño como al perro, y debes saber que ambos te seguirían hasta el infierno. ¿Qué piensas hacer este día? "

"Mi camarada aún está encarcelado dentro de Haynesdale. Si estoy en lo cierto, los hombres del barón todavía están persiguiendo a mis compañeros. La torre de vigilancia puede estar tan ligeramente defendida como lo estará en un futuro previsible".

"Sin embargo, tu curso no está exento de peligros", dijo Esme. "Entonces, quieres ir solo."

Bartolomé sonrió a su papilla, sin sentir que era necesario estar de acuerdo. Se sentaron en silencio por unos momentos y la papilla calentaba su estómago mientras la comía. Las gallinas continuaron picoteando la tierra y Esme continuó arrojándoles grano.

"¿Cómo tienes grano?" Preguntó Bartolomé.

Esme sonrió. "Saqué todo lo que era mío del molino cuando huimos. La harina se acabó y queda poca semilla, pero los pájaros deben comer. No podemos cultivar la semilla, pero podemos comer los huevos".

Sus palabras hicieron pensar a Bartolomé en cuánto trabajo se requeriría para restablecer la aldea y la prosperidad de la propiedad. ¿Dónde encontraría tanto dinero?

"¿Te habló del bebé?"

No había duda de a quién se refería Esme, y Bartolomé eligió ser tan directo como Anna. "Solo que se sentía responsable de la muerte de Kendra, porque creía que el bebé había sido enviado al bosque por sus actos".

Esme resopló. "Y hay sólo una parte de la historia, sin duda. Ni siquiera la mitad, según mi medida".

Bartolomé estaba intrigado. "¿Cómo es eso?"

"¿Te habló del padre de Kendra?"

Él sacudió la cabeza antes de recordar su ceguera. "No."

Esme suspiró de nuevo. "Era un muchacho de la misma edad que Anna. Lo llamo niño, aunque, por supuesto, llegó a la edad adulta y fue la acción de un hombre lo que puso a ese bebé en el vientre de Anna. Eran tan ágiles como ladrones, los dos, siempre juntos, siempre haciendo travesuras como niños, siempre desafiándose mutuamente a nuevas hazañas. Se volvieron intrépidos, pero sus corazones eran buenos. Era el mayor de Wallace el labrador y su esposa, Erna".

"¿Están ellos aquí?"

"No, enviaron a los muchachos, pero ellos se quedaron en el pueblo. Wallace deseaba ver los campos cultivados, pero ya no tiene ni un caballo ni un buey para tirar del arado. Royce los vendió hace un año, como si Wallace no tuviera suficiente para soportar".

"¿Cómo es eso?"

"Kendrick y Anna resolvieron entre ellos que la madre de Anna fuera liberada cuando fue arrestada por el barón."

"¿Hace poco más de dos años?"

"Sí. No sé qué planearon ni cuántos estragos lograron causar, pero fueron capturados". Esme frunció el ceño. "Kendrick fue ejecutado, su cabeza colgaba de las puertas de Haynesdale como un ejemplo para todos nosotros del precio de la traición." Ella sacudió su cabeza. "Para mí todavía era un niño, aunque había visto veinte veranos."

Bartolomé apartó el resto de su papilla.

"Pasó un mes antes de que Anna regresara con nosotros, magullada y sucia. Ella escapó de ese asqueroso castillo, desnuda, en medio de la noche. Quizás la dejaron desatendida porque la creían cercana a la muerte. Quizás otra hubiera muerto o caído rota en el camino, pero ella no es de las que se rinden".

"No, no Anna", murmuró Bartolomé.

"Ella se arrastró hasta la aldea, sin ser detectada, y realmente los elementos estaban con ella, porque era una noche horrible y tormentosa. Ella llamó y luego se derrumbó frente a mi puerta. Oswald la recogió y luego declaró que no podía tolerar más la crueldad. Todos la queríamos mucho, ya sabes, y verla en ese estado era más de lo que podíamos soportar".

"Me lo puedo imaginar."

"Aquella noche huimos todos, en medio de esa tempestad, y nos refugiamos en el bosque. Entonces éramos forajidos, porque desafiamos la voluntad del barón". Ella tragó. Oswald pensó que Royce entraría en razón cuando la rueda del molino dejara de girar y no hubiera harina para su pan. Él pensó que podríamos negociar, porque el barón necesita a sus pueblerinos tanto como los campesinos necesitan a su barón".

Bartolomé supuso que ese no había sido el caso. Él esperó, mirando el juego de emociones en los rasgos de la mujer mayor.

Los otros vinieron poco después de nosotros, una marea de aldeanos que huían de la ira del barón. El número de nosotros en el bosque superó todas las expectativas. Sabíamos que ya se habían refugiado en el bosque, pero no los encontramos antes de que los hombres del barón estuvieran sobre nosotros. Los caballeros nos rodearon, atrapándonos en un pequeño espacio. Cabalgaron a nuestro alrededor hasta que la tormenta cesó y las estrellas salieron por encima de nosotros. Estábamos mojados y fríos, asustados, incluso antes de que incendiaran los árboles. Pensé que no se quemarían después del diluvio, pero los caballeros persistieron hasta que lo hicieron. Oswald vio que nos matarían. Nos hizo huir antes de que el círculo se cerrara por completo. Yo temí retrasarlos demasiado. Pero no me dejarían atrás, mis buenos hijos". Entonces ella se detuvo, sus palabras se volvieron roncas. "Oswald por un lado y Edgar por el otro, luego Willa tropezó y Oswald me levantó en sus brazos."

Bartolomé se acercó y tomó su mano temblorosa. Ella se aferró a sus dedos y él la sintió temblar. "No es necesario que me lo cuentes."

"Sí", insistió Esme. "Es necesario. Porque Oswald vive solo cuando se recuerda su valor". Ella tomó una respiración temblorosa. Me cargó, igual que Rheda cargó a Anna e instó a Nyle a acelerar. Edgar ayudó a Willa, pero se quedaron atrás con sus dos pequeños. Willa estaba embarazada y muy cerca de su término".

¿Sin embargo, Rheda se las arregló para llevar a Anna ella misma?

"Anna era tan delgada que podría haber sido una niña. Huimos hacia la oscuridad, lejos del fuego, sin tener un buen sentido de la orientación. Un caballo y un jinete aparecieron ante nosotros. Puedo verlos todavía. Dimos media vuelta y huimos hacia la maleza, pero no fuimos lo suficientemente rápidos. Yo estaba mirando por encima del hombro de mi hijo. Vi al guerrero levantar la ballesta. Lo vi apuntar y cerré los ojos para rezar. Pero Oswald se sorprendió. Tropezó una vez, luego cayó sobre mí. Rheda fue derribada un momento después, Anna aplastada debajo de ella. Nyle gritó y corrió, aunque lo alcancé. Sé que no llegó muy lejos porque escuché su grito de dolor". Ella sacudió la cabeza y le salieron las lágrimas. "Yo no podía moverme. No quería moverme. Me habían robado a mis seres queridos y solo había fuego y muerte por todos lados. De hecho, solo deseaba morir yo misma".

Bartolomé observó y escuchó, deseando poder cambiar lo que había ocurrido.

"Es algo malo para una madre ver morir a su hijo antes de que ella dé el último suspiro", dijo Esme. "Y a su nieto también. Esa fue una noche oscura, más oscura que cualquier otra que haya conocido, porque yo no tenía deseos de sobrevivir. Y así fue como Oswald me protegió incluso en su muerte. Los caballeros merodeadores me pasaron por alto, porque éramos solo otro par de cadáveres en el fango. Un gran anillo de fuego ardiente iluminó el cielo esa noche, uno que nunca olvidaré, por su calor, por su brillo, por los sonidos de los que murieron dentro de su resplandor.

"La nueva quema", murmuró Bartolomé.

"Hacía un frío poco común cuando me desperté, la luz del sol era tan brillante que lastimaba mis viejos ojos. Los árboles estaban ennegrecidos a mi alrededor y el humo se elevaba de las cenizas. Pensé que estaba soñando cuando escuché un movimiento cerca de mí, porque parecía que todo el mundo estaba muerto y desaparecido. Era Anna, sus dedos luchando contra el suelo. Entonces encontré mi fuerza y me moví desde debajo de Oswald. Grité y Edgar nos encontró, porque nos había estado buscando. Él apartó a Rheda y encontró a Anna viva. Salimos de allí a tropezones juntos, y pronto nos encontraron los que vivían como forajidos en el bosque. Nos llevaron a su refugio, nos vistieron y alimentaron, y no pasó mucho tiempo antes de que Anna estuviera embarazada. La llamó Kendra".

"Por el padre".

Esme asintió. "Anna no fue la única que vio esperanza en el nacimiento de ese bebé, pero supe desde el principio que Kendra no prosperaría. Era pequeña y enfermiza, demasiado delgada y demasiado pálida".

Esme se mordió el labio. "No me sorprendió que la dulce bebé no sobreviviera a su primer invierno, pero lloré de todos modos."

Bartolomé tomó la mano de Esme mientras ella dominaba sus lágrimas, esperando que su presencia le diera fuerza. "Gracias por confiarme la historia de Oswald", dijo él en voz baja, consciente de que otros comenzaban a moverse. "Me hubiera gustado haber conocido a un hombre tan valiente y bueno." No era mentira, porque él solo tenía un vago recuerdo del hijo del molinero. No se habían conocido en verdad, aunque se habían conocido, aquella mañana lejana en el suelo del molino.

"Le agradezco su amabilidad, señor," dijo Esme, sus palabras aún desiguales.

Bartolomé resolvió entonces que aunque no podía cambiar el pasado, cambiaría el futuro de esas personas. ¿Cómo se podía persuadir al rey de que tomara su causa? Él no lo sabía, pero su primera tarea era liberar a Duncan.

"Y ahora nos quieres dejar", dijo ella, con un toque de acusación en su tono.

"Y ahora debo hacer lo que hay que hacer", corrigió Bartolomé.

"Será peligroso."

"Ningún hombre de mérito elude una obligación peligrosa." Bartolomé sacó el bolso de su cinturón y lo puso en las manos de la mujer mayor. "Por favor, dale esto a Anna por mí."

"Porque te vas", acusó Esme.

"Ella querrá rechazar el regalo, pero confío en que la convencerás de lo contrario." Él escuchó que su voz se hacía más profunda. "Puede que haya un niño."

Esme contuvo el aliento. "Dinero no será lo que necesite."

"Pero es lo que puedo dar." Bartolomé levantó la mano de la mujer mayor y le besó los nudillos. "Cuídate, Esme. Espero que nuestros caminos se vuelvan a cruzar".

—Yo también, señor. Yo también."

Bartolomé se puso de pie y se dio la vuelta para alejarse, pero Esme se aclaró la garganta con tanta fuerza que él miró hacia atrás.

"Pídale las llaves al padre Ignatius", le aconsejó ella. "No tengo ninguna duda de que te las confiará, y tu misión puede ser más fácil."

Bartolomé sonrió, porque él había olvidado el llavero del sacerdote. Él tenía la llave de la mazmorra y la había considerado suficiente. Sin embargo, había otras en ese anillo. "De hecho, lo será, Esme. Te lo agradezco."

∽

ANNA SE DESPERTÓ y se desperezó. Ella se sintió maravillosa, satisfecha y deseosa de más, a la vez tranquila y llena de anticipación.

Por Bartolomé.

Ella sonrió y lo buscó, solo para encontrarse sola.

Anna se sentó apresuradamente, su cabello caía sobre sus hombros. Llevaba sólo su camisola, aunque la plenitud de la capa forrada de piel de Bartolomé la envolvía. Había luz en la boca de la caverna y ella podía ver caer nieve fresca. Ella escuchó a Percy jugar con el perro y se echó la capa sobre los hombros. Fue cuando le dio un tirón a la tela que discernió el peso sobre ella.

Su ballesta.

La madera pálida brilló sobre la tela de lana oscura y ella la miró por un momento, preguntándose si Bartolomé la había dejado a su lado. La funda de flechas estaba al lado de la vela y la yesca.

¿Dónde estaba su armadura?

¿Por qué ella no podía oír su voz?

Llena de pavor, Anna se puso de pie. No se tranquilizó al descubrir que todas las piezas del atuendo de Bartolomé habían desaparecido, salvo la capa, así como todas las armas, salvo la ballesta. Ella se apresuró a la apertura de la cueva a tiempo para ver a Percy lanzar un palo para Cenric, quien corrió tras él, moviendo la cola.

No había ningún caballero mirándolos.

No había otras huellas en la nieve.

Bartolomé se había ido y se había ido por algún tiempo.

Peor aún, no tenía intención de regresar. La ballesta lo dejaba muy claro: él se había comprometido a dársela cuando dejara Haynesdale para siempre.

¡Pero él era el heredero legítimo! Él no podía abandonarlos ahora.

"¡Anna!" gritó Percy y corrió hacia ella, sus ojos brillaban. El perro corrió detrás de él, todavía cargando el palo. Bartolomé me pidió que hiciera guardia mientras dormías.

Cenric vino a apoyarse en Anna, moviendo la cola en señal de bienvenida.

"¿Se ha ido entonces?"

"Sí, al amanecer".

"¿Sabes a dónde?"

Su hermano la miró con desprecio. "Para salvar a su amigo, por supuesto. Eso es lo que hacen los buenos caballeros".

Él había ido a la fortaleza de Haynesdale. Y una vez que hubiera liberado a Duncan, si tenía éxito en hacerlo, se iría.

Los labios de Anna se tensaron y se volvió hacia la caverna para vestirse a toda prisa. Bartolomé no seguiría su plan sin antes escuchar sus pensamientos sobre el asunto. El heredero legítimo no podía simplemente marcharse. Era su obligación ayudar a los habitantes de Haynesdale.

Si Bartolomé lo había olvidado, Anna estaría más que feliz de recordárselo.

LA FORTALEZA de Haynesdale estaba aún más tranquila de lo que esperaba Bartolomé.

Solo había un guardia en la puerta y ese hombre parecía dormitar en su puesto. Dos hombres caminaban por la cima del muro, pero sus modales eran inconexos. La nieve comenzaba a caer más espesa y él se preguntó si ellos tendrían frío. Él lo habría tenido si su corazón no hubiera estado latiendo con tanto vigor.

¿Cuántos más había? Él sabía que cuatro habían salido a caballo en busca de su grupo el día anterior. ¿Habían regresado esos hombres? ¿Se había marchado el capitán de la guardia o se había quedado en la fortaleza? Bartolomé no tenía un recuento completo de cuántos guerreros trabajaban bajo la mano de Royce. Él no podía oír a los caballos y el pueblo podría haber sido un cementerio.

Estarían Marie y sus doncellas, por supuesto, pero seguramente se quedaba en la cama en una mañana de invierno como esa. Él tenía que asumir que algunos sirvientes estaban en las cocinas, por lo que evitaría esa área y el gran salón en sí.

Él miró las llaves que le había dado el padre Ignatius. La más pequeña era para la capilla del pueblo, aunque el cura había confesado que no estaba cerrada. Allí ya no había objetos de valor y el padre Ignatius no quería negar a los aldeanos que quedaban el consuelo de la oración en un espacio sagrado.

La siguiente, que era casi del mismo tamaño pero más ornamentada, era para la tesorería de la capilla de la fortaleza, donde se había guardado el relicario.

La siguiente más grande era para la capilla dentro de la fortaleza.

La cuarta abría una puerta en el muro cortina cerca de la capilla.

La última llave que tenía en su poder era la llave grande y sencilla del calabozo que el padre Ignatius le había dado antes. Bartolomé observó la cuarta llave y recordó el diseño de la fortaleza.

La capilla estaba al otro lado del patio. Bartolomé no había notado la puerta en la pared cercana, pero no la había estado buscando. Puede que fuera la forma más fácil de entrar en la fortaleza.

Él dio la vuelta al perímetro de la fortaleza, permaneciendo en las sombras del bosque. Se movía solo cuando los centinelas pasaban y se alejaban, porque él no podía confiar en los árboles desnudos para esconderlo por completo. La nieve caía más rápidamente, haciendo que el mundo pareciera silencioso.

Eso solo significaba que el sonido llegaba más lejos. Él podía oír las pisadas de los centinelas, por ejemplo.

Al otro lado de la fortaleza, Bartolomé se escondió detrás de un árbol, esperando que los centinelas cambiaran su rumbo hacia la puerta principal. Si él hacía algún ruido en este lado del muro, lo distinguirían y levantarían sus ballestas. Una vez contra el muro, él volvería a estar fuera de su vista. Él miró alrededor del árbol y observó la distancia. Eran unos buenos cien pasos, todos desprovistos de cobertura. La nieve lo cubría todo como una manta blanca, ocultando cualquier pequeño obstáculo. Había una depresión antes de que los lados de la puerta se elevaran hasta el muro cortina, y se preguntó qué tan profundo sería el foso de este lado. Él tenía que creer que estaba congelado.

Los guardias se detuvieron para charlar directamente sobre la

EL BESO DEL CABALLERO DE LAS CRUZADAS

puerta. Uno hizo un gesto hacia el bosque y Bartolomé volvió a deslizarse detrás del árbol, temiendo haber sido descubierto. Él escuchó al otro reír, luego el chirriar de tacones en la pasarela. Se habían separado y cada uno recorría un circuito solitario de regreso a las puertas.

Bartolomé respiró hondo y echó a correr.

Él observó el muro cuando llegó al foso y luego dijo una oración al dar el primer paso. Se resbaló rápidamente y temió sumergirse en agua helada, luego sus botas resbalaron sobre el hielo. Él estaba hasta las rodillas en la nieve, pero al menos el foso estaba helado. Él se deslizó a través de él, incapaz de evitar tocar la nieve, trepó a la orilla opuesta y resbaló. Golpeó con una rodilla el borde de piedra que confinaba el foso y cerró los ojos ante el dolor. Sin embargo, no había tiempo para demorarse. Él avanzó cojeando, haciendo una mueca de dolor mientras subía por la empinada pendiente y se arrojaba contra el muro cortina.

Él jadeaba y el sudor le corría por la espalda. Permaneció allí durante un largo momento, pero no hubo ningún grito de que lo hubiesen descubierto.

Para consternación de Bartolomé, su camino desde el bosque estaba abundantemente despejado. Los centinelas no dejarían de verlo cuando llegaran de nuevo a ese punto del muro cortina. Eso fue suficiente para hacerlo apresurarse. Él caminó a lo largo del muro hasta la puerta, metió la llave en la cerradura y la giró, preguntándose qué encontraría al otro lado. Él pateó la nieve del fondo de la puerta, sacó su cuchillo y abrió la puerta con cautela.

Se abrió a un rincón junto a la capilla, uno escondido en las sombras junto a la armería. En verdad, la armería de Royce no era más que un cobertizo, y la única pared cerrada era la del muro cortina que había detrás. Estaban colgadas de forma apretada armaduras y armas, y él adivinó que un herrero podía establecer una forja afuera cuando fuera necesario. El armamento colgado proyectaba muchas sombras, y le daban lugares para esconderse. El establo tenía una pared en ese lado con una puerta, por lo que los caballos no revelarían la presencia de él. El patio estaba más allá, amplio y vacío, un espacio que él tenía que cruzar para llegar a la entrada de la mazmorra. Él cerró la puerta detrás de sí y se escurrió a la armería para considerar su plan.

Un soldado estaba parado en la puerta en el extremo opuesto de la armería y claramente no estaba atento a sus deberes. El hombre bostezó mientras se ponía los guantes. Este hombre era de constitución robusta, aunque no estaba claro si la raíz de eso era la pereza o la indulgencia. Bartolomé se preguntó cuan leales eran a su barón los hombres empleados por Royce. Él ciertamente no discernía muchos signos de entusiasmo o dedicación. Él observó el yelmo del hombre, que disfrazaba su cara, y su tabardo, marcado con la insignia de Royce.

El wyvern brillante de Haynesdale.

Bartolomé cogió un poco de cuerda mientras se movía sigilosamente a través de las sombras de la armería, y después una flecha para una ballesta. Él se arrastró hasta detrás del otro hombre, entonces lanzó la flecha hacia las armas en la izquierda. El hombre giró ante el sonido, su espada lista, pero Bartolomé lo asaltó desde el otro lado. Ellos forcejearon pero Bartolomé tenía el factor sorpresa de su lado. Él golpeó al soldado duro en la cabeza y este perdió el conocimiento, entonces robó su yelmo, su espada y su tabardo. Él dejó al soldado tirado en la armería, un parte de su propio tabardo atando al hombre para silenciarlo.

Él tomó la capa del hombre y se la ató sobre los hombros, ajustándola bien para disfrazar que él era más delgado que su víctima. Vestido como un caballero de la guardia, Bartolomé cruzó el patio abiertamente. Él se aseguró de que paso fuera seguro, como si eso fuera su rutina. Un centinela lo saludó por un nombre –Hermann– y el saludó con un gesto como respuesta, porque el sonido de su voz podría revelarlo. Él se alegró de entrar a la sombra del pasillo, pero escasamente tomó el tiempo para respirar con alivio.

Bartolomé fue directamente a la mazmorra. Él abrió la puerta y pateó la escalera de cuerda al hueco. "Apurate, alimaña". Rugió él. "Se te dio una última oportunidad de decir tus oraciones, pero cualquier protesta hará que se te retire la misericordia del barón."

"Misericordia", repitió Duncan, su disgusto era claro. "¿Qué sabe este de misericordia, mucho menos que de justicia?"

Bartolomé luchó por alejar la frustración de su tono. "Te ordeno, prisionero, que subas" Él se asomó a la sombra de abajo, solo para encontrar a Duncan mirándolo, su expresión del más obstinado.

"Y yo les ordeno a todos ustedes que se vayan al Infierno" respondió Duncan.

Bartolomé chirrió sus dientes. Él miró a su alrededor, pero no había nadie más a la vista. "Duncan" murmuró él. ¡Date prisa!

Duncan dio un paso atrás, entonces se asomó hacia él con curiosidad. "¿Quién eres tú para llamarme por mi nombre?" Bartolomé maldijo. Él se quitó el yelmo y disfrutó la sorpresa de Duncan. ¡Sube, sabandija!" murmuró él, feliz de ver que el otro hombre finalmente obedecía su orden. Duncan subió la escalera, y Bartolomé encontró de alguna manera satisfactorio empujarlo contra la pared y atar sus manos detrás de su espalda.

"Contrólate, muchacho" murmuró Duncan.

"Debería dejarte atrás", respondió Bartolomé en un tono severo, aunque él nunca haría algo así. ¿Cuándo fue la última vez que un prisionero se rehusó a ser salvado? Él dejó caer la trampilla en su lugar otra vez y dio vuelta a la llave en la cerradura. Él levantó su voz mientras empujaba a Duncan hacia adelante. "No seas tan tonto como para ponerme a prueba otra vez, bribón" dijo en un tono más alto y empujó a Duncan hacia el patio.

Como él había anticipado, los centinelas en el parapeto se dieron vuelta para mirar. Bartolomé continuó empujando a Duncan o arrastrándolo por la cuerda, y Duncan tropezó repetidamente en la nieve, como si estuviera debilitado por su tormento.

Bartolomé esperaba que el guerrero estuviera fingiendo estar en peor forma de la estaba. Si Duncan no podía correr, ellos no se las arreglarían para escapar. El otro hombre ciertamente olía mal y su ropa estaba manchada. Había un gran cardenal en su mejilla, pero Bartolomé estaba alentado por el brillo de resolución en los ojos de Duncan.

Los centinelas gesticulaban y señalaban con el dedo, disfrutando la situación de Duncan más de lo que podía ser admirado. Uno gritó que vería a Duncan en su ejecución.

"¿Tuviste la oportunidad de defenderte en su corte? Demandó tranquilamente Bartolomé. Porque él no entendía como podía haber sucedido tan rápido.

"¿Qué corte?" murmuró Duncan y Duncan dio una patada en la nieve. "Este no sabe nada de justicia. Puedes ver la marca de eso en toda su propiedad. Compadezco a los pobres desdichados obligados a vivir bajo su mando"

Bartolomé no dijo nada ante eso, sino que abrió la puerta de la capilla y empujó a Duncan hacia dentro. El otro hombre fingió caer desde la puerta y aterrizó en sus rodillas, lo que divirtió enormemente a los centinelas.

Bartolomé cerró la puerta detrás de ellos y dejó a Duncan, apurándose hacia el relicario escondido.

"¿Dónde pretendes esconderlo?" Preguntó Duncan. Él no se movió de su lugar detrás de la puerta, como si estuviera conservando su fuerza. Bartolomé trató de no pensar mucho en eso.

"Yo súbitamente desarrollaré una panza, lo mejor para imitar al caballero cuyo tabardo tomé" dijo él.

Duncan sonrió pero él lucía muy cansado.

"¿Estás lo suficientemente sano?" tuvo que preguntar Bartolomé.

"He estado mejor, muchacho, eso es seguro. No temas. No te retrasaré."

Bartolomé asintió y luchó por meter la llave en la cerradura. El yelmo le daría una admirable defensa contra las flechas, pero no podía ver claramente. ¿Cuán atrasado estaba ese reino que los visores de los yelmos de los caballeros no tenían bisagras? Él se quitó el yelmo y metió la llave en la cerradura con facilidad. La giró, abrió el santuario y miró a su vacío en shock.

"¿Qué pasa?" Preguntó Duncan.

"¡No está!" Bartolomé se dio vuelta para mirar a su compañero, sin saber qué hacer. La puerta del patio se abrió en ese momento, y Duncan jadeó. No había tiempo para cerrar la puerta y ponerse el yelmo, y Bartolomé no pudo hacer ninguna de las dos cosas antes de que Marie entrara en la capilla.

Ella le dio una mirada, luego le hizo un gesto a la doncella que debía estar siguiéndola pero aún no estaba a la vista. "Rezaré sola hoy" ordenó ella, cerró la puerta y se apoyó en ella.

Él silencio inundaba la capilla. Bartolomé le devolvió la mirada a Marie, y Duncan miraba de uno a otro, sin saber que esperar.

Entonces Marie sonrió y se caminó hacia Bartolomé "Esto es una sorpresa", dijo ella suavemente, y no sin satisfacción.

¿Sabía ella del relicario?

¿Sabía ella su ubicación?

¿Ella se los diría?

Un millón de mentiras posibles volaron a la mente de él, ninguna de ellas convincente, y su corazón se paró en seco. Duncan permaneció de rodillas y quizás rezaba de verdad.

La dama pasó junto al hombre mayor, su seguridad era evidente mientras ella se acercaba a Bartolomé. "Creo que puedes encontrar mi oferta de ayudarte más grata hoy, señor" dijo ella y le extendió su mano.

Bartolomé dudó solo por un instante antes de tomar su mano y besarla. ¿Ella de verdad los ayudaría a escapar?

¿Podría él darle lo que ella deseaba?

El código moral de él luchaba contra la comprensión de lo que él sabía que ella quería de él, pero la supervivencia debía valer algún sacrificio.

El de Marie debía ser mayor, eso era seguro.

CAPÍTULO 10

Duncan estaba cansado y dolorido, tenía hambre y estaba más que impaciente con la hospitalidad de Haynesdale. Sin embargo, ésas no fueron las únicas razones por las que encontró desagradable la solución de la dama.

Él miró el agujero negro de la alcantarilla y suspiró. "¿Ninguna otra manera?" murmuró él.

Marie los había acompañado a la parte trasera de los establos, uno a la vez, usando su capa para ocultarlos. Bartolomé ya había dejado a un lado su yelmo robado y había abierto la puerta de madera colocada sobre el agujero. El olor era lo suficientemente acre y fuerte como para hacer que a Duncan se le saltaran las lágrimas. El hedor mezclado de los desperdicios de la cocina, el estiércol de los caballos y las sobras no era nada atractivo.

"Ninguna otra manera", insistió Marie. "¡Sea rápido!" Se estiró para besar la mejilla de Bartolomé. "El primer día que el cielo está despejado después de la nieve", susurró ella. "Nos vemos en el viejo molino después del mediodía."

El caballero más joven asintió una vez, con expresión sombría. La dama paseó por los establos hasta las doncellas que la esperaban.

Duncan miró el cuadrado abierto de la puerta principal, anhelando una solución más limpia. "¿No podríamos detener a otro guardia, muchacho?" preguntó, incluso mientras Bartolomé se despojaba del tabardo prestado. "¿O uno de nosotros salir por las puertas?"

"No llegaríamos muy lejos", respondió el caballero. "Ni viajaríamos lo suficientemente rápido para evadir la persecución una vez que hayan comenzado a cazarnos." Él le dio a Duncan una mirada. "No puede ser tan profundo."

Duncan pensó en la altura de la mazmorra y no estaba tan seguro de eso. El conducto podría estrecharse demasiado para ellos en algún punto más bajo y podrían quedar atrapados dentro de una alcantarilla para siempre. Él podría haber discutido más, pero uno de los centinelas gritó desde el muro cortina.

"¡Hey!" gritó ese hombre. "¡Un intruso ha entrado en la fortaleza desde la puerta trasera! Veo sus huellas en la nieve".

"¡Suelta el rastrillo!" gritó otro. "No saldrá vivo de este lugar."

Se escuchó el crujido de la puerta, luego las agujas de hierro cayeron al suelo para asegurar el patio.

Marie se acercó al patio y alzó la voz imperiosamente. "¿Un intruso? ¿En nuestra fortaleza? ¡Encuéntrelo de inmediato! "Los guardias y centinelas se apresuraron a hacer su voluntad, incluso cuando ella bloqueaba la vista del interior del establo. Los caballos relincharon y sacudieron la cabeza, sintiendo la agitación de los hombres.

"Ninguna otra manera", dijo Bartolomé en voz baja, luego arqueó una ceja. "Después de ti."

Duncan gruñó con desaprobación, pero se metió en el agujero. No era tan apretado, tenía casi el largo de un brazo de diámetro. Estaba hecho de una columna de piedras encajadas, y le aseguraba que las paredes serían más estables de esa manera. Duncan no podía distinguir el fondo más allá de un vistazo en la distancia y no estaba seguro de su profundidad. Bartolomé ató una cuerda alrededor del poste del extremo de un puesto del establo y luego la arrojó al agujero. Duncan se agarró a la cuerda, apoyó los pies en las paredes de la alcantarilla y descendió en rápel hacia la oscuridad.

Rayos, pero el hedor solo se hizo más fuerte.

La oscuridad se cerró a su alrededor, el círculo de luz sobre él bloqueado por la figura de Bartolomé. Él escuchó al caballero arrastrar la puerta de madera por encima, luego el roce de las botas del caballero en las paredes de piedra más arriba. Se oyeron gritos ahogados en el patio y él se movió más rápido.

Tenían que llegar al fondo antes de que se descubriera la cuerda.

No, tenían que pasar por la alcantarilla y en el bosque antes de que se descubriera la cuerda. Él esperaba que Marie pudiera mantener a raya a los hombres de su marido.

Luego, sus botas salpicaron en la suciedad. Para su alivio, llegaba solo hasta sus rodillas.

Lo que significaba que el pasaje exterior debía ser más alto que eso. Él se aplastó contra la pared cuando Bartolomé se dejó caer en la suciedad a su lado y luego deslizó las manos sobre las paredes mojadas.

Oh, estaban densamente cubiertas con una sustancia que no deseaba sentir en sus manos. Quizás había una bendición en la oscuridad, porque no podía ver lo que los rodeaba.

Aunque el olor era suficiente para no dejar ningún misterio.

"Aquí", susurró Bartolomé, luego guió la mano de Duncan hacia el hueco en la pared. Tenía un diámetro similar, pero un orificio horizontal, con una ligera inclinación hacia abajo. En el otro extremo, pudo ver la luz nuevamente.

Él hizo una mueca, luego subió al túnel, arrastrándose hacia adelante sobre sus manos y rodillas. Al menos había sólo un palmo de suciedad en el túnel, pero Duncan se apresuró a seguir, anticipando por completo que algún alma arrojaría un desastre por la alcantarilla. Lo último que quería era que la marea estuviera bajo su ropa.

Maldijo cuando llegó a la rejilla clavada en el extremo de la alcantarilla y sacudió con fuerza las barras de metal. Bartolomé se unió a él pero un momento después y miró a través de los barrotes.

"Estamos al otro lado de la fortaleza", murmuró él. "¿Ves cómo esto desemboca en el río?" Él asintió con satisfacción. "Mis huellas en la nieve están del otro lado."

Duncan dio otra sacudida a las barras. "No estamos afuera todavía, muchacho."

"No, no lo estamos." Bartolomé miró los barrotes que aseguraban la reja de hierro en la piedra. "El cemento se está astillando", señaló él, tocándolo con un dedo. Se derrumbó bajo su toque, pero no lo suficiente como para soltar la reja.

Duncan sacó su daga de su vaina y la clavó en el mortero desmoronado que rodeaba la reja más cercana a él.

"¡Eso es acero fino!" protestó Bartolomé en estado de shock.

"Y mi vida bien vale la pena perder el filo de la espada", murmuró Duncan.

"Suficientemente cierto." Bartolomé sacó su propia daga y cortó el cemento de su costado. No pasó mucho tiempo antes de que aflojaran dos de los cuatro barrotes. Bartolomé le hizo un gesto a Duncan para que se hiciera a un lado, luego pateó la reja con las piernas. Duncan hizo lo mismo, los dos alternándose hasta que la reja se soltó y cayó por la pendiente hasta el foso cubierto de nieve.

Esperaron un momento, temiendo que pudieran haberlo visto, pero no se gritó ninguna alarma. Sin más preámbulos, salieron por el agujero, ayudándose mutuamente. Una vez más, esperaron contra la pared por una señal de que los hubieran descubierto, y cuando no hubo ninguna, corrieron hacia el bosque.

Una de las botas de Duncan se estrelló contra el hielo del foso, y reprimió su grito de consternación. Bartolomé lo agarró del brazo y lo arrastró hasta el lado opuesto. Se arrastraron hasta la orilla, pero no se atrevieron a demorarse. Duncan se negó a considerar la facilidad con que los perros los rastrearían, y mucho menos cuando podría volver a estar limpio.

Primero, tenían que escapar.

Solo exhaló un suspiro de alivio cuando se habían adentrado cincuenta pasos en el bosque, pero Bartolomé no aminoró el paso ni siquiera entonces. A Duncan le dolía la cabeza a los pies, pero no retrasaría su retirada.

De hecho, no dudaba de que si los capturaban de nuevo, ninguno de los dos sobreviviría el día.

BARTOLOMÉ NO ESTABA seguro de lo lejos que habían corrido, pero no creía que fuera suficiente. Duncan cojeaba, aunque ese hombre seguía luchando y él deseaba tener el conocimiento de Anna sobre los bosques. ¿Cuál era la mejor dirección para huir? ¿Dónde podrían encontrar un refugio? Estaba claro que Duncan no podía viajar mucho más lejos. Bartolomé pudo haber llevado al otro hombre de regreso al refugio de los aldeanos, pero no estaba seguro de su dirección en la nieve, así como estaba consciente de la actitud protectora de Anna hacia sus compañeros exiliados. Él no dudaba de que Royce los cazaría a él y a Duncan y no quería poner en peligro a quienes le habían mostrado hospitalidad. ¿Había más cuevas escondidas? ¿Podría él encontrar una?

Llegaron a un arroyo que les resultaba familiar, aunque él apostaría a que todos los arroyos se veían muy parecidos. Un leve sonido lo impulsó a mirar por encima del hombro al bosque circundante.

Luego se congeló en el lugar, porque en las sombras detrás de ellos, pudo discernir a Anna. Ella había cargado la ballesta y le había apuntado al pecho. Ella estaba vestida de nuevo con ropa de hombre, sus calzas y su tabardo eran sencillos y de tono oscuro. Su cabello le caía por la espalda en una trenza oscura y su expresión era acusadora.

Él recordó todas las advertencias que había escuchado sobre la ira de una mujer despreciada y dio un paso atrás.

"Ven, muchacho", dijo Duncan, con una mirada al cielo. "Si nos apresuramos, podemos poner una buena distancia entre nosotros y la fortaleza antes de que puedan darnos caza."

"No, Duncan", dijo Bartolomé en voz baja.

El hombre mayor se volvió y siguió su mirada. Silbó entre dientes incluso cuando Anna dio pasos mesurados hacia ellos. Su mirada era de acero y su puntería inquebrantable.

Bartolomé se humedeció los labios. "No quería despertarte esta mañana."

"Porque te irás", acusó ella. "Te detienes solo por tu camarada y ahora te quieres ir para siempre."

Bartolomé no tenía ningún argumento contra eso.

"Seguramente, no imaginabas que se quedaría", dijo Duncan, mirando entre los dos. "Ven, muchacha, su fortuna está lejos de este lugar."

"¿Lo está?" desafió Anna, lo que desconcertó a Bartolomé. "No les dijiste", le dijo ella, con furia en su tono.

Duncan se sentó pesadamente. "¿Decirle qué a quién?" preguntó con impaciencia.

"Él es el hijo perdido del último barón de Haynesdale", declaró Anna.

Duncan la miró. "¿Cómo lo sabes?"

"Él lleva la marca del verdadero hijo."

A Bartolomé se le heló la sangre. "No puedes saber..."

"Lo sé." Ella lo fulminó con la mirada.

Duncan se frotó la frente. "¿Cómo lo sabes, muchacha?"

"Fue marcada por el herrero, mi padre, para que pudiera ser identificado sin importar cuánto cambiara o cuántos morían." Ella miró a Bartolomé, su enfado con él era claro. "¡Quieres abandonar tu legado!"

Bartolomé era muy consciente de cómo Duncan lo miraba con curiosidad. "Así que por eso insististe en el camino de Haynesdale", reflexionó el escocés. Él observó a Anna de nuevo. "Y es por eso que Fergus dice que tú estás atada a su destino."

"¿Lo estoy?" Anna preguntó sorprendida.

Duncan sonrió. "Por eso compró el kirtle, dijo, porque te vio en sus sueños."

Eso pareció poner nerviosa a Anna. "No lo creo. Nadie puede ver el futuro".

"Fergus puede", insistió Duncan. Él miró a Bartolomé y volvió a hablar con Anna. "¿Qué es esta historia que cuentas de mi compañero?"

"No es un cuento. Es verdad. Haynesdale es su legado legítimo".

"¿Qué sabes tú al respecto?" preguntó Bartolomé.

"¡Todo! Eres el hijo perdido que ha regresado. Eres la esperanza de todas aquellas personas que comienzan a desesperarse por que la justicia alguna vez sea restaurada".

"No es tan simple..."

"Es malditamente simple. ¡Eres el legítimo barón! "gritó ella, interrumpiéndolo. " Llevas la marca del anillo de sello, grabada en tu carne por el herrero cuando eras un niño, por orden de tu madre". Duncan parpadeó ante esta revelación y el cuello de Bartolomé se calentó. Anna se acercó un paso más. "¿Cómo te atreves a abandonarnos con este tirano y evadir tu responsabilidad?"

Bartolomé rechinó los dientes. "No tengo otra opción, Anna."

"¡Tienes todas las opciones y escoges la única mala!" Ella levantó más la ballesta.

"Anna, debes entender." Él exhaló cuando quedó claro que ella no lo hacía. "Yo hago la única elección posible. Debo apelar al rey y a la justicia del rey para que este asunto cambie".

Ella no cedió. "Deberías tomar Haynesdale como tuyo primero."

Bartolomé extendió una mano, su temperamento expiró. "¿Y qué mérito daría eso? ¿Cuál sería la diferencia entre yo y cualquier otro villano que simplemente roba lo que desea para sí mismo? "

"Podrías hacer lo correcto", argumentó Anna.

"No, eso nunca." Él caminó hacia ella, ignorando la ballesta en su ira. De hecho, la apartó con la yema del dedo. "¿No crees que he visto el efecto de tales elecciones? ¿No crees que he visto a hombres adultos robar comida a los niños para satisfacer sus propias necesidades? ¿Para robar el oro que desean tener como suyo, independientemente de quién lo reclame correctamente? ¿Saborear a una mujer, lo quiera o no, simplemente por su propia lujuria? Él extendió las manos y levantó la voz. "¿Cuál es la diferencia entre nosotros y los bárbaros, si nuestra palabra no tiene valor, si no se puede confiar en nosotros para hacer lo correcto, si no cedemos a una justicia superior?" La señaló con un dedo. "¿Entonces cuál es el punto? No seré como esos demonios que he visto en Ultramar. No lo tomaré simplemente por mi propio deseo. No haré caso omiso de la ley, el orden, la justicia y la verdad, simplemente porque no me conviene hacer lo que prometí".

"Amén", dijo Duncan en voz baja, pero Bartolomé lo ignoró.

Y si eso significa que moriré sin el sello de mi padre, que así sea. Moriré como un hombre honorable".

Duncan asintió aprobando este sentimiento.

Anna estaba menos convencida. "¿No es tan repugnante dar la espalda a la maldad?" insistió ella. "¿O abandonar a los que necesitan tu ayuda?"

"No te abandono. Busco recurso por los únicos medios honorables".

"¡Entonces mata a Royce antes de irte!"

"No haré lo que él ha hecho." Bartolomé miró a Anna, furioso porque ella no podía ver el mérito de su elección.

Ella le devolvió la mirada, evidentemente tan enojada porque él se negaba a hacer lo que ella deseaba.

De repente, ella volvió a levantar la ballesta y apuntó una vez más a su corazón. Bartolomé tomó su espada, aunque sabía que no podría sacarla a tiempo. De hecho, la flecha de ella se soltó antes de que la hoja saliera de la vaina. Navegó por encima de su hombro, casi cortándole la oreja al pasar junto a él.

Él tuvo segundo para creer que ella había fallado. Luego lo escuchó hundirse en su objetivo.

Bartolomé giró a tiempo para ver a la víctima llevarse la mano a la herida. El asaltante vestía los colores del barón. La flecha lo había atrapado en la base de la garganta y sangraba profusamente. Sus ojos estaban muy abiertos y cayó lentamente, primero de rodillas y luego completamente al suelo. Su ballesta cargada cayó a un lado, liberada de su agarre suelto.

Su compañero huyó por el bosque, no más que una forma parpadeante en la distancia. Su bota se desvanecía del alcance del oído a toda velocidad.

Anna pasó junto a Bartolomé, otra flecha cargada y apuntada hacia el arquero. Ella llegó al costado del hombre y pateó su ballesta fuera de su alcance, luego lo puso de espaldas con un empujón con el pie. Su mano se deslizó sin fuerzas hasta la tierra a su lado y su sangre manchaba la nieve. Él miró al cielo, sin ver, y su pecho no volvió a subir.

Anna esperó un largo momento, buscando alguna señal de vida. Luego quitó el perno de su propia ballesta y se lo echó a la espalda. Ella reclamó la ballesta del hombre caído, le quitó el cerrojo y luego regresó con Bartolomé.

Ella se arrodilló ante él y le ofreció el arma en la palma de sus manos. "Mi señor", dijo ella e inclinó la cabeza.

Ella le rendía homenaje.

"Has matado a uno de los hombres del barón", dijo Bartolomé, cuando recuperó el habla. "Te has convertido en una forajida en verdad."

"He salvado la vida del verdadero barón", corrigió Anna, con ese fuego familiar en sus ojos mientras lo miraba. "Y me he asegurado de que estés armado."

"Y apuesto a que Royce sabrá la verdad de tu identidad lo suficientemente pronto", dijo Duncan, sus ojos brillando mientras miraba. "Serás cazado hasta la muerte, muchacho, seguro."

BARTOLOMÉ NO PODÍA IRSE de Haynesdale, ¡no sin antes ver que se hiciera justicia!

Sin embargo, Anna era consciente de su determinación y sabía que él lo haría si ella no intervenía. Ella admiraba su respeto por la ley —de hecho, eso lo convertiría en un buen barón y señor supremo— pero ella no estaba de acuerdo con su convicción de que la justicia prevalecería. Anna había aprendido a esperar lo contrario. La justicia se ganaba cuando aquellos que podían dispensarla tenían pocas opciones en el asunto.

Particularmente cuando se trataba de corregir un error. En su opinión, el atractivo de Bartolomé para el rey mejoraría enormemente si ya hubiera reclamado la baronía de Royce.

Incluso si eso requería la muerte de Royce.

¿Cómo podía ella cambiar la forma de pensar de Bartolomé?

Él le quitó la ballesta y ella notó cuánto admiraba su artesanía. Era un arma finamente fabricada y un barón, en su opinión, también debería ser un guerrero. Tenía un gancho de arquero en su cinturón, así que sabía que podía usar el arma y bien. Anna también le dio la funda de flechas del hombre caído.

Aunque él aceptó ambos, no reconoció su reverencia, y mucho menos el comentario de Duncan.

"Estás demasiado debilitado para llegar muy lejos hoy", le dijo a Duncan. No habría ido a tu santuario mientras los hombres del barón nos perseguían, Anna, porque no habría puesto en peligro a los aldeanos. Sin embargo, te quisiera pedir refugio".

No era lo que Anna realmente deseaba de él, pero era mejor a que se fuera inmediatamente.

Quizás ella tendría la oportunidad de persuadirlo.

"Por supuesto." Anna se puso de pie y les hizo un gesto para que la siguieran.

Duncan se puso de pie con un pequeño gemido, pero mantuvo un buen ritmo cuando Bartolomé lo tomó del brazo. "Ese bastardo me golpeó de verdad", dijo entre dientes. "Aunque no fue una pelea justa."

—Los de su clase no luchan de forma justa, Duncan —asintió Bartolomé, y Anna se alegró de que él comprendiera un poco la naturaleza de los hombres que estaban bajo el mando de Royce.

Para alivio de ella, ambos hombres se movieron silenciosamente por el bosque. No tenía sentido vendarles los ojos, ya que Bartolomé había venido del refugio ese mismo día, y pensó que sería una buena señal de confianza no sugerirle a Duncan que lo hiciera. Ella aun así los guió por un camino tortuoso para asegurarse de que no los siguieran. La nieve caía con mayor volumen lo que significaba que rápidamente disfrazaría sus huellas.

Cuando llegaron al borde del refugio, ella escuchó un silbido, como el de un búho.

Momentos después, estaban sentados debajo de un cobertizo, donde la sopa hervía a fuego lento. Si Duncan se sorprendió al encontrar tanta gente escondida en el bosque y viviendo como forajidos, ocultó bien su reacción.

"¡Estás a salvo!" gritó Percy y se arrojó con tanta fuerza sobre Duncan que el escocés casi perdió el equilibrio. "¡Él me salvó!" declaró a los demás y Duncan le revolvió el pelo.

"Es probable que sea demasiado esperar que dejes de robar", dijo él con brusquedad y Percy se rió.

Que Duncan fuera amigo de Bartolomé y que Anna lo hubiera llevado habría sido suficiente para que fuera bienvenido, pero el saludo de Percy aseguró que su bienvenida fuera aún más cálida. Edgar le consiguió un asiento junto al fuego y Willa le sirvió un plato de sopa rebosante. Aún quedaba un poco de pan y se lo dieron a Duncan sin discutirlo. La sopa estaba diluida pero tibia, y Anna vio la sorpresa de Duncan cuando la probó.

"¿Pollo?" preguntó él, mirando a su alrededor. El grupo se rió.

"Esme trajo sus gallinas del pueblo hace dos años", dijo Anna. "Ella se negó a dejar atrás la bandada, así que tenemos huevos en lugar de la fortaleza."

Duncan reprimió una sonrisa y claramente saboreó la sopa. Eso pareció restaurarlo enormemente, aunque el hematoma en su rostro parecía doloroso. Ella se preguntó cuántos otros moretones tendría, porque los hombres de Royce podían ser crueles.

Willa volvió a llenar el cuenco con una sonrisa. "Ojalá tuviéramos algo mejor, ya que has estado en la mazmorra de Haynesdale."

"Es la mejor comida que he comido en mucho tiempo, muchacha. Te lo agradezco".

Percy exigió la historia de la fuga de Duncan y Bartolomé contó un poco, aunque Anna esperaba que fuera indebidamente modesto. Las rápidas miradas de lado de Duncan confirmaron sus sospechas. Él le dio gran crédito por salvarlo del arquero y mostró la ballesta a los demás. Duncan preguntó si algún hombre tenía un acero y se dispuso a afilar sus dagas mientras los chicos miraban con interés.

La nieve caía densamente, cubriendo el mundo de blanco y trayendo una calma pacífica al bosque. Mientras tanto, Anna se preguntaba cómo convencer a Bartolomé de que se quedara o derrocar a Royce antes de que se fuera a la corte del rey. Él podría ausentarse meses una vez que se fuera, ya que el rey probablemente estuviera en Anjou, y cruzar a Francia en invierno podría ser inseguro. Podía que él no regresara en absoluto. La sola idea la heló, como una mano de hielo cerrándose alrededor de su corazón.

Su consternación no se debía exclusivamente al miedo por el futuro de Haynesdale.

No, ella lo extrañaría.

Y echaría de menos la convicción de que el verdadero hijo regresaría, y no menos la esperanza que esa creencia le daba. Ella observó al cansado grupo de aldeanos y temió que muchos de ellos también perdieran la esperanza. No podía soportar verlos sufrir más de lo que habían sufrido.

Lo que significaba que tenía que aprovechar el tiempo que Duncan descansaba para tratar de persuadir a Bartolomé de su camino elegido.

Además, ella debería seducirlo lo antes posible antes de que se marchara, para que ella pudiera concebir mejor a su heredero. Todavía podría haber un verdadero hijo. Aunque Anna le daba poca importancia a su encanto sensual, su noche con Bartolomé había sido maravillosa. Quizás él la había encontrado atractiva a pesar de su inexperiencia. Su corazón salto un latido.

Quizás ella debería aprovechar la reunión de los aldeanos para lograr su primer objetivo.

"Tengo una historia para entretenerlos en este día frío", dijo ella, alzando la voz al grupo. Ellos asintieron y se acercaron, más que dispuestos a su sugerencia. "Es una historia de la que muchos de ustedes conocen partes, pero yo la conozco en su totalidad. En este día, quizás aprendamos el final".

"Anna", advirtió Bartolomé con un gruñido, anticipando obviamente qué cuento contaría, pero ella lo ignoró.

"Érase una vez", comenzó Anna. "Había un barón que tenía el sello de Haynesdale. Él provenía de una larga línea de nobles que habían sido señores de la misma propiedad, hijo tras padre, padre tras hijo. Su linaje era sajón, aunque habían tomado novias danesas cuando Knut era esclavo de Inglaterra. Cuando llegó el conquistador y todos los antiguos derechos fueron apartados, el barón de esa época vio cambio del curso. Él entregó su sello al nuevo rey, a cambio del bienestar de su pueblo".

"Una sabia elección", murmuró Duncan. "Es raro el hombre que puede encontrar su camino a través de la guerra con sus posesiones intactas."

El grupo asintió con la cabeza antes de que Anna continuara.

William admiraba la valentía del barón y su reputación. Aunque la propiedad fue reclamada por la corona, la corona se la concedió nuevamente al barón a cambio de su fiel servicio en el futuro. El barón no solo le sirvió a William, sino que también tomó una novia normanda, por sugerencia del rey".

"Una tradición en Haynesdale, evidentemente", dijo Bartolomé, pero nuevamente Anna lo ignoró.

Si él pretendía advertirle que no podía pedirle la mano a ella, desperdiciaba el aliento. Ella sabía que él había nacido para algo más que ella y comprendía cómo se organizaban esos matrimonios. Ella no era una pueblerina tonta. Ella levantó la barbilla, le lanzó una mirada y continuó.

"Y así siempre ha sido con los barones de Haynesdale: ellos honraban el pasado pero defendían el futuro. Mantenían la ley pero no temían luchar en defensa de lo que llamaban suyo. Ellos mezclaron las viejas costumbres con las nuevas, al igual que mezclaron sus líneas de sangre, para garantizar la seguridad y prosperidad de quienes estaban bajo su mano. Quizás debido a su reputación de honor y justicia, quizás porque su propiedad no era tan rica como esa, y quizás porque Haynesdale estaba un poco lejos de la corte del rey, la corona confiaba en ellos".

"Quizás fue que nunca desafiaron la voluntad de un rey", contribuyó el padre Ignatius. "Ni se levantaron en rebelión contra la corona."

Anna sonrió. "O tal vez era porque pagaban sus diezmos a tiempo y enviaban regalos al rey con regularidad. Los barones de Haynesdale pudieron pasar su posesión y título a través de sus propios hijos de sangre".

"Así es como debe ser", protestó uno del grupo.

"Con el pago de dinero por la devolución, sin duda", murmuró Duncan.

"Cuando Guillermo el Conquistador reclamó esta tierra, él mismo tomó la soberanía", contribuyó Bartolomé. "Otorgó títulos a sus barones predilectos, pero a la muerte del barón, el título y la posesión volvieron por ley a la corona. Así han sido estos cien años en Inglaterra. Cuando muere un barón, la asignación de su propiedad sigue siendo un derecho del rey".

"Algunos fueron más vigorosos sobre eso que otros", aportó Duncan. "El rey actual, Henry, está menos preocupado por Inglaterra que por Normandía, y prefiere no preocuparse por la asignación de propiedades que considera insignificantes."

"Entonces pueden pasar de padre a hijo", dijo Percy.

Bartolomé sonrió. "Con el pago de dinero a la corona, se puede pasar el revocatorio, es cierto. Sin dinero, ¿quién puede decirlo?"

El padre Ignatius negó con la cabeza. "No es mejor que un soborno."

"Y no lo es, pero así es como pasa la soberanía en Inglaterra", coincidió Bartolomé.

Anna se aclaró la garganta, no le gustaba la evidenciaran la determinación de él. "Y así fue que había un barón de Haynesdale que era muy querido por su gente, y no hace tanto tiempo. Se casó tan pronto como llegó a sostener el sello, como es correcto y bueno. Su esposa fue elegida para él por el propio rey, y se dice que él estaba muy enamorado de sus encantos. Se casaron y regresaron a Haynesdale, donde rápidamente ella quedó encinta. Se decía que el barón Nicolás era bendecido en todo, hasta que su esposa murió en el parto de su hijo, y el bebé también se perdió".

Muchos en el grupo negaron con la cabeza, porque habían visto mujeres fallecidas durante el parto. Esme escuchaba con avidez y Anna supo que ella reconocía la historia.

"Hay una piedra en la capilla junto a la antigua fortaleza donde fue enterrada. Quizás haya sobrevivido a la quema. Mi madre dijo que se dijeron mil misas por la dama y hubo mil velas encendidas durante un año en su memoria. Ella dijo que el barón Nicolás estaba destrozado por su pérdida y que a menudo se le podía encontrar rezando ante la tumba de su esposa. La pérdida lo cambió, dijo mi madre, porque él se negó a considerar cualquier sugerencia de que podría casarse nuevamente. Su corazón fue enterrado con su esposa. Esa era su convicción".

Esme asintió con tristeza al recordarlo.

"El barón Nicolás gobernó durante muchos años sin esposa, y la prosperidad de Haynesdale creció bajo su cuidado. Nuestros mercados abundaban en bondad. Nuestros graneros se llenaban cada invierno. Nuestras ovejas estaban gordas y nuestras vacas daban mucha leche. Pasaron los años y el barón envejeció. Y aunque esta es la naturaleza de todas las cosas, hubo quienes comenzaron a preocuparse por el futuro. ¿Qué le pasaría a Haynesdale cuando muriera el amado barón? Él no tenía hijo ni heredero, ni siquiera un hermano. ¿Quién garantizaría la protección de todos los que vivían bajo su mano?"

Un murmullo recorrió al grupo mientras todos consideraban el mérito de esa pregunta. Más de uno notó que Royce no tenía un hijo y él también envejecía.

"Hubo una reunión en el pueblo, porque estaba aflorando la convicción de que los asesores del barón lo estaban descarriando. ¿Alguno de ellos deseaba tomar el sello él mismo? No se podía tolerar. Mi padre era el herrero de la aldea de Haynesdale, un hombre tranquilo que reflexionaba mucho antes de tomar sus decisiones. Era muy respetado, por lo que fue elegido para llevar las preocupaciones del pueblo a la próxima corte del barón. Pueden estar seguro de que muchos fueron a escuchar".

"¡Yo estuve ahí!" gritó un cervecero anciano del grupo, y Esme asintió con la cabeza. Más de uno en el grupo pareció darse cuenta entonces de que no se trataba de una historia maravillosa, sino de la historia reciente de Haynesdale. Se inclinaron más cerca para escuchar.

"Mi padre no era un orador. Él no podía engañar a otro con palabras bonitas y frases ingeniosas, pero hablaba siempre con el corazón. Él apeló al barón como un pueblerino que amaba profundamente a su señor y no deseaba verlo todo perdido en la inevitable desaparición de ese hombre. El barón Nicolás lo escuchó, sus dedos jugando con su propia barba mientras se sentaba en su gran silla en silencio. Había quienes temían que pudiera haber represalias por la audacia de mi padre, y tal vez mi padre compartía esa preocupación. Pero cuando hubo dicho todo lo que había ido a decir a la corte, y dudo que fuera demasiado largo, el barón Nicolás le dio las gracias y abandonó la corte".

El grupo guardó silencio, su interés era claro.

"No hubo noticias del barón durante una semana, aunque una vez más, se lo vio en la capilla, rezando ante la tumba de su esposa. Las velas se encendieron una vez más y ardieron durante la noche, y se cantaron misas en su honor nuevamente. Y al final de la semana, el barón entró en el patio y llamó a su caballo. Cabalgó ese mismo día con un séquito de cortesanos, viajando hacia el sur, hacia la corte del rey, con una velocidad que habría enorgullecido a un joven. Más tarde se dijo que se había dirigido directamente al rey en sus aposentos, luego se arrodilló y le pidió a su soberano que le sugiriera una novia para que se casara".

Hubo asentimientos de aprobación ante la decisión decisiva del barón.

"Era el año 1163 y el rey Henry II acababa de regresar a Inglaterra. Él tenía la intención de poner su reino en orden, y le gustó que el barón Nicolás se hubiera mantenido fiel a él cuando Stephen y Matilda habían desafiado su reclamo. También estaba impresionado por el propósito mostrado por ese caballero mayor en su determinación de hacer lo correcto. Él prometió reflexionar sobre la cuestión y luego invitó al barón a la mesa. Una dama al servicio de la reina se aseguró de sentarse cerca del barón Nicolás, porque estaba intrigada por él. Gabriella era una belleza y era viuda. Su naturaleza era todo lo diferente que podía ser de la amada esposa del barón. Se decía que ella era terca y franca. Su primer marido había bromeado diciendo que estaba más preparada para dirigir un ejército que para tejer su aguja en el bordado".

Hubo una risita en el grupo ante eso, y Anna vio que Bartolomé miraba en su dirección. "Muchos hombres preferirían a una mujer así como su pareja", dijo en voz baja y Anna se sonrojó. El grupo se dio un codazo ante eso y su rostro ardía mientras ella continuaba.

Gabriella y el barón descubrieron esa noche que ambos eran igualmente francos. El barón Nicolás dijo que nunca amaría a otra como había amado a su esposa. Gabriella le aseguró que nunca amaría a un hombre como había amado a su señor esposo, y aquí también encontraron puntos en común. Ambos eran prácticos, también, y hablaron de finanzas y expectativas, sus nociones de justicia, su gusto por el lujo y cientos de otros asuntos esa primera noche. Cuando la corte se retiró por la noche, cada uno estaba convencido del mérito del otro".

Anna continuó. "Se dice que el barón Nicolás oró esa noche por la bendición de su esposa para casarse con esa dama, a fin de garantizar la seguridad de su propiedad. Se le concedió una señal, en el repentino salto de las llamas en las velas de la capilla y él tomó esto como su consentimiento. El rey había presenciado la felicidad entre la pareja en su mesa la noche anterior y había declarado que el barón Nicolás debería casarse con la dama Gabriella. Ellos intercambiaron sus votos ante la corte al día siguiente y volvieron a Haynesdale".

"Apuesto a que ella fue bienvenida", dijo uno de los hombres del grupo.

—Sí, lo fue. La dama rápidamente se ganó el corazón de los aldeanos, porque ella era amable pero firme. Daba limosna y daba buenos consejos y tenía un sentido infalible de lo que era correcto. Los que estaban en servicio en su salón eran bien tratados y ella sugería nuevas posibilidades al barón. Su pareja parecía ser amable y, de hecho, ella se quedó embarazada en un año. Se veía que el barón estaba preocupado, pero la dama podría haber sido intrépida. En el aniversario de sus votos nupciales, la dama Gabriella le entregó un hijo sano. El bebé llegó rápido, como si ella hubiese querido ver calmados los miedos de su esposo tan pronto como fuera posible, y hubo mucha alegría en Haynesdale." Hubo aplausos ante eso y Anna se giró ante el sacerdote. "Padre Ignatius, ¿tú bautizaste al niño?"

"Ciertamente lo hice. Su nombre era Luc, que era el nombre del padre del barón Nicolás, y Bartolomé, en memoria del primer esposo de la dama Gabriela. En la tradición de Haynesdale su nombre había unido dos cauces, tal y como lo había hecho la alianza del matrimonio. Él era un niño robusto. Apuesto y fuerte"

Anna vio saltar a Bartolomé ante la mención del nombre del niño.

"Él tenía un corazón valiente", contribuyó Esme. "Se podía ver incluso cuando era un niño, y él poseía una naturaleza generosa. Él jugaba con mi Oswald cuando la señora Gabriella iba a visitarme."

"Hubo un tiempo", se quejó una mujer. "En que no apreciamos nuestra buena fortuna en nuestro barón y su esposa, hasta que no estuvieron."

Anna vio como Bartolomé observaba el grupo. "Parecía que todo iba bien en Haynesdale, pero en verdad, había problemas acercándose." Dijo ella. "El barón combatía a un vecino en sus fronteras del norte, uno cuya propiedad no era tan prospera y que codiciaba lo que no era suyo. Su nombre era Royce, y se decía que una vez que vio a la señora Gabriella, sus ataques se volvieron más feroces. Los dos barones hicieron un trato, y se creyó que todo podría estar en paz, por unos años al menos. El niño tenía cuatro veranos de edad cuando los hombres de Royce vinieron en secreto. Era Navidad y el barón Nicolás había invitado a esos en su propiedad a festejar en su salón. La cerveza fue envenenada, por orden de Royce y todos dormían demasiado profundo esa noche. Los villanos se metieron dentro de la propiedad en Haynesdale, masacrando a cualquiera que se despertara para desafiarlos, y asesinaron al barón Nicolás en su propia cama. Su esposa pudo haber sido capturada, porque Royce la deseaba para sí mismo, pero ella abandonó la fortaleza, disfrazada como una sirvienta."

Esme intervino. "Dios del Cielo, bien recuerdo esa noche" dijo ella suavemente.

Anna tragó. "En verdad, mi madre le dio a la dama su propia ropa y la ayudó a escapar. Ella vino a nuestra casa, que debió haber sido humilde para ella, pero mi madre dijo que ella era amable y agradecida. Cuando la fortaleza fue incendiada por los atacantes, mi padre le impidió a la dama ir en ayuda de aquellos que seguramente ya estaban perdidos. Ellos decían que la antigua fortaleza se convirtió en la pira funeraria del antiguo barón."

Más de uno intervino. "La vieja quema aún está embrujada" murmuró alguien. "Aún se pueden oír sus gritos de dolor cuando hay viento."

"En Navidad", añadió otro sombríamente.

"Bastardo", dijo un tercero y dio una patada en el suelo.

"Por la mañana el fuego se había apagado, la fortaleza reducida a cenizas y el aire cargado de humo" continuó Anna. "Los pueblerinos fueron reunidos por los atacantes y fueron encarcelados. Mis padres se habían retirado al bosque con la dama y su hijo y vieron con horror como los hombres de Royce cabalgaron a través de los restos de la villa, prendiendo fuego a los hogares y atrapando a los que estaban escondidos. Se declaraba repetidamente que Royce mostraría misericordia si la dama Gabriella se rendía ante él."

Hubo silencio ante eso, y más de una mujer miró a Anna con compasión, porque su propio tormento no era tan secreto como ella hubiese preferido. Otra vez, ella vio a Bartolomé tomar nota de la reacción y sintió su mirada sobre ella.

Sus mejillas se encendieron, pero ella continuó. "Mi madre decía que la dama Gabriella parecía estar llena con una nueva determinación ante eso. Había tres hombres leales a su esposo más allá de cualquier duda. Mi padre los encontró, por petición de ella, y ellos fueron testigos mientras ella declaraba el plan. Ella sabía que no habría triunfo para su hijo ese día, no cuando él era un niño tan pequeño. Ella le pidió a los caballeros llevar a su hijo a la reina, cuya corte estaba en Aquitaine, y entregárselo para que ella lo cuidara. Ella deseaba que él creciera en esa corte, para que entrenara como caballero, y entonces regresara a vengar a su padre."

Ella respiró hondo. "Para asegurar que él fuera reconocido como el legítimo heredero, Gabriella hizo que mi padre calentara el anillo del sello del barón de Haynesdale y pusiera su marca en la piel del niño, justo sobre su corazón. Él fue marcado con esa evidencia de quien él era, para que nadie pudiera dudar de él a su regreso."

Más de un pueblerino sonrió con simpatía y Bartolomé bajó la mirada al piso.

Anna hizo una pausa. "Mi madre dijo que él nació valiente, porque aunque su piel fue marcada y el dolor debió ser considerable, el hijo del barón Nicolás no hizo ni un sonido."

Hubo un murmullo de aprobación ante eso.

"Entonces la dama besó la frente de su hijo y le pidió que fuera bueno, y ella no vio como los caballeros desaparecían en el bosque con el niño. Mi madre dijo que ella lloró lágrimas silenciosas. Entonces ella cabalgó de vuelta a la villa, retando a Royce a mostrar la misericordia que había prometido. Ella dijo que iría la cama con él si él liberaba a los pueblerinos. Él lo hizo, y ellos vieron con asombro como ella montaba en su caballo detrás de él y como iba a su propiedad y se convertía en su nueva esposa."

"Pobre cordero", dijo Esme.

"Sin embargo hubo esos que pensaban que la dama estaba siendo desleal a su esposo, e incluso otros que pensaban que ella solo cuidaba sus propios intereses. Mi madre dijo que ella había visto el amor florecer entre el barón y su esposa, y ella le aconsejó a todos que esperaran y vieran. Y así las mareas de la verdad vinieron en cuestión de días. La dama Gabriella había escondido un cuchillo y atacó al nuevo barón cuando él fue a su cama. Ella lo había apuñalado en el ojo antes de que él se diera cuenta de su intención, entonces cuando él llamó a sus hombres para que lo ayudaran, ella clavó la daga en su propio corazón. Ella se mató delante de todos ellos, antes de entregarse a él, y vengó a su señor esposo. Royce aun lleva la marca del rechazo de ella."

Anna escuchó el horror en su propia voz. "Royce pagó por el título de Haynesdale con el tesoro del barón Nicolás, y no hubo nadie que se atreviera a protestar contra él. Nadie que pudiera ser escuchado, al menos. Él buscó el anillo del sello con fervor pero nunca lo encontró. Él averiguó partes de la verdad, suficiente para que enviara hombres en busca del niño perdido, pero no supimos nada de lo que sucedió. Mientras tanto, el construyó una nueva fortaleza en Haynesdale, forjada por los impuestos que él nos cobraba."

"La hizo más grande con la dote de su segunda esposa", notó Edgar.

"Sí, lo hizo. Mi padre fue uno de los primeros en convertirse en forajido, pero él no fue el último, y ahora los bosques de Haynesdale es hogar para más de nosotros que la villa."

Anna se giró hacia Bartolomé. "Y desde ese día de la pérdida de Haynesdale, hemos esperado. Hemos contado la historia del barón Nicolás y la dama Gabriella a nuestros niños y hermanos. Hemos soportado la tiranía de Royce y hemos rezado por el regreso de Luc Bartolomé, el hijo del barón Nicolás, el legítimo barón de Haynesdale."

Anna se llevó las manos a su camisola y sacó el anillo que colgaba de una cinta. "Lo que ningún alma sabía era que Gabriella entregó el anillo del sello de su esposo al cuidado de mi padre, para que estuviera oculto hasta el regreso de su hijo. Yo soy la hija del herrero y este es el anillo con el sello del barón Nicolás." Ella lo sostuvo en lo alto para que le diera la luz. "Mi padre lo cuidó hasta que fue llevado a la mazmorra de Royce para que confesara lo que sabía. Mi madre lo cuidó hasta que ella también fue llevada a la mazmorra para que dijera lo que sabía. Yo sé que ninguno de los dos admitió la verdad porque yo todavía tengo el anillo."

El grupo entero se quedó en silencio.

"Y hoy, contra toda expectativa he encontrado la marca hecha por mi padre, fundida en la piel sobre el corazón de su hijo por orden de la dama Gabriella. He visto la cicatriz que encaja con este anillo." Ella se volvió hacia Bartolomé y le entregó el anillo, poniéndose sobre una rodilla mientras lo hacía. "la marca de tu legado es devuelta, señor, como tu madre decretó que debía ser."

CAPÍTULO 11

Anna se esforzaba en hacer imposible que Bartolomé se fuera. Y de hecho, su estrategia fue buena. Ella sintió la esperanza surgir a través del desaliñado grupo de aldeanos, tan debilitados por su historia en ese lugar, y él no fue inmune al poder de su deseo. Ellos lo miraron con alivio en sus ojos, y él supo que habían soportado mucho. Él sabía que ellos merecían regresar a su aldea y vivir en paz.

En verdad, su bienestar era su responsabilidad.

Él no podía culparla por intentar forzar su mano. Ella tenía un fuerte sentimiento por el futuro de esas personas y creía que él estaba equivocado. Ella no había tenido la oportunidad de aprender a respetar la justicia, no bajo la mano de Royce, pero Bartolomé no podía destruir la ley antes incluso de reclamar su propiedad.

Él sentía la urgencia de todos de cabalgar y reclamar Haynesdale, eliminar a Royce y restaurar la línea de su padre a la baronía. Pero no era tan simple. Y él temía que esas personas enfrentaran muchas más dificultades si él actuaba con tanta locura.

Su tarea era actuar con prudencia y proteger a esas personas, para defender el legado de sus antepasados.

Para convencer una vez más a los habitantes de Haynesdale del mérito de la justicia.

Bartolomé había estado componiendo su argumento cuando Anna

metió la mano en su camisola. Cuando ella retiró el encaje que tanto lo había intrigado, su mano estaba cerrada sobre el tesoro que había quedado atrapado entre sus pechos. Ella tiró del cordón por encima de su cabeza, sosteniendo su mirada. Cuando ella abrió la mano, él se sorprendió al ver lo que descansaba en su palma.

Era el anillo de sello de su padre.

"Alabado sea el regreso del verdadero hijo", dijo ella en voz baja.

Duncan silbó por lo bajo entre dientes.

"Entonces, así fue como lo supiste", murmuró Bartolomé.

"Coincide perfectamente", dijo ella con convicción y los que escucharon sus palabras intercambiaron miradas. "ha vuelto la descendencia del barón Nicolás."

El grupo vitoreó.

Bartolomé sabía lo que Anna deseaba de él. Él quería reclamar el anillo más que cualquier otra cosa en el mundo, pero sabía que no podía hacerlo. Parecía muy pequeño, pero la responsabilidad que llevaba era una carga más pesada que su peso real.

Él se puso de pie y dio un paso atrás. "Solo el rey puede nombrar a un barón, Anna", dijo él con calma.

Los aldeanos lo miraron en un silencio de asombro.

"¿Pero no reclamarás tu legado?" preguntó un hombre alto, tal vez el tonelero.

"No se dan cuenta de lo que pides", dijo Bartolomé. "No los quiero poner más en peligro."

"¡Queremos irnos a casa!" gritó la esposa del hombre alto.

"Queremos vivir en el pueblo y cuidar nuestros jardines", insistió Willa.

"Y arar los campos como debe ser", declaró el cervecero. "Cultivar cereales para pan y cerveza."

"¿Cuánto tiempo ha pasado desde que probamos tu cerveza?" murmuró su esposa.

Edgar se arrodilló ante Bartolomé. Llévenos a casa, mi señor. Yo te seguiría para hacer lo que sea necesario".

"¡Sí!" vino el coro de asentimiento.

Bartolomé suspiró. "¿Y qué estaría pidiendo a cualquiera que me siguiera? ¿Ofrecerse a la matanza contra caballeros entrenados y armados? Los aldeanos intercambiaron miradas mientras él contaba las fuerzas de Royce con sus dedos. "Está Royce, está Gaultier, hay cuatro caballeros más y al menos media docena de hombres de armas."

"Ocho", afirmó el pelirrojo.

"Ocho entonces, más los otros significan trece guerreros armados y entrenados, preparados para matar en la defensa de su señor feudal".

Una oleada de inquietud recorrió al grupo. "Tenemos pocas espadas, pocas dagas, ninguna armadura y solo dos hombres que han probado el tipo de batalla que enfrentaríamos."

"Uno a menos de su capacidad total", agregó Duncan.

"Pero..." protestó Anna, pero Bartolomé levantó un dedo.

"Agreguen a esos catorce los escuderos, la mayoría de los cuales se están entrenando para la batalla como parte de su servicio. Vi al menos una docena de ellos, y también están armados".

"Nos superan en número", murmuró la mujer pelirroja al hombre que estaba a su lado. Él asintió con un gesto sombrío y Bartolomé vio morir la esperanza en muchos rostros.

Agreguen a eso la fortificación de la propia fortaleza. Es alta y bien trabajada, diseñada para mantener a raya a los atacantes. No tenemos máquinas de asedio ni caballos. No podemos asediar una fortaleza fortificada con piedras sueltas y manos desnudas, no si queremos triunfar".

"Tenemos nuestra furia", dijo Anna. "Eso no debe pasarse por alto."

Algunos aldeanos estuvieron de acuerdo, pero Bartolomé escuchó que su propio tono se impacientaba. "Hay pasión y hay locura. He visto lo suficiente para saber la diferencia, y he visto suficientes muertes inútiles para todos mis días y mis noches". Él sacudió la cabeza. "No, yo no sería mejor que lo que ustedes han conocido si yo los condujera a todos en tal asalto. Sería irresponsable y erróneo".

El padre Ignatius asintió en silencio con expresión de aprobación. "Es el hijo de su padre en verdad", murmuró, pero Bartolomé no respondió.

Anna lo desafió de nuevo. "Podrías haber atacado desde adentro, mientras estábamos todos allí. Él no hubiera sospechado tal hazaña".

"Royce era mi anfitrión", respondió Bartolomé. "No podría traicionar su hospitalidad con traición."

Anna jadeó. "¡Pero te esforzaste en robarle!"

"Traté de recuperar lo que se le había confiado a nuestro grupo", corrigió Bartolomé. Y aseguré la libertad de tu hermano. Tomar más de lo que nos correspondía cuando éramos invitados habría sido un error".

¡Seguramente Haynesdale es tu derecho! gritó Edgar.

"Bien podría serlo, si puedo reclamarlo y si puedo pagar el título. Nos gusta creer que las posesiones deben pasar de padres a hijos, pero desde que los reyes angevinos reclamaron Inglaterra, esa ya no es la ley. No mataré a Royce para hacer ese reclamo". Él mordió sus siguientes palabras. "No ignoraré la ley para mi propia conveniencia."

Lo miraron en silencio.

Bartolomé se volvió hacia Duncan, muy consciente de que había decepcionado a los aldeanos, pero no vio ninguna razón para mentir. "Dame tus botas, Duncan, y las limpiaré junto con las mías".

La conversación estalló entre los aldeanos, susurros que él no podía escuchar con claridad pero sin duda llenos de especulaciones. Él se imaginaba que lo culpaban o lo consideraban un cobarde, pero él conocía los límites de lo que podía hacer. Bartolomé se dio cuenta de que el padre Ignatius lo seguía, pero no vio la mirada que el sacerdote le lanzó a Anna.

Sin embargo, él escuchó los pasos de ella detrás de ellos y negó con la cabeza. Qué propio de Anna el negarse a aceptar otra respuesta que no fuera la que ella deseaba. En cierto modo, su pasión era inspiradora, pero él no sería imprudente con la vida de los demás.

Él no podía simplemente apoderarse de lo que deseaba, como había hecho Royce.

Aun así, tenía que haber una solución. En ese momento, Bartolomé se alegró más allá de toda creencia de haber conocido a Gastón y aprendido de la experiencia de ese hombre.

Porque se necesitaría un diplomático y un hombre íntegro para lograr esa victoria.

EL PADRE IGNATIUS descubrió que le gustaba más ese caballero de lo que le había gustado cualquier nuevo conocido en un tiempo. Él siguió a

Bartolomé hasta el arroyo, donde el joven se puso en cuclillas y recogió un puñado de nieve. El padre Ignatius lo vio fregar sus botas con nieve fresca, luego arrojar la nieve enlodada al arroyo antes de tomar otro puñado. No tenía miedo de trabajar, ese caballero, o de realizar tareas por debajo de su posición cuando era necesario. Y el padre Ignatius respetó el cuidado que Bartolomé había mostrado por los aldeanos de Haynesdale.

Él no había bromeado cuando llamó al joven caballero hijo de su padre.

Bartolomé no reconoció su presencia, incluso cuando el sacerdote tomó una de las botas de Duncan y comenzó a limpiarla con la nieve de la misma manera. Ambos trabajaron juntos en silencio mientras el padre Ignatius elegía sus palabras. Anna permaneció fuera de la vista y detrás de ellos, sin duda molesta y escuchando.

"Los asombras a todos", dijo finalmente, su tono era suave.

Bartolomé miró hacia arriba. "¿Cómo es eso?"

El padre Ignatius sonrió. "No han conocido tantos caballeros de mérito en los últimos años, ni han llegado a esperar que un hombre actúe según sus principios."

"No conozco otra forma de ser."

"Pero reconoces por qué tienen las expectativas que tienen."

"Por supuesto." Bartolomé se enderezó. "Pero el hecho es que el rey debe nombrar un barón por su propia voluntad. Y para que eso sea incluso una posibilidad en el caso de Haynesdale, Royce Montclair tendría que estar muerto y el hombre que deseara ser barón en su lugar necesitaría dinero para pagar el título". Él se encogió de hombros. "Royce no está muerto y yo no lo voy a matar."

"Porque no tienes el dinero para el reclamo."

"Incluso si lo tuviera, estaría mal asesinar al hombre que mantuvo mi propiedad, independientemente de lo que haya hecho en el pasado. Seguramente no tengo que discutir eso contigo".

El padre Ignatius dejó que el silencio creciera entre ellos antes de continuar. "¿Recuerdas los eventos de esos días?"

Bartolomé negó con la cabeza. "Recuerdo el fuego. Recuerdo la voz de mi madre". Él le lanzó una sonrisa al perro que había venido a sentarse a su lado. "Recuerdo un perro muy parecido a este pero llamado Whitefoot".

El padre Ignatius sonrió. "Recuerdo a ese perro. Este sería su bisnieto, al menos".

"¡Entonces él está emparentado!"

"Sí. Los perros de tu padre que sobrevivieron fueron a la morada del molinero". El sacerdote frotó las orejas del perro. "Pero nunca debiste haber llegado a la corte del rey en Anjou."

Bartolomé negó con la cabeza. "No. Supongo que nos siguieron y los caballeros que me tenían a su cuidado fueron traicionados y agredidos. Sólo sé que una noche me despertó uno de ellos y me pidió que corriera. Me dijo que fuera a la iglesia donde habíamos orado ese día y que me encontraría allí. Él nunca vino". El joven frunció el ceño. "Estábamos en París."

"Debes haber estado asustado."

"No creo que entendiera completamente lo que había sucedido. Tenía hambre, sin duda, y sabía que los caballeros me habían defendido. Mi padre había sido un caballero, después de todo, y mi madre me había confiado al cuidado de esos caballeros. Entonces, cuando vi a un caballero venir a esa iglesia a orar, lo seguí. Él llevaba la cruz roja del Temple y nunca había visto una camisola tan fina". Bartolomé sonrió. "Él no podía deshacerse de mí, porque lo veía como mi única oportunidad de sobrevivir."

"Debe haber habido otros caballeros en París."

"Yo solo tenía ojos para él. Lo seguí. Prometí ser de ayuda para él. Juré hacer lo que él quisiera siempre que me llevara con él". Bartolomé se encogió de hombros. "¿Quién sabe cuánto vio Gastón de la verdad? Pero después de que expuse mi caso y luché por demostrar mi valía tratando de ayudarlo, se rindió. Me subió a su silla y me llevó con él, nombrándome su escudero, aunque yo era demasiado pequeño para ser de mucha utilidad".

"Creciste."

Bartolomé sonrió. "Sí, crecí. Y él se fue a Ultramar, yo cumplí la mayoría de edad en Jerusalén."

"¿Has estado allí todos estos años?"

El caballero asintió. "La mayoría de ellos. Solo nos fuimos porque

Gastón se convirtió en heredero de su propiedad familiar y regresó a Francia. Él eligió llamarme caballero una vez allí, porque es bueno y generoso".

—Un hombre de principios —dijo el padre Ignatius, adivinando dónde había aprendido Bartolomé su código de honor.

"En efecto."

"Podrías haber llegado al poder de otro menos honorable".

Bartolomé asintió. "Podría haberlo hecho, con bastante facilidad."

"Parece que Dios te ha tenido en la palma de su mano."

"Quizás. Quizás todo fue obra de Gastón". Ellos compartieron una sonrisa. "yo no deshonraría el honor que Gastón me ha mostrado al hacer cualquier acto que le cause disgusto. Él solía negociar por los Templarios en Palestina, buscando compromiso y equilibrio".

"Un hombre prudente, entonces," supuso el sacerdote. "Debes haber venido a Haynesdale con un propósito."

"Viajaba a Escocia con Fergus y Duncan, porque Fergus reclamará Killairic y se casará con su prometida la próxima primavera. Yo pensé que era una oportunidad para ver lo que había sucedido en Haynesdale".

"¿Sabían ellos de tu intención?"

Bartolomé negó con la cabeza. "Yo no sabía lo que iba a encontrar. En cierto modo, esperaba que todo estuviera bien aquí y que no hubiera necesidad de vengar a mis padres. Por otro lado, anhelaba arreglar las cosas. De cualquier manera, tenía que descubrir la verdad antes de poder intentar hacer un cambio". El joven terminó de limpiarse las botas y echó un vistazo al bosque. "Yo no lo recordaba realmente, no hasta que estuvimos aquí. Cenric me recordó a Whitefoot. Cuando Anna nos llevó al antiguo incendio, recordé el torreón y a mi madre. Siempre he tenido pesadillas de fuego y dolor, pero su historia llenó los vacíos".

"¿Qué harás ahora?"

Bartolomé lo miró a los ojos. "Le haré una petición al rey. Espero que Henry haya vuelto a Anjou, que está cerca de la propiedad de Gastón".

"Quizás tu amigo responda por tu carácter."

Quizás lo haga, pero queda el hecho de que Royce aún vive.

"Y la necesidad de dinero. ¿Te ayudará tu amigo en eso?
Bartolomé sonrió y negó con la cabeza. "Él ha sido muy amable conmigo, padre Ignatius. De Gastón, tengo mis espuelas, mi espada, mi armadura, mi caballo".
"Tu comprensión de cómo debe ser un caballero y tu código de honor".
"Sí. Me ha dado la riqueza de un rey en eso, y él no es tan rico como un rey".
El padre Ignatius apoyó los codos en las rodillas y juntó las puntas de los dedos. "¿Qué pasa si se puede encontrar el dinero para el reclamo?"
"¿Encontrar?" repitió Bartolomé.
"Sé que Royce enviará sus impuestos al tesoro del rey en los próximos días."
Seguro que no sugiere un robo, padre Ignatius.
"No estoy seguro de que lo pueda llamar un robo, si de hecho sus mensajeros se despojaran de su carga."
"¿En efecto?"
"En efecto." El padre Ignatius sostuvo la mirada de Bartolomé. "Los impuestos se recaudan de los aldeanos y de aquellos que dependen del barón."
"Una vez pagados, ya no pertenecen al que los entregó."
Pero se les paga por los servicios que les adeuda el barón. Pagamos por el derecho a la seguridad en nuestros hogares, por la tenencia de caballeros para defendernos, por el establecimiento de tribunales para garantizar que se haga justicia en la tenencia, por una fiesta de Navidad en la mesa del barón en reciprocidad. Los caballeros de Haynesdale no defienden a los aldeanos. En verdad, se aprovechan de ellos. Y no recuerdo cuándo fue la última vez que Royce celebró una corte. No ha recibido a ningún aldeano dentro de sus muros desde que se casó con su esposa". El sacerdote se encogió de hombros. "Se podría decir que los aldeanos no han recibido lo que les corresponde por sus impuestos."
"Sabes que no tienen derecho a reclamar el dinero."
"Quizás deberían."
Bartolomé negó con la cabeza. "Yo lo llamo engaño. No puedes declararlo solo para robarle a otro, incluso para servir lo que percibes

como un buen fin. Hay bien y hay mal, y un mal nunca puede reparar otro mal". Él señaló al sacerdote con un dedo. "Si yo fuera el barón de una propiedad y mis pueblerinos pensaran que es apropiado robarme para sus propios fines, difícilmente lo llamaría justicia."

Anna exhaló con audible frustración y el padre Ignatius sonrió.

"¿Encuentras mi opinión divertida?" preguntó el caballero.

"La encuentro refrescante", respondió el sacerdote. "Y solo aumenta mi convicción de que el verdadero heredero ha sido devuelto y debe ser restaurado." Él puso una mano sobre el brazo de Bartolomé antes de que ese hombre pudiera protestar. Piensas que está mal que alguien mate a Royce, incluso después de lo que le ha hecho a tu propia familia.

Bartolomé hizo una mueca. "No tengo pruebas de lo que ha hecho. Tengo una historia y es convincente, pero no hay pruebas de su traición".

"Sí, la hay", insistió el sacerdote. "Pero no es mía para compartirla."

"No entiendo."

Deja que Anna te diga por qué ella estaría dispuesta a asestar el golpe fatal contra Royce Montclair. Esto no es un tribunal, pero su testimonio podría cambiar tu punto de vista".

ANNA NO ACEPTABA la sugerencia del padre Ignatius, pero temía que él tuviera razón. Ella emergió del bosque, habiéndose dado cuenta solo cuando él habló de ella que ambos hombres sabían de su presencia. Bartolomé la estudió, pero ella no pudo adivinar sus pensamientos.

¿Estaba él molesto con ella por compartir su historia?

Ella estaba molesta con él por negar su responsabilidad.

Pero de todos modos, sabía que si él se hubiera puesto en pie de un salto y se hubiera puesto en marcha para matar a Royce, y luego reclamado Haynesdale sin tener en cuenta a otro, ella habría pensado menos en él.

Ella se sentó en el asiento abandonado por el sacerdote y observó cómo el hombre se dirigía hacia los demás, claramente con la confianza de que había hecho bien. Ella no sabía cómo empezar, porque no podía simplemente soltar su confesión. Ella tomó aliento. "Nunca te había visto tan molesto como estabas ante el grupo."

Bartolomé se encogió de hombros. "Sentí que había una causa."

"¿Porque te desafié?"

"Y no por primera vez", señaló él. "Pero no simplemente eso". Se quedó en silencio, frunciendo el ceño mientras ponía la nieve en las botas.

"¿Entonces qué?"

Él exhaló ruidosamente. "Yo tenía un plan. Tenía la intención de atravesar Haynesdale y averiguar su estado. Quería ver si tenía un barón que tratara bien a los pueblerinos. Quería ver si todo era como debería ser".

"O mejor, si encontrabas un motivo para desafiar a cualquier barón."

"Quizás. De cualquier manera, mi plan pronto fue destrozado por un par de ladrones".

Anna se mordió el labio.

"Nos robaron, como bien sabes, y al recuperar nuestras posesiones y al ladrón capturado, Duncan fue capturado en lugar de Percy. Ahora mi compañero está herido, el relicario aún está perdido, mi caballo y mi escudero han cabalgado con mis compañeros, hice un voto que no me atrevería a romper pero que exigirá que actúe de manera innovadora..."

"¿Cómo es eso?" Anna preguntó, pero él no se detuvo para respirar.

"Lo peor de todo es que me enamore de la doncella más irritante que he conocido en todos mis días, y no hay nada que pueda hacer al respecto."

Anna se ruborizó porque no tenía ninguna duda de quién podría ser esa doncella. "¿Nada?"

Él le lanzó una mirada hirviendo. "Nada honorable. De hecho, ya le he quitado demasiado, porque el asunto sigue siendo que si alguna vez consigo defender mi caso ante el rey, incluso si tengo la moneda para la reclamación, es probable que él desee asegurar mi lealtad".

"Al nombrar a tu esposa."

Bartolomé asintió y luego centró su atención en la otra bota. Y no será la hija de un herrero. Será la hija o la viuda de un hombre que ya está fuertemente aliado al rey".

Ellos se sentaron en silencio durante un largo rato. "¿Qué es lo que más te molesta?" preguntó Anna finalmente. Cuando él la miró, ella sonrió, esperando mejorar su estado de ánimo. "Es una lista impresionante por su longitud."

La sonrisa de Bartolomé llegó lentamente, como convocada contra su voluntad. "La doncella", dijo. "Definitivamente, la doncella".

"¿Porque ella es irritante?"

Él se volvió para mirarla, maravillado con sus ojos. "Porque es audaz y valiente, porque me desafía y me confunde, porque es atractiva y porque no se parece a ninguna otra doncella que haya conocido."

Anna sintió que le ardían las mejillas. "Ella no es realmente una doncella", dijo y su expresión se volvió triste.

"Sin embargo, tiene tal honestidad sobre ella que siempre la pensaré como tal." Él la miró. "No importa el estado de su inocencia."

El calor ardió en el corazón de Anna y se dio cuenta de que también amaba a Bartolomé. Sin embargo, ella no confesaría eso, porque vio que él ya estaba en conflicto con su decisión.

Ella agarró su mano y lo llamó de nuevo. "No puedes renunciar a la propiedad de Haynesdale. Royce no es un buen barón y te diré por qué.

El padre Ignatius dijo que tenías motivos para desearlo muerto.

"Sí. Siempre había rumores de que volverías y había historias sobre el anillo confiado al cuidado de mi padre. No sé cuándo Royce las escuchó, pero él esperó hasta que mi madre estaba embarazada de Percy antes de actuar sobre ellos. Mi padre fue apresado por la noche y se lo llevaron a rastras Gaultier y sus hombres. Quizás pensaron que sería más probable que mi padre confesara lo que sabía debido al estado de mi madre, pero no lo hizo". Ella tragó saliva, recordando bastante bien el terror de su madre. "Él nunca regresó a casa. Lo siguiente que vimos de él fue cuando su cabeza estuvo colgando de las puertas, como una lección para todos los que decidieran desafiar las solicitudes de información de Royce. Yo tenía nueve veranos y nunca olvidaré la vista". Ella se estremeció. "Lo dejaron allí para que se pudriera todo el invierno, incluso se le negó un entierro decente."

"Lo siento, Anna..."

Ella no le dio tiempo para completar lo que pudiera haber dicho. Entonces Royce estudió a mi madre. Quizás él temía entrometerse con una mujer tan cercana a parto. Quizás él tenga algo de conciencia. El hecho es que Percy no fue anticipado. Mi madre pensó que ya había pasado la época de tener hijos, pero de todos modos se embarazó. Mi padre se puso muy feliz cuando ella compartió la noticia. Él quería un hijo, para continuar con la tradición de la herrería en el pueblo, pero él nunca vio a Percy". Bartolomé cerró su mano alrededor de la de ella. Royce solía comentar mientras pasaba por el pueblo, insinuando que mi madre no llevaba al hijo de mi padre. Ella sabía que él no había terminado con ella. Él vino una noche y juró dejarla para criar a sus hijos si le entregaba el anillo, pero ella sabía que era mentira". Le lanzó una mirada a Bartolomé. "Ella sabía que él no era un hombre que cumpliera su palabra."

Él frunció el ceño, considerando eso.

"Ella hizo que esos meses contaran. Me contó todas las historias que conocía, una y otra vez, y antes de que comenzara el parto, me dio el anillo y me pidió que lo escondiera donde nadie pudiera encontrarlo". Ella tragó. "Gaultier vino a buscar a mi madre tan pronto como el bebé lloró. La arrastró hasta el torreón y sus hombres mataron a todos los que protestaron. Mi madre sollozaba la última vez que la vi con vida. Sollozando y sangrando todavía. Me quedé con Percy, todavía húmedo de su útero y llorando por su leche".

Ella podía sentir que la ira de Bartolomé aumentaba y continuó. "Y esta es la justicia ofrecida por este barón. Hizo exhibir la cabeza de mi madre, en el poste opuesto al de mi padre, dejándola allí hasta que los cuervos hubieron limpiado la carne. Él decía que estaban juntos en el infierno. Él se burló de mí, como se había burlado de mi madre, esperando su momento, mirando. La esposa del curtidor cuidó a Percy y yo también podría haber sido su madre". Anna mantuvo la cabeza inclinada. "Hasta hace dos años, cuando Royce decidió que había llegado mi momento."

Bartolomé contuvo el aliento. "Deberías haberle dado el anillo y te habrías salvado."

"¡Pero no me habría salvado!" protestó Anna. "Es malvado y está lleno de codicia. No es un hombre que defienda sus promesas. Él lo habría tomado y destruido la posibilidad de que alguna vez pudieras probar tu identidad. Yo habría sufrido el mismo destino, si no peor. Los aldeanos habrían perdido la esperanza para siempre. No, no había nada que ganar con la rendición". Ella tomó aliento. "En verdad, su convicción de que yo sabía la ubicación del anillo podría haber sido lo único que me salvó."

"Porque era necesario desafiarlo", reflexionó Bartolomé. Él le apretó los dedos. ¿Y qué hay de Kendrick? ¿Entra él en esta historia?

"Lo hace." Anna sonrió, aunque era una sonrisa triste. "Él entró sigilosamente en la fortaleza, con la intención de salvarme. Se enfrentó a Gaultier y fue asesinado por su audacia. Justo ante mis ojos, lo cortaron y luego lo arrojaron a un lado como si fuera un despojo. ¡Él era tan bueno! "Ella se estremeció, agradeciendo la tensión que sentía dentro de Bartolomé. Pero yo tenía la llave, porque Kendrick me la había dado antes de que lo atraparan. Cuando finalmente me dejaron, logré huir".

"Y te persiguieron." Su voz era sombría.

"Y quemaron el bosque en venganza. Fue mi culpa que todos sufrieran tanto, porque desafié a Royce y él no lo aprobó".

¿Pero él pensó que estabas muerta? ¿Hasta ayer?"

Anna asintió. "Eso creo. Me escondí en el bosque, uniéndome a los otros exiliados después de mi escape. Recogí el anillo y comencé a usarlo, porque nadie me lo buscaría".

Bartolomé la miró fijamente, con preocupación en sus ojos. Pero luego perdiste al bebé que Kendrick te había dado, el que habría sido su recuerdo vivo. De verdad, Anna, tu determinación es feroz".

Anna respiró hondo, sabiendo que tenía que decirle toda la verdad. "Quizás sea así, pero quizás menos de lo que crees."

Él arqueó una ceja.

"Kendra no era hija de Kendrick", admitió ella, sus palabras roncas. "Éramos amigos y camaradas, pero nunca amantes."

Él frunció el ceño, sin comprender.

"Royce me entregó a Gaultier, en un último esfuerzo por obligarme a hablar. Yo era una doncella cuando me capturaron, pero no por mucho tiempo después de eso". Ella tragó saliva ante la furia en la expresión de Bartolomé. "Kendra era hija de Gaultier." Su garganta estaba apretada. "No era culpa suya que yo hubiera sido víctima de la violencia, y yo no quería que los demás supieran de mi vergüenza. Le di ese nombre con un propósito. Solo el padre Ignatius sabe la verdad, y ahora tú".

Bartolomé se puso de pie y se paseó por la orilla del arroyo, nuevamente agitado. Él hizo una mueca y se agachó ante ella para capturar su mano una vez más en la suya. "Creo que Percy lo sabe."

"Él sabe que desprecio a Gaultier, pero no por qué." Ella sacudió su cabeza. "Él es solo un niño. No necesita conocer toda la maldad de la que son capaces los hombres". Anna tragó. "Aún no." Ella apretó su agarre sobre su mano. Bartolomé, tú y tu grupo ya le muestran lo que significa ser un caballero y un hombre de mérito también. Yo quisiera que él aprendiera más de los que son como tú. Debes recuperar Haynesdale y yo te ayudaré a hacerlo. Te considero mi legítimo barón. Ordéname que mate a Royce y lo haré, sin importar el precio para mí".

Bartolomé extendió la mano y secó las lágrimas de sus mejillas con las yemas de los dedos. "Nunca pensé verte llorar, y mucho menos el doble en tantos días", susurró él con una sonrisa. "Feroz Anna".

Ella tenía la garganta apretada, pero no podía volver a preguntarle.

Él la miró solemnemente. "Sabes que no puedo hacer lo que me pides. No puedo ordenar tal hecho a ninguna persona, especialmente a ti".

Sé que no entrarás en Haynesdale y matarás a Royce, aunque él se lo merece, y sé que no tomarás el anillo y tomarás la posesión como si fuera tuya. Supongo que ese es el precio de ser un hombre de honor". Ella levantó la mirada hacia él. "¿No deseas la propiedad?"

"La quiero", dijo Bartolomé con pasión. "Quiero ser barón más que cualquier otra cosa en el mundo. Pero no puedo ser igual que Royce, Anna. No puedo permitir que mi deseo descarte mi moralidad. Debe haber una manera, y te prometo que pasaré todos mis días y noches esforzándome por encontrarla, pero la villanía no es la traición".

"Dije que lo mataría por ti", le recordó ella.

"Sí, no tengo ninguna duda de que lo harías." Él tocó su mejilla con la yema de un dedo y ella se sorprendió al ver un brillo iluminar sus ojos. "Tu valor es uno de los rasgos que más admiro de ti, Anna."

Ella se encontró sonriendo a su vez. "Y a decir verdad, tu honor es el rasgo que más admiro de ti."

"Pero no quisiera verte cometer un crimen así, ni siquiera para mí."

Sus miradas se sostuvieron durante un largo momento, y la boca de Anna se secó.

Luego recordó algo que había dicho Bartolomé. "¿Qué promesa no te atreves a romper que te asegure actuar de manera innovadora?" preguntó ella, sabiendo cuando Bartolomé hizo una mueca de dolor que había un detalle importante que ella no conocía. "No puedo pensar en ningún voto que te obligue a hacer eso."

Él se sentó pesadamente a su lado. "Eso es porque no les he contado todo sobre nuestra fuga de Haynesdale."

¿Qué más había pasado dentro de esos muros?

∼

CON SEGURIDAD ANNA le había hecho la pregunta que menos él deseaba responder.

Bartolomé se sintió confundido por su promesa a Marie. Él estaba atrapado entre su palabra de honor y su compromiso con la buena conducta. Él sabía que Gastón no habría simpatizado con su situación, y luego se dio cuenta de la verdad.

Si bien había aprendido mucho de Gastón, había aprendido aún más de Ysmaine. La idea de buscar el consejo de Anna lo llenó de nuevo optimismo, aunque vio su sorpresa cuando él le sonrió.

"¿De repente esta obligación te da alegría?" preguntó ella.

"No, es una idea que me llena de nuevas esperanzas. Te he hablado de Gastón".

"El caballero de honor y templario, el que te salvó de las calles de París y te otorgó espuelas y espada".

"El mismísimo. Cuando Gastón se enteró de que iba a ser barón, rápidamente se encontró una esposa, porque sabía que necesitaría un hijo".

"Un hombre puede esperar más que eso de su esposa."

"Como aprendió de Ysmaine, su novia elegida. Nosotros sabíamos poco de mujeres después de tanto tiempo con los Templarios, pero ella se inspiraba en el matrimonio de sus padres y en cómo platicaban juntos. Gastón no se atrevía a confiar en ella, pero al final, fue ella quien se aseguró de que su misión de entregar el relicario a París fuera un éxito". Él volvió a coger la mano de Anna. "Y entonces, yo quisiera tomar el ejemplo de Ysmaine y te pediría tu ayuda para resolver este acertijo. Mejor, yo quisiera hacerlo antes de que sea demasiado tarde".

"¡Tú y tu palabra de honor! ¿A quién has hecho una promesa ahora?"
"A Marie". Él se sentó, esperando la tempestad, y no se decepcionó.
"Prometí ayudarla a concebir un hijo."
Anna estaba claramente sorprendida. "¿Qué locura es esa? ¿Ayudarías a una víbora así y le darías los medios para desestimar tu reclamo?"
"Me negué a responder la primera vez"
"¡Esa noche estuvimos en la fortaleza!" adivinó Anna, con los ojos brillando. "¡Sabía que ella tenía la intención de seducirte!"
"Pero entonces, ella nos ayudó a escapar hoy." Él arqueó una ceja. "Y me comprometí a pagar su precio."
Anna entrecerró los ojos y cruzó los brazos sobre el pecho. "¿Quiere que te acuestes con ella?" Su expresión reveló su opinión al respecto.
"Ella anhela un hijo y Royce no le ha dado uno."
Los labios de Anna se abrieron con indignación. "¿Ella concebiría un bastardo y engañaría a su señor marido?"
"Yo necesitaba su ayuda." Bartolomé extendió una mano. "Ella nombró los términos."
¡Pero ella está casada! ¿Seguramente no hay honor en el adulterio? "
Él apretó los dientes, porque ya había convertido esta pregunta en sus pensamientos. "Ninguno", reconoció él. "Sin embargo, estoy atrapado por mi promesa."
"No tienes que hacerlo. Ella no puede venir tras de ti en este lugar. Ella nunca te alcanzará". Anna lo fulminó con la mirada. "Podrías olvidar tu promesa."
"Di mi palabra", insistió Bartolomé. "Si rompo mi promesa porque ya no me conviene cumplirla, ¿qué clase de hombre sería?"
Anna apretó los dientes de manera audible. "Sin embargo, si ella concibe, ese hijo podría ser un niño." Ella sacudió su cabeza. "¡Un niño que podría desafiar tu reclamo de Haynesdale!"
Bartolomé hizo una mueca, porque no había considerado esa posibilidad.
"Puedes estar seguro de que el heredero de Royce podrá hacer un reclamo contra el tuyo después de la muerte de Royce."
"Se lo prometí, Anna."
Anna se alejó. "Es un trato malvado, sin duda", murmuró ella. "Y uno que no puede terminar bien." Ella le hizo un llamamiento de nuevo. ¿No

ves que ella se asegurará de que su marido se deshaga de la amenaza del verdadero heredero? ¿Ella te salvó, ¡pero el precio es tu sacrificio! "

Bartolomé negó con la cabeza. "No, a ella no le importan esos detalles. Creo que ella solo busca dejar Haynesdale... "

"¡No importa quién corre con el costo! ¡Qué demonio de mujer egoísta! "Anna comenzó a caminar por la orilla del río en su lugar, periódicamente pateando hielo en el río. " ¡Y tú!" Ella se dio la vuelta para tenderle una mano. "Crees que toda la gente de la cristiandad es tan noble como tú. ¿Qué inocencia es esta? ¡Qué locura! ¡Eres lo suficientemente tonto como para confiar en ella! "

"Di mi palabra. Romperla me convertiría en una de esas personas a las que condenas".

"¡Entrarás en una trampa!"

"De hecho, podría." Él arqueó una ceja. "Podrías concederme algo de crédito. Yo quisiera pedir tu ayuda para encontrar un modo de evadir esta obligación."

"¿Con tu honor intacto?" Él asintió y Anna gritó. "Entiende que Marie es igual a Royce, lo que significa que ella solo busca su propia ventaja. Ella puede ser encantadora y pude que tenga finos modales, pero su corazón es una piedra. Ella puede seducirte para concebir ese hijo, pero le importará poco si eres capturado o asesinado por hacerlo." Ella agarró con sus puños la camisa de él y lo sacudió. "¿No ves que ella te traicionará? Ella no podría soportar dejar vivir a un hombre que la ha reclamado, porque él podría contarlo. ¡Si ella fuera acusada de adulterio lo perdería todo!"

"Ella podría perderlo todo si el rey decide otorgarme Haynesdale."

"¡Exactamente! Y por eso es que ella y Royce, ambos te quieren muerto." Ella sacudió la cabeza y se inclinó hacia él. "No vayas. No te pongas en ese peligro"

Bartolomé negó con la cabeza. "Debo ir, pero encontraré una manera de sobrevivir."

La mirada de Anna hervía y ella se paseó por la orilla del río otra vez. ¿Cuándo te encontrarás con ella?"

"Después del mediodía en el primer día sin nieve. En el viejo molino."

"Hombre irritante" murmuró Anna. Ella echó su cabeza hacia atrás y observó el cielo azul pálido. La nieve caía copiosamente y solo había nieve hasta donde se podía ver. "Pero la verdad es que de otra manera no te admiraría tanto"

Bartolomé se rió. "Yo podría decir lo mismo de ti."

"Parece que tienes algún tiempo", musitó ella, entonces le dio una mirada brillante. "¿Dónde pretendes pasarlo?"

Él sonrió y se puso de pie, viendo la anticipación en sus ojos mientras se acercaba a su lado. "Yo esperaba que también tuvieras una sugerencia sobre eso." Él puso sus manos sobre los hombros de ella y le sonrió. "Te amo, Anna."

"¿Lo haces?"

"Lo hago." Él sonrió mientras veía sus ojos encenderse con placer. "Quiero que todo esto resulte bien, pero aún no he encontrado un modo de hacerlo"

"Ni yo", admitió ella, enredando sus dedos con los de él. "Pero hay algo que quisiera pedirte."

"¿Qué es?"

"Que me des un recuerdo, uno para calentarme todos los inviernos de mi vida que estaré sin ti" Los ojos de ella brillaban con convicción y la garganta de Bartolomé se apretó. "Yo entiendo lo que puedes prometer y lo que no, y por qué debe ser así, pero yo también te amo." Ella suspiró. "Déjame tenerte mientras haya nieve porque eso es mejor que no tenerte nunca."

Era una invitación que él no podía rehusar. Bartolomé enmarcó la cara de ella en sus manos y reclamó sus labios con los suyos, disfrutando toda la pasión que Anna tenía para dar.

Él le daría recuerdos de sobra.

Cuando él rompió su besa, ella le sonrió, su ardor claro en su mirada. "Tal vez podríamos descubrir cuanto puede soportar un hombre mortal de hacer el amor" sugirió ella, su tono provocador, y él no podía pensar en una mejor manera de pasar ese tiempo, sin importar cuan largo pudiera ser.

"Una vez más, acepto tu desafío, Anna." Declaró Bartolomé, y la besó de nuevo. Él amaba la pasión de la respuesta de ella, que ella fuera honesta e intrépida, y deseó que pudieran estar juntos para siempre.

Él la levantó en brazos y se dirigió a la caverna, sin importar quien los viera o lo que se dijera, Solo importaba Anna, Anna y la dulce furia de su beso, y toda la alegría que podían convocar juntos.

∼

Royce estaba caminando por el salón cuando Gaultier respondió a su llamado. Él esperaba un brote de ira de su señor, ya que el prisionero había escapado y uno de sus mejores arqueros estaba muerto.

"He escuchado el testimonio de Roger", dijo él, señalando al arquero que había regresado de la persecución del prisionero. "Él me trae curiosas noticias"

¿De verdad, señor?" Gaultier no había interrogado a Roger, sino que lo había mandado directamente a Royce para que diera su reporte, ya que el cuerpo de su compañero debía ser recuperado. Él se preparó por la expresión de Royce para más malas noticias. "Los otros hombres ha regresado, señor, ya que no pudieron encontrar el rastro del fugitivo y su camarada."

"No importa", dijo Royce para sorpresa de Gaultier. "Este Bartolomé regresará a esta fortaleza. No puede hacer otra cosa."

"¿Señor?"

"¿No has escuchado las historias del hijo verdadero destinado a reclamar Haynesdale, Gaultier? Yo pensé que eran tonterías, o pensamientos maliciosos, o quizás sean tonterías, pero este caballero Bartolomé, cree que él es el hijo de mi predecesor, el barón Nicolás." Royce caminó más rápido. "Él encontrará el mismo fin que su padre, eso es seguro."

Gaultier miró a Roger y no dijo nada.

"Tarde o temprano me libraré de él." Royce se enderezó súbitamente, luego sonrió. Evidentemente algún detalle se le había ocurrido. "Quizás más pronto de lo que él espera."

"¿Señor?"

Royce despidió a Roger y se sentó. Él miró al Capitán de la Guardia. "¿Cómo puede ser, Gaultier, que mi esposa dejara este salón para decir sus oraciones en la capilla, pero no vio a los ladrones cuando ellos entraron en la misma capilla?"

Gaultier parpadeó. "¿Cómo sabe usted que ellos estuvieron en la capilla, mi señor?"

"El gabinete junto al altar, el que se usa para los tesoros de la capilla, estaba abierto. Nunca se deja así." Royce levantó la vista hacia Gaultier. "Ellos estuvieron ahí, probablemente en el mismo momento que mi esposa."

Si el gabinete había sido abierto, Gaultier tenía que estar de acuerdo. Él había visto a Marie esa mañana caminando hacia el establo, antes de que fuera dada la alarma sobre el intruso, "¿Ellos se llevaron el tesoro, mi señor?

Royce levantó un dedo. "Afortunadamente, tuve la precaución de moverlo a un lugar más seguro."

Gaultier asumió que estaba en la propia habitación de su señor.

"Pero considera el curso de mi esposa. Ella no solo estuvo en la capilla, sino que ella eligió ir al establo a ver su caballo, inmediatamente después de rezar," continuó Royce. "Donde no solo otro centinela había sido atado y silenciado, sino que una cuerda había sido arrojada hasta el desagüe."

"Él desagüe fue su vía de escape, mi señor. La reja en el otro extremo había sido quitada."

Royce asintió. "¿Pero qué hay de mi esposa? ¿De verdad ella no sabe nada?"

Gaultier no eran tan tonto como para acusar a la esposa de su barón de ningún crimen. "Las mujeres no siempre observan tan cuidadosamente como los hombres, señor..."

Royce lo interrumpió con una pequeña carcajada. "O quizás ella miente, Gaultier..." Él se puso otra vez de pie, caminó por la habitación y luego se dio vuelta para mirarlo. "¿Dónde estaba mi esposa cuando los intrusos fueron descubiertos?"

"Frente a los establos, señor."

"Exactamente. ¿Y cuantas veces dijo ella que fue de la capilla a los establos?"

"Dos veces, señor, porque ella olvidó su salterio[1] la primera vez."

"Y uno necesita mucho un salterio para visitar a un caballo." Royce caminó hacia Gaultier. ¿Cuán seguido visita mi esposa a su caballo"?"

"No puedo recordar la última vez, señor."

"¡Exactamente! ¿Y si mi esposa sí vio a los intrusos en la capilla? ¿Y si ella habló con ellos ahí? Él se paró frente al capitán de la guardia, su expresión alterada. ¿Y si ella hizo un trato con ellos para ayudarlos a escapar?"

Gaultier no podía imaginar lo que un ladrón podría ofrecerle a la dama de Haynesdale. ¿Con qué propósito, señor?" ¿Sabe ella que el ladrón se cree destinado a tomar tu lugar? Parecía tonto que Marie se aliara con un hombre así cuando su propio esposo aún estaba al mando de la propiedad, pero Gaultier nunca se había preocupado por entender el razonamiento de las mujeres. Ellas tenían un propósito a su entender, y no era conversar.

Royce lo palmeó en el hombro, sus modales amigables. "Me alegra que tu pensamiento no vaya tan fácilmente por el mismo camino que el mío, Gaultier. Es una buena señal para nuestro futuro."

"¿Señor?"

"No sé lo que trama mi esposa, pero lo averiguaré. Asegúrate de que sigan a Marie si deja la fortaleza y hazlo sin ser detectado."

"Ella no deja la fortaleza a menudo, señor."

"Creo que ella encontrará una excusa para hacerlo, y pronto."

Gaultier lo entendió. "Piensas que ella se encontrará con el joven caballero."

"Creo que ella hizo un trato y debe cobrar su recompensa. Veremos si él es lo suficientemente tonto como para pagarla." Royce llenó su copa de ginebra. "Me pregunto si él es lo suficientemente para entrar por su voluntad en esta fortaleza otra vez," musitó él. "Asegúrate de poner un centinela que vigile la ventana de la habitación de ella."

"Por supuesto, mi señor."

VIERNES 22 DE ENERO DE 1188

DÍA DEL MÁRTIR SAN ANASTASIO

CAPÍTULO 12

Finalmente, la nieve se detuvo. Y ni una hora antes. Aún era de mañana. A medida que el cielo se despejaba, Marie tenía la esperanza de que su objetivo se lograría en unas horas. Ella se paró en la ventana de su habitación y contempló el pueblo fuera de las puertas de la fortaleza. El humo se elevaba de los techos de las casas que aún estaban ocupadas, y ella se sintió aliviada de que la población de la villa no hubiera disminuido una vez más.

Su alivio no era desinteresado. Ella necesitaba al anciano boticario. Hubiera sido muy inconveniente si él no hubiera sobrevivido a la tormenta.

Ella pidió sus botas más pesadas y su capa más gruesa, insistiendo en que su doncella Agnes buscara los guantes forrados de piel que aún no se había puesto ese invierno. Las doncellas se vistieron rápidamente una vez que Marie estuvo vestida, sabiendo muy bien que ella podría dejarlas atrás.

El trío descendió las escaleras y Marie sintió, más que vio, que las observaban.

Por supuesto, Royce sospechaba absurdamente. Ella se dio vuelta y lo buscó deliberadamente, como si tuviera que pedirle permiso para cada paso que daba.

"Mi señor", murmuró ella cuando lo encontró en sus libros. "Le quisiera rogar que me permitiera visitar el pueblo esta mañana."

Ella vio el brillo en sus ojos cuando él miró hacia arriba, aunque rápidamente ocultó su satisfacción. "¿Por qué se aventuraría al frío, mi señora?"

"Ninguna prueba es demasiado para mí, señor, en la búsqueda de nuestro objetivo común".

Él se inclinó hacia atrás, examinándola. "¿Cuál podría ser ese objetivo?"

"¡La concepción de un hijo y heredero, por supuesto!" Ella hizo un gesto a las doncellas que estaban recatadamente detrás de ella. "Emma me recuerda que una botica en el pueblo de su madre tenía una poción para acelerar la concepción, y recordé que hay un viejo boticario en tu propia aldea. Yo quiero rogar su ayuda hoy, señor.

"Qué extraño que Emma recuerde ese incidente sólo ahora."

Marie se rió levemente. "La memoria es una cosa extraña, mi señor. Estuvimos hablando durante la tormenta de otro clima tan malo que habíamos conocido, y Agnes recordó a su tía trabajando para dar a luz a un niño en una tormenta de nieve, cuando todos temían que la partera no llegara a tiempo". Dio un paso adelante y bajó la voz, como si sus palabras fueran solo para Royce. —En efecto, señor, eso me impulsó a confiar mi decepción a mis doncellas por primera vez. No es apropiado que se den cuenta de que tenemos debilidades, pero en este caso, creo que la confesión puede conducir a un buen resultado".

Royce sintió el engaño, sin duda. La observó durante un largo momento. "Pensé que lo habías compartido todo con Agnes y Emma", murmuró él, hablando en inglés obviamente con la esperanza de que no lo entendieran.

Muy tonto era, porque ambas doncellas hablaban francés, inglés y alemán con fluidez. Marie se alegró una vez más de que se subestimaran sus activos.

"Sólo lo que conviene, señor", mintió Marie. Ella hizo un pequeño puchero. "Seguramente a usted también le gustaría ver cumplida esta misión."

Él sonrió y la saludó con la mano. "Por supuesto, mi señora. Solo espero que adornes la mesa al mediodía".

"Por supuesto", estuvo de acuerdo ella, sonriendo para que él no notara cómo apretaba los dientes. Ella se volvió hacia sus doncellas ante su despedida y marchó hacia el pasillo, con ellas en rápida persecución. "Después de todo", murmuró ella en voz baja. "¿Quién se perdería otra comida de estofado de venado? ¡Oh, qué haría yo por una medida de mantequilla y miel untada en pan recién hecho!"

Sin embargo, la mantequilla y la miel eran la menor de las pruebas de Marie en Haynesdale. Solo había una forma de asegurar su libertad, y era con el hijo. Ella no había mentido sobre su intención de buscar esa poción en particular del boticario.

Pero también planeaba buscar otra cosa.

Fueron seguidas por Gaultier, discretamente, pero no tan discretamente que ella ignorara su presencia, lo que demostró el mérito de su previsión.

Sí, ella también tendría el estímulo para la concepción y la poción para dormir.

Quizás el doble, solo para estar segura de que tanto Royce como su Capitán de la Guardia soñaran dulcemente esa tarde.

Bartolomé no podía evadir su obligación. La luz del sol llenó la abertura de la caverna con un resplandor que no podía ignorarse. La nieve fresca brillaba en el bosque, invitándolo a cumplir su promesa. Él quería quedarse con Anna, pero esa tarea debía quedar atrás. Ella estaba despierta, acurrucada contra él, con las yemas de los dedos trazando círculos alrededor de la marca en su pecho.

¿Cómo cumpliría él su palabra con Marie sin mancillarlos a ambos con un acto adúltero? Era un acertijo y la consideración no había revelado una solución.

Quizás no había ninguna.

Él se levantó de la cama con el corazón apesadumbrado y comenzó a vestirse. Anna lo miraba con expresión cautelosa y él sabía que no se quedaría en silencio por mucho tiempo.

Que ella fuera tan franca era parte de lo que más amaba de ella. Él quería que ella fuera feliz, incluso en su ausencia, pero se preguntó si se había equivocado al ser honesto. ¿Había destruido su futura felicidad al confesarle su amor? De todos modos, él no podía arrepentirse de la dulzura que habían encontrado en el toque del otro.

Parecía que él no podía hacer nada bien desde que había llegado a Haynesdale.

"¿Me ayudarás con el aketon?" Preguntó Bartolomé, maravillándose de que ella no hubiera hablado hasta ahora. Anna se levantó y se acercó a él, espléndida en su desnudez y tan atrevida ahora en la intimidad como lo era en todos los demás asuntos.

Quizás él había logrado algo.

"¿Por qué sonríes?"

"Porque eres hermosa." Él la tomó de la nuca con la mano y la besó, levantando los labios de los de ella con tal desgana que ella sonrió a su vez.

"Date la vuelta", murmuró ella, inclinándose para recoger el aketon. Él no siguió sus instrucciones de inmediato, sino que disfrutó de verla. Su cabello caía sobre su hombro en una cortina oscura, y él anhelaba besar su piel clara de nuevo y conjurar su pasión una vez más.

Pero no había tiempo.

Bartolomé se puso el aketon y le dio la espalda. Anna lo ató con cuidado y él supuso que se demoraría en la tarea de retrasar su partida. Sus manos aterrizaron en la parte posterior de sus hombros y él se preguntó por qué se detuvo.

"¿Y si?," ella comenzó suavemente y él miró por encima del hombro para encontrarla frunciendo el ceño. "¿Y si Royce muriera?"

"Te lo dije..."

"No, sé que no lo matarás de inmediato, pero ¿y si muere en una batalla de honor?"

"No entiendo."

Anna anudó el encaje. "Si Royce muere y te casas con Marie, ¿el rey consideraría más favorablemente tu solicitud de mantener el sello de Haynesdale?"

Bartolomé no quería pensar en casarse con una mujer como Marie. Él imaginó que su encanto desaparecería rápidamente una vez que se intercambiaran los votos nupciales, pero Anna estaba tan concentrada que él consideró la pregunta. "Él podría." Él se encogió de hombros.

"Podría verse como una continuidad en la administración de la propiedad. Es difícil de decir."

Anna asintió. "Pero el tesoro de Haynesdale se convertiría en tu posesión entonces, como barón de Haynesdale a través de ella, por lo que podrías pagar el título."

"Pero Royce aún tendría que morir." Bartolomé frunció el ceño. "Además, el problema sigue siendo que debo cumplir mi palabra, pero preferiría no cometer una indiscreción con la esposa de otro hombre."

Ella encontró su mirada. "Así que encuéntrate con ella, pero sé descubierto antes de que se cometa una indiscreción de ese tipo. Déjate desafiar por Royce y lucha contra él, de hombre a hombre".

Bartolomé levantó su cota de malla, considerando eso. Se la pasó por la cabeza y Anna le ató la espalda, luego lo ayudó a ponerse el tabardo.

"Podría funcionar", reflexionó él.

Ella le quitó el tabardo y le dedicó una sonrisa. "Solo si ganas".

Bartolomé sospechaba que la victoria no se conseguiría fácilmente. "Él hará trampa", dijo él con una sonrisa.

Anna se rió y tomó su rostro entre sus manos. "Finalmente, aprendes algo de desconfianza de los demás", dijo ella, luego lo besó.

Fue un beso dulce pero ardiente, uno que envió calor y propósito a través de sus venas, y uno que terminó demasiado pronto.

Él sonrió mientras miraba a Anna en su abrazo. Su orgullo por su idea brillaba en sus ojos. "Es un esquema tortuoso."

"Y uno que nadie esperaría de un hombre de tu calaña", estuvo de acuerdo ella. Pero es posible que puedas usar a Marie para tus fines, tal como ella te usaría a ti para los suyos. Creo que sería apropiado".

Él hizo una mueca. "¿Y qué haremos, tú y yo, cuando yo sea barón y esté casado con Marie y tú aún vivas en el pueblo?"

Anna tragó y sus ojos brillaron con lágrimas sin derramar. "Nos desearemos lo mejor y nos comportaremos con honor", respondió ella, sus palabras roncas. "No puedes tener futuro con la hija del herrero, y yo lo sé tan bien como tú."

Bartolomé volvió a besarla, más detenidamente, porque temía que fuera la última vez. Él no mancillaría ningún matrimonio que hiciera con una infidelidad, incluso si fuera con una mujer como Marie. Él deseó que fuera de otra manera. Cuando él rompió el beso, llenó su mirada con la vista de Anna, su corazón latía con fuerza a punto de estallar. "Que te vaya bien", murmuró él, y le apartó un mechón de pelo de la mejilla. "Nunca te olvidaré, Anna, y mi corazón siempre será tuyo."

—Y el mío, tuyo, sin duda —respondió ella, luego se inclinó como si él ya fuera un buen señor. "Buen viaje, mi señor", añadió ella, y él la vio parpadear para contener las lágrimas. "Que toda buena fortuna llegue a tu mano."

Bartolomé escuchó el temblor en la voz de Anna y quiso tranquilizarla, pero sabía que si la tocaba, su resolución se perdería.

"Quédate con el perro", dijo él en voz baja. Cuando ella asintió, él se volvió y salió de la caverna, preparándose para lo que pudiera traer el día.

Él se esforzaría por seguir su plan y esperaba que tuviera éxito, ya que ofrecía la mejor posibilidad para su futuro.

Por mucho que él hubiera deseado lo contrario.

Aunque la baronía podría estar cerca de sus manos, Bartolomé se sorprendió al darse cuenta de que lo entregaría todo para estar con la hija del herrero para siempre.

Su deseo personal no importaba. Él tenía que cumplir su palabra.

Este era el precio de ser el hijo de su padre, un caballero y un hombre que aspiraba a tener el sello de Haynesdale en su propia mano. Bartolomé nunca antes había considerado que el costo podría ser demasiado alto.

ANNA SABÍA que Bartolomé no podría haber elegido de otra manera. Él era un hombre de mérito, por lo que ella temía por su destino en compañía de aquellos que no mostraban ningún respeto por el honor, la justicia o el bienestar de los demás. No es que él no se diera cuenta de que había maldad, sino que él no podía participar en ella. Él no se volvería como ellos, y el hecho le dolía en el corazón.

Si él moría, ella lo lloraría todos los días.

Si él no moría, ella lo anhelaría todos los días.

Era una recompensa pobre, y Anna se entristeció de que el resultado del amor fuera tan pobre.

Ella se sentó y miró las gallinas de Esme, más abatida que nunca. Si no había un hijo destinado a regresar y ningún Bartolomé que la desafiara, Anna no podía imaginar una buena razón para despertar cada día. Si él tenía éxito y se casaba con Marie, y ella tenía que verlo todos los días en compañía de esa mujer, también era motivo para quedarse en la cama.

Anna prefería con mucho la razón por la que había tenido que quedarse en cama durante la tormenta.

Cenric se apoyó en su pierna y ella le frotó las orejas, sonriendo a pesar de su interés por las gallinas. Ellas ignoraban al perro, ya confiando en que no las tocaría.

"Entonces, él se ha ido", murmuró Esme, luego se sentó junto a Anna. "Yo dudaba que se quedara en Haynesdale una vez que la nieve dejara de caer."

"Él se queda en Haynesdale", respondió Anna. "Porque mantiene una promesa a Marie."

"¡Ese!" Esme negó con la cabeza. " Marie no es la medida de la primera esposa de Royce, eso es seguro."

"¿Su primera esposa?" Anna estaba feliz de abordar cualquier tema que la hiciera olvidar sus aflicciones o la búsqueda de Bartolomé.

—Sí, la que trajo primero a Haynesdale, después de la muerte de la dama Gabriella. Ella era una belleza, aunque pensaba poco en la morada de su marido".

Anna recordaba poco a esa mujer, aunque sabía que Royce se había casado antes. ¿Por eso tampoco tuvo un hijo con ella? ¿Ella rechazó sus atenciones?

Esme se rió. "Había cuentos, por supuesto."

"¿Qué tipo de cuentos?"

La anciana le sonrió a Anna. "¿Nunca te extrañó que tu padre, el herrero, estuviera en posesión de una ballesta tan fina?"

"Por supuesto, pero solo me fue confiada después de su muerte. Mi madre me la guardó". Anna se encogió de hombros. "Hubo poco tiempo para preguntas, porque ella me la concedió justo antes de que comenzara el parto."

"Tu madre." asintió Esme. "yo podría haber dicho que obtuviste tu valentía de su sangre, pero eso no es posible."

Anna frunció el ceño. "¿Qué quieres decir?"

"Nunca importó, Anna, por eso no te dijeron la verdad."

"¿Qué verdad?"

"Pero ahora escucho tu admiración por ese caballero, y me temo que sí importa. ¿Tiene él algún respeto por ti?

"Esme, hablas con acertijos, y hoy, no puedo soportarlo."

"¿Lo tiene?" repitió la anciana.

"No importa. Es un caballero y puede reclamar el título de Haynesdale. No soy más que la hija del herrero del pueblo".

La mujer mayor se inclinó más cerca. "Pero no eres la hija del herrero."

El corazón de Anna se apretó.

Tu padre era el capitán de la guardia en Haynesdale y esa ballesta era suya. Él era el hijo menor del duque de Arsent, sin ningún derecho de nacimiento salvo su linaje y sus espuelas".

Anna negó con la cabeza, incapaz de aceptar esta historia. "Mi madre nunca habría sido tan desleal con mi padre..."

"No, ella no lo hubiese hecho y no lo fue. Sin embargo, era leal a la dama de Haynesdale".

"No entiendo."

Esme tocó el brazo de Anna. Tu madre sirvió a la dama que fue la primera esposa de Royce. Ella trabajaba en la fortaleza como sirvienta en aquellos días y conocía los secretos de la dama. Ella sabía, por ejemplo, que la dama había estado con el Capitán de la Guardia."

Anna contuvo el aliento.

Alguien más lo sabía, porque fueron traicionados. La dama fue confinada a sus aposentos y el Capitán de la Guardia fue ejecutado."

Anna se llevó la mano a los labios.

"La dama confiaba mucho en tu madre y encontraban mucha cordialidad cuando ambas esperaban un bebé al mismo tiempo. Un primer hijo para ambas. Incluso estuvieron de parto la misma noche, bajo la misma luna llena. El parto de tu madre fue problemático desde el principio. Lo recuerdo bien, así como la agitación del herrero." Esme hizo una pausa por un momento. "La hija del herrero murió sin llorar primero."

Anna negó con la cabeza. "Pero yo estoy aquí."

Esme sonrió. "La dama de Haynesdale también dio a luz a una niña, una niña que mostró su determinación temprano. Era una niña robusta y que gritaba poderosamente para anunciar su llegada. Era la hija de su padre, porque el Capitán de la Guardia había sido audaz y valiente, si no intrépido".

Anna jadeó.

Y así fue como la dama de Haynesdale temió por la vida de su hija, adivinando que Royce no toleraría un bastardo en su morada. Ya ella no confiaba en su marido, y cuando tu madre confesó su pérdida, las dos inventaron un plan. Ellas intercambiaron a sus hijas por la noche, la dama reclamó el cadáver como suyo y el herrero contó a todos que su esposa había dado a luz una niña robusta".

"No", susurró Anna, su corazón latía con fuerza.

"La dama le dio la ballesta al herrero para que conocieras tu legado. Nadie sabía lo que sucedería después, y una vez que el herrero y su esposa murieron, parecía poco mérito contarte la historia".

"¿Alguien más lo sabe?"

"Sí", dijo el padre Ignatius detrás de Anna. Y otros lo sospechan. Tienes el aire de mando de tu padre y su audacia".

Esme se inclinó para susurrar. "Eres noble, Anna, hija del hijo menor de un duque y una baronesa."

Anna miró entre los dos con asombro, luego se puso de pie. Ella podría casarse con Bartolomé. Quizás ellos podrían triunfar juntos.

Quizás ella mataría a Royce por él.

"Tengo que encontrar a Bartolomé. ¿A dónde fue él?"

"Él pidió que le indicaran cómo llegar al viejo molino desde aquí", confió el padre Ignatius.

"Hay mujeres en las que confiaría en una situación así, muchacho, pero esta Dama de Haynesdale no es una de ellas".

Bartolomé yacía en la nieve junto a Duncan, con la barbilla apoyada en el puño enguantado, mirando el viejo molino. El sol acababa de pasar su cenit y nada se movía en la vieja aldea excepto un rebaño de cabras que vagaba por la nieve. Un par de aldeanos las atendían sin mucho interés, y ellas balaban mientras cavaban bajo la nieve fresca en busca de forraje.

"No necesito confiar en ella, no si sigo el plan de Anna."

Duncan hizo una mueca. "Creo que es arriesgado confiar en ella incluso hasta ese punto. Ella podría estar en alianza con su esposo, porque en verdad, ella tiene tanto que perder como él".

"Hay muchas barreras entre la baronía y yo."

"Y la solución más simple para Royce sería verte muerto ahora, antes de que cualquiera de esos obstáculos sea superado."

Bartolomé miró a su compañero. "No sugieres que rompa mi palabra."

El anciano negó con la cabeza. —No tienes ningún argumento mío sobre el cumplimiento de una promesa, muchacho. ¿Qué otro hombre que conozcas ha pasado años cumpliendo su palabra y viajó por toda la cristiandad para hacerlo?

"¿Tú?"

"Si Fergus ha encontrado problemas en mi ausencia, mi vida ha terminado como la conozco", gruñó Duncan. "Juré pagarle a su padre por salvarme la vida, por lo que su padre me envió para asegurarse de que su hijo regresara de Ultramar." Duncan fulminó con la mirada al pueblo que tenían ante ellos. "Si él ha encontrado alguna dificultad para hacerlo de otra manera, cuando yo no pude hacer nada al respecto, realmente me enojaré."

"Fergus volverá pronto."

Las cejas de Duncan se levantaron. "Y por eso rezo para que así sea."

"Años cumpliendo tu palabra", repitió Bartolomé.

"Y no me arrepentí ni un momento, no hasta que llegamos a París."

"¿Por qué fue eso?"

"Porque encontré algo que me importaba más que mi palabra, muchacho, pero un compromiso debe cumplirse antes de poder hacer otro. No tienes que discutir el asunto conmigo".

Bartolomé consideró al hombre mayor, preguntándose qué había encontrado de mayor importancia. "¿Qué encontraste?"

"Quién, muchacho. La pregunta es quién". Duncan sonrió. "Una pequeña muchacha con fuego en los ojos". Suspiró él.

"Radegunde", supuso Bartolomé.

Los ojos de Duncan se entrecerraron mientras miraba el molino. "Una promesa cumplida antes que otra. Eso es todo lo que un hombre puede hacer".

A Bartolomé le sorprendió darse cuenta de que él y Anna no eran los únicos amantes separados por las circunstancias. "Cuando Fergus regrese, viajaré a Killairic contigo y amenazaré su vida para que puedas cumplir tu promesa."

Duncan sonrió. "Aprecio la oferta, muchacho, pero tienes un desafío más que suficiente por delante."

Eso era bastante cierto.

"Mira", murmuró el escocés. "Ella viene."

Bartolomé vio llegar a Marie ante el molino. Ella montaba una hermosa yegua y sus doncellas iban en caballos más pequeños. Todas miraban a su alrededor furtivamente. Una agarró las riendas del caballo de su dama y la otra desmontó, apresurándose hacia el molino con su dama. La segunda doncella se llevó a los tres caballos y se puso a cubierto en el bosque.

"Ella vigila el camino hacia la nueva fortaleza", murmuró Duncan y lanzó a Bartolomé una mirada de complicidad. "La señora está bien preparada para su asignación."

Bartolomé estaba estudiando la escena, preguntándose cuál era la mejor manera de asegurarse de que lo descubrieran. El plan de Anna era bueno, pero se basaba en la presencia de alguien en quien el barón confiaba. "Ahí", murmuró, señalando a un hombre que salía del vestigio quemado de la vieja fortaleza. Él le entregó su ballesta a Duncan. "Deja que me siga."

Duncan asintió. "Si no entra al molino después de haber contado hasta cien, lo llevaré adentro." Él colocó una flecha en la ballesta y la amartilló.

Bartolomé recordó que todavía tenía las llaves del padre Ignatius. Si lo capturaban, se las quitarían. Le entregó el anillo a Duncan, quien lo guardó en su alforja.

Ellos intercambiaron una mirada, luego Bartolomé se dirigió al molino. Él permaneció al abrigo del bosque, dirigiéndose hacia la criada que se mantenía en el camino. Él entró en el claro de la vieja aldea antes de llegar a ella, luego se apresuró a ir al molino. Se detuvo en la puerta, asegurándose de que fuera visible y se aseguró de no ser derribado. Respiró hondo y luego entró en el molino.

De una forma u otra, muchas cosas se habrían resuelto cuando Duncan contara hasta cien.

∽

PUEDE que el molino no fuera el mejor lugar para una asignación, pero no estaba del todo mal. Marie lo había elegido con cuidado. El molino estaba, ante todo, lo suficientemente distante de la fortaleza como para que Royce no oyera ninguna prueba de lo que hacía. Contaba con varios escondites lo bastante grandes para un hombre, porque los viejos graneros estaban intactos. Hacía frío, pero el techo estaba entero, y la gran piedra de molino tenía la altura perfecta, según la experiencia de Marie, para el coito. Ella se quitó la capa y la dejó sobre la piedra de molino, mientras Agnes miraba la puerta.

"Él viene", dijo la criada en voz baja.

Marie se abrazó a sí misma en el frío. El encuentro tendría que ser rápido. Mientras ella había consumido la poción que se decía que ayudaba a la concepción, Royce se había negado a tomar más que una probada del vino que ella había corrompido en la mesa. Él dijo que tenía mucho trabajo que hacer en sus libros, porque los impuestos se enviarían pronto a la corona y había dejado la mesa antes de tiempo.

Si bien eso había resuelto la cuestión de que ella abandonara la fortaleza sin despertar sus sospechas, él no estaría dormido como ella había planeado. Hubo un tiempo en el que ella pudo haber saboreado el riesgo, pero no ese día.

Bartolomé cruzó la puerta y entrecerró los ojos ante la relativa oscuridad del molino. Su mirada pasó rápidamente por encima de ella, lo que a ella no le agradó demasiado, hacia la gran habitación de la casa del molinero. Él miraba muy intensamente al suelo, luego a una ventana distante, lo que no tenía ningún sentido.

"¡Date prisa!" dijo ella, dando un paso adelante para tomar su mano.

"Aquí y hay que hacerlo rápidamente". Ella metió la mano debajo de su tabardo, pero él la tomó de la mano antes de que ella pudiera desatar sus calzas.

"Debe haber algo de romance", protestó él, luego le sonrió. Él levantó la otra mano hasta su mejilla. "Me gustaría verla complacida, Marie".

"No hay tiempo para tal placer", insistió ella, alcanzando de nuevo la parte delantera de sus calzas. Él la hizo retroceder hacia la piedra del molino, que era una especie de progreso, y la atrapó contra él con las caderas. Todo lo que ella podía sentir era su cota de malla y estaba lo suficientemente fría como para hacerla temblar de nuevo.

Él tomó su barbilla en su mano. "Sedúceme", invitó él, en voz baja, y Marie apretó los dientes.

"Tómame", replicó ella, tirando del dobladillo de su kirtle. "Antes de que nos descubran."

Él la observó, todavía manteniéndola cautiva contra la piedra de molino, luego se quitó los guantes, un dedo a la vez. Marie se retorcía contra él con impaciencia, pero él tardó una eternidad en dejarlos de lado. Luego le pasó la palma de la mano por el muslo, sonriendo mientras le subía la camisola y la falda, dejando al descubierto la parte superior de la media para verla. Él le dirigió una mirada brillante y ella contuvo el aliento ante su encanto. Él la tomó por la nuca con la otra mano y luego se inclinó para besarla debajo de la oreja. Marie suspiró y cerró los ojos por un momento, deseando que hubiera más tiempo para este encuentro. Ella sintió una sombra y sus ojos se abrieron de golpe.

"¡No!" gritó ella cuando vio la silueta del hombre en la puerta. Era Gaultier, sin duda. Él levantó un cuchillo para arrojarlo. Ella pateó a Bartolomé a un lado y él la movió a un lado, justo cuando el cuchillo se clavaba en la pared detrás de ellos. Agnes saltó hacia Gaultier, pero él la golpeó en la cara con el puño de malla.

Agnes cayó al suelo sangrando y no volvió a moverse.

El corazón de Marie tronó de terror. Gaultier pretendía matar, no golpear. Él desenvainó su espada y entró en el molino, con la mirada fija en Bartolomé.

"Deseas tomar lo que no es tuyo", gruñó él.

Bartolomé desenvainó su propia espada, la hoja brillando a la luz.

"Defiendo el derecho de la dama a tomar una decisión."

"Ella no tiene derecho a regalar la propiedad de su señor", respondió Gaultier. "Y yo tengo todo el derecho a defender lo que es suyo." Los dos hombres se atacaron entre sí, sus espadas chocando con furia. Marie retrocedió y corrió hacia la puerta. Cayó junto a su doncella y le tomó el pulso.

No había ninguno, y el charco de sangre se hacía cada vez más grande.

Agnes estaba muerta, muerta por su lealtad a Marie.

¿Qué había hecho ella?

Los dos caballeros luchaban ferozmente, moviéndose hacia adelante y hacia atrás por el suelo y golpeándose salvajemente el uno al otro. Marie vio con horror cómo Gaultier se movía de repente, haciendo tropezar a Bartolomé y arrojándolo contra una pared. Su espada estaba en la garganta de Bartolomé, y ella sabía que mataría al otro caballero. Ella no podía creer que Bartolomé hubiera sido superado tan fácilmente, pero tampoco lo vería morir.

"¡No!" Marie gritó de nuevo, y Gaultier vaciló un momento precioso. "Mi señor esposo se enfadará si usted le quita la justicia."

Gaultier sonrió. Presionó su espada contra la garganta de Bartolomé y Marie temió que su protesta hubiera sido en vano. Ella pudo ver sangre roja corriendo por la hoja. "Suelta tus armas, y el barón podrá decidir tu destino."

Bartolomé dejó su espada, moviéndose lentamente y colocándola en el suelo. Se quitó el cinturón con su daga enfundada, lo dejó también y luego se enderezó con las manos en alto.

Gaultier se rió entre dientes y luego lo instó a que abandonara el molino, con la punta de su espada en la espalda de Bartolomé.

"¡Mi sirvienta!" protestó Marie.

"Alguien la traerá", dijo el Capitán de la Guardia con indiferencia. "Vuelve a toda prisa a la fortaleza, mi señora, si quieres sobrevivir este día."

"Yo seguiría su consejo", agregó Bartolomé y Gaultier lo golpeó en la parte posterior de la cabeza.

"Puedes dar tu opinión cuando te la pidan", gruñó y Marie aprovechó la oportunidad para huir.

EL BESO DEL CABALLERO DE LAS CRUZADAS

∼

ANNA SE ARROJÓ a la nieve junto a Duncan.
El hombre mayor le dirigió una mirada. Él sigue tu plan, aunque yo te desaconsejé. ¿Viniste a ver el resultado?
"Vine a ayudar." Ella vio como Bartolomé entraba en el molino y oyó a Duncan comenzar a contar en voz baja. Él levantó su ballesta y la apuntó hacia el antiguo torreón. Anna vio a un hombre holgazaneando allí.
Ella cargó su propia ballesta.
"No fallaré", dijo Duncan con fuerza.
"No puedes acertar a tres", respondió Anna.
"No hay nadie más en el claro."
"Salva a los dos pastores, ninguno de los cuales es Herve ni Regan."
"¿Estás segura?"
"Herve es anciano y camina con un bastón. Dudo que de repente haya tenido una recuperación tan notable de su reumatismo".
Duncan frunció los labios. "No con este clima, sin duda".
"Mientras que su hermana Regan es pequeña, tan alta como mi hombro."
El escocés asintió. "¿Y nadie más cuida las cabras?"
"Nadie más con la forma como un hombre de armas".
"¿A quién derribaremos primero?"
Deja el que está en la fortaleza en ruinas. Tiene el mismo tamaño que Bartolomé y debe ser Gaultier".
"Y habría repercusiones por su fallecimiento, sin duda."
Ella asintió. "Y ninguna voz de razón para detener a los demás. Una vez que él entre al molino, yo derribaré al de la izquierda que está haciéndose pasar por pastor, y tú el de la derecha. Si otros se revelan, los derribaremos como podamos".
"Una sirvienta está en el camino con los caballos, justo al abrigo del bosque."
"Sí, pude oírla. Debe haber tenido miedo porque hablaba con los caballos".
"La otra está con Marie."
"No heriría a ninguna de ellas, ni siquiera a Marie", dijo Anna,

incluso cuando Gaultier se alejaba del torreón en ruinas. Él me movió rápidamente hacia el molino, sacando una espada de su cinturón. Se aplastó contra la pared fuera de la puerta, inspeccionó el claro y luego se metió bruscamente.

Marie gritó.

Duncan y Anna dispararon sus ballestas al mismo tiempo. Los dos pastores cayeron en silencio, luego hubo un rugido desde la dirección del camino. Las cabras balaron y corrieron hacia los campos distantes.

Tres guerreros más salieron del bosque y corrieron hacia el molino. Parecían más pequeños que los demás, o quizás más jóvenes, pero importaba poco. Estaban armados.

Anna se puso de pie de un salto y cargó otra flecha. "Izquierda", murmuró ella.

"Bien", respondió Duncan.

Una vez más, dos flechas volaron por el aire. El objetivo de Duncan se movió de repente y su flecha falló. Anna acertó en el pecho del agresor al que había apuntado. Los dos hombres supervivientes giraron y corrieron hacia ellos.

"Después de ti", dijo Duncan, y Anna disparó.

El de la izquierda cayó con un grito después de que la flecha se hundiera en su ojo.

El de la derecha cayó al suelo un momento después, la flecha de Duncan en su garganta.

Ambos cargaron sus ballestas de nuevo y se quedaron en silencio, escuchando.

Ellos podían escuchar el sonido de espadas proveniente del molino, pero de repente cesó. Marie gritó de nuevo, luego se hizo el silencio.

¿Bartolomé había tenido éxito en su plan?

Seguramente Marie lloraría más fuerte si su futuro amante hubiera sido asesinado.

Seguramente Bartolomé gritaría triunfante si hubiera matado a Gaultier.

"Atrás", aconsejó Duncan y se retiraron al bosque. Apenas habían llegado a la maleza cuando Marie salió corriendo del molino. Ella huyó por el camino, sin duda hacia el punto donde esperaba su doncella. Ella estaba llorando.

¿Pero por quién?

Anna pudo haber ido a averiguarlo, pero Duncan le puso una mano en el brazo. Para su alivio, Bartolomé apareció a continuación con las manos en alto. Le habían despojado de su cinturón y armas, y Gaultier lo instaba a avanzar a punta de espada. El Capitán de la Guardia inmediatamente espió a sus tropas caídas y dio un grito. Cuatro hombres más salieron al galope del bosque para rodear a su comandante. Ellos llevaban un quinto caballo, aunque era simplemente un caballo. Gaultier ató a Bartolomé con las manos a la espalda y montó en el caballo con la silla vacía, luego regresaron al galope hacia el punto donde la carretera desaparecía en el bosque. Se oyeron los lamentos de Marie, luego el sonido del grupo se dirigió hacia la nueva fortaleza.

"El fragmento de la verdadera cruz", le susurró Anna a Duncan. "No pueden tener esa espada."

Él hizo una mueca, porque evidentemente había adivinado lo que ella haría. "Corre, muchacha, que volverán por sus muertos."

"Silba si los ves", dijo ella.

"Dos veces", estuvo de acuerdo Duncan y le dio una muestra. Anna asintió y corrió hacia el molino. Ella miró a izquierda y derecha antes de acercarse a la puerta, luego miró hacia Duncan desde el umbral. Ella no pudo ver ni rastro de él. Se apresuró a entrar en el interior en sombras y luego se detuvo consternada al ver a la doncella caída.

Se inclinó y tocó la garganta de la otra mujer, pero estaba muerta.

Anna se santiguó y luego examinó el interior. Ella pudo ver el destello de una vaina al otro lado de la sala común. Se apresuró hacia ella, consciente de que no tardaría mucho, y reconoció el cinturón y la vaina de Bartolomé. Su daga todavía estaba en su funda, pero su espada estaba en el suelo. La deslizó en la vaina, asombrada por su peso, luego escuchó un doble silbido.

Se puso de pie y escuchó el acercamiento de los cascos.

¡El granero!

Anna saltó las escaleras, haciendo una mueca cuando un paso crujió en protesta. Se arrojó a uno de los grandes contenedores de almacenamiento con tapa y bajó la tapa. Ella dejó el cinturón de Bartolomé en el suelo delante de ella y cargó su ballesta, apuntando la punta de la flecha al borde del contenedor.

Si algún alma fuera lo bastante tonta como para abrirlo, tendría una flecha en el ojo como recompensa. De tan cerca, bien podría atravesarle el cráneo.

Ella esperaba que fuera Gaultier.

Anna contuvo el aliento y esperó.

Los cascos de las bestias se detuvieron delante de la puerta y ella escuchó el sonido de las botas en la piedra de la entrada. "Sí, ella está bien muerta, seguro" dijo un hombre, entonces levantó su voz. "Trae el vagón de la fortaleza. Veo tres hombres caídos cerca del camino y debe haber otros dos hombres."

¡Sí, señor!" Los cascos de las bestias se alejaron.

Anna escuchó. ¿Cuántos habían ido al molino? ¿Qué harían mientras esperaban? Ella escuchó botas en el piso, y pensó que había más de un hombre cerca.

"Tres escuderos y dos caballeros muertos hoy" refunfuñó un hombre. "habrá un precio que pagar por eso, recuerda mis palabras"

"No te olvides de la dama. Ella es hermosa" dijo un hombre con pesar.

"Sí, siempre fantaseas con las que no puedes tener",

Unas pisadas se acercaron.

"¿Por qué habría venido ella a este lugar? Es primitivo y frío."

"Pero nadie la oiría gritar de placer."

"Ella gritará esta noche, de eso puedes estar seguro. Él la golpeará hasta dejarla morada."

"Él podría dárnosla a nosotros."

"No, no a su esposa legal." La voz del hombre se volvió animada. "Pero tal vez a su otra doncella, como lección"

"De ser así, Gaultier la tomará primero, y lo que él deje no valdrá la pena compartirlo"

Anna tembló ante esa verdad.

"Supongo que tendré que ir con los impuestos ahora." Dijo un hombre sin placer real. El otro hombre murmuró algo y aunque Anna aguzó los oídos no pudo discernir sus palabras. Ella levantó la tapa del depósito de granos con su cabeza, ligeramente, para poder escuchar mejor.

Un hombre se rio. "Sí, tienes razón. Ya sea en Winchester o en Londres, habrá más putas que aquí."

"¿Y si tenemos que llevarlo a Anjou?"

"Serías muy afortunado si tuvieras a una puta francesa por una noche en tu vida."

"Tal vez yo debería seducir a la dama Marie."

"Esa es una apuesta que no vale la pena." Sus voces se elevaron y Anna se agachó más, bajando la tapa.

"¿Qué es esto?" preguntó el hombre acercándose. "Alguien subió estas escaleras hoy. ¡Miren el polvo!

"Pequeñas pisadas", estuvo de acuerdo el otro hombre. "No son del caballero."

"Tal vez la dama pensó en tomarlo ahí."

"Quizás ella buscaba una buena cama."

Ellos se rieron a la vez, mientras Anna estaba sentada como una mujer tallada en piedra. Ella se atrevía escasamente a respirar. Ella cerró la mano sobre el pomo frío de la espada de Bartolomé y rezó con todo su corazón para que no la encontraran.

¿Qué hay ahí arriba de todas maneras?"

Se escuchó el crujir de una bota en la escalera, después el sonido de cascos de caballos. Anna escuchó el rugido de las ruedas del vagón y el sonido de un cuerpo arrojado dentro de él.

"¿y bien?" gritó un hombre afuera del molino. ¿Hay otro ahí dentro?"

"Sí, señor, lo hay," afirmó uno de los hombres dentro del molino y ambos se fueron. Anna cerró sus ojos con alivio. Cuando ella escuchó al grupo partir, ella se inclinó y besó el pomo de la espada en agradecimiento.

Sin embargo, ella no dejó su escondite hasta que no escuchó la voz de Duncan, una eternidad después. ¿Muchacha? Demandó en un susurro ronco. "Podemos irnos ahora si te das prisa. "

Anna no necesitaba una segunda invitación.

Marie estaba furiosa.

¿Cómo se atrevía Royce a interferir con su plan y negarle la oportunidad de escapar de ese agujero?

Ella se retiró a su habitación, como si se retirara a descansar la noche, consciente de que Royce esperaba que ella llorara por la pérdida de su amante. Él fue hacia ella, por supuesto con intención de probar su autoridad y se satisfizo a sí mismo con tediosa rapidez.

Ella pretendió dormir cuando él terminó, y se alegró de escucharlo partir. Ella sonrió cuando él cerró la puerta de su habitación desde afuera.

Había momentos en los que era una buena fortuna estar casada con un hombre estúpido. Marie esperó hasta las escaleras dejaron de crujir, hasta que el piso sobre ella crujió bajo el peso de la cama de Royce. Ella esperó hasta que los escuderos terminaron su trabajo, y la fortaleza se quedó quieta.

Entonces ella se levantó y tomó la llave que había robado años antes. Encajó perfectamente en la cerradura y la puerta se abrió con un sonido discreto. Emma la siguió, manteniendo su distancia a la señal de Marie.

Llegaron al gran salón, que estaba en sombras. Solo una vela brillaba en la gran mesa. Gaultier estaba ahí parado solo, su tabardo desarreglado y su pelo desordenado. Él levantó la copa que ella no había bebido al mediodía y la vació, Marie dio un paso atrás en las sombras, sin poder creer su buena fortuna.

Ni la cautela de su esposo.

Gaultier amaba su vino, pero Royce rara vez lo compartía con sus hombres.

El Capitán de la Guardia lanzó miradas furtivas sobre su hombro, luego bebió el resto del vino de las otras copas abandonadas sobre la mesa. Él sonrió cuando levantó la pequeña jarra que había sido servida para Royce y Marie, la que ella había envenenado con la poción para dormir. Él vació su contenido en la copa de Royce y lo bebió, apenas saboreándolo.

Él había consumido dos dosis de la bebida para dormir, quizás con el estómago vacío. Marie. Marie estaba en las sombras, observando y esperando.

Ella no tuvo que esperar mucho para saber que la poción de Finan eran potente.

SÁBADO 23 DE ENERO DE 1188

DÍA DE LA MÁRTIR VIRGEN SANTA EMERENTIANA

CAPÍTULO 13

A Bartolomé le dolía en lugares que él no sabía que poseía. Él habría jurado que le dolían las uñas, que tenía el pelo magullado, que le habían destrozado la médula. Gaultier había sido minucioso en su golpiza y Bartolomé había sido atado para asegurarse de que no pudiera defenderse.

¿Había perdido él un diente? Todo lo que podía saborear era sangre y sus labios estaban tan hinchados que no podía decirlo.

Ahora él comprendía por qué Duncan no se había apresurado a marcharse de Haynesdale. La mazmorra estaba húmeda y oscura, pero su único ojo estaba casi cerrado por la hinchazón. Lo peor de todo es que Gaultier había descubierto la marca en su pecho. Si no había estado condenado antes, la marca lo había condenado.

La descendencia de Nicolás debía morir.

Bartolomé había sido despojado de su cota de malla y aketon, y luego arrojado al calabozo. Él se tumbó en el suelo de tierra. Luchó contra el deseo de gemir y no pudo evitar desear no despertarse por la mañana.

Todo estaba perdido.

Él no había cumplido el plan de Anna. Él había traicionado la memoria de sus padres. La gente de Haynesdale sufriría por su llegada ahí, y parecía que sus días no tenían ningún mérito.

Él tenía muchas horas para considerar su locura en la noche, pero al final, temía que la noche fuera demasiado corta. Lo colgarían al amanecer. Esa era la justicia de Royce y le dolía el corazón porque la gente de Haynesdale tuviera que soportarlo para siempre.

La trampilla de arriba se abrió de repente, lanzando un rayo de luz hacia la mazmorra que lo apuñaló en el ojo. Bartolomé gimió entonces y rodó hacia la oscuridad. Todavía no podía ser de mañana, ¿verdad?

Él se movió justo a tiempo, porque otro hombre fue arrojado al calabozo. El cuerpo golpeó con fuerza el suelo de tierra, pero su nuevo compañero no emitió ningún sonido de protesta.

¿Era un cadáver?

Bartolomé retrocedió disgustado, pero la escalera de cuerda cayó de repente por la abertura. Él pudo ver a una mujer descender con determinación y en silencio. Ella le hizo un gesto con un dedo severo pidiendo silencio.

Era la doncella de Marie.

"¡Apresúrate!" la dama misma siseó desde el piso de arriba. Ella sostuvo una linterna para que su luz iluminara el pozo.

Bartolomé se incorporó con interés. Él vio que el otro hombre era Gaultier y ya no se arrepentía de su destino. Ese hombre rodó sobre su espalda y se movió, refunfuñando mientras intentaba abrir los ojos.

La criada le dio un puñetazo en la cara, mostrando una fuerza inesperada. Sus labios estaban tensos y su expresión furiosa. Gaultier retrocedió con un gemido bajo y ella lo golpeó de nuevo. Bartolomé escuchó el crujido de un hueso. Luego ella se acercó a Bartolomé y le desató las manos. Ella tiró del dobladillo de su tabardo.

"Quítatelo todo", ordenó en francés. "Dejarás este agujero como Gaultier."

La artimaña fue suficiente para poner a Bartolomé de pie, lleno de un nuevo propósito. Él se quitó el tabardo y la camisola. "Pero no nos parecemos mucho", argumentó él en voz baja.

"Lo parecerás cuando hayamos terminado", respondió la criada. "Se ha ordenado a pedido de la dama que el prisionero sea encapuchado para su ejecución para que nadie lo sepa hasta que sea demasiado tarde," Él respiró para tranquilizarse mientras ella le ofrecía el tabardo de Gaultier. Y Agnes será vengada.

Bartolomé estaba asombrado. ¿Gaultier moriría en su lugar? Él encontró la idea de Royce ejecutando a su propio Capitán de la Guardia muy apropiada. Él no lloraría por ese hombre que había abusado tanto de Anna y había matado a Agnes.

En unos momentos, él y Gaultier intercambiaron atuendos. Afortunadamente, eran del mismo tamaño porque la doncella insistió en que se cambiaran incluso las botas.

Luego ella le agarró la barbilla y lo volvió hacia la luz. "Su ojo izquierdo debe ser golpeado para que se hinche como el tuyo. Él necesita un hematoma en la mandíbula, justo como este. Lo haría yo misma si tuviera la fuerza", añadió ella y Bartolomé no lo dudó. Ella levantó sus manos. "Rompe estos dos dedos, también."

"Pero él no rompió el mío, no del todo."

"Lo intentó y será recordado." La doncella estaba sombría. "Documentan las lesiones en este lugar."

"Él puede protestar", señaló Bartolomé. "O pedir ayuda a gritos."

Ella se rió entre dientes. "Él dormirá al menos dos días, gracias a la poción. Estaba hecho para dos hombres, pero él bebió casi todo". De hecho, su tabardo olía a vino derramado. Él debe haber caído bajo la influencia de la poción cuando aún quedaba una medida en la taza. Su resurgimiento en la mazmorra debe haber sido la última protesta de su cuerpo contra la infusión.

Bartolomé asintió, satisfecho con ese plan. De hecho, le resultó muy satisfactorio asegurarse de que las lesiones de Gaultier coincidieran con las suyas.

No pasó mucho tiempo antes de que él subiera por la escalera de cuerda hasta el torreón. Marie se encontró con él allí, con los ojos brillantes. "¡Así que eres el verdadero hijo de Nicolás!" suspiró ella. ¡Y legítimo barón de Haynesdale!

Bartolomé miró de izquierda a derecha, no quería discutir el asunto cuando alguien pudiera oírlos.

Marie lo besó en la mejilla con evidente satisfacción. "El futuro es nuestro, señor. Yo lo aseguraré".

El plan de Anna había salido bien, pero Bartolomé sentía poca alegría por el logro. Un futuro ligado a Marie no era algo que él anhelara tener, pero parecía ser la única forma en que podría sobrevivir. Él recordó la diplomacia de Gastón y dijo poco, sin hacer promesas.

Esto no pareció preocupar a Marie.

Pronto él estuvo en la propia cama de Gaultier, con la capa de ese hombre envuelta alrededor de él y su capucha cubriendo su rostro. Él se giró hacia la pared, mucho más cómodo de lo que había estado en la mazmorra. Marie volvió a besarlo en la mejilla, su anticipación era clara, y él le agradeció con brusquedad su ayuda.

Las mujeres se alejaron, el golpeteo de sus pisadas se desvaneció rápidamente. La guardia nocturna dio la hora y la voz del centinela resonó en el pasillo.

Por lo demás, todo quedó en silencio.

Sin embargo, Bartolomé estaba bien despierto. La marea estaba cambiando y no se atrevía a dormir hasta que todo estuviera ganado.

~

"TENEMOS QUE SALVARLO", insistió Anna una vez más. Ella estaba muy enfadada, temerosa de la condición de Bartolomé e infeliz de que evidentemente no hubiera nada que ella pudiera hacer para ayudarlo.

"¿Y cómo sugieres que se logre la hazaña?" preguntó Duncan una vez más, su impaciencia era clara. Él reiteró sus objeciones y poco ayudó que Anna estuviera de acuerdo con todas ellas. "No hay forma de entrar a la fortaleza salvo por la puerta. La alcantarilla solo se puede usar para escapar. Y ningún ser viviente pasará por esa puerta sin ser visto". Él sacudió la cabeza. "Incluso con dos caballeros y tres escuderos muertos, la fortaleza todavía está bien armada."

Los que estaban en el bosque se habían reunido para conferenciar tan pronto como Duncan y Anna regresaron. Habían permanecido despiertos toda la noche, debatiendo su rumbo. Los muchachos habían ido inmediatamente a la vieja aldea para asegurarse de que tanto Herve como Regan estaban ilesos, y los habían ayudado a recoger el rebaño de cabras de nuevo antes de que cayera la noche.

"Royce nos tiende una trampa", dice Edgar con seguridad y no por primera vez. "Él anticipa que intentaremos salvar al verdadero hijo y nos matará a todos por ello."

"Primero matará a Bartolomé", añadió Stewart con gravedad. "Marca mis palabras."

"A menos que lo mate lentamente", agregó Edgar, lo que hizo poco para mejorar el estado de ánimo del grupo.

Anna maldijo en voz baja y se paseó. La nieve se había derretido en su camino establecido, pero ella todavía caminaba inquieta. "Debe haber una forma. Royce enviará los impuestos al rey pronto, por palabra de los guardias, y podemos asegurarnos de que la carreta nunca salga del bosque". Ella se volvió para mirar a los demás, extendiendo las manos. "¡Ese dinero podría pagar el reclamo de la propiedad!"

"Pero Bartolomé estará muerto para entonces, a menos que ideemos una manera de salvarlo", dijo Lucan, con una actitud sobria.

"¡Él podría escapar!" Sugirió Percy.

Todo el grupo negó con la cabeza como una. "No hay forma de salir de esa mazmorra solo, muchacho", dijo Duncan, luego alborotó el cabello del niño. "Es una prisión bien diseñada, sin duda."

"Pero alguien podría haberlo ayudado", insistió el niño.

"¿Quién en ese lugar aspiraría a que se haga justicia?" Preguntó Edgar. "Si hubiera un hombre que creyera en otra cosa que no fuera su propia supervivencia en ese lugar, ya habría desafiado a Royce."

"Y ya lo han sacrificado", asintió Stewart.

Anna se paseó de nuevo, luego se volvió para enfrentarlos. "¿Y si uno de los guardias abandona la fortaleza? ¿Y si pudiera ser capturado y uno de nosotros ocupara su lugar? Entonces podríamos ayudar a Bartolomé".

Duncan frunció el ceño. "No solo tendría que abandonar la fortaleza, sino que también debería estar fuera de la vista de los centinelas." Él sacudió la cabeza. "No dejarán la fortaleza."

"Podríamos sacarlos", insistió Anna. "Podríamos prender fuego a algo que Royce valora."

"¿El molino?" Sugirió Stewart.

Edgar hizo una mueca. "Él no verá las llamas hasta que el edificio esté casi destruido, porque la vieja aldea está demasiado lejos. Yo digo que no vale la pena el sacrificio". Él levantó un dedo. "Un día, puede que tengamos un buen barón y volvamos a nuestra aldea, y luego necesitaremos el molino." Sus palabras se quedaron en silencio, pues con Bartolomé cautivo, nadie tenía muchas esperanzas de que apareciera ese buen barón.

Anna se sentó con fuerza. "No podemos fallar. No ahora que el verdadero hijo ha regresado". El anillo en el cordón alrededor de su cuello parecía más pesado esa mañana.

El padre Ignatius se aclaró la garganta. "¿Dónde están mis llaves?"

Duncan metió la mano en su cinturón y se los ofreció al sacerdote, su expresión revelaba que había olvidado que estaban en su poder. Bartolomé debía habérselas concedido.

El sacerdote los tocó con los dedos y luego levantó uno de los más pequeños. "Esta abre la puerta cerca de la capilla."

Los demás se enderezaron con interés. Quizás ellos, como Anna, lo habían olvidado.

"Pero Bartolomé la usó. Estarán vigilando ese camino —protestó Anna.

El sacerdote cuadró los hombros. "Yo apostaría a que no matarán a un sacerdote que vaya solo a ofrecer los últimos ritos a un preso condenado."

Todas las miradas se volvieron hacia él. Anna se mordió el labio. "Es posible que sólo duden."

"Podría ser el tiempo suficiente." El padre Ignatius luego sacó otras dos llaves y las metió en el pequeño bolso que colgaba de su cinturón. El anillo de llaves que llevaba abiertamente. Miró el anillo y luego parpadeó con fingida sorpresa. "La llave de la capilla y su tesorería parece haberse perdido."

Anna reprimió una sonrisa. No se había dado cuenta de que el sacerdote podía ser engañoso.

Ni que se arriesgara tanto.

"La tuya es una apuesta valiente", murmuró Duncan. "No estoy seguro de que lo acepte."

"Pero lo haré", dijo el padre Ignatius con convicción. Se enderezó, sus ojos se llenaron de fuego. "Yo iré."

EL BESO DEL CABALLERO DE LAS CRUZADAS

LOS GUARDIAS TRATARON de despertar a Bartolomé, pero él gruñó en señal de protesta y permaneció envuelto en la capa de Gaultier. Su rostro estaba bien escondido, pero evidentemente, estaban convencidos por su atuendo de que él era el otro hombre. Hubo muchas burlas y bromas, pero finalmente lo dejaron solo.

"Se arrepentirá de no haber visto a este balancearse", dijo un soldado.

"Apuesto a que se arrepiente aún más del vino", respondió otro. "¿No lo hueles en él?" Se rieron juntos y fueron al calabozo a recoger al prisionero.

Bartolomé esperó hasta que se quedó solo y luego se dirigió a la armería con la capucha en alto. Era poco después del amanecer, el cielo se iluminaba con la promesa de otro buen día. El hombre de guardia en la armería hizo una reverencia, pero no se apartó de su puesto. Bartolomé asintió y pasó junto a él, como si buscara un arma.

Él giró en las sombras para mirar.

El interés del guardia quedó cautivado por la visión del prisionero que era llevado a la cima del muro cortina. Gaultier estaba encapuchado y se tambaleaba, haciendo protestas incoherentes mientras lo empujaban hacia adelante. Evidentemente, la poción todavía lo tenía esclavizado. Los guardias fueron duros con él y fue golpeado repetidamente mientras lo conducían a su muerte. Se burlaban de él como el hijo del verdadero barón y lo hicieron tropezar más de una vez.

El centinela fuera de la armería se rió entre dientes.

Era casi demasiado fácil atacarlo por detrás cuando todos los ojos estaban puestos en Gaultier. Bartolomé lo ató y lo silenció en un santiamén, luego le robó el yelmo y lo dejó escondido en la parte trasera de la armería. Él ocupó el lugar del otro hombre y observó con satisfacción cómo se colocaba la cuerda alrededor del cuello de Gaultier.

Él había tomado el lugar del hombre no demasiado pronto.

Royce apareció en la puerta del vestíbulo, bebiendo de su cáliz mientras cruzaba el patio. Tres hombres estaban cargando un carro con baúles que parecían pesados a pesar de su pequeño tamaño. Royce se detuvo para ofrecer un consejo a los caballeros con sus colores, que evidentemente iban a escoltar el carromato.

¿Qué era?

¿A dónde iba?

Cuando todo estaba evidentemente como él deseaba, Royce se dirigió al centro del patio. Él se aseguró de tener una buena vista cuando llevaran a Gaultier a la cima. Ese hombre gritaba de forma incoherente, pero el barón simplemente hizo un gesto con la mano. Fue una señal, porque Gaultier fue inmediatamente arrojado del parapeto. Hubo un ruido sordo cuando el cuerpo del Capitán de la Guardia chocó con el interior del muro cortina, y se agitó al final de la cuerda durante horribles momentos.

Luego se quedó flácido.

Bartolomé vio un rastro de sangre goteando por la pared pero no pudo lamentar el fallecimiento de ese villano.

"¡Exhiban su cadáver!" gritó Royce. "¡Asegúrense de que los renegados en el bosque sepan que su líder está muerto!" Él escupió en el patio. "Y ahí está la última descendencia de Nicolás."

Royce regresó para supervisar la carga del vagón. El cuerpo fue levantado nuevamente, luego arrojado sobre el exterior del muro cortina al lado de la puerta, todavía colgando de esa cuerda. Bartolomé supuso que el ahorcamiento había sido en el interior del patio para que Royce pudiera presenciarlo.

Él estaba reflexionando sobre su camino cuando escuchó un leve sonido detrás de él. Él estaba alerta cuando alguien intentó agarrarlo por detrás.

Bartolomé giró y apuntó con su espada a la garganta del agresor antes de que se diera cuenta de que era el padre Ignatius. El sacerdote se había apoderado de un cuchillo en la armería, pero sabía poco de esos combates. Bartolomé arrojó al sacerdote a un lado y fuera de peligro, luego levantó la visera del yelmo. El sacerdote había intentado atacarlo de nuevo, pero se detuvo al reconocerlo repentinamente.

"¡Pensé que había llegado demasiado tarde!" dijo con placer.

Bartolomé no tuvo oportunidad de responder.

"¿Qué pasa ahí?" gritó Royce, habiendo escuchado la refriega.

"Debo permanecer escondido", murmuró Bartolomé.

"Por supuesto", estuvo de acuerdo el sacerdote.

Bartolomé agarró al padre Ignatius y lo empujó hacia el patio. "El sacerdote, mi señor", dijo él, tratando de imitar la voz de Gaultier. Él esperaba que el yelmo ayudara a disfrazar la verdad.

"Qué diligente es usted, Gaultier", dijo Royce. "Pensé que estarías en el parapeto esta mañana."

"La armería estaba indefensa, mi señor," respondió él con brusquedad. Él empujó al padre Ignatius hacia adelante. "Sin duda, vino a ofrecer los últimos ritos."

"Pero es demasiado tarde para tal ritual." El barón se acercó, todavía bebiendo de su cáliz, entrecerrando los ojos con sospecha. "Pensé que nos había abandonado, padre."

"He estado enfermo, no más que eso", dijo el sacerdote. No quería poner en peligro su salud ni la de la dama Marie.

Royce frunció los labios, su escepticismo era claro. "¿Entonces no sabes nada del intento de robo del relicario en la capilla?"

"Sé que faltan mis llaves", dijo el padre Ignatius. Él levantó el anillo que colgaba ahora de su cinturón y Bartolomé vio que solo tenía tres llaves. "Pensé que las había perdido, pero cuando las encontré de nuevo, faltaban las llaves de la capilla y del tesoro de la capilla."

Royce consideró esto durante tanto tiempo que Bartolomé temió que no aceptara la explicación.

¿Qué hay de la llave de la puerta en el muro?

Él contuvo la respiración, temiendo que el padre Ignatius se viera atrapado en su mentira, pero Royce se limitó a fruncir el ceño.

—Déjalo ir, Gaultier —ordenó, y luego se dirigió al sacerdote. La criada de mi esposa murió ayer y estoy seguro de que ella agradecería su consuelo. Quizás podrías decir una oración por Agnes."

"Sería un placer, señor. Si pudieras abrir la capilla, podríamos celebrar una misa para ella".

Royce asintió con la cabeza e indicó que el padre Ignatius lo precediera a la capilla. "Vigílalo", le ordenó a Bartolomé. "Creo que miente, pero no es prudente apresurarse a matar a un sacerdote."

"Es cierto, mi señor."

"Pero si te da algún motivo para sospechar más, no dudes en actuar."

Bartolomé asintió con una reverencia. Él miró a los hombres que se arremolinaban alrededor del vagón, esperando a que los escuderos engancharan a los caballos que lo sacarían.

Él tenía que irse con el vagón.

Él tenía que ocupar el lugar de uno de esos hombres.

Royce se aclaró la garganta. "¿Gaultier?" dijo, luego hizo un gesto hacia el interior. "¡Te di una orden! ¡Primero, duermes hasta tarde, luego ignoras una orden! "

Bartolomé murmuró una disculpa.

No había nada que hacer. Si él se revelaba en ese momento, había demasiados hombres que podrían defender a Royce.

"Por supuesto, mi señor." Bartolomé hizo una reverencia y se dirigió a la capilla. Él se volvió en el umbral para encontrar que Royce aún lo miraba, luego él entró y cerró la puerta detrás de sí.

El padre Ignatius comenzó a rezar en voz alta sobre el ataúd en el altar. Bartolomé esperó sólo un momento antes de abrir la puerta un poco.

Se estaban abriendo las puertas y Royce se había quedado mirando el bosque más allá. Uno de los caballeros junto al vagón se reía con sus compañeros, entonces caminó hacia la alcantarilla en la parte trasera de los establos, levantándose el dobladillo de su tabardo mientras caminaba.

Ahí estaba su oportunidad.

∼

"No", susurró Anna cuando vio el cadáver colgando del muro cortina de Haynesdale. Se le hizo un nudo en la garganta y se le subieron las lágrimas, pues habría reconocido el tabardo de Bartolomé en cualquier lugar. ¡Él no podía estar muerto!

Ellos no podían haber llegado demasiado tarde.

Su corazón luchó contra la idea de que Bartolomé ya no respiraba. ¿No habría sabido ella instintivamente que él se había ido? Parecía imposible que ya no fuera de esta tierra.

Sin embargo, el cadáver no podía ser más que lo que era. Su tabardo y botas eran inconfundiblemente suyos. Ella podría ser una cobarde, pero se alegraba de la capucha, porque no quería verle la cara después de que lo hubieran ahorcado.

—Sí —murmuró Duncan y bajó la ceja hasta la mano enguantada.

EL BESO DEL CABALLERO DE LAS CRUZADAS

Estaban escondidos en la maleza del bosque frente a la puerta de Haynesdale. El sol apenas había salido del horizonte, pero Bartolomé ya había sido ejecutado.

Anna sintió la desesperación de los otros aldeanos detrás de ella y escuchó a Percy sollozar.

El rastrillo se abrió lentamente, la cuerda crujió cuando se cerró la puerta de hierro. Anna se acurrucó más abajo en la nieve, preguntándose qué había sucedido. Royce salió por la puerta y apoyó las manos en las caderas. Gritó con voz atronadora. "Miren a Luc Bartolomé, el único hijo del barón Nicolás, colgado hasta morir por poseer la audacia de agredir a mi esposa." Su voz se hizo más fuerte. "No habrá otro barón de Haynesdale, salvo yo, a partir de este día. No vuelvan a desafiarme o sus vidas serán peores de lo que ya son. No se mostrará más misericordia a los vagabundos y forajidos. Regresen a la aldea hoy y conviértanse en pueblerinos leales, ¡o mueran!

Él dio la vuelta y regresó a la fortaleza mientras los aldeanos murmuraban entre sí. "Él nunca tuvo piedad", refunfuñó Stewart.

"Así que nada ha cambiado", coincidió Edgar.

Cuando Anna esperaba que el rastrillo volviera a cerrarse, un par de caballos cabalgaron debajo de él. Caballeros con los colores de Royce montaban los dos sementales. Un par de caballos tiraban de un carro, un hombre de armas en las riendas y dos más en la parte trasera del carro. Uno de ellos podría haber sido un escudero, porque era más pequeño. Otro par de caballos cabalgaban detrás, guerreros montados en sus sillas.

"Los impuestos", susurró Anna.

Duncan se frotó la boca. "¿Envía el relicario al rey o todavía está dentro de los muros?" murmuró él.

"El padre Ignatius lo recuperará, estoy segura." Anna volvió a meterse en la maleza, alejándose del camino. Ella sabía lo que tenía que hacer.

"¿A dónde vas?" preguntó Edgar en voz baja.

Ella le lanzó una mirada sombría. "A la curva del camino. Ese vagón no llegará a su destino".

"Pero sin Bartolomé, no tenemos necesidad de dinero para el título", protestó Duncan. "Debemos encontrar el relicario."

Anna negó con la cabeza. "Royce se preocupa únicamente por su oro y sus impuestos. Él ha tomado a la persona que más amaba, así que tomaré lo que él más ama".

"Sería una venganza adecuada", estuvo de acuerdo Edgar, luego siguió a Anna.

"Yo quisiera verlo privado de su deseo", agregó Stewart.

"Yo quisiera verlo desacreditado ante el rey", agregó Lucan. "Un barón que no paga sus impuestos no seguirá siendo barón por mucho tiempo."

"¡Podría ser nuestra mejor esperanza de cambio!" dijo Rowe y hubo un coro de asentimiento.

Todos se reunieron alrededor de Anna, murmurando entre ellos su entusiasmo por su estratagema. Solo Duncan no se movió.

"¿No te unirás a nosotros?" Preguntó Anna.

El escocés negó con la cabeza. "Él se burló de nosotros", dijo en voz baja y el grupo se puso serio. "¿Y si es una trampa?"

"O un engaño", coincidió Anna, al ver su lógica. Ella se agachó junto al hombre mayor. "Dividamos nuestras filas. La mitad irá conmigo para atacar el vagón. El resto permanecerá contigo, en caso de que haya un segundo vagón para partir o alguna oportunidad creada por el padre Ignatius para vengar a Bartolomé".

"Debo recuperar el relicario", insistió Duncan. "Era mi responsabilidad defenderlo."

"Entonces, estamos de acuerdo", dijo Anna a los demás. "La primera prioridad debe ser salvar el relicario. Más allá de eso, todo el daño que podamos hacerle a Royce es bienvenido. Será nuestra venganza por la muerte de Bartolomé".

Ellos asintieron con resolución, y fue solo unos momentos después cuando ella condujo a una banda a través del bosque. Percy permaneció al cuidado de Duncan. Su grupo revoloteaba como sombras por el bosque, tomando un camino más corto y directo, hacia la curva del camino.

Anna tenía toda la intención de que el golpe que le propinaran a Royce fuera severo.

EL BESO DEL CABALLERO DE LAS CRUZADAS

El olor a cedro subió hasta la nariz del padre Ignatius desde el ataúd de la capilla. Una vela ardía en el altar, como para mantener a los caídos en la luz. Él levantó la tapa y se estremeció ante la herida que le habían hecho a la criada que yacía allí. Aunque la habían limpiado para el entierro, el salvajismo de la herida no podía disimularse.

Él sintió que Marie se acercaba a él. Su doncella se paró al otro lado de él y chocó contra él como si tropezara. Él la agarró del codo y ella inclinó la cabeza, llorando. Él supuso que las dos doncellas debían de ser cercanas y que la muerte de una sería difícil de soportar para la otra.

"Estoy cansada de vivir con bárbaros", dijo Marie entre dientes y él vio las lágrimas en sus ojos mientras miraba a la criada muerta. La otra doncella cayó de rodillas ante el altar. "No me quedaré más en este agujero".

La dama estaba resuelta, el odio por su esposo brillaba en sus ojos.

"¿Cómo te irás? ¿Cómo te defenderás? Preguntó el padre Ignatius y Marie sonrió.

"Es mejor que no lo sepa, padre, porque podría verse obligado a decir la verdad cuando no sea conveniente."

Ese argumento tenía mérito.

"¿Dónde está el relicario?" murmuró él, lanzando su mirada hacia la tesorería al lado del altar. La puerta del armario colgaba torcida, revelando que el espacio estaba vacío.

"Él quiere enviárselo al rey como regalo", dijo entre dientes.

El sacerdote dio un paso hacia la puerta. "Pero los impuestos se envían al rey. ¡Debemos apresurarnos a intervenir! "

¿Bartolomé descubriría su presencia a tiempo?

¿Por eso había abandonado él la capilla?

Marie negó con la cabeza. "No, esa carreta es un truco, destinado a atraer a los rebeldes en el bosque para que puedan ser capturados. Esos baúles están llenos de piedras. Tanto los impuestos como los obsequios se enviarán solo cuando se considere que el camino es segura".

El padre Ignatius temió entonces por Anna y sus compañeros.

"¿Pero dónde está el relicario?"

"Él mantiene su tesoro cerca, almacenado en su habitación en la cima de la torre. Ningún hombre puede entrar en ese lugar sin el permiso expreso de Royce."

Entonces, ¿cómo podía el padre Ignatius recuperar el relicario?

Marie se inclinó más cerca. "Yo quisiera ver a Royce privado de todo lo que ha robado y expulsado desnudo en la noche, aunque sea lo último que haga." Ella levantó la mirada hacia la del padre Ignatius. "Esta fortaleza fue construida con mi herencia, ¡una prisión forjada para mí con el dinero de mi padre! Recuperaré mi dote para poder casarme con el hombre que deseo que sea el padre de mis hijos".

"Yo le pediría, mi señora, su ayuda para asegurarme de que el relicario sea devuelto a sus custodios. No es un artículo que sería prudente perder".

La dama sonrió y separó su capa. Alrededor de su cintura se colgaba un bulto redondo que solo podía ser lo que él más deseaba. "Nuestros pensamientos son uno, padre. Quería ofrecerte esto como un regalo, en agradecimiento por tu silencio sobre mi elección".

"Lo tiene, mi señora."

Ella le entregó el relicario y se detuvo para besar el borde del bulto. "Quizás podrías solicitar la ayuda de Santa Eufemia para garantizar que se va la causa de la justicia."

"¿Pero cómo se sacará de esta fortaleza sin que nadie se dé cuenta?"

Marie dejó caer su mano sobre el ataúd, su mirada era sabia. El padre Ignatius podría haber simplemente puesto el tesoro dentro de la caja, pero la dama levantó las faldas de su doncella muerta. Ella colocó el bulto sobre el vientre de Agnes, debajo de sus manos juntas. Parecía como si hubiera estado embarazada cuando falleció, pero no tanto como para que la plenitud de su kirtle no lo hubiera ocultado. "Nadie mira realmente a una sirvienta", murmuró Marie y juntó la tela alrededor de las caderas de Agnes para disimular aún más el bulto.

El padre Ignatius escuchó a la otra doncella inhalar bruscamente y supuso que estaba ofendida. La dama no pareció darse cuenta.

Ella se inclinó y besó la frente de la criada muerta. "Aun así, me ves", murmuró ella. "Que Dios te bendiga, Agnes."

El padre Ignatius dio una bendición y la tapa se cerró de nuevo.

Entonces la dama habló más fuerte. Emma, debemos asegurarnos de que Agnes sea enterrada en su descanso eterno. Sé que mi señor esposo tiene otras preocupaciones este día, pero yo no quisiera tardar en cumplir con mi deber para con Agnes. ¿Me ayudarías a recuperar sus

EL BESO DEL CABALLERO DE LAS CRUZADAS

pertenencias, para que pudieran distribuirse entre los pobres? Ella se encontró con la mirada fija del padre Ignatius. "¿Podrías dar la bendición final en el antiguo cementerio, padre? ¿Quizás al mediodía?

"Por supuesto, mi señora." Él comprendió que ella iba a asumir la responsabilidad de pasar de contrabando el tesoro a través de las puertas. La artimaña era buena y el riesgo bien merecía la pena. Él tenía que recordárselo a sí mismo en un esfuerzo por calmar el latido de su corazón. El padre Ignatius nunca había sido un hombre valiente, pero la causa de la justicia exigía que él hiciera eso esta vez. Él rezó por audacia y por el alma de Agnes mientras la dama se volvía para salir de la capilla.

"¡Oh! ¿Tiene la llave de la capilla, padre? preguntó la dama dulcemente, volviéndose hacia él. "yo la cerraría con llave después de su partida, para asegurarme mejor de que Royce se sienta confundido en su búsqueda."

"Seguramente Royce también tiene una llave."

"Yo también reclamaré eso." La dama extendió la mano con actitud imperiosa.

El padre Ignatius solo podía confiar en ella en los detalles de su plan. Él recuperó la llave escondida y se la concedió. Ella sonrió y giró, abandonando rápidamente la capilla.

Él respiró hondo y miró el ataúd, preparándose para la acción audaz que debía hacer.

Pero eso demostraba que el padre Ignatius había entendido mal la intención de la dama.

Él oyó girar la llave en la cerradura de la puerta y se giró consternado. Él llamó a la puerta, pero la dama se rió suavemente. "Nadie volverá a despojarme de lo que me corresponde, padre. Puede que necesite ese tesoro para negociar todo lo que puede ser mío, y usted no tendrá la oportunidad de quitármelo".

La mano del padre Ignatius se posó por costumbre en el llavero de su cinturón, pero había desaparecido. Demasiado tarde recordó que la criada había chocado con él. ¡Ella le había robado las llaves!

Y Marie había solicitado la que faltaba en el anillo.

Él solo tenía la llave del santuario vacío junto al altar.

"¡Mi señora!" protestó él y trató de forzar la puerta. Tenía un peso considerable y la cerradura era buena.

El padre Ignatius se inclinó y miró por el ojo de la cerradura. Pudo distinguir a Marie alejándose. La doncella lanzó una sonrisa traviesa por encima del hombro y el padre Ignatius sintió que una sombra de terror se deslizaba sobre su corazón.

¿Marie pensaba traicionarlo?

¿Cuál era su intención?

Él vio que el vagón salía del patio, acompañado por los hombres de Royce. ¿Estaba Bartolomé entre ellos?

Él giró y se apoyó contra la puerta, contemplando la pequeña capilla sin ventanas con insatisfacción. ¿Qué podía hacer él para ayudar?

Por una vez en todos sus días, el padre Ignatius encontró que la oración era una elección poco convincente.

EL VAGÓN DOBLÓ la curva del camino, tal como Anna había anticipado. El grupo no estaba tan unido como debería haberlo estado, lo que simplificaría las cosas.

Serían fáciles de dividir. Ella salió de detrás del árbol con su ballesta cargada. Edgar hizo lo mismo, aunque no era tan buen tirador como ella. Ella vio su señal, luego Norton y Piers salieron del bosque. Los muchachos saltaron a los lomos de los caballos que tiraban del vagón mientras los hombres que vigilaban la carga gritaban.

Ella y Edgar dejaron volar sus flechas.

Anna acertó al caballero principal en la garganta. Él se cayó de su caballo para sangrar en el camino y no volvió a levantarse. Su caballo se encabritó, relinchó de miedo y galopó por el camino, arrastrando las riendas. El caballo del otro caballero que iba delante del vagón salió disparado de terror, a pesar de los esfuerzos de su jinete por detenerlo.

La flecha de Edgar golpeó al conductor del vagón en el hombro. Ese hombre se había movido en el último momento, sorprendido por la aparición de los muchachos, y luchó con el eje de la flecha mientras trataba de contener a los caballos. Los muchachos golpeaban los traseros de los caballos que tiraban del vagón y ellos estuvieron muy contentos de galopar detrás de sus compañeros.

Anna vio al hombre más grande de la parte trasera del vagón avanzar, sin duda para ayudar a su compañero, justo cuando los guerreros restantes cargaban contra el bosque. Stewart cortó al primero de ellos con su espada, los otros hombres del pueblo cayeron de los árboles y arrojaron piedras para detener su ataque.

Anna huyó por el bosque, con la intención de parar el vagón en la siguiente curva. Ella salió de los árboles justo cuando pasaba rodando y se subió a la carreta. Ella golpeó al guardia más pequeño en la espalda, que era un escudero, y luego lo echó de la carreta. El niño se puso de pie y corrió hacia la fortaleza, y Anna maldijo que estuviera fuera de su alcance. Ella esperaba que Edgar lo detuviera.

El guardia de la parte trasera de la carreta había llegado al frente. Para su sorpresa, él tomó las riendas del conductor y luego le dio un puñetazo en la cara.

El conductor cayó al camino.

Anna le disparó en la garganta antes de que pudiera ponerse de pie. Luego saltó hacia el guardia que ahora sostenía las riendas y le rodeó el cuello con un brazo.

"¡Norton y Piers!" gritó él. "¡Ralenticen los caballos!"

¡El demonio conocía los nombres de los muchachos! Ella le levantó el casco para cortarle el cuello mejor y él maldijo cuando su visión se oscureció. El carro empezó a dar bandazos hacia la zanja. Ella se aferró a su cuello y tomó su cuchillo. Él la golpeó en las costillas, retorciéndose en su agarre mientras maldecía con mayor vehemencia.

"¡Este no es el momento, Anna!" rugió él y ella se congeló ante la familiaridad de su voz.

"¿Bartolomé?" preguntó ella con asombro. ¡Pero estás muerto!"

"No todavía", murmuró ese caballero. "Aunque parece que tú quieres cambiar eso." Él tiraba fuerte de las riendas mientras Anna intentaba aceptar esa feliz noticia. Los caballeros redujeron el paso, pero el vagón estaba demasiado cerca de los bordes del camino. El vagón se paró, pero una rueda fue a parar a la zanja. La carreta saltó, por lo que el vagón detrás se deslizó hacia un lado. El cambio del peso hizo que la carreta se virara hacia un lado, y Anna se cayó de él con Bartolomé mientras los cofres se vaciaban en el suelo.

Los otros se habían ido, y ella no dudaba de que el caballero al mando regresaría. "Dime, Anna, ¿Qué hice para merecer tal saludo? Demandó Bartolomé cuando se pararon en el bosque, ese familiar deje de humor en su tono. "Pensé que yo te gustaba." Él le guiñó un ojo y calmó a los caballos.

Anna se rió con alivio, incapaz de creer lo que escuchaba. Él se quitó el casco y le sonrió, sus ojos brillando, y ella se lanzó hacia su abrazo con alivio. "¡Pensé que habías muerto!"

"Me he sentido mejor, eso es seguro", dijo él y la besó rápidamente. Su ojo estaba morado y su cara estaba cortada, pero ella pensaba que él lucía tan radiante y apuesto como siempre. Él rompió el beso pronto y observó el bosque, "¿Dónde están los otros?" Había otro guardia detrás y otro más adelante…"

Un aullido fue emitido de la maleza y ellos se giraron a la vez para ver a Cenric, con los dientes afuera y sus orejas levantadas. Él miraba hacia el camino y Anna se giró para ver al otro guardia acercándose.

Ella no tenía más flechas.

Sin embargo, Bartolomé había cogido la ballesta del conductor del vagón y cargó una flecha de la funda. Él disparó, luego bajó la cabeza de ella. Anna sonrió ante el sonido del caballero cayendo de la silla de su caballo. El caballo trotó hacia ellos, sus orejas moviéndose, y a una mirada de Bartolomé, los muchachos cogieron las riendas y lo detuvieron.

"¿Qué hay del oro?" demandó Norton, cogiendo los cofres que habían caído al suelo.

"No hay ninguno, no en este vagón", dijo Bartolomé. Norton había abierto un vagón mientras Bartolomé respondía, revelando una colección de rocas adentro. Anna jadeó. "Encontremos a los otros antes de que les explique."

Con un poco de esfuerzo, ellos volvieron a colocar el vagón en el camino. Cargaron los cofres tal y como habían estado. Bartolomé giró la carreta y pronto estuvieron junto a Edgar y los otros. Uno de los hombres de Royce estaba muerto, y el que había sobrevivido estaba atado. El escudero, al parecer, había alcanzado un caballo y los había evadido a todos. El grupo se reunió alrededor de la carreta, decepcionados ante la vista de las piedras.

"Royce nos envía un arsenal", dijo Bartolomé. "Y un medio para regresar a la fortaleza."

"Tu plan no ve de nada", dijo el soldado con burla. "Royce no es el tonto que crees que es. Él espera que regreses."

"Yo ya he estado ahí y lo he evadido", dijo Bartolomé. "Yo incluso hablé con él directamente. Yo creo que estimas demasiado la inteligencia de tu señor barón."

"El muchacho le advertirá," dijo Edgar, sus expresión severa.

"¿Qué hay del relicario?" le demandó Anna al soldado.

"A salvo de los de tu especie", contestó el soldado y dio una patada en el suelo.

Edgar sacó su cuchillo y cortó la garganta del hombre, arrojando su cuerpo a un lado. "A salvo de los de tu especie, mejor dicho." Él arrojó el hombre a la zanja, después le dio a Bartolomé una mirada de disculpa. "Un hombre como ese no merece vivir."

"No", estuvo de acuerdo Bartolomé. "Pero nuestra tarea solo está a medias."

¡Necesitamos el oro!"

¡Necesitamos el relicario!"

"¿Les quitamos sus tabardos?" preguntó Anna, completamente anticipando su respuesta.

"Escondan los cuerpos y tomen sus lugares", asintió Bartolomé, entonces los señaló a todos." Aten estos prisioneros, estos forajidos de la villa que viven en el bosque."

Edgar miró de uno a otro confundido. "¿Iremos a la fortaleza? ¿Cómo prisioneros? ¿Has cambiado de idea, señor?"

"Es la mejor manera de resolver este asunto", dijo Bartolomé. "Royce espera que sus hombres regresen de este truco con prisioneros. Debemos aparentar llevarle algunos." Entonces él sonrió, guiñándole un ojo a Anna, asegurándole que él se aseguraría de sorprender a Royce

"Ellos no saben la historia", le recordó Anna y él asintió.

"Esta carreta es un truco", le informó Bartolomé a los pueblerinos. "Yo pensaba que llevaba los impuestos del rey, así que me infiltré entre los guardias, pero ellos hablaron en el camino de su verdadera intención. El plan era que ellos los harían salir del bosque, los capturarían y volverían a la fortaleza. El verdadero tesoro saldrá cuando este vagón vuelva a la fortaleza."

"Con prisioneros", dijo Edgar entendiendo.

"¿Y qué hay del relicario?" preguntó Stewart.

"Debe estar en la tesorería de Royce, o en su habitación." Bartolomé hizo una pausa y Anna supo que él no quería poner al grupo en peligro innecesariamente. "Yo les sugeriría volver a la fortaleza, con todos ustedes aparentemente capturados, entonces reclamar el tesoro desde adentro. Los sorprenderemos y tomaremos tanto como podamos del tesoro de Royce."

"Será arriesgado", dijo Stewart.

"Pero es la unica manera de lograr nuestros propósitos" respondió Anna.

Bartolomé observó a los pueblerinos. "Yo no les pediría que tomaran tal riesgo. Si desean abandonar esta búsqueda, la elección es suya."

Anna miró a todo el grupo y vio que no había dudas.

¡Estamos contigo!" declaró ella, sonriendo ante el coro de asentimiento que siguió a sus palabras.

"Debemos darnos prisa, porque el escudero se las arregló para cabalgar hacia allá" Apuntó Edgar. "Él podría advertirles"

"O Duncan podría asegurarse de que él no llegue", dijo Anna, contándole a Bartolomé como habían dividido sus fuerzas.

"Un buen plan", dijo Bartolomé con aprobación. "Escondan a los hombres caídos en el bosque, pero traigan sus tabardos. ¡Apúrense!"

Edgar desvistió a uno, y luego tomó el yelmo del hombre. Él miró al grupo y le dio los tabardos a esos pueblerinos que tenían tamaños similares a los hombres caídos. Mientras tanto Bartolomé ayudó a los muchachos a ensillar los caballos a la parte de atrás del vagón. Él sacó una cuerda, y Lucan les enseñó a los pueblerinos un nudo que parecía apretado pero que podía ser zafado fácilmente. En instantes una fila de pueblerinos estaba aparentemente atada a la parte de atrás del vagón, pero podían fácilmente liberarse ellos mismos. Anna se aseguró que no hubiera huellas de la pelea en el camino, y reunió unas cuentas flechas para reutilizarlas.

"Cuento cuatro guardias aun en la fortaleza", dijo Bartolomé secamente. "Seis soldados, aunque yo dejé dos atados en la armería."

"Ellos pueden haber sido liberados", dijo Anna y él asintió.

"Entonces está el escudero que escapó de aquí."

"Así como los otros escuderos", le recordó Anna. "El lugar está lleno de ellos."

"Estarán armados y entrenados", dijo Bartolomé a los pueblerinos que asentían en señal de comprensión. "Y habrá sirvientes en el salón. No podemos adivinar su lealtad."

"Envía uno de los muchachos a la antigua villa", sugirió Edgar. "Herve estará encantado de vengarse de esos que tomaron sus cabras, y los otros intentarán ser de ayuda."

Bartolomé estuvo de acuerdo y Piers fue mandado en esa misión. El muchacho desapareció rápidamente en las sombras del bosque.

"El Padre Ignatius podría estar aún en la fortaleza", le recordé Anna a Bartolomé. "Él fue a buscar el relicario. No podemos abandonarlo."

"No lo haremos", dijo él, poniendo la ballesta de ella en la parte de atrás de la carreta, de donde ella podía agarrarla fácilmente. "Una vez dentro, todos ustedes deben enfocarse en robar el otro vagón y salir de la fortaleza lo antes posible. Anna buscaré al Padre Ignatius en la capilla si no lo vemos. Duncan y yo subiremos hasta la habitación de Royce, como si fuéramos a reportar sobre nuestra misión, y no nos iremos sin el relicario."

Anna estaba más que lista para ver ese asunto resuelto.

CAPÍTULO 14

Royce estaba bastante orgulloso de sí mismo. Su plan era tan brillante que no podía dejar de tener éxito. La primera carreta, cargada con cofres de rocas, tenía que llegar a la parte más peligrosa del camino a través de su morada. Los rebeldes en el bosque atacarían, pero serían ellos los que se sorprenderían.

Y pagarían el precio de su traición. ¡Él se desharía de todos ellos al atardecer!

Los muchachos subían y bajaban las escaleras de la torre, cargaban los cofres de monedas de plata hasta el segundo vagón en el patio, y luego corrían para cargar más de su tesoro. Royce supervisaba los esfuerzos desde su habitación, asegurándose de que se llevaran los baúles adecuados.

A él todavía le quedaría dinero para su propia comodidad. Solo eran tres baúles pequeños, pero uno estaba lleno de monedas de oro. Esa era una decisión inteligente de su parte, ya que cuantos menos pueblerinos y menos comercio dentro de sus fronteras, más bajos eran los impuestos. Los bienes para su mesa eran confiscados con menos facilidad a los campesinos o gravados con impuestos en esos tiempos. De hecho, el castellano había confiado que tendrían que comprar harina en York antes de la primavera para hacer pan en la fortaleza.

¿Qué necesidad tenía él de campesinos demasiado perezosos para cultivar los campos?

No, él estaba mejor sin ellos, y ese dinero le aseguraría su comodidad por un buen tiempo, incluso si el rey recibía lo que le correspondía. Déjalos morir todos. Él sobreviviría con carne de venado y otras presas.

¿Quién sabía la suerte que le proporcionaría su plan? El regalo del relicario podría impresionar tanto al rey que podría darle a Royce un buen regalo.

Quizás otra propiedad.

Una más rica.

Royce casi se frotó las manos con júbilo.

Él escuchó a su esposa llorar ruidosamente en sus habitaciones debajo de la suya y puso los ojos en blanco ante el alboroto que había hecho por una doncella muerta. Era una boca menos que alimentar, en lo que a Royce se refería.

Marie gemía de angustia y él apretó los dientes. Incluso su esposa comenzaba a ser una carga. Ella nunca le había dado un hijo. Hacía mucho que se había aburrido de sus encantos y ella se había atrevido a tener una cita con el caballero que aspiraba a reemplazarlo. Si no se podía confiar en ella, ¿por qué debería alimentarla?

¿Ella lloraba a su doncella, o al hombre que colgaba del parapeto, muerto como se merecía?

Royce creía que sabía la verdad y eso le produjo un gran placer.

Eso también alimentó su determinación de deshacerse de Marie.

Sin embargo, lo primero es lo primero. El último de los cofres fue sacado de la habitación y él se dio cuenta de lo que se había perdido.

"¡Gaultier!" gritó, creyendo que el Capitán de la Guardia debía haberse hecho cargo del relicario. Gaultier sabía que debía liderar el segundo vagón, para asegurarse de que los impuestos llegaran a salvo a la corte del rey. Ellos habían arreglado todo la tarde anterior.

Royce salió de la habitación y volvió a gritar desde lo alto de las escaleras. "¡Gaultier!"

No hubo respuesta. ¿Dónde estaba el hombre? Él nunca había encontrado a Gaultier tan irritante como ese día, y ni siquiera era mediodía.

Royce bajó un tramo de escaleras y agarró la manga de un escudero que pasaba. "¿Dónde está Gaultier? ¿Lo has visto esta mañana?

"No desde que amaneció, mi señor, cuando no pude despertarlo."

¿Cómo podía ser eso? Royce lo había visto en el patio, cuando llegó el sacerdote. Él golpeó la puerta de los aposentos de Marie y entró sin esperar una invitación. Ella estaba empacando bultos y se quedó paralizada al verlo. "Yo quiero dar las posesiones de Agnes a los pobres", dijo ella levantando orgullosa la barbilla.

Royce continuó hacia la habitación con el ceño fruncido. En su opinión, había demasiados bultos y baúles. "Agnes no poseía tanto como esto", protestó él. Él sacó una kirtle de una bolsa. "Y este es el kirtle que te di hace dos años, en Pascua."

"Yo se lo di a Agnes."

"No lo hiciste. ¡Te quieres ir! Y sin mi permiso".

Los ojos de Marie se entrecerraron. "No necesito tu permiso", comenzó ella y él la golpeó con fuerza en la cara.

"Ciertamente lo necesitas", replicó él. "Como mi esposa, eres mi propiedad y harás lo que yo te diga. No te irás hasta que yo te pida que lo hagas." sonrió él. "No temas, puede que sea pronto."

Su labio se curvó. "Y tú te quedarías aquí, en este torreón construido con el dinero de mi padre, gastando la dote que debería velar por mi comodidad durante todos los días de mi vida."

"Yo puedo acortar esos días, si lo prefieres. De hecho, me pregunto si yo podría necesitar una esposa más joven para asegurarme de tener un hijo."

La indignación de Marie era clara. "No te atreverías a dejarme a un lado. El rey me eligió como tu esposa... "

"Y se dice que el rey está en Anjou, preparándose para una cruzada. Su mirada se vuelve hacia el este, no hacia el norte. Dudo que se dé cuenta de la noticia de tu desaparición."

"¡Demonio!" gritó Marie y Royce sonrió mientras se giraba para irse.

"Cierra la puerta", le ordenó él al hombre en el pasillo. "Y no permitas que mi esposa salga de sus aposentos."

"¡Sinvergüenza!" gritó Marie y Royce miró hacia atrás a tiempo para ver la taza de loza que ella le arrojaba. Él se agachó y se hizo añicos en la pared opuesta.

Royce bajó varios escalones para que ella no tuviera un disparo claro y el centinela cerró la puerta de golpe. Otra taza de loza se estrelló contra ella mientras giraba la llave en la cerradura. "¿Has visto a Gaultier?" le preguntó al centinela cuando sus miradas se encontraron.

"No desde el amanecer, señor."

Marie se echó a reír.

Royce miró hacia la puerta. Su risa estaba llena de malicia y satisfacción, como lo había estado una vez cuando ella le había gastado una broma a un aldeano.

¿Qué sabía ella?

¿Seguramente Gaultier no estaba en su habitación? ¿Seguramente él no había errado tanto en su confianza?

MARIE ESPERÓ, más que dispuesta a regodearse. Ella podía oír a Royce respirar al otro lado de la puerta e intercambió una mirada triunfal con Emma.

Su señor marido se aclaró la garganta.

"¿Has visto a Gaultier, mi esposa?" Habló él dulcemente.

La sonrisa de ella se ensanchó. "Por supuesto. Sé exactamente dónde está."

"Entonces dime."

Marie volvió a reír.

"¡Te ordeno que me lo digas!" rugió Royce.

"Y yo no tengo ninguna razón para hacer eso mientras esta puerta esté bloqueada."

Ella podía oírlo hirviendo bastante. Ella sabía que sus ojos destellarían y, en cierto modo, ella deseaba que él abriera la puerta y se saliera con la suya. Pero no, ella escuchó sus botas en las escaleras mientras descendía rápidamente.

"Empaca todo", le pidió a Emma. "No dejaré ni una aguja."

Sin duda, Royce revisaba el vestíbulo, las cocinas, los establos, la armería, quizás incluso la capilla. Él no encontraría a Gaultier en ninguno de esos lugares. Marie abrió un baúl, sacó una hoja fina y afilada de fabricación veneciana y la deslizó en su cinturón. La presionó contra su hueso de la cadera y desde este ángulo, desapareció en los pliegues de su kirtle. Ella se volvió hacia Emma y levantó las manos, dándose la vuelta en silenciosa pregunta.

Emma negó con la cabeza. No se podía distinguir.

Las botas martillearon en la escalera y las dos mujeres se enfrentaron a la puerta cuando un hombre — Royce según las probabilidades — se detuvo al otro lado.

"¿Dónde está él?" demandó él.

"Eres hosco, Royce", reprendió Marie. "Ninguna mujer respondería a una pregunta así."

"Marie", gruñó él. "Te ruego que confíes en mí."

Era una mejora.

"Primero abre la puerta".

Hubo una larga pausa, luego la llave traqueteó en la cerradura.

Él abrió la puerta de una patada. Marie se paró frente a la cama, sabiendo que su sonrisa confiada y sus modales recatados solo alimentaban su furia. Emma continuó empacando carteras y bolsos. Royce examinó la habitación y ella supuso que él creía que ella había escondido a Gaultier en su habitación.

Ella sonrió, solo para molestarlo.

Funcionó. Las fosas nasales de él se ensancharon y su color aumentó. Él abrió las cortinas que rodeaban la cama, miró dentro de los baúles y miró detrás de las mamparas. Finalmente, se detuvo en medio de la habitación, todavía buscando alguna señal de su Capitán de la Guardia.

Marie reprimió el impulso de reír, pero solo un poco.

"¿Dónde?" preguntó él, más salvajemente esta vez.

"Te lo mostraré, esposo", dijo Marie suavemente. Ella tomó su mano y lo condujo fuera de la habitación. Ella sintió su asombro mientras subía las escaleras hacia su propio solar.

"Esto es una locura. Gaultier no está aquí..."

"No, mi señor, pero puedes verlo desde aquí".

"Esto es una broma", protestó él. "Te burlas de mí. Gaultier tampoco está aquí."

Marie llevó a su marido a la ventana. La sospecha salió de él en oleadas. Él esperaba un truco, pero todavía no adivinaba la verdad. Él se movía a su lado con precaución. La mirada de él siguió su dedo que señalaba y él frunció el ceño.

Todo lo que aparecía en el muro cortina del torreón era el cadáver del prisionero ejecutado colgado del parapeto.

Retorciéndose en el viento.

"Sólo está el prisionero", protestó Royce. "¿Qué broma es esta? ¡Yo busco a Gaultier! "

"¿Y quién era el condenado?"

"El caballero que reclamaría Haynesdale en mi lugar", dijo Royce con impaciencia. "No veo a Gaultier en absoluto. ¡No me mientas, mujer! Él se volvió para cruzar la habitación. "No tengo tiempo para tales engaños..."

La risa de Marie lo hizo detenerse y mirar hacia atrás, con cautela nuevamente. Sí, su sonrisa lo inquietaba profundamente. Ella sonrió un poco más, saboreando su victoria. "¿Por qué crees que pedí que encapucharan al prisionero para su ejecución?"

"Porque las mujeres son débiles. Porque no pudiste soportar mirar a tu amante cuando moría. Porque... Royce guardó silencio y ella supo en el mismo instante en que él se dio cuenta de la verdad. Él la miró fijamente y habló en un susurro. "Porque no fue el prisionero quien murió."

"No", asintió Marie fácilmente. "No era él."

Royce dio un salto hacia adelante y la golpeó con el dorso de la mano, con tanta fuerza que ella cayó al suelo. ¡Alimaña! Marie se llevó una mano a la mejilla ardiente, su propia ira redoblaba.

"¡Te aseguraste de que el hombre más confiable de mis filas fuera ejecutado!" Él se enfureció, su rostro lívido. "¡Cómo te atreves a entrometerte en tales asuntos! ¿Cómo te atreves a desafiarme en esto? "Él intentó golpearla de nuevo, pero Marie se puso de pie rápidamente.

Ella agarró la hoja, se giró cuando él la agarró por el codo y lo apuñaló con fuerza en sus entrañas. Sus ojos se abrieron de asombro cuando ella empujó la hoja más adentro y su sangre fluyó entre ellos. "¿Cómo te atreves a golpear a tu esposa?" murmuró ella, incluso cuando él miraba hacia abajo consternado.

"¡Marie!" susurró él.

Era una hoja delgada, perversamente afilada, y ella la empujó más adentro y luego la retorció profundamente dentro de él. Royce tosió por el dolor y la sangre salió de su boca mientras se tambaleaba hacia atrás. Él la miró como si fuera una extraña.

Emma miraba desde la puerta.

"Víbora", logró decir. "Todas ustedes son víboras."

Marie clavó el cuchillo más profundo y luego se lo sacó. Claramente él pensó que ella lo atacaría de nuevo porque dio un paso hacia atrás.

"Nunca dejes que un hombre te golpee y viva para contarlo, Emma", dijo ella en voz baja y vio un destello de miedo en los ojos de Royce. "Sí, esposo, no saldrás de esta habitación".

"No puedes asegurar lo contrario", protestó él, aunque ella ya había ganado. Él trató de poner distancia entre él y ese cuchillo, pero Marie lo empujó con la palma de su mano y enganchó su pie detrás de su tobillo. Él se tambaleó hacia atrás, golpeando la pared, y sus ojos se abrieron de la manera más satisfactoria cuando se dio cuenta de que solo había un espacio vacío detrás de él.

El alféizar de la ventana chocó con la parte posterior de sus rodillas. Él casi recuperó el equilibrio, pero Marie le dio un empujón de ayuda.

"Adiós, Royce", susurró ella y luego él se fue, dando volteretas por el aire. Ella se inclinó a tiempo para verlo aterrizar con fuerza sobre la nieve que cubría el foso. La fuerza del impacto rompió el hielo y su cuerpo se hundió en el agujero oscuro.

Royce desapareció bajo el hielo, solo quedó una mancha roja en la nieve, y él no volvió a aparecer. Marie limpió su cuchillo con una de sus camisas y luego arrojó la prenda tras él.

Ella se giró para inspeccionar la cámara, segura de que le iría bien. "Nuestra fortuna cambia, Emma, y por lo tanto nuestra estrategia".

"Sí, mi señora."

"Ya no hay motivo para dejar la fortaleza construida con el dinero de mi padre. Es mía ahora, y con razón". Marie miró el camino visible desde la ventana y esperó que el caballero Bartolomé regresara pronto. "Por favor, trae mis pertenencias a esta habitación. Será mía a partir de este momento."

"Sí, mi señora." Emma hizo una reverencia y se fue.

Marie sonrió. Haynesdale sería de ella y ella tomaría a cierto caballero seductor por marido. Sí, el atractivo de esta propiedad crecía por momentos.

En ausencia de Royce.

~

No HUBO oportunidad de hablar con Bartolomé y contarle lo que ella había aprendido de su propio pasado. Anna esperaba tener muchas oportunidades de hablar con él una vez que eso se resolviera. Ella dio un silbido cuando se acercaron a la fortaleza y Duncan y los demás aparecieron fuera del bosque.

¡Podríamos haberlos confundido con los propios hombres de Royce! Exclamó Duncan estrechando la mano de Bartolomé con entusiasmo.

Resultó que el escudero que había regresado por allí no había sobrevivido a esa curva del camino, ya que Duncan y los demás lo habían atacado.

¡Royce no puede ser advertido!

Duncan y los demás arrojaron al muchacho sobre el vagón y ataron el caballo con los demás. Se compartió la historia de la captura de la carreta, así como los detalles del engaño de Royce y los planes de Bartolomé.

Para el placer de Anna, él se paró a su lado nuevamente.

"No dejes que se muestre tu placer por la muerte de Gaultier", le aconsejó Bartolomé en un susurro. "Tus pensamientos se leen claramente en tus ojos, después de todo."

"¿Lo hacen?"

Él sonrió y le tocó la mejilla con la yema del dedo. Con la más mínima caricia, él podía despertar un brillo dentro de ella. "Sí, eres la mujer más franca que he conocido. Admiro mucho ese rasgo, Anna, pero no dejes que nos traicione."

Ella abrió los labios para compartir sus buenas nuevas, pero Duncan vino a devolverle el cinturón y la espada a Bartolomé. Él exclamó con placer y aceptó las armas, luego dio la orden de partir.

Llegaron a la fortaleza y Anna no miró el cuerpo que colgaba del muro cortina, dado el consejo de Bartolomé. Los guardias de la puerta abrieron el rastrillo con sólo una rápida inspección de su grupo, riendo y bromeando de que los marginados del bosque habían sido tan tontos.

"¿Pero dónde está William?" exigió uno.

"Su caballo se quedó cojo", dijo Bartolomé con tranquilidad. "Él nos sigue caminando." Entonces se rió. "Los bosques están libres de bandidos, por lo que no hay peligro."

Los centinelas se rieron con él.

El grupo pasó por las puertas y Anna le dio un codazo a Percy. El segundo vagón había sido cargado y dejado a un lado, con los caballos enganchados y listos. Ella vio de un vistazo que eran los caballos más jóvenes y rápidos de Royce. ¡Todos esos baúles! ¡Tenían que contener oro y plata!

Pero ninguno de ellos parecía lo suficientemente grande como para contener el relicario. Los aldeanos se reunieron más cerca y aquellos vestidos como los hombres de Royce les ordenó con brusquedad que se amontonaran en un grupo.

"Fuera del camino, fuera del camino, montón de rufianes", dijo Duncan con cierta impaciencia, manteniendo la artimaña.

Bartolomé caminó hacia el salón. Desde atrás, él se parecía mucho a Gaultier, porque imitaba el andar de ese hombre. Una vez que desapareció en el salón, otro centinela se acercó a ellos.

"Bueno, ¿dónde está Stephen?" —exigió y Anna olió el olor a caballo sobre él. Él se volvió hacia Duncan. "Si él se cayó, ¿por qué no lo trajiste de vuelta?" Él frunció el ceño y miró más de cerca a Duncan, agarrándolo por el hombro cuando él se habría dado la vuelta. "¿Quién eres tú?" tuvo tiempo de exigir, su voz se elevó lo suficientemente alta como para atraer la atención de otros centinelas, antes de que Stewart hundiera una espada en su espalda.

Pero fue demasiado tarde. Un tono y un grito estallaron, escuderos y centinelas se volvieron hacia los recién llegados. "Y comienza la batalla", murmuró Duncan. "¡Suelten las cuerdas y agarren sus armas!"

Los aldeanos inmediatamente se liberaron de sus ataduras y tomaron las armas del vagón. Los muchachos abrieron los cofres y empezaron a arrojar piedras a los hombres del barón. Anna agarró su ballesta de la carreta y apuntó a un centinela en el muro. Él había estado apuntando a Duncan. Ella lo mató de una solo flecha, y su cuerpo cayó sobre el muro hacia el lado opuesto. Los hombres de Royce se movieron rápidamente y ella sabía que no tendrían mucho tiempo.

Los gritos estallaron en todos lados y la batalla era feroz. Los criados salieron del salón, el cocinero blandiendo un cuchillo y el castellano con una espada propia. Los escuderos demostraron ser feroces luchadores y mejor entrenados que los aldeanos. La sangre comenzó a fluir, pero Anna estaba preocupada por el padre Ignatius.

No había movimiento en la capilla.

"Saca el otro vagón por la puerta", le ordenó ella a Percy. "Y suelta los caballos para que puedan correr."

Los chicos se apresuraron a cumplir sus órdenes, los otros defendieron a Percy mientras él corría hacia la carreta. Anna le disparó a otro centinela que apuntaba al grupo, pero solo le dañó el hombro. Él saltó por el andamio de madera amarrado al interior del muro cortina y agarró otra flecha. Para consternación de ella, él golpeó una piedra y encendió un manojo de tela en el extremo de la flecha. Anna le disparó con una flecha recuperada, pero no acertó.

La punta de flecha ardiente aterrizó en un montón de paja detrás del segundo vagón. La paja se encendió, luego cayó y el fuego se extendió a la ropa de los que luchaban en el patio. Anna gritó una advertencia, luego corrió a la capilla. El vagón cargado con los impuestos del rey se movía hacia las puertas, Percy gritando a los caballos.

"¡Padre Ignatius!" gritó ella y probó con la puerta de la capilla. Estaba bloqueada. ¿Se había ido él? ¿Estaba seguro el relicario? Ella tuvo tiempo para tener esperanzas antes de que el sacerdote respondiera.

"Tengo el relicario, Anna, pero la puerta está cerrada con llave."

"¿Qué hay de tus llaves?"

Marie se las llevó. Royce tiene las únicas copias."

"El solar", susurró Anna. "Estarán en el solar." Ella habló de nuevo con el sacerdote. "Hay una batalla, padre, y un incendio en el patio. Volveré lo más rápido que pueda".

"¡Ve, muchacha!" instó él. "¡Vamos! Bartolomé está vestido como Gaultier."

"¡Lo sé! Él está con nosotros."

"Alabado sea", murmuró el sacerdote mientras Anna corría. Ella recuperó tres flechas en su camino a través del patio y apenas falló una que le dispararon a ella misma. Ella disparó al asaltante, luego se agachó a través de la puerta hacia el salón.

Fue entonces cuando escuchó caer la compuerta.

Ella miró hacia atrás cuando los caballos se detenían con un relincho en las puertas. Los escuderos invadieron el vagón y los aldeanos se defendían con entusiasmo.

¿Estarían atrapados dentro del patio hasta que fueran derribados?

¡No, no podía ser!

Ella subió corriendo las escaleras hasta el solar, esperando poder salvar al padre Ignatius a tiempo.

∽

LA TORRE ESTABA TAN SILENCIOSA, comparada con el sonido de la batalla en el patio de abajo.

Bartolomé subía las escaleras lentamente, medio convencido de que los latidos de su corazón lo revelarían.

Él se aplastó contra la pared mientras los criados de las cocinas corrían por el pasillo y entraban en el patio a través de la puerta que él acababa de usar. ¿Dónde estaban Marie y su doncella? ¿Dónde estaba Royce? Él apostó a que el barón estaba en su habitación en la cima.

No había centinelas en la base de las escaleras ni en la primera curva. Bartolomé hizo una pausa, escuchó, luego desenvainó su espada antes de continuar.

No había nadie en la habitación que él y Anna habían compartido.

No había nadie en la habitación de Marie. De hecho, la puerta estaba abierta y el contenido parecía estar desordenado. Los baúles estaban abiertos y había algo de tela en el suelo. ¿Era ese el estado habitual de su habitación, o le había ocurrido algo?

Bartolomé estaba en el pasillo, pero no escuchó ningún sonido de arriba. ¿Podría realmente él ascender a la habitación de Royce sin ser desafiado?

Él llegó a la cima de las escaleras y encontró abierta la puerta a la habitación más arriba. Él hizo una pausa y luego entró. Había bolsas y pequeños baúles en el suelo y una mujer de pie junto a la ventana de espaldas a él. Ella llevaba una capa, la capucha levantada sobre su cabeza.

"¿Marie?" preguntó él suavemente. Ella no respondió. Él entró en la habitación y e giró cuando la puerta se cerró de golpe detrás de él. Él saltó hacia atrás de la daga que sostenía la doncella de Marie y se congeló al sentir una segunda hoja contra su espalda.

"Quítate el yelmo", dijo Marie.

Bartolomé se lo quitó y él lo tiró a un lado, luego sintió el aliento de su risa.

"¡Has vuelto!" declaró ella. "Y nuestro futuro puede comenzar hoy mismo." Ella hizo un gesto y le quitaron la punta del cuchillo de la espalda. "Déjalo, Emma, y continúa con tu trabajo".

"Sí, mi señora." La muchacha parecía estar moviendo las prendas de Marie a los baúles de la habitación y arrojando la ropa de hombre al suelo.

Bartolomé se volvió hacia Marie. "No entiendo. ¿Qué es esto?"

"Nos casaremos hoy mismo", declaró Marie.

"Pero estás casada, mi señora."

Los ojos de Marie bailaron. "No, soy viuda y esta vez yo elegiré a mi cónyuge." Ella se inclinó más cerca, su deleite era evidente. "Te escojo a ti."

"¿Pero qué pasó con Royce?"

"Se cayó", dijo Marie encogiéndose de hombros. Ella atrajo a Bartolomé hacia la ventana y, desde ese ángulo, él pudo ver el lugar donde el cuerpo de un hombre se había caído a través del hielo en el foso. Él también pudo ver a los de la nueva aldea apiñándose en la puerta y supuso que la compuerta estaba cerrada, porque no entraban.

¿Estaban los demás atrapados? ¡Él tenía que ayudarlos!

Él se apartó de la ventana, solo para encontrar a Marie enfrentándolo con un cuchillo delgado. "¿Seguramente no querrás rechazar mi oferta?" dijo ella y él vio a Emma deslizar un pequeño cofre en un saco resistente. Ella se movía disimuladamente, como para evadir la atención de su ama y él se preguntó qué había en el baúl.

Y lo que ella pensaba hacer con eso.

"Solo quiero ir a buscar al sacerdote, por supuesto", dijo Bartolomé.

"Él está a salvo en la capilla", dijo Marie. "Con Agnes y el relicario."

Ella sonrió. "Yo tenía la intención de huir, pero ahora podríamos quedarnos aquí", dijo ella. "Creo que la vista ha mejorado mucho desde esta habitación de la torre." Ella rió oscuramente. "Y no debes temer que puedas compartir el destino de Royce."

En verdad, Bartolomé se preguntaba cómo había caído Royce de una habitación que conocía tan bien. El brillo en los ojos de Marie sugería que el barón había tenido ayuda.

Él se rió entre dientes, pareciendo más seguro de lo que se sentía. "¡No, no seré tan tonto como para caerme por mi propia ventana!"

La sonrisa de Marie se amplió. "Yo quise decir que no debes tener miedo de que tu esposa te presente una hija que fuera engendrada por el Capitán de la Guardia."

Bartolomé parpadeó. "No entiendo." ¿Él escuchaba pasos en la escalera? Emma retrocedía lentamente hacia el pasillo, el saco sostenido detrás de ella. El bulto que tenía dentro era más grande y supuso que ella le había agregado su contenido. ¿Cuál era el plan de la criada? Él podía oler el fuego y oír gritos, que no hacían más que aumentar sus preocupaciones.

Marie se rió, ajena a las acciones de su doncella. —Tampoco Royce, pobrecito. Él nunca escuchaba a los sirvientes, pero ellos lo saben todo. Es una locura ignorarlos". Sus ojos brillaron. "La primera esposa de Royce embarazada por el Capitán de la Guardia, que era el hijo menor del Duque de Arsent. Aún mejor, ella le dijo a Royce que el bebé había muerto cuando no lo había hecho".

La historia tenía que tener alguna relevancia pero Bartolomé no podía adivinar de qué se trataba. Él deseó que ella se apresurara a contarlo. "¿Por qué?"

"Quizás porque Royce había descubierto el asunto y había ejecutado a su amante". Ella se mordió el labio. "Quizás ya ella no confiaba en su señor marido". Ella se encontró con la mirada de Bartolomé. "Quizás la niña se parecía a su padre. Debe haber habido una razón para que ella intercambiara a su bebé con la hija que nació muerta de la esposa del herrero."

Bartolomé estaba asombrado.

"Pero el herrero está muerto, al igual que su esposa, y la niña murió hace dos años. Royce nunca supo que Anna, la hija del herrero, era realmente el bebé de su propia esposa, pero la cocinera me lo contó. Quizás uno de los sirvientes ayudó a Anna a escapar, pero ella nunca podría haber sobrevivido al abuso que Gaultier le infligió." Marie volvió a sonreír. "Pero yo seré fiel, señor, siempre que no seas cruel".

"Parece un trato justo", dijo Bartolomé y se inclinó sobre su mano. ¿Cómo podría escapar él de esa situación?

"Siempre que sobrevivan este día", dijo Emma con tal malicia que ambos se volvieron. Ella agarró la puerta y la cerró de golpe, una llave girando audiblemente en la cerradura. "¡Me vendría bien verte arder con el resto de este lugar, víbora egoísta!"

¡Emma! ¿Qué te he hecho?

"Ocho años en este lugar", gritó la criada desde el pasillo más allá. "Ocho años más allá del fin del mundo, ocho años con solo tu veneno y tus demandas". Su voz se elevó con furia. "¿Y cuál es la recompensa de Agnes al final de todo? Ella murió por tu indiscreción, pero todo lo que pudiste hacer fue profanar su cuerpo, avergonzando su memoria con la apariencia de que había tenido un hijo fuera del matrimonio. No mereces lealtad de mí ni de ningún otro."

Marie agitó la manija de la puerta. ¡Emma! Te ordeno que abras esta puerta."

"Y tu mandato será desafiado."

"¡Emma!"

Bartolomé examinó la habitación. Él supuso que podrían anudar las cortinas de la cama y bajar por la ventana, aunque no estaba seguro de que la tela pudiera soportar el peso. No se veía ninguna cuerda.

Marie se giró y notó que faltaban los baúles. ¡Emma! ¿Robaste mi dinero?

—Ahora es mío, mi señora —se burló la doncella. "Y puede qué me haga más feliz que a ti". Sus pasos sonaron en las escaleras, luego ella gruñó y Bartolomé la escuchó caer. Ella maldijo y hubo sonidos de lucha. Él miró por el ojo de la cerradura a tiempo para ver a Anna peleando con la criada en las escaleras. Que Emma deseara quedarse con el saco de dinero por encima de todo la traicionaba.

Anna arrancó el llavero del cinturón de la doncella. Ella las arrojó a la puerta, gritando el nombre de él. Chocaron contra la puerta y cayeron al suelo por el otro lado.

La daga de Bartolomé apenas se deslizaba por el espacio. Él se las arregló para agarrar el lazo del llavero y deslizarlo por debajo de la puerta. Él cogió las llaves y luego abrió la puerta.

Emma había empujado a Anna contra la pared, con una mano

agarrando un puñado de cabello de Anna. La ballesta de Anna estaba en el suelo, a cierta distancia de ellos. Emma levantó el saco de monedas, dispuesta a golpear a Anna en la cabeza con él.

Bartolomé arrojó su cuchillo. Emma se quedó paralizada, el cuchillo enterrado entre sus hombros, luego el saco de monedas se le cayó de las manos. La plata se derramó por el suelo.

Anna se soltó mientras el cuerpo de la criada caía y luego ella cogió su ballesta. Bartolomé sacudió las llaves en su mano para que tintinearan y cuando Anna miró en su dirección, se las arrojó. Ella las agarró en el aire con una sonrisa triunfante.

"¿Quién es esta?" demandó Marie detrás de Bartolomé. "Se parece a la hija del herrero."

—Sí, lo es, aunque me acabas de decir que nació de la nobleza. Te agradezco esas noticias.".

Bartolomé sintió la fina daga en su espalda y se quedó helado. "No me puedes abandonar aquí", susurró Marie.

Él vio que Anna había cargado una flecha y él sostuvo su mirada por un momento. Sus labios se tensaron y sabía que podía confiar en su puntería.

"Supongo que tienes razón." Bartolomé le guiñó un ojo, sabiendo que Marie no sería capaz de ver su expresión. Luego él se agachó y Anna disparó, la flecha golpeó a Marie en el pecho.

Ella se tambaleó hacia atrás, su sorpresa era clara. Sus dedos se acercaron a la herida y se quedó mirando la sangre en su mano. "Me rechazas."

"Nunca tomaré por esposa a una mujer tan traidora."

"Nunca tomarás a ninguna mujer por esposa", juró Marie. Ella cogió una campana que colgaba dentro de la puerta de Royce y la tocó, asegurándose de que el ruido fuera fuerte y prolongado.

Los hombres gritaron desde abajo y se oyeron pisadas en las escaleras. Anna corrió hacia Bartolomé mientras recuperaba su daga. Él tomó su mano y ella agarró el saco de monedas mientras él buscaba un medio de escape.

"¡Ahí!" dijo él, señalando una escalera en un extremo del pasillo. La subieron apresuradamente y él abrió la trampilla del techo. Él podía oler el humo que se elevaba desde el patio. Saltó al parapeto y ayudó a

Anna a seguirlo. Cerró la trampilla de una patada y giró para enfrentarse a los centinelas que venían a atacar.

Solo eran dos y uno había resultado herido.

"¡El patio arde!" susurró Anna. "Todo se perderá."

"Ahí llega Fergus", dijo Bartolomé, señalando la columna de polvo que se acercaba a Haynesdale. Incluso en la distancia, él podía ver los tabardos blancos de los Templarios con sus distintivas cruces rojas.

"¡Todos serán salvados!"

Un centinela gritó y les apuntó con su ballesta. Bartolomé tiró de Anna hacia las escaleras contra el interior del muro cortina, un plan formándose en su mente.

ANNA NO COMPARTÍA la confianza de Bartolomé, pero confiaba en él.

Los guardias les bloquearon el paso al andamio de madera que obviamente era su destino. Él blandió su espada e hirió a uno, luego le dio su daga para que ella pudiera defender su espalda. Ella deseó que hubiera tiempo para cargar su ballesta, pero los hombres estaban sobre ellos. El humo que se elevaba desde el patio era denso y no podía ver completamente lo que estaba sucediendo debajo. Ella temía por todos los habitantes del pueblo, por Percy, por Duncan y por el padre Ignatius.

¿Cómo podía Bartolomé planear salvarlos? Ella sabía que él tenía un plan porque se movía con un propósito, luchando para acercarse a esas escaleras. ¿Por qué descendería él al patio? ¡Solo morirían con los demás! Y Fergus no podría ayudarlos con el rastrillo cerrado contra él.

Entonces Bartolomé soltó la cuerda que sujetaba el andamio al muro cortina, usando su espada para cortarla. Él se giró para cruzar espadas con otro atacante, luego giró para cortar otro par de ataduras. Anna podía ver su intención, pero no la entendía. Ella se agachó debajo de las espadas oscilantes y cortó otro amarre de cuerda, luego se movió al cuarto y último amarre que pudo ver. Un par de escuderos subían los escalones con la intención de ayudar a sus compañeros, y ella pensó que Bartolomé podría tener la intención de eliminar cualquier ayuda.

En cambio, la agarró por la cintura cuando se cortó la última cuerda y pateó con fuerza el andamio. Se alejaron del muro, tambaleándose ligeramente. Otro amarre debajo se rompió incluso cuando los escuderos gritaban consternados.

Bartolomé le dirigió una sonrisa arrogante, luego saltó hacia las escaleras de madera, lanzando su peso contra ella. La madera crujió y gimió, luego toda la estructura cayó al patio.

Con ellos encima.

Los escuderos gritaron. Anna se preparó para el impacto y le robó el aliento del pecho cuando chocaron contra el patio. El fuego saltó de la paja a la estructura de madera, propagándose a una velocidad peligrosa. Los caballos relinchaban de miedo y las criadas salían corriendo del salón aterrorizadas.

"¡La compuerta!" rugió Bartolomé y Anna escuchó una oleada de actividad. ¡Ahí Llega Fergus!

Duncan gritó, los aldeanos vitorearon y la batalla se volvió más frenética.

—El Padre Ignatius —le ordenó Bartolomé, y luego blandió su espada hacia un par de atacantes. Él se abría camino hacia la puerta, esquivando el fuego y el caos, gritando para alentarlos. Su sola presencia fortaleció a los aldeanos, dándoles nueva fuerza y determinación.

Anna corrió a la capilla y abrió la puerta con manos temblorosas. El Padre Ignatius se abrazaba el relicario contra el pecho. Sin una palabra, corrieron hacia la puerta. El humo era denso cerca del suelo, pero ella vio a Stewart y Edgar en la parte trasera del segundo vagón. Ella gritó y los dos hombres agarraron al padre Ignatius y lo subieron a bordo.

La torre alta estalló en llamas y una mujer gritó.

El rastrillo crujió y los aldeanos vitorearon cuando se abrió. Los caballos no necesitaron impulso para cruzar la puerta y alejarse del fuego. Los caballos desatados corrieron detrás de ellos, los aldeanos apresurándose a ponerse a salvo con ellos. Anna se atrevió a respirar con alivio cuando Bartolomé cabalgó a través de la puerta detrás del último de ellos y la levantó del suelo.

El Padre Ignatius destapó el tesoro en su posesión y besó la superficie dorada, su gratitud era eco de la de esos a su alrededor.

Los aldeanos estaban cansados y algunos estaban heridos. Rowe el carpintero había muerto y era profundamente llorado. Muchos de los otros aldeanos habían sido heridos, pero Finan en la antigua villa los atendía bien. Los niños corrían para buscar tantas provisiones y comida como hubiera disponible y lo compartían todo, reuniéndose alrededor de una hoguera encendida en el centro de la nueva villa. La fortaleza se quemaba lenta y trabajosamente, pero ante Bartolomé, todo lo de valor había sido recuperado de allí. Él hizo prometer a los muchachos que se mantendrían alejados de las ruinas.

Esme trajo de sus gallinas del bosque y Regan compartía el queso de sus cabras. El rebaño de cabras pastaba cerca del grupo. Las historias se contaban y el consuelo era compartido. Conejos eran asados sobre las llamas y Bartolomé sabía que él tendría que cazar en la mañana para asegurarse de que todos festejaran como se merecían.

Ellos se habían vuelto demasiado delgados, la gente de Haynesdale. Él se sentó, observando y escuchando, disfrutando las historias y la camaradería, sabiendo que tarde o temprano su decisión se esperaba.

Por supuesto, fue Anna quien le preguntó.

Ella caminó hacia él, sus facciones iluminadas por el fuego, la determinación en su mirada inspirando la admiración en él. Ella se paró frente a él, luego se apoyó en una rodilla, ofreciéndole el anillo de su padre en la palma de su mano.

De nuevo.

"Solo un rey puede nombrar a un barón, Anna", le recordó él tranquilamente.

Ella encontró su mirada. La suya firme y resuelta. "¿Qué vas a hacer?"

El grupo se quedó en silencio, su atención fija en él, expectantes.

Bartolomé se puso de pie para hablarles. "El rey espera sus impuestos de la propiedad Haynesdale" dijo él. Yo debo entregárselos, aunque es probable que su corte esté en Anjou estos días. El rey parte hacia Las Cruzadas y el consultará con Philip de Francia." Él se puso de pie y sacudió el tabardo que pertenecía a Gaultier, arrojándolo al fuego.

"Mientras yo esté allí, pediré que se me conceda el sello de Haynesdale, en respeto por mi linaje."

Anna miró su hombre mientras Percy aparecía a su lado. Él cargaba el saco de monedas que Anna había tomado del solar. Él se puso en una rodilla junto a Anna y se lo ofreció a Bartolomé.

"Para la reclamación del título", dijo Anna.

"No", dijo Bartolomé. "Este dinero fue robado de todos ustedes, dejándolos en la pobreza y el hambre. Si me lo das, Anna, yo lo devolveré a los aldeanos. Como el Padre Ignatius ha discutido, ustedes no reciben protección o justicia a cambio de sus impuestos. Este dinero es legítimamente suyo."

Ellos murmuraron entonces, y él se dio cuenta por la sonrisa triunfante de Anna, de que su reacción había sido anticipada. "Nosotros hemos acordado que queremos gastar nuestros impuestos de esta manera", dijo ella. "Y que si argumentabas esto, solo ganarías más nuestro apoyo." Ella inclinó su cabeza. "Alabado sea que el verdadero hijo ha regresado y que habrá justicia en Haynesdale otra vez."

Lo aldeanos festejaron y Fergus aplaudió, su placer en la suerte de Bartolomé era evidente. Duncan sostenía el relicario otra vez, y Bartolomé supo que continuarían hacia Killairic como estaba planeado.

Él alzó la voz, dirigiéndose a todos. "Los hombres de la familia de mi padre fueron renovados por su habilidad de unir lo viejo y lo nuevo, de encontrar un balance entre tradición e innovación. Y aquí, yo continuaré su legado. Yo le llevaré los impuestos al rey, que le corresponden legítimamente y gustosamente aceptaré su oferta del dinero para pagar el título. Yo les garantizaré justicia y los defenderé con lo mejor de mis habilidades, si soy afortunado de ganar la aprobación del rey. Pero yo les sugiero esto, que si Anna, la hija del hijo menor del duque de Arsent y la dama de Haynesdale, me tuviera como su esposo, el rey podría encontrar esa unión entre viejo y nuevo muy satisfactoria."

Los aldeanos gritaron y dieron patadas en el suelo ante eso, pero Anna se enderezó, sus gestos de enojo. ¿Te casarías conmigo para ganar Haynesdale? Preguntó ella en voz baja. ¿Por el nombre de mi padre?"

"Me casaría contigo porque te amo", respondió él. "Y me casaría contigo esta misma noche, antes de que sepamos el decreto del rey, para que no tengas dudas de mis razones. Si el rey Henry tiene planes para

EL BESO DEL CABALLERO DE LAS CRUZADAS

esta propiedad, casarme contigo podría interponerse entre Haynesdale y yo. Pienso que el riesgo vale la pena, porque yo preferiría vivir sin el sello de Haynesdale que sin la dama que amo a mi lado," Él sonrió por la forma en que ella parpadeaba para contener las lágrimas, sus pensamientos se leían fácilmente.

Él tenía que bromear con ella entonces. "Asumiendo, por supuesto, que me aceptes, Anna, aun sabiendo que nuestra petición al rey podría no tener éxito."

"Él no se atrevería a desafiar nuestra voluntad", dijo ella acaloradamente, luego le sonrió mientras le ofrecía su mano. "Estoy feliz por casarme con un hombre de honor."

Bartolomé sonrió y la acercó, girándola ante los demás mientras todos gritaban con aprobación. El Padre Ignatius se abrió paso hacia ellos, con intención de supervisar el intercambio de votos, pero Bartolomé reclamó un poderoso beso antes.

"Te amo", susurró Anna cuando él la dejó hablar. "Creo que te amo desde el principio, incluso cuando pensaba que eres el hombre más irritante."

"Sí, tú tenías una apariencia similar", estuvo de acuerdo él con una sonrisa. "Señora mía."

La expresión de Anna se volvió juguetona. "Quizás hagamos buena pareja entonces"

"Creo que hay poca duda de eso."

Sus miradas se cruzaron y Bartolomé vio la gloria del futuro en los ojos de ella. Entonces el Padre Ignatius se aclaró la garganta y ellos se giraron a la vez, sus manos enlazadas, y juraron su amor. Las estrellas brillaban sobre sus cabezas, la hoguera enviaba chispas hacia la noche, la fortaleza se quemaba y una nueva sería construida. Bartolomé sintió los espíritus de sus ancestros alrededor de él, y el sentimiento de regreso al hogar que añoraba sentir ahora llenaba su corazón con esperanza y tranquilidad.

Por la mujer valiente que tenía a su lado, porque ella no solo había robado el tesoro de los templarios, también su corazón.

Y sería de ella para siempre.

JUEVES 17 DE MARZO DE 1188

DÍA DE SAN JOSÉ DE ARIMETHEA Y LOS MÁRTIRES DE ALEJANDRÍA

CAPÍTULO 15

Châmont-sur-Maine

Parecía que nada podía salir mal, pero cuando llegó el día de que Bartolomé defendiera su caso ante el rey Henry, Anna temió al resultado.

Quizás era simplemente que ella no tenía la costumbre de encontrarse con reyes.

Mucho menos pidiendo sus favores.

Ella y Bartolomé habían viajado al sur, con Leila y Timothy para ayudarlos, después de dejar a Fergus a cargo de Haynesdale. Había mucho por hacer, porque Bartolomé deseaba reconstruir la fortaleza de su padre y restaurar la aldea a su antiguo emplazamiento. Los aldeanos estaban entusiasmados y habían comenzado el trabajo rápidamente. Su memoria ayudaría a Fergus a dirigir la obra, y Bartolomé se había declarado confiado en la administración de su amigo. Duncan también se había quedado en Haynesdale, porque su lugar estaba con Fergus hasta que ese caballero estuviera a salvo en casa de nuevo.

Bartolomé llevaba varios baúles de monedas hacia el sur para suplicarle al rey. Cenric había necesitado que lo sujetaran para asegurarse de que no los siguiera, pero Bartolomé había dicho que el viaje sería demasiado para él. Él le había frotado las orejas al perro y había jurado volver, y Anna a medio camino pensó que la bestia lo entendía.

El tiempo había sido bueno y, a pesar de las preocupaciones de Anna, su travesía a Francia transcurrió sin incidentes. Solo ella en el grupo nunca había viajado tan lejos, pero Bartolomé le explicó mucho y la llevó a muchas iglesias en el camino. Él le enseñó francés mientras viajaban, y aunque sus esfuerzos los habían hecho reír a todos al principio, sus habilidades mejoraban a diario. Ella también tenía que aprender a comportarse como una mujer noble, y Leila la había ayudado con eso.

Aun así, cuando llegaron a la morada de Gastón, Anna estaba segura de que cometería un error que le costaría caro a Bartolomé. Ella esperaba que casarse con ella no fuera el error que le costara todo, pues no se podía anticipar el capricho de los reyes.

Ysmaine había sido amable en su bienvenida y cortés en sus pocas sugerencias, lo que había reforzado aún más la confianza de Anna. La doncella de Ysmaine, Radegunde, había observado de inmediato que Anna estaba embarazada, lo que confirmó las sospechas de Anna. Ysmaine estaba aún más redonda y los dos caballeros se felicitaron mutuamente por su buena suerte.

Fue Gastón quien envió un mensaje a Anjou, invitando al rey a visitarlo. Eso asombró a Anna, porque ella pensaba que la gente acudía a los reyes, pero para su mayor asombro, el rey Henry aceptó la invitación.

Dentro de dos días.

Las cocinas descendieron a un frenesí de hornear, asar, guisar y hacer salsas. La dama Ysmaine se reía de que solo un tonto cruzaría ese umbral de buena gana. El senescal hizo cambiar dos veces las hierbas esparcidas en el gran salón —porque no le gustaba el olor de las primeras— y la leña apilada junto a las chimeneas. Se colgaron pancartas y se contrataron juglares, y el desfile de carne a las cocinas fue suficiente para hacer asombrar a Anna.

Había cisnes y pavos reales para servir, así como venado y un jabalí asado, innumerables platos con huevos y finas tartas. Había vino y cerveza, pan recién hecho y muchos quesos. Ella no podía creer la generosidad de las alacenas y despensas de Gastón.

Justo antes del mediodía del día elegido, toda la familia se reunió ante las puertas de Châmont-sur-Maine para dar la bienvenida a la caravana del rey. Gastón e Ysmaine estaban de pie junto a la puerta, con Anna y Bartolomé a un lado, después toda la familia en orden de rango. Los aldeanos estaban alineados en el camino que atravesaba el pueblo, y allí se mostraba cierta medida de rango para los comerciantes y los miembros del gremio más cercanos a la casa de Gastón. Todos iban vestidos con sus mejores galas, y cada uno se estiró un poco cuando se escuchó la fanfarria que anunciaba la llegada del rey.

Al primer vistazo del rey, todos se inclinaron.

Anna no pudo evitar echar un vistazo al grupo del rey, con sus ricas túnicas, montando magníficos caballos. Ella nunca había visto nada parecido y captó a Bartolomé sonriendo ante su asombro. Ella supuso que sus pensamientos estaban tan claros para él como siempre.

Incluso las sillas de montar de los caballos estaban adornadas, forjadas con cuero de colores, adornadas con gorros ricamente bordados y hasta con campanillas de plata. Las riendas y las vainas relucían, las armaduras y las armas tenían más probabilidades de ver una buena compañía de invitados que un campo de batalla sangriento.

El propio rey era mayor, pero no tanto como Anna hubiera esperado. Su cabello era plateado y sus piernas arqueadas, sin duda por todo el tiempo que pasaba en la silla. Él desmontó con una mueca que fue tan fugaz que ella podría haberlo imaginado. Él saludó a Gastón con una calidez y una familiaridad que fue evidente para Anna a pesar de que ella no podía seguir fácilmente su rápido francés.

¡Ella estaba asombrada de quedarse en la casa de un hombre que era amigo del propio rey!

Entonces el rey se detuvo ante Bartolomé. Anna sintió su mirada sobre él, pero mantuvo la cabeza inclinada hasta que él hizo un gesto. Ella lo vio inspeccionar a Bartolomé. "Y así finalmente encontramos al hijo de Nicolás de Haynesdale", dijo el rey en un inglés que tenía un ligero acento francés. "Nunca imaginé que Gabriella hubiera permitido que te perdieras para siempre."

"¿Los conocía, señor?"

El rey sonrió. "Yo arreglé su matrimonio, Luc Bartolomé. ¿Es cierto que la marca está grabada en tu carne? Me pareció una historia tan fantástica".

"Está, mi señor."

"Sin embargo, el anillo está perdido."

"No, mi señor", se atrevió a decir Anna. Ella tiró del encaje de su camisola, notando cuán ávidamente el rey miraba su corpiño para ver el anillo. "Fue confiado al cuidado de mi familia por la dama Gabriella."

El rey levantó el anillo, girándolo para que el wyvern rampante captara la luz. Él sonrió un poco. "Lo recuerdo bien. ¿Ves la marca en el interior? Nicolás tenía inscrita la fecha en la que le concedí Haynesdale, después de la muerte de su padre". Él asintió. "Él era un buen hombre." Soltó el anillo y cayó sobre su encaje hasta el pecho de Anna, luego miró a Bartolomé. "¿Y esta es tu esposa?"

"Sí, señor. Hija de la Dama de Haynesdale que se casó primero con Royce Montclair y el hijo menor del duque de Arsent."

—Apuesto a que hay una historia ahí —musitó el rey y Anna sintió que se sonrojaba. "Y sin embargo, aunque ella tiene el anillo, tú no lo usas."

"Sólo un rey puede nombrar un barón, señor".

"Y el rey siempre ha elegido a la esposa del barón de Haynesdale", señaló Henry.

El corazón de Anna se enfrió.

"Perdóneme, señor, si he sido presuntuoso", dijo Bartolomé.

"Lo has sido", respondió el rey, su actitud era severa. Luego, su mirada se posó en el vientre de Anna. "E impetuoso también". Él suspiró y frunció el ceño. "Lejos esté de mí asegurarme de que otro bastardo nazca en mi reino."

Anna jadeó de alegría por su implicación. El rey la miró y ella se preguntó si él se había percatado de la plenitud de su alivio.

Entonces Henry le sonrió y le brillaron los ojos. "No temas, no anularé un matrimonio que obviamente se ha consumado".

"Gracias, señor", dijo Bartolomé.

El rey le ofreció la mano a Bartolomé, quien rápidamente se inclinó para besarla. "Necesitaré ver la marca, por supuesto", dijo él. "Y la reclamación tendrá que pagarse."

"Tengo dinero para ello, señor, así como los impuestos no pagados por el ex barón de Haynesdale."

"Su momento es excelente", dijo Henry, luego levantó la voz para dirigirse a todos los reunidos ante las puertas. "Habrá una cruzada hacia el este para recuperar Jerusalén. Yo, el rey Felipe y mi hijo Ricardo dirigiremos esta empresa, y les pido a todos que contribuyan a su financiación, como ha demostrado el nuevo barón de Haynesdale con buen sentido." Hubo aplausos. "¡Y les pido a aquellos de ustedes que están sanos que pongan sus asuntos en orden y cabalguen con nosotros, para recuperar mejor la Ciudad Santa de las garras de los infieles!"

Hubo un grito de entusiasmo y el rey dirigió una sonrisa de complicidad a Anna. "yo apostaría a que tu nueva dama no le permitirá dejar su cama tan pronto", le dijo a Bartolomé.

"Y yo quisiera quedar para velar la reconstrucción de Haynesdale, señor, porque tanto el pueblo como la fortaleza han sido azotados por el fuego".

El rey se puso serio. "Habrá impuestos para financiar la cruzada. No se imagine que puede eludir el pago de lo que le corresponde".

"Por supuesto que no, mi señor", dijo Anna, porque ya no podía permanecer en silencio. "Mi esposo desea tener una licencia para una feria anual en Haynesdale, para enriquecer mejor nuestras arcas con peajes y diezmos."

El rey asintió. "Reflexionaremos sobre el asunto", dijo, aunque su sonrisa era de aprobación. Anna vio a Gastón asentir una vez a Bartolomé y supuso que él percibía que el rey se inclinaba a estar de acuerdo.

Mientras tanto, Henry inhaló profundamente. "Hay algo en el aire de Bretaña que estimula el apetito de un hombre. Aquí estamos en la puerta de entrada entre Britania y Anjou, y todo lo que puedo considerar es el olor de ese jabalí asado. Mi señora Ysmaine, ¿sería tan amable de llevarnos a su mesa? Aunque ha sido un viaje corto, me encuentro realmente hambriento."

"Con el mayor placer, señor. Nos hace un gran honor con su presencia". Entonces Ysmaine cambió al francés, sus palabras salieron tan rápidamente que Anna no tenía esperanzas de seguir la conversación.

Ella tomó el codo de Bartolomé y su mano se cruzó sobre la de ella. "¿Eso significa que lo aprueba?" susurró ella y Bartolomé le sonrió.

"Si todo va bien, se hará."

"¿Y por qué no debería?"

"No hay ninguna razón, Anna. Gastón considera que el asunto está resuelto y confiaré en su opinión".

"¡Entonces Haynesdale será tuyo!"

"Una vez que el anillo esté en mi dedo." Pasaron por las puertas y Bartolomé se inclinó para besarla en la mejilla. "Pero en verdad, el anillo de mayor importancia ya está en mi dedo."

El único que usaba era su anillo de matrimonio, al igual que Anna usaba solo uno. Ella le sonrió, contenta con su destino. "La criada de Ysmaine cree que será un niño."

Bartolomé no pudo reprimir su sonrisa y sus ojos bailaron como ella amaba. "No importa si es niño o niña, Anna", juró él. "Porque estoy muy dispuesto a intentar de nuevo concebir un heredero."

Y en ese asunto, hay que decirlo, Anna estaba totalmente de acuerdo con su esposo.

∽

NOTAS

CAPÍTULO 2

1. Prenda unisex que se usaba tanto por las mujeres como por los hombres, tenía forma de pantalón y era usada como ropa interior.

CAPÍTULO 9

1. Un Wyvern o dragón heráldico es una criatura alada legendaria con cabeza de dragón del que se decía que exhalaba fuego o que poseía un aliento venenoso, un cuerpo reptiliano, dos patas o en ocasiones ninguna y una cola con púas.

CAPÍTULO 11

1. Instrumento de cuerda

ACERCA DEL AUTOR

Claire Delacroix vendió su primer libro, un romance medieval, en 1992. Desde entonces, ha publicado más de setenta novelas en una amplia variedad de subgéneros, que incluyen romance histórico, romance contemporáneo, romance paranormal, romance de fantasía, romance de viaje en el tiempo, ficción femenina, paranormal adulto joven y fantasía con elementos románticos. Ha publicado bajo los nombres de Claire Delacroix, Claire Cross y Deborah Cooke. The Beauty, parte de su exitosa serie de romances históricos Bride Quest, fue su primer título en aparecer en la Lista de libros más vendidos del New York Times. Sus libros aparecen habitualmente en otras listas de bestsellers y han ganado numerosos premios. En 2009, fue escritora residente en la Biblioteca Pública de Toronto, la primera vez que la biblioteca organiza una residencia centrada en el género romántico. En 2012, tuvo el honor de recibir el premio Mentor del año de Romance Writers of America.

Actualmente, escribe romances contemporáneos y romances paranormales bajo el nombre de Deborah Cooke. También escribe romances medievales como Claire Delacroix. Vive en Canadá con su esposo y su familia, además de muchos proyectos de tejido sin terminar.

http://delacroix.net
http://deborahcooke.com

OTRAS OBRAS DE CLAIRE DELACROIX

Los campeones de Santa Eufemia:

La novia del caballero de las Cruzadas

El corazón del caballero de las Cruzadas

El beso del caballero de las Cruzadas

www.ingramcontent.com/pod-product-compliance
Lightning Source LLC
LaVergne TN
LVHW040040080526
838202LV00045B/3416